孔子

袁仁琮◎著

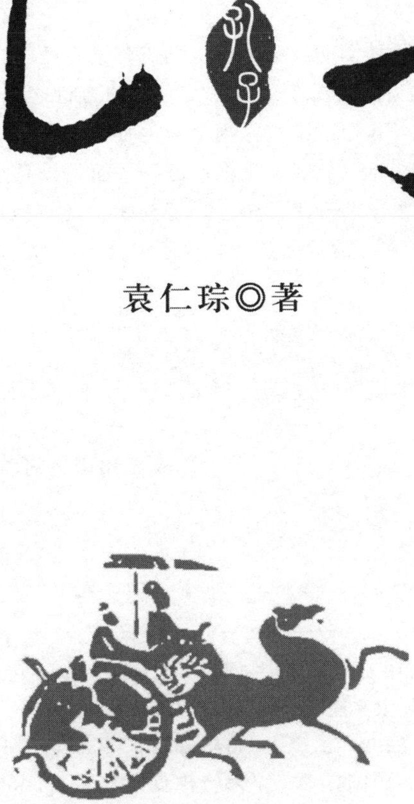

知识产权出版社
全国百佳图书出版单位

图书在版编目（CIP）数据

孔子/袁仁琮著. —北京：知识产权出版社，2016.5

ISBN 978-7-5130-4088-4

Ⅰ.①孔… Ⅱ.①袁… Ⅲ.①长篇历史小说—中国—当代 Ⅳ.①I247.5

中国版本图书馆CIP数据核字（2016）第050014号

内容提要

这是一位伟大的将中国推向文明社会的历史功臣，是一位为提高全民素质耗去毕生精力的古代大贤，是一位为人类为国家培养众多栋梁之材的万世之师。他为远大理想奔波一生，却未能将梦变为现实，遗憾千古。故事以东周动乱的社会现实为背景展开。一方面，是各国统治集团私欲的极度膨胀，内乱、杀伐、权谋；另一方面是以孔子为首的文明创造、呐喊和传播。野蛮与文明的较量，战争与和平的争夺，善与恶、真与伪、美与丑交织，构成广阔而瑰丽多姿的历史图景。在纷繁复杂的矛盾中，展示孔子这位先贤的伟大人格和高尚的精神风貌。

责任编辑：李　瑾　　　　**责任出版**：刘译文

孔子

袁仁琮　著

出版发行：知识产权出版社有限责任公司　　网　　址：http://www.ipph.cn
社　　址：北京市海淀区西外太平庄55号　　邮　　编：100081
责编电话：010-82000860转8392　　责编邮箱：lijin.cn@163.com
发行电话：010-82000860转8101/8102　　发行传真：010-82000893/82005070/82000270
印　　刷：三河市国英印务有限公司　　经　　销：各大网上书店、新华书店及相关专业书店
开　　本：787mm×1092mm　1/16　　印　　张：22
版　　次：2016年5月第1版　　印　　次：2017年3月第2次印刷
字　　数：400千字　　定　　价：49.00元

ISBN 978-7-5130-4088-4

自 序

高高的神龛正中，是一张偏僻乡镇能买到的最好的红蜡光纸，上书“天地君亲师位”六个大字，字迹工整，是我铁匠父亲的手迹。这是我家祭祖的地方。不同的是眼下在大牌位前多了个同样用大红蜡光纸写的牌位，上书“至圣先师孔夫子之位”。这天一早，父亲把我从被窝里提起来，洗澡、净手、焚香，在孔夫子牌位前跪下，三叩头，父亲说一句，我跟着说一句。意思大约是我懵懂无知，投到至圣先师门下，恳请教导、开化，成为有用之人之类。当时我问父亲，他发蒙的时候是不是也这样，他说：“也这样，可是穷，发了蒙就完了，没能进学校。”

于是我断定，父亲能有这文化水平，全是孔夫子在冥冥之中赐予的。儿时的这一幕，伴我走进21世纪，接触这位古代圣贤史料的机会越来越多，我惊叹于研究者之众，著作之丰，就研究对象而言，在中国文化名人之中，无人可及。可是，存疑也颇多。一件事往往出现多种说法，甚至一句话也有多种注疏，难辨真伪。比如孔门弟子3000人中，精通六艺者，《史记·孔子世家》说“七十有二”。同是司马迁所著的《史记·仲尼弟子列传》却收了77人，而《吕氏春秋》中又说只有70人。或者说，贤者与非贤者之间并无严格界限，多几个少几个无大碍。那么，夫子究竟在什么地方讲学，则应该有明确地址才是。世传夫子讲学地址在曲阜杏坛。却也值得推究。此说来源于庄子的《渔父》篇。庄子说：“孔子游乎淄帷之林，休坐乎杏坛之上。弟子读书，孔子弦歌鼓琴。”晋人庄子研究大师郭象解释说：“尼父游行天下，读讲诗书，时于江滨，休息林籁。坛，泽中之高处也。其处多杏，谓之杏坛也。”（［晋］郭象注，［唐］成玄英疏，《庄子注疏》第534页，中华书局2011年出版）这一段记叙，只能看作夫子“游行天下”中偶然的一次，绝非固定的讲学场所。同时，还应当看到，庄子的《渔父》是寓言式散文，所写对象不过是作者思想、感情的载体，是不可以作史实看待的。

据有关史料记载，“新石器时代的居住遗址累有所谓的‘大房子’出现”，“这就是后世的所谓‘明堂’的雏形”，“从孔子开始，陆续有私人办学。孔子的弟子多出身贫贱，他们追随孔子学习各种知识，传造了学术下移的新格局”。（钟敬文主编，曹福林等著，《中国民俗史》第270－274页，人民出版社2008年出版）孔夫子不少弟子离家很远，尽管师从有先有后，总有相当数量的门人必须有吃、住、学的地方，如果没有个稳定的场所，无法施教。连设教处所究竟在哪里都无从得知，存疑之多可想而知。

出现这样的情况并不奇怪，根本原因是年代太久远，那时信息传播手段太落后，没有记载或者有记载而失传均有可能。我只是想说，无论用何种形式写孔子，难度都很大。但是，上述种种缺憾，并不影响这位历史巨人的真实存在和深远影响。他的出身、抱负、基本经历、生卒年月、伟大功绩等都无可置疑，从《论语》中还能感受到这位巨人脉搏的跳动。渐渐地，我发蒙时候的记忆淡去，一位可亲可敬、迸射智慧光辉的鲜活老人，代替那位可望而不可即的至圣先师。孔夫子进入了我的感情世界，成了我生活的一部分。仿佛我回到少年时候，和他一起怀揣梦想，远离家乡，到外面闯世界。为求知百里寻师，废寝忘食地学习……直到老年，这位大智者仿佛都在我身边。

从整个人类发展进程来看，春秋360多年，华夏正处于从高级野蛮社会向文明社会转型时期。这种转型，从西周开始。周公创建的法律法规、道德规范和行为规范是向文明社会转型的重要标志。但毕竟是草创时期，难免粗疏，加上包括权贵在内的国民知识水平和认识水平低下，到孔夫子生活的年代，礼坏乐崩，攻城掠土，杀伐不断，生灵涂炭，历史发展出观曲折。这位有远大抱负的智者提出改变这种污浊现实的根本办法是人人都提高思想修养和道德修养，修养的根本内容是克制私欲，培养仁爱之心，遵守法律法规、道德规范和行为规范。用现代的话说，就是提高人的素质。只有人的素质提高了，才可能家庭和睦，国家繁荣昌盛。如《大学》中所说的修身、齐家、治国平天下。

我国实行改革开放以来，以人为本，采取一系列强国富民措施，与孔夫子的主张一脉相承。试想，如果当时夫子这一主张能在鲁以及其他国家广泛推行，华夏大地将是一种怎样的盛况！人类进入21世纪，如果人人能克制私欲（并不是禁欲），多想别人，少想自己；多替别人打算，少为自己打算，遵纪守法，世界将是怎样一种面貌！但是，这主张触及当时私有制最根本最深层的根源“私欲”，制止由私欲膨胀衍生的种种行为，危及各国统治集团的根本利益，是思想水平不高的既得利益者无法接受的。这样，夫子的主张不但在本国无法全面推行，齐、卫、楚、陈、蔡也都不接纳。夫子怀抱至高至大之宝无人能识，眼看黎民百姓生活于水深火热之中而无可奈何，进入老年，不得不长叹：“甚矣吾衰也！久矣吾不复梦见周公！”（《论语·述而》，钱穆《论语新解》新校本157页，九州出版社

2011 年出版）

读《论语》和相关资料，了解孔夫子身世、际遇、思想感情，我有一种无法抑制的冲动：用塑造艺术形象的手段，再现这位历史巨人。我想，读者阅读这种艺术形式，也许比花大力气阅读艰深难懂的考证、注疏、辨析文字容易，更容易走近孔夫子。从罗贯中、施耐庵合著的《三国演义》问世至今，在我国文明历史长河中，长篇历史小说已占有重要的一席，积累了丰富的创作经验，起到了不可替代的社会作用。我自己也积累了一些这方面的经验，这是我创作长篇历史小说《孔子》的直接原因。

写这样一位旷古未有的人物、推动历史迈向文明的伟大功臣，再现距今如此久远的社会生活，显然力不从心。幸而既是小说，作者即有相当的艺术活动空间，这样，才敢于将这部历史小说的创作付诸实施。我追求的是逼近这位古圣贤的思想、感情，逼近他的个性，在大事基本真实的前提下，做必要的合理想象和补充，以求达到人物形象有血有肉，而且是如黑格尔所说的是独特的“这一个”。对这一艺术化手段，读者不陌生，无须多说。

希望我小说中的孔老夫子是一位思想高深、胸怀博大、无比睿智却又可亲可敬的老人，他就在我们身边，关爱我们，指导我们成长，是长辈，也是良师益友。如果读者能比较充分地感受到这一点，将是我莫大的荣幸。

2015 年 1 月 23 日

1

孔丘情绪很少这么差，想静下来想想事，还没想出个头绪来，又全乱了。甚至想从头再来，也无从开始。孔丘自信只要认真思考，没有想不明白的事。人过三十，人生过去一半了，如果还糊里糊涂过日子，此生将难以成事。想归想，心里依然乱得一忽儿像雪花漫天飞舞，一忽儿像风沙四起，一忽儿像迷失在陌生的旷野，寻不着归路。

这样的心神不宁，以前有过，都没有这一次来得猛烈、绵长。孔丘有弹琴的习惯。高兴的时候，弹一首快乐的曲子；烦闷了，忧伤的曲子会像淙淙泉水那样从琴弦间流出。弹一会儿，心境会敞亮起来。他拿过琴，三拨两弄，发出“叮叮咚咚”的声响。孔丘不但熟悉民间曲调、歌词，更熟悉皇宫乐曲和歌词，这些东西，信手拈来。自己吟哦新词，抒抒胸臆，也颇顺手顺心。还好，“叮咚叮咚”地试过几下琴弦，居然平静了许多，眼前出现小河、岸柳、花草以及悠悠的鸣虫，自己恍若徜徉在明媚的春光里，词配合着曲调有节奏地从心底流出。

茫茫洪荒，
吾王拓之。
四海黎民，
吾王佑之。
秩之序之，
上下弗违……

起始时候，曲调平缓，像在平地上漫步；可是，“秩之序之”一从心底迸出，琴弦拨动骤然急促起来，像风暴骤起，满天尘沙，草折木摧。“啪”的一声响，弦断了一根。孔丘意识到这是不祥之兆，脸阴沉下来，起身，把站在一旁的仲由吓得不轻。仲由勤奋，好学，直率，果敢，是孔丘爱徒。不仅跟孔丘学礼乐，还是他的重要帮手。冉耕、曾点、颜无繇等人不在的时候，种菜，经营稻菽，照顾起居、饮食由他操持。仲由愣在那里，孔丘居然视而不见，迈着沉重的步子，走出厅堂。

离孔丘寓所不远，有个不错的去处。一条小河从花园里曲曲弯弯地流过，沿河柳枝婆娑，还有些不知名的树，长年翠绿，叫不出名的鸟飞来飞去。在一河湾处，有一小亭。岸柳、游鱼，恬静得像一曲小调。这是季氏后花园，居然没人看门，糊里糊涂地走进来了。

孔子到亭前，稍停，登短梯，进亭里。刚坐下，一阵鼓乐声传来。他侧耳细听，一种不协调的情调在美妙异常的韶乐里窜来窜去。这种既不是淫欲的郑声，又不是典雅的宫乐，更不是民间俚曲……孔丘不知道该用什么话来形容这种声音才恰如其分。他第一次听到这声音，感受到的不是厌恶，不是恐惧，而是阵阵阴冷。孔丘紧紧衣带，问侍立一旁的仲由说："子路，这是什么声音？"

仲由不假思索地回答说："先生，是鼓乐声呀。"

"难道为师还不知道是鼓乐声？"孔丘尽量不让自己在门人跟前发火，说，"为师是问，除了鼓乐声，你还听出什么没有？"

仲由仔细辨别一阵，感觉是杂糅了异样的声音。但他知道，先生要的不是浮浅的回答，却又听不出更深的意思来，只好说："学生驽钝，没听出什么来，还望先生指点。"

孔丘没有说话。仲由虽然知道先生不会朝他发火，却也不想让先生不高兴，闭嘴了。孔丘起身，走出亭子，仲由悄悄地跟在后面。孔丘寓所离季意如私庙不远，鼓乐声便是从那个方向传来的。孔丘出小花园，走过两条都城内小街，一座不小的宗庙屋顶即隐约可见。

孔丘不喜欢叔孙、孟孙，尤其不喜欢季孙。在孔丘儿时的记忆里，家里来过穿官服的人。这人高大魁梧，母亲颜氏从不讲自己父亲的经历，孔丘想："父亲可能就是这模样。"有一次他问母亲说："娘，爹年轻时候一定是个大英雄。"

颜氏盯住孔丘眼睛问："谁告诉你的？"

孔丘说："听人说他身材魁梧，力大过人。"

"身材魁梧，力大过人就是大英雄？"

孔丘无语，颜氏说："记住，不要张嘴乱问。"

过了两天，孔丘有问题了，问："为何不给孩儿起个好听些的名字？丘，小山坷垃，不好。"

颜氏生气了，说："就你事多，闭嘴！"

孔丘并没记住娘的训斥，转身又问："怎么孩儿看着这穿官服的老不顺眼？"

母亲瞪眼了，说："这是你该问的吗？"

后来，孔丘知道那穿官服的人叫季意如，来头比君侯还大。那时，孔丘十一二岁，正是什么都想知道，什么都要刨根究底的时候。虽然一句“这是你该问的吗”让他缄口，却无法让自己不再想。后来，孔丘渐渐看出来了，鲁国名义上是姬裯当政，实际上得看季意如脸色。他不知道当年周室为什么要把国家军队、赋税由公族共管，权力分散在公族头人手里，君侯形同虚设。更要命的是后来又把鲁国军队、赋税分成四份，孟孙何忌、叔孙婼各占一份，季意如占两份。这样，军赋大部分由这三家所得，公室主要靠民赋过日子。季意如掌握大部分军队、赋税，更没把君侯姬裯放在眼里，弄得君不君臣不臣。有朝一日，必坏社稷。

这是季意如私庙，东阶西阶，高大门脸，厅堂宽阔，金碧辉煌。孔丘不想露脸，只站在僻静处观看。这时，祭礼已毕，季意如带领家臣、眷属立于两旁，观看舞者翩翩起舞，鼓乐声震耳。不必细看也知道，这是从天子到大夫祭祀时候由舞者跳的“万舞”。周有定制，一佾（行）八人，八行，八八六十四位舞者，在宫乐伴奏下起舞，只有天子入太庙祭祀才可以使用这样的大礼。诸侯六佾，大夫四佾，士二佾。孔丘想：“季意如用天子祭祀大礼祭祀自己的祖先，难怪鼓乐声里充斥了权欲！”

仲由细想刚才先生问从鼓乐声里听到什么没有，当时心里空空，想不出道理来，而今才有所颖悟。其实，季意如专横跋扈，仲由不是没有耳闻，而是打定主意学成即隐逸山野，终身不仕，自然没有在意。仲由见先生神色凝重，没有说话。

孔丘离开季意如宗庙，由西阶走下，走上另一条大些的街道。这条路通往太庙。孔子不知道太庙建于何时，看来是有年头了。四周苍松翠柏，古树掩映下的楼宇，显出它的苍老来。孔丘想：“伯禽伐淮夷、徐戎成功，于周有大功，才有鲁。从鲁开国至今，五百年不到，难道即有亡国之忧？”

孔丘至太庙阶下，鼓乐声断断续续，太庙里冷冷清清。孔丘从西阶登上，至大门前。此时，姬裯带领一班文武重臣面朝神位肃立，舞者只有二人。孔丘生怕被人发现，不敢久停，下阶。他激动得一脸通红，说：“如果这样无理的事都能忍受，天底下还有什么不可忍受的事呢！”

仲由说：“刚才先生问弟子，从鼓乐声里听出什么没有？当时没有听出来，现在总算明白了。”

孔丘长叹一声：“鲁建国五百年不到，就出现这样的不肖子孙，鲁国危急啦。”

仲由说："天道循环，有兴有衰，不足为奇。"

孔丘看一眼眼前这位门人，说："如果这是天命，当然谁也没有办法。"

2

姬裯一脸怒意，回宫刚坐下，又站起来，叫一声："来人！"

近侍慌忙近前，姬裯叫喊："叫祭祀官！"

近侍传祭祀官申维进殿，申维跪下，姬裯恶声问："你身为祭祀官，知罪吗？"

申维知道迟早会有这么一天，只是没想到这一天来得这么快。申维让自己平静一下，心想："我没错，不能死得糊里糊涂。"说："君侯，小人不知犯了何罪。"

姬裯声音提高一倍，说："你不知道今天是太庙大祭吗？"

"知道。"申维说，"小人准备了一个多月，祭品、祭礼并无缺失，祭祀顺序也是严格按古制进行的……"

"寡人没问你这个！"

"那君侯想知道什么呢？"

"寡人祭祀，舞者六佾，难道你不知道？"

申维再拜，叩头，说："知道，君侯。"

姬裯暴跳起来："为何只有两人？"

"回君侯，小人半月前就告知舞班了。"

"为何不按人数到达？"

"君侯，问问领班便知。"

姬裯命令传领班。领班是个三十岁出头的魁梧男子，在姬裯跟前跪下，浑身瑟缩。申维悄悄跟领班说："你就照实说，不能做冤死鬼。"

姬裯大声问领班："今天寡人大祭，知不知道？"

领班说："舞者被季爷叫过去了，不去要被杖责。小人和小人弟弟没去，正想来请君侯说情去呢……"

姬裯好一阵没有出声，挥挥手，让申维和领班退下。又过一阵，才慢慢站起来，走出前堂，步入寝宫。姜宛迎住男人，说："君侯脸色这么难看，有什么不顺心的事，可不可以说与臣妾听听？"

姬裯不像他爷爷他爹那么能干，他懦弱、优柔寡断，姬裯和大臣们拿不定主意的事，常常由姜宛最后定夺。姜宛有娘家人撑腰，即便主意出错了，到万不得已的时候，还可以求助娘家。见夫人问，姬裯把事情说了一遍，姜宛眉毛扬起来，说："他季意如怎么说也不过是个臣子，怎么就可把自己当作天子了，岂不是乱臣贼子？"

姬裯吓得压低声音说："你轻点好不好？"

姜宛一脸怒意，说："他季意如都要当天子了，还有你的活路吗？不早除掉他，鲁国必然亡在他手里！"

姬裯紧皱眉头，说："他的军队占了全国军队的一半，万一打不下来怎么办？"

"不是还有何忌吗？"夫人说，"难道他俩能不听君侯调动？"

何忌虽然与姬裯同宗，听不听调遣实在难说。季意如不也是同宗，为何对他的君位虎视眈眈？姬裯摇摇头，说："就怕调不动。"

夫人说："我们的将士呢？"

"我们只有公室护卫，再说，人也远没他的多。"

"那也不能忍。"姜宛说，"季意如大逆不道，如果不趁机除掉，以后我们还能在鲁国待下去吗？"

近侍入报说："郈大人、臧大人求见。"

姬裯正焦急呢，说："请他们进来！"

第一个迈步进来的是郈邑宰鲂假，跟着是臧邑宰孙赐。成邑属于孟孙何忌，郈邑属于叔孙婼所有，臧邑属于公室，季氏拥有费邑。费邑最大，加上其他的权力，季意如实际上把持了鲁国大权，君侯姬裯不过是个摆设罢了。郈邑宰鲂假、臧邑宰孙赐和季意如都有旧怨。听到季意如祭祀宗庙时候跳万舞的是八佾，越过两级，用的是天子祭祀大礼，觉得有收拾这恶人的充分理由了。先是郈邑宰鲂假来找臧邑宰孙赐，说了想法，臧邑宰孙赐觉得意如力量大，没胜算把握。郈邑宰鲂假坚持说："那家伙说不定正和家臣饮酒作乐呢，来个出其不意，大事准成。"

臧邑宰孙赐被说动了，但是他说："这事非同小可，得和姬裯商议。"

这样，他们就一起来了。

姬裯刚让他俩坐下，近侍又报："季公亥求见。"

季公亥属于姬氏公族，同属于鲁国贵族，无官职。季公亥见郈鲂假、臧孙赐在场，踌躇不前，姬裯说："寡人知道你来有何事。"

话既然说到这一步，季公亥走进，姬裯说："事情到了这一步，你们有话就说吧。"

郈鲂假说："鲁出过庆父，害死两位国君，陷国家于危难之中；意如比庆父更甚，积怨已深。而今又僭越祭祀大礼，野心再明白不过，若不趁机除掉，鲁离大难不远了。"

臧孙赐想想还是说了他的顾虑："就怕事不成，反遭杀身大祸。"

郈鲂假说："季意如正得意呢，不会有防备。不过下手要快，千万别漏风声。"

季公亥说："小人无官职，方便行动，愿暗探消息。探准了，即可下手。"

话到这里，大家都看姬裯，等他说话。姜宛盯住姬裯眼睛，露出的是"恨铁不成钢"的眼神。姬裯想想自己即位以来，过的是受气的日子，与其这般窝囊下去，不如抗争一回！他说："好，这事就交给郈大人、臧大人去办。公亥一有准信，即可行事！"

郈鲂假、臧孙赐、季公亥离开，各自悄悄去做准备。

第二天，姬裯想想这样做总是有风险，后悔了，却又不便把郈鲂假、臧孙赐、季公亥请进宫，告知改变了主意，落得卿士更瞧不起。想去想来，还是派人去请孔丘。孔丘虽然不是大夫，姬裯为这礼那礼的请教他，也是常事。见孔丘进来，施礼，姬裯起身让座，说："先生坐，寡人有疑难了，先生可否赐教一二？"

孔丘赶忙下拜，说："请君侯垂询。"

"请先生平身。"

孔丘起身，姬裯说："昨天意如家祭，八佾人跳万舞，冒天下大不韪，卿士不满。加上意如平时作为，众人以为他心怀异志，要求寡人斩除。不管怎么说，意如与寡人同宗，又是鲁重臣，寡人实在难以决断。"

孔丘没有转弯，说："孔丘不才，却也知道国家有国家的规矩，君就是君，臣就是臣，士就是士，民就是民，顺则国泰民安，逆则祸乱频生，百姓遭殃。"

姬裯沉吟很久，才说："谢谢先生教诲，寡人明白了。"

3

季意如私宅离姬裯宫廷不远，虽然一样的前厅后寝，一样的左右厢房楼群，却建得富丽堂皇，加上偌大一个楼台亭榭，山水树木花草俱全的后花园，不知详情的还以为是王宫呢。

季意如私祭当天晚上，在宗庙外大摆筵席，宴请孟孙何忌、叔孙婼以及家臣阳虎、申丰、女贾等一干人。意如还不尽兴，第二天又请到私宅来。日头偏西，头天到场的除了孟孙何忌、叔孙婼推说身体不适没来，其余一个不少地先后来到，分宾主坐下。意如年轻时英俊、魁梧、大器、端庄，父母背地说他有天子相。不知怎么一来，这话传到他耳朵里，成了他终身抱负。这样的想法季意如没露在脸上，却扎进了心里。一想起这话，眼前就晃着姬裯的影子。一个父亲死了不知悲伤，反倒跟人嘻哈大闹、不谙事的糊涂蛋，却是运气出奇的好，该继位的姬野悲伤过分，一口气上不来，死了。一些大臣反对姬裯继位，意如巴不得成功，却没能如愿，君位还是落到姬裯头上。要说他一门心思想夺到君位，以便作威作福、享乐，可就冤枉了。眼见鲁国一天不如一天，东不如齐，北不如晋，南不如楚，被人瞧不起。想想祖上是威震四方的开国大功臣，而今弱到这步田地，就说不出的窝火，恨不得姬裯快些滚下台。

家祭按天子大祭之礼，安排八佾舞者跳万舞，表面上看他超越地位和资格，他骨子里是要试试姬裯，看看到底会发生什么事，再决定下一步怎么办。意如察言观色，在家臣阳虎脸上发现得意神色，说："昨天大家累了一天，喝酒没尽兴。今天请大家来，只饮酒，不说政事。"

阳虎站起来，说："季公早该这样风光了，要是季公当政，用不了多久，鲁荡平天下无疑。"

意如瞪阳虎一眼，厉声训斥："不要乱说。知道的人说你为鲁国着想，不知道的以为我季意如有异志，罪在不赦！"

季意如没在阳虎跟前透露丝毫图谋不轨的想法。其实，类似阳虎的想法，意如从不少人的眼神里感觉到了，只是没像阳虎这样露骨而已。他必须迅速把这种情绪压下去，免得事不成倒误了性命。

底下气氛顿时变得凝重了，一会儿，意如口气和缓下来，说：“上祖太爷辅佐幼主，一人担当国政七年，千辛万苦，才有鲁国。鲁国有今天不容易，全国上下都要忠于我君主，谁有二心，别怪意如翻脸不认人！”

底下连忙齐声应诺：“记住啦！”

这时，意如脸上才有了笑容，举起杯，说：“你们是意如家臣，话说重一些是爱护你们，千万别把我的好心当恶意。”

有人大声说：“不会的，季公！”

底下齐声应答：“是啊季公！”

意如举起杯，说：“这我就放心啦，举杯举杯！”

大家刚举起杯，忽然有护卫仓皇入报：“大事不好！”

季意如“呼”地站起问：“何事？”

“大队人马……朝……朝这边开……开来，打头的在攻门哩……”护卫急得结结巴巴地说。

满堂主宾面面相觑，阳虎跳起来说：“送上门来不打，等到什么时候！”

意如厉声说：“听差遣，不准胡来！”说着，吩咐报信的护卫说，“紧闭大门，不得逃避；去打探清楚，到底谁有这样大的狗胆，敢朝公族下手！”

护卫第二次奔进来说：“是君侯调来的人马。”

意如大声问：“全是宫里的军士？”

“还有邑兵。”护卫说。

“哪些邑？”

“看不清楚。”

不用再问，季意如心里也明白了。

姬裯居然敢兴兵攻打季氏门庭，意如很感意外。他无暇推究更多的事，眼前最重要的是让人马不战自退。否则，等他调集人马，已成姬裯刀下鬼。季意如想定，吩咐家臣和护卫说：“死守各个大门，我上楼台看看是怎么回事！”

阳虎劝阻说：“不可，暗箭难防！”

季意如说：“借给姬裯一百个胆他也不敢杀害我季意如。”

阳虎还不放心，说：“季公……”

季意如一挥手，说：“怕死的避开！”

季意如登上楼台四处一望，自己也吓着了。墙外到处是火把，照得如同白昼；烟雾腾腾，呛得他连声咳嗽。几处大门都被撞得“嘭嘭”地发出破响，万一门被攻破，家臣和护卫无法抵挡。季意如想到这里，惊出一身冷汗。他在晃来晃去的火光里寻找，没见着姬裯的身影，却见到一张圆脸，圆脸上有一双排成一字形的眼，很像瓜横开了两个口。这个郈鲂假是郈邑大夫，曾经是他的斗鸡朋友。

季意如、郈鲂假都专门请养斗鸡师傅训练斗鸡，定时上斗鸡场放鸡打斗。到他俩放鸡打斗的时候，围观者里三层外三层。胜者主人一脸放光，败者蔫头耷脑。有一回，斗着斗着季意如发现自己的斗鸡睁不开眼睛，瞎扑乱啄，输得很惨。季意如养斗鸡也算老手，只以为中了邪。后来有人悄悄告诉他，是对方在鸡身上撒了芥末，翅膀一扑棱，芥末进鸡眼里，难受，没法看清楚对手。

季意如不声张，再次斗鸡的时候，在斗鸡爪上安装了利器，才斗几下，郈鲂假的斗鸡已遍体鳞伤。彼此心照不宣，知道对方在鸡身上做了手脚。本来是小事，却偏往大处想。季意如斗鸡吃亏的时候想："不服气我大权在握，你那主子不行是吧？偏要世代传下去。"郈鲂假斗鸡吃亏的时候他也说："高兴不知愁来到，总有一天叫你吃不了兜着走。"

这里，季意如见到郈鲂假，恨不得立即把他撕成碎片。这时，护卫来报："季公，北门被攻得紧。"

季意如气得眼睛发红，问："谁带的人马？"

"臧大人。"

季意如大声命令："你去告诉大门护卫，要是门被打开，就不要见我了。"

季意如与臧邑大夫孙赐有过节也是为件小事。臧孙赐弟弟臧会说臧孙赐坏话，被臧孙赐知道，躲到季意如处，臧孙赐派人从季意如宅邸将臧会抓回去处置。季意如想，打狗还得看主人的面呢，抓人也不先通报一声？一怒之下，抓了臧孙赐几个家臣，报复一回作罢。但他眼下手里没有兵马，只好舍下臧孙赐，专门对付郈鲂假。季意如心想只要这路人马退了，臧孙赐自然会离开。

季意如朝郈鲂假大声说："郈大人，事情到这步田地，让季意如见一面君侯，死而无憾。"

郈鲂假说："你作恶多端，死不抵罪，君侯不会见你。"

季意如说："意如知道今日必死，郈大人就看在你我同朝共事多年的份上，帮帮忙吧。"

话说得凄凄惨惨，郈鲂假心想季氏就此垮台，满足这小小要求不算什么，说："好，我派人去禀报，见不见可就是君侯的事了。"

4

李意如宅邸被姬裯人马围攻，即有人向孟孙何忌禀报。何忌很快猜出这是姬裯在朝季氏下手了。利用臧孙赐和季意如有隙，调动自己所属邑兵。

“三桓”公族拥有重权，君侯形同虚设，群臣早已不满。孟孙何忌试探过孔丘的口气，孔丘毫不避讳地说：“周室虽然有过分权给公族的做法，但并不是大权旁落。而今弄得鲁君不君臣不臣，离大乱不远了。”

孟孙何忌担心会出事，他提醒过季意如，意如说：“正因为大权在我们手里，鲁国才有今天；否则，早被齐国灭了。”

他没法说服季意如。季意如准备用天子大祭礼仪家祭，他又提醒一次，意如说：“就是要做给姬裯看看，他看不下去要么投奔他国，要么把我季意如正法！”

没想到事情来得这样迅速，都有些手足无措了。孟孙何忌立即派人去请叔孙婼来商议。

叔孙婼也知道了这件事，正要找何忌。见到何忌，叔孙婼说：“事情到底出来了，没想到鲂假就为点小事，不经我同意即调动邑兵，这样一来，季氏危在旦夕，救还是不救？”

何忌说：“救，姬裯必然垮台，季意如越发得势，你我逃不掉姬裯的下场；不救，姬裯要除的是三桓，意如垮了，你我早晚也要被除掉。”

两人踌躇好一阵，家臣来报：“季公北边墙门被攻破，季公派来求救的人等着呢。”

何忌想想说：“救了意如，如果他马上掉过头来对付我们俩，我们再联合起来除掉他，至少比马上被姬裯人马灭掉三家强。”

叔孙婼虽然觉得怎么着也是内讧，都是件不光彩的事，却也没有更好办法了。他说：“好，我马上回去调集人马。”

鲂假让开半个身子，姬裯即和季意如面对面了。季意如说：“君侯要臣死，臣无话可说，但臣要死个明白。”

姬裯说：“逆贼，你平日贪得无厌，僭越政权、军权；你祭祀宗庙，僭越天子祭祀大礼，谋反大罪，尽人皆知，你还不知罪吗？”

季意如哈哈大笑，说：“说起来，你这个当君侯的该好好谢我们三家才是。你身为君侯，北边惧晋，东憷齐，南怕楚，没我们三桓，鲁国早亡，还有何面目立于人世间？而今你有三条路可走，一条逃亡国外，一条贬为庶民，或者处死，你选吧。”

姬裯气得浑身发抖，命令攻城人马：“攻城！”

抡大刀的劈门，楼上箭如飞蝗，姬裯士兵一连倒下好几个。北门被攻破，姬裯人马拥进来，有士兵奔上楼台。季意如护卫慌忙保护季意如逃下，姬裯士兵大声说：“君侯，我们胜了！”

话音没落地，几条道上大队人马拥来，烟雾里火把燃得“噼啪”乱响。跑在前面的武将拖一柄长枪，大声叫喊：“昏君姬裯，你要是不赶快退兵，后悔就来不及啦！”

在季意如宽大的宅邸里混战一场，姬裯的人马寡不敌众，死伤无数，只得夺门而出。季意如在前大厅碰见孟孙何忌，忙问：“外面是你们的人马吧？”

何忌说：“是啊。”

季意如大恸，说：“再生父母。”

“不能见死不救啊。”何忌说。

说话间，叔孙婼带领余下人马，也来到跟前，季意如说：“姬裯蛇蝎心肠，一心要除掉季某，差些见不着你们俩啦。”

何忌说：“带人马来攻打的好像是郈鲂假。”

叔孙婼说：“是的，就为一点私仇，动用邑兵。”

叔孙婼接着说：“我还看见臧孙赐。”

何忌和叔孙婼的话提醒了季意如，从护卫身上拔出剑，冲出大门寻找郈鲂假、臧孙赐。郈鲂假、臧孙赐只想趁季意如不备，速战速决，拿下季氏宅邸，要么杀死季意如，要么将其赶出鲁国，没想到正要得手，孟孙何忌、叔孙婼带领人马赶来，真是天不护佑。郈鲂假在慌乱中往郈邑逃奔，不料才跑百来步，被季意如堵住去路。季意如大喊一声：“卑鄙小人，认得我吗？”

郈鲂假练过骑射，个头、拳脚都不在季意如之下。可到底是败兵之将，胆怯，冷不防让季意如一剑刺来，躲闪不及，插进胸膛，倒在道旁，被仓皇溃逃的士兵从身上踩过。

郈鲂假被杀，兵士被打散；臧孙赐聚集残兵败将，连夜赶回臧邑，紧闭城门不出。姬裯得护卫贴身保护，趁乱逃回宫，命宫中军士死守各大城门。回头问王后姜宛说："王后，都是寡人无能，事情才弄得这么糟，下一步该怎么办，还望王后出一把力，渡过难关。"

虽然有娘家可以避难，但事情来得太急，一点准备没有，怎么去？再说，就算有准备，只要有动静，能逃过季意如耳目？姜后也没了主意。想一想才说："只有离开鲁国，暂避齐国一条路可走。但就是这条路，要出这门也不易。"

姬裯忧心忡忡，说："季意如会杀我吗？"

姜后说："季意如想夺君位多年，会不会朝君侯下毒手，实在难说。"

郈鲂假被杀，臧孙赐逃回臧邑，身边没有替姬裯分忧的大臣。姬裯很想派人登门问问孔丘，想想孔丘言谈中就很厌恶你争我夺这类事，去问只能讨没趣。只好听天由命，等到天亮再说。

5

郈鲂假、臧孙赐带兵攻打季意如的时候，姬裯大儿子公为、二儿子公若被安排在宫里保护姜后，三儿子公果、四儿子公贲跟着郈鲂假、臧孙赐率领的军士一起围攻季意如宅邸，第二天早上才灰头土脸地潜回。两人在附近看了很久，确实没发现有季意如的人进出，才进宫。

姬裯、姜后一夜没有合眼，第二天，脸青面黑。姜后见三儿子、四儿子虽然狼狈，到底活着回来，流下眼泪，说："死了那么多人，母后还以为再也见不着你们俩了。"

公为、公若进来叩见姬裯。公为说："父亲，这口气如何咽得下去！儿臣愿意再调集人马，把那贼捉来，凭父亲裁处。"

公若、公果、公贲齐声说："是啊父亲！"

"儿臣和三位兄长都练得一身好武艺，正没处用呢。"公贲说。

公为、公若、公果都受不了这窝囊气。

"是啊，父亲。"

"要是拿不下这贼，任凭父亲处置。"

"甘当军法。"

姬裯睃姜后，姜后回个眼色，那眼色说：“你做主啊。”

近侍入报：“季意如家臣求见。”

季意如派家臣来做什么呢，姬裯猜不透，问姜后说：“你看是见还是不见？”

“见，看他有什么话说。”姜后很果断地说。

姜后退下，季意如家臣女贾被带进宫，女贾跪拜过，禀告说：“小人奉命前来拜见君侯，是希望君侯能见季公一面，再听凭处治。”

女贾、申丰都是季意如手下极具谋略的人物，昨天晚上，季意如仗叔孙婼和孟孙何忌带领人马救援，打败姬裯兵马，杀死郈邑宰鲂假，季意如即下令追杀姬裯，女贾急忙谏阻说：“季公，万万不可。”

季意如恨恨地问：“为何不可？”

“季公如杀了君侯，不但得不到天下，连现在的地位也难以保全。”女贾说。

季意如拔出剑，说：“为何？你如说不出道理来，别怪季某不讲情面。”

女贾说：“眼下大家愿意归附季公，是因姬裯无能，需要季公撑一把，鲁国才不至于被强国吃掉。如果把姬裯杀了，世上没有比弑君更大的罪了，恶名远扬，贤能者避而远之。到那时，季公成了孤家寡人，将如何成就大业？”

季意如听了这番话，说：“那你说该如何办？”

“要人服，必得心服，才能长久；心不服，迟早要乱。”女贾说，“小人听过孔丘讲仁爱，很有道理，不妨在姬裯身上试一试。”

“如何试？”

“横竖姬裯有名无实，留他下来，恶名就全由他背了。”女贾说。

话到这里，季意如心领神会，眨巴眨巴眼皮，说：“那还得你亲自走一趟，告诉姬裯说，季意如求见。”

女贾答应说：“好，小人先去，季公做一下准备吧。”

女贾话说得诚恳动人，姬裯颇觉意外，不知道季意如求见是什么意思，拿不定主意是见还是不见，吩咐公为说：“去问问你娘，看是见好还是不见好。”

公为怨父王懦弱，却也没法，只好进后宫问母后，姜后说：“见，看他怎么说。”

公为回禀姬裯说：“娘说见。”

姬裯命近侍说：“宣季意如进见。”

近侍传旨：“宣季意如进见！”

季意如已经在宫外等候，听到召见，立即整衣入宫。见姬裯，跪拜说：“臣冒犯君颜，罪该万死，领罪来了，请君侯发落。”

姬裯想想明明是自己领兵攻打季氏宅邸，打败了，季意如还说自己是罪臣，领罪来了，让人摸不着头脑。但不管怎么说，君侯的面子还是维护了。姬裯有些感动，说：“爱卿何罪之有？请起，请起。”

姬裯听说过季意如和郈鲂假斗鸡场上的那些事，怕被季意如暗算，没去搀扶。季意如起身，姬裯赐坐，季意如说：“昨天大动干戈，不过是一场误会，臣想误会能够解除，君臣定能和睦如初。”

姬裯登位二十五年，想做的事不能做，想说的话不能说。即便说了，还得季意如点头才能做。就说这一次公室大祭吧，分明安排了四十八人跳万舞，结果只有两人。其余舞者不仅全数去了季氏宗庙参与祭祀，还增加到六十四人。一位君侯沦落到这步田地，有什么面目再待在君位上？姬裯下了决断，既不征询姜后意思，更不问四个儿子，说：“事情弄到这一步，寡人已无意留下。”

姬裯的决定倒使季意如深感意外，言不由衷地说：“国不可一日无君，君要离开鲁，臣罪该万死。”

国君被赶出去，几年以后复位，再杀掉仇人，这一类情况屡见不鲜，姬裯想：“有能耐，几年以后打回来，让三桓做阶下囚，伸直腰板做君侯；没能耐，随便找个去处了此一生，也比受窝囊气强。”想定了，他要自己做一回主，说：“我主意已定，就这样啦，收拾一下，会尽快离开的。”说罢，没看季意如一眼，起身说：“寡人累了……”

姬裯离开，留给季意如一个背影。季意如一时弄不明白此举是胜利还是失败，也不知道下一步怎么办，坐着发呆。

6

姜宛命快马先行，将她的亲笔信交与齐国君主杵臼。齐君和姜后同一宗室，都年过四旬。不同的是一个是霸主，一个是弱主的妻子。这一强一弱，就一个在天上，一个在地下了。

鲁与齐的关系，实在说不清。齐要灭纪国，纪君娶鲁君宗室女儿，为了纪国，齐鲁开战，后来，发展到郑、纪、鲁与齐、宋、卫、燕开战，四国大败。齐僖公儿子诸儿即位，与鲁修好，起兵攻纪。纪国向鲁求救，齐、鲁翻脸。鲁桓公十七年（前695年），齐鲁大战于奚。但到第二年，鲁桓公又与齐襄公会盟于泺（luò，济南市西南）。不久，鲁桓公与王后文姜一起去齐国，双双遇害，齐襄公诸儿装模作样地悲痛一番，把刺客处死了事。说到底，齐国既要灭掉纪国，也要灭掉鲁国，只是时机未到罢了。

对这一点，姜宛心里再清楚不过。只是眼下除了齐国，还能去哪里呢？不过，她想的是暂住几时，待齐愿意助姬裯灭掉三桓，立即回鲁，再筹措以后的事。这样的想法，她和姬裯说过多次，姬裯没有异议。

这是个月色朦胧的夜里，二十辆马车悄然离开王宫，驶出城门。守门官吏和侍卫见是宫里马车，没有盘问。车驶至郊外，换了老百姓使用的马车，装上随身携带的物品、珠宝、生熟食物，家眷、内臣、护卫、佣人安排上车。马车缓缓前行，走了一段，天亮了，都城房屋高高矮矮，大大小小，疏疏密密，笼罩在耀眼的霞光里。姬裯从没见过晨曦里的都城居然漂亮得如同仙境一般，而今却要离它而去，酸楚味涌上心头。长叹一声，告诉姜宛说："祖上开疆拓土，建立鲁国，五百年不衰，不想到到我姬裯这里，要做流亡君主，无颜见列祖列宗啊……"说着，流下泪来。

姜宛安慰说："君王无须沮丧，多则三五年，少则一两年，定会铲除祸乱，重振国威。"

公为、公若都受不了这窝囊气，公为说："爹，儿臣一到齐国就招兵买马，一年准能打回鲁国，让爹复位。"

公若也说："儿臣和兄长、弟弟一起，练了一身武艺，学了一肚子用兵韬略，正愁无处用武呢。"

姬裯呵斥说："不要胡思乱想。"

公为不服气，说："儿臣听孔丘说过，他十五即有志于学，所以他懂的事情很多。儿臣已二十岁出头，还一事无成，再没一点志向，都成废人了。"

姜宛说："立志是好事，却不是什么都没做就说得满世界的人都知道。你这一嚷嚷，传到那贼耳朵里，还有好日子过吗？"

公为、公若被母亲训斥，不敢再开腔。公果、公贲更不敢说话，闷在车里。姬裯、姜宛两人心事重重，自然不愿意多说。走出了衣来伸手饭来张口的宫廷，难处多得预想不到。开头三天，走上半天，还能见到散落的房屋，甚至小街、饭铺和客栈。天色将晚，选个宽敞的客栈停下来，喂马，吃一餐热饭热菜，除了护卫轮流值守，都能美美睡上一觉，第二天再启程。从第四天开始，意外的事情便接二连三地出现。先是眼看天黑了，别说小集市，连人家户也见不着。公为叫护卫去附近打探，护卫回禀说：“附近没有人家，而且不远处林子很深，得从中穿过，弄不好有大花兽出没，天黑了不敢过。”

公为说：“这可怎么办？”

护卫说：“唯一的办法是寻个避风处，生火造饭，将就过一夜再作道理。”

公为把护卫的话禀报给姬裯，姬裯没有主意，叫问姜宛，姜宛说：“事已至此，只能这样。”

公为把母亲的话转告护卫，护卫说：“车夫有经验，叫他们帮忙打理。”

公为说：“事情就交给你们去办，办好了，日后自有好处。”

幸而准备马车的时候，姜宛多了个心眼，告诉姬裯说：“要找耐性好的马，有走远路经验的车夫，不能要宫里的马车和车夫。”

姬裯说：“依王后所说。”

宫里大管家何能花了好几天工夫，才找来这二十个车夫，马也壮实。马车夫都有远行经验，他们都带了锅碗瓢缶，豆豆、高粱、小米等生食，都会击石取火。护卫把话传给车夫，车夫们捡柴的捡柴，生火的生火，操瓢的操瓢，两个时辰过去，车夫们给押车的老爷、太太、少爷、内臣、佣人每人送去黑乎乎的一坨。四个公子过惯宫里生活，眼鼓鼓地看一阵，不敢下嘴。公若拿到母亲跟前，姜宛自已先吃一口，说：“吃呀，你还等山珍海味？”

公若不敢违拗，吃下几口，直觉难受，赶忙离开母亲，到避人处兜肠倒肚地吐了出来。公为、公果、公贲都没有吃，硬生生地饿到第二天。

一长溜马车沿着一条弯弯曲曲的路向东北方向进发。往东北方向望，满眼是山。山不高，却延绵不断。只能走一辆马车的路一忽儿上坡，一忽儿下坡，一忽儿绕弯，木轮在高低不平的泥石路上颠簸，发出刺耳的“咣当咣当”声。眼前的景象，使姜后离乡、流落前景渺茫的阴郁心绪愈加浓厚，如不强忍，眼泪便会随时夺眶而出。齐是强国、富国，别说姬裯一家，加上贴身护卫、下人，四五十人，再多一些，也供得起。只是路程遥远，不知要在路上颠簸多少日子才能到达。这样，不能不多带些生熟食物，实在无处可歇宿的时候，也能够对付。最前面和最后一辆，都坐护卫，佩短剑、硬弓，中间是姬裯、姜宛、公为、公若、公果、公贲，全都打扮成商贾和佣人模样，不是明眼人，根本不会想到是鲁国君主、王后和随行人员。更不会想到十多天前还发狠要一举拿下季氏，而今却落到不得不流亡他国异乡的下场。

这一次露宿以后，无处可歇宿的情形频频出现。走了一天，饿坏了，累坏了。姬裯腰疼得没法坐起来，只好用毡子垫了躺下，车一抖动，不是撞着这儿就撞着那儿，有好几次撞着头，晕了过去。姜宛以为男人死了，摇晃半天才醒过来。姜宛自己也浑身散了架似的，车停了，半天起不来。公为、公若、公果、公贲像生了一场大病，脸青面黑，连马车也下不了。第十天，眼前出现一片高高矮矮的房屋，两条弯弯曲曲的小街，车夫们放马歇息，喂料。姜宛让何能进小酒肆，尽数包下座位，让家人、内臣、护卫、佣人、车夫吃饱喝足，好好歇歇再走。没想到车夫们不肯进酒肆，二十人在一起，找块空地生火造饭，姜宛问何能说："你没请车夫一起用餐？"

何能回话说："夫人，请啦，他们在一起惯了，不肯让我们请。"

姜宛说："你告诉他们，他们辛苦十天了，吃一餐，好好歇歇，明天好走，到齐国路还长哩。"

何能把话转告车夫，车夫头说："对不起大人，马走不动了，我们得在这里住几天，再回头走，你们只好另外找车了。"

车夫带何能看正在吃草料的马，好几匹马的肩胛和背脊磨破，露出鲜红的肉，何能心里很难受，要求车夫们一定要把他们送到齐国的话他说不出口。何能把他见到的情况回禀姜宛，姜宛说："走不了也没办法，送些金银铸币酒肉过去，作为酬谢，千万别为难这些苦力。"

何能按姜宛的吩咐办了，车夫们千恩万谢，只差跪拜磕头。车夫们喝光吃尽，把物件搬下车，放进酒肆里，再在车厢里铺上草，盖上毡子，不多一会儿，鼾声四起，和浓浓的夜色一起，沉入梦乡。

7

幸而车夫不肯再往前走，不得不在这个不知名的小城住下。这样，反而好了，借机歇歇，喘口气。姜宛怕有人暗算，除了派内臣和管家何能外出找马车，谁也不准外出。其实，经历十天奔波，吃不好睡不好，人都散架了，谁还有心思闲游？除了护卫轮流值守，防盗贼得手，其余全都睡得死人一般。好不容易等到第三天，何能见到一串拉货马车，进了小街，卸在一家客栈门前，何能急忙上前询问，才知道是临淄来的客商，何能说：“如果客人要贩货回去，不如带我们这几十个人走吧，货物不多，要多少钱好说。”

一位年长的客商说：“这年头到处都在打仗，你打我我打你，外面打，家里也打，乱成一团糟，几天前还听说鲁国出了大事，不好随便带客。”

何能不露声色，说：“那些事我们老百姓管不了，管不了就不要管，免得惹事。我们都是好人，尽管放心。”

年长客商说：“我是说，如果你们是逃难的，要去哪里，送一程就是，不收钱。”

何能说：“我们不是逃难的……这年头谁都不容易，哪能让你们白跑。”

何能很快向姜宛禀报，姜宛说：“只要能平平安安送到临淄，无妨多给些酬谢。”

何能回头找年长客商，说：“请客人算一算，你们这一趟生意能赚多少，我们如数给你们。我们几十个人有急事要赶到临淄，就帮这个忙吧。”

年长客商说：“送一趟都不值什么，只是这年月路上很乱，好坏难辨……”

何能笑了，打断他的话说：“你看看我这模样像不像劫道的？”

年长客商说：“我们在这里还有些事要办，你们要是能等，过两天一定来叫你们；要是等不了，只顾自去。”

何能问：“一共有多少部车？”

“二十辆。”

“我全雇了，钱照算。”

姬裯一行人到达临淄，除了按约定算报酬给客商，额外给了车夫一些辛苦钱，才一面托人往宫里传话，一面寻客栈住下。幸而在半道上停了五天，缓过一大口气，虽然还是累得不行，到底没跨在半路，也算是幸运了。

杵臼会不会像齐鲁关系密切时候那样看重鲁国，会不会尽力帮她丈夫打回去重登君位，姜后心里没底。特别是她已经三次托人禀报宫里，希望能尽快见面，但是过了五天，仍无消息，她的疑团忽然膨胀起来，有些撑不住了。姬裯问她说：“杵臼不会见死不救吧？”

姜后不愿意说真话让男人感到无望，说：“很忙，没工夫顾我们也未可知。”

“传句话出来总行吧。”姬裯总感觉杵臼没把鲁国放在眼里，说不出心里是什么滋味。

姜后说：“鲁国今非昔比，再说，我们是投奔他来的，轻慢一点不足为奇。”

姬裯说：“如果杵臼不肯帮一把怎么办?”

姜后说：“天下没有过不去的坎儿，就算杵臼不帮我们，我们也要闯过这难关，还要打回去，把季意如碎尸万段，才能解我姬家深仇大恨。”

姬裯很感动，说：“要是没有夫人，姬裯真不知道该怎么办。”

姜后说：“要复国并非易事，必得经历一番磨难，方可熬出点志气来。这话你要告诉所有到这里来的鲁国人，特别要告诫四个孩子，不能心烦气躁，鲁莽从事；更不能心灰意冷。”

无事的时候，姜后事事顺从姬裯，只在姬裯危难的时候站出来给男人撑腰。而今落难，夫人一肩扛起来，也算得上女中丈夫了。下午，姬裯把四个儿子、内臣、护卫、佣人叫到一起，说：“我们这一回到这里来，不是国家派遣，更不是走亲访友，不是十天半月一月两月就能回去，要长期打算，必须经得起折磨，才有成功的希望。如果有人家里实在放不下，或者另有打算，说一声，即可离开，管家会给大家盘缠的。”

房间里静寂得让人喘不过气来。想离开的人不是怕一旦说出口，会被当变节者处死，而是怕动摇人心，从此鲁君再无出头之日；铁心留下来的人怕走的人多了，撑不起。当初，姬裯、姜宛选人的时候，是反复斟酌的。定了下来，问过本人，本人愿意，才加以定夺。事情顺利就绪，唯一遗憾的是没能找到个能人，帮流亡君主出谋划策。姬裯想到过臧孙赐，姜宛不赞成。其一，臧孙赐不是将相之才，其二，臧孙赐弟弟臧会经常惹是生非，还是离远些好。姬裯说：“没有也好，寡人想留这位子给孔丘。”

不料话刚出口，让姜宛泼了一瓢冷水，说：“此人尽说无用的话，迂腐至极。”

尽管被折腾得厉害，姬裯还是希望经过几年煎熬，重回故里，再登君位。到那时，必得大权独揽，不可须臾懈怠。

一阵，管家何能起身，跪在姬裯跟前，哀求说：“君侯，小人有句话要禀报，求君侯恕小人无罪。”

“爱卿是寡人管家，大事小事都要管，辛劳有加，何出此言?”

何能说：“随君侯出发之前，家父卧病在床，母亲年迈，自身难保。正值君侯危难之时，小人即便有天大难处，也难以启齿。而今已到齐国，想来不会有多大事了，请求君侯格外开恩，准许小人回到父母身边……”何能说罢，泪流满面。

姬裯以为自己没听明白，问：“你说什么？”

何能见姬裯神色异样，吓得浑身发抖，说：“小人该死，小人该死。”

公为在姬裯身边，把何能的话说了一遍，说：“父亲，如果是这样，总管太可怜了，就不要为难他吧。”

姬裯说：“就依我儿所说，不过，何总管离开了，谁可以担当此重任？”

公为经历这场变故，老练不少，胆也壮了，说：“如果父亲信得过，孩儿担起来就是。”

姬裯漾过一丝欣慰的笑容，但他不敢做主，问姜宛说：“夫人以为如何？”

“该给孩子们压压担子了。”姜宛说，心里怨恨丈夫太没有主见，“以后要处理的大事小事多得很，君侯你就做主吧。”

姬裯得了姜宛的话，扶何能起身，说：“都是寡人没用，才连累了总管。既然总管父亲有疾，母亲年迈，就回去吧。多带些盘缠，免得万一路上横生枝节，没法应付。”

何能再三叩头谢恩，姬裯告诉公为说：“你母后的话我儿也听见了，就按你母后的话办吧。”

“父亲放心，孩儿一定管好这个大家。”公为说。

两天以后，宫里传出御旨说，杵臼忙于国事，无暇召见。鲁君安身地址暂定宫外一座宅邸里，起居饮食自有供奉，不必多虑。

听到这话，姜宛脸色难看，告诉姬裯说：“杵臼有杵臼的难处，不要怨恨他。天无绝人之路，住一段时间，再想办法吧。”

公果恨恨地说：“总有一天，连你齐国一起灭了！”

姜宛听见这话吓坏了，说：“娘是怎么跟你们讲的，怎么这样不懂事！”

公果挨母亲训斥，闭嘴不说。何能已经备好马车，前来向姬裯告辞。何能跪拜过，说：“望君侯恕罪，小人中途离开，实在是万不得已。小人回去三月五月，只要能够离开家，一定再来寻找君侯，绝不食言。”

姬裯扶何能起身，说：“寡人送你一程吧。君臣一场，不知何日能再见面。”

何能不肯要姬裯送，姜后也阻拦说：“世道不宁，夫君不能送。”

姬裯不听，说：“就为寡人无能，才落到这一步，你们谁也不要拦寡人。”

姜后叫护卫紧跟姬裯，送何能上马车，送至郊外。姬裯握住何能的手，说：“安排好家事，还望总管能回到寡人身边。”说罢，掉下泪来。

何能唏嘘一阵，说：“君王放心，家事安顿妥当，小人一定回来。”

马车走了两百多步，姬裯还伫立道旁。他穿的是便服，背已微驼，活像乡间老人。何能回头张望，向姬裯抱拳谢恩。

8

一位穿“深衣”的少年在一条弯弯曲曲的路上慢行，衣服长过膝盖，衣服下摆和袖子宽大，远看颇为洒脱。近看却发现，重重心事毫不掩饰地停留在少年眉宇之间，似乎明媚的秋阳和热闹的虫鸣也不能给他些许愉快。

这少年姓孔名丘，刚离开埋葬母亲的地方，走在回家的路上，说不出的惆怅。陬邑这个地方山不高，河不宽，满眼树木，无边无缘，少年像被无边的绿色包围了，不知道世界上除了绿色还有别的什么。他很单纯，单纯到无知的地步。孔丘出生不久，父亲患病离他而去，像一团没看清楚就消失的烟雾。他仿佛记得母亲去世的时候，自己光着脚丫，糊里糊涂跟在大人后面，将装殓母亲的棺木抬到一片草地上，放进坑里，盖上土，扒平。孔丘没娘了，只剩下一块黄土，才焦急起来，大声叫喊“娘，娘……”可是，不管他怎样喊叫，跺脚，也再见不到娘了。尔后，他进了一位好心邻居的家里。孔丘记得“大祥”之日（去世两年为大祥）来时，他看到的到处是青幽幽的草，埋娘的那片黄土再也没法找到。孔丘好学，左邻右舍，来往客人，认识的和不认识的，只要有疑问，他都要缠着求教。十年过去，六艺已颇为熟悉。而今，孔丘决定外出找一份事做，一来实现他从不肯跟人说起的大抱负，二来可以糊口。

就为这，他来向母亲告别。出现在眼前的不是草地，是一片矮林子，孔丘记忆中的青幽幽的草，是什么时候变成了矮树？孔丘不敢走进矮林子，沿着这片树林旁边的小路踯躅。也许是孔丘父母早丧，幼年即寄人篱下的缘故，他变得很敏感，喜欢独自思考。他隐隐约约地知道，自己的先祖是商朝的王室，纣王被姬发打败，周朝代替了殷商。至周成王，封孔丘的先祖微子启于宋，宋建都在商丘，微子启由王室成员变成诸侯。传至孔父嘉，为宋宣公大司马。大夫华氏督谋反，杀了孔父嘉，妻子不得不携带子女，逃到鲁国来。这样，自然失去公卿地位而成为只比庶民略强的士族。

被称为士的一大群人，他们满肚子的学问，懂礼仪，善于射箭、驾车，懂识字、造字方法和识数。他们的能力，大到当大官，治理国家；小到抄抄写写，仅能谋生。他们中的一些人，寻找关系，奔走列国，游说公卿、君王，宣传自己的主张，展示才能，一旦被公卿、君王看重，即一步登天，成为贵族。一部分人时运不佳，或者路子走得不对，或原地不动，或跌入黎民百姓之中。还有一些人不愿意与污浊为伍，隐居山野，成为隐士。孔子虽然年少，还是认识不少这样的人。一想起他们，孔丘就忍不住要想想自己。寄人篱下这么多年，收留他的人家已经很不容易了，不可能再为自己谋职业，一切都得依靠自己。

孔丘往回走的路上，走过尼丘山麓，忽然想起一些让他很不愉快的传言。这些传言，零零碎碎，似有似无，似真似假。又像秋天的落叶，这里那里，时而沉寂，时而被风吹起，纷纷扬扬。不知道父亲出于何种考虑，竟然将“丘”作为自己的名。这样，这件事就影子似的跟着自己了。孔丘鬼使神差地瞄一眼叫作“尼丘”的地方，那里野草丛生，荆棘遍地，没任何特别之处。也许传者无心，听者有意，事情并没有他想的那么丢人。再说，在一般人看来，野合也不算什么事。但传到孔丘耳朵里，即像有人当众扇他耳光，受了大屈辱，好几次险些跟人动粗。

今天，孔丘去向母亲告别，没想到倒增添了许多惆怅、不快和忧伤。

孔丘远远地望见稀稀疏疏的木房了。这些木房，用大块厚木板加起来做壁头，木皮盖顶，幽蓝的天底下，闪耀着一片片褐色，那里是孔丘足足生活了十六年的地方，而今决心离开，只身外出闯荡世界。孔丘走进那栋苍老的屋子，在两位老夫妻跟前跪下，拜了三拜，说：“叩谢两位老人十多年养育之恩，而今孔丘已长大成人，学成六艺，必得离开二老，外出谋生。如有幸寻到个立足之地，定接二老到跟前，以报养育之恩。”

两位老人是孔丘父亲叔梁纥邻居，男主人贾父，妻子李氏，夫妻俩无后。贾父没大本事，叔梁纥做邑大夫的时候，让他做养马官，有些微薄俸禄。李氏做些农事，加上叔梁纥不时接济一二，日子不算太难。叔梁纥故去，贾父不想再娶女人续香火，把孔丘看作自己的孩子，尽所能让孔丘学艺。孔丘从小听话，学艺用心，长进快，深得贾父夫妻欢喜。听孔丘说要离家外出谋生，既高兴，也忧戚，半天没说话。

孔丘见两位老人面带愁容，说："孩儿一旦有落脚之处，定回来迎接两位老人。"

贾父抹一把眼泪，说："孩儿长大了，自然要外出闯荡一番，才不枉过一生。丘儿一心外出谋事，做老人的只有高兴的份，起来吧。"

孔丘起身，贾父说："去辞别一下你的亲生父母吧，他们如果在天有灵，还不定高兴成什么样呢。"

"孔丘已经去过了。"孔丘说。

第二天一早，贾父夫妻俩替孔丘准备了衣裳、被褥、多年积攒的铸币和一包碎金银，递给孔丘，孔丘接过衣裳、被褥，却不肯接盘缠，李氏说："不要想一出去就有事做，三月五月，能谋到事做就不错了，拿着。"

孔丘推辞不过，只好接了，往北进发。

一个单单瘦瘦的身影，在一条能走一辆马车宽的路上行走，后面是他熟悉的一片破旧高高矮矮的木屋，前面是一条黄泥、砂石混杂，不知通向何处的路。踏上这条路之前，孔丘是那样急迫，似乎只要离开这块小天地，离开这栋狭窄的小屋子，迎接他的一定是蓝天、白云、大道，他会张开双臂，拥抱一个个未来的日子。离家一段路，孔丘还保留着这样的好情绪。至日头偏西，孔丘已完全进入陌生的地方，一种飘零异乡的感觉像水一样漫过全身，他有几分凄凉、几分悲哀了。

陬邑的秋风，到日头偏西时候，变得冷酷起来。走过山间，风从峡谷间刮来，孔丘背脊暴起一层冷痱。他还以为过了就好，结果到了平地，风更肆虐。不是背脊起冷痱，而是浑身打战了。

走出小天地，到大世界去闯荡，是自己的决定，不能有怨尤。不知吃了多少苦，受了多大累，养父养母才把自己养大成人，更没有怨恨的理由。不管有多大难处，他都得闯过去。天黑下来了，乌蒙蒙的罩住了山野，罩住孔丘。越来越冷了，他背脊却冒了细细密密的汗。

孔丘很少到乡野走动，却也不时见到道旁有厉厉白骨，上有两个黑乎乎的眼窝、鼻孔和咬紧的牙床……孔丘不知道死者是何方人氏，为什么成为孤魂野鬼，想得最多的是：这世界太残酷。

也许这样的命运会落到自己头上？如果真有这一天，他该怎么办？

幸而这一带山不深，转过山湾，隐约可见小河边几点亮光，仔细看时，远远近近地散落几栋木房，亮光就从木房窗洞里透出来，微弱得像苍茫夜空的几粒星星，却也够让孔丘感到温暖了。孔丘两条腿走得很酸痛，还是不顾一切地朝那几点亮光奔跑。

他跑得上气不接下气，一星亮光出现在眼前。朦胧间，孔丘看见一块伸出来的巨石，巨石下才是用木头和小树木围成的木屋，微弱的亮光从门缝里透出来。孔丘叩响木门，木门开了，一个裸露上身的女人探出头来，吓得孔丘直往后退。

天全黑下来，孔丘怕再出这样的事，玷污了清白，不敢再叩另一家的门。不叩门借住，又实在无处可去。孔丘正为难，一阵“咣当咣当”的响声由远而近。不大工夫，来到跟前，孔丘才看清楚是一辆过路的马车。马车和孔丘走的方向相反，要不，他要马车夫带他一段？

马车驶过身边，忽然停住，车夫大声说：“跟俺一起赶车去！”

孔丘还没回过神来，已经被提上马车车厢里。车厢臭烘烘的，孔丘呼吸不畅，也不敢声张。马车驶得不远，停住了，孔丘看时，这辆马车正好停在那裸身女人门前。车夫说：“小子，下来。”

孔丘不敢不下车，却也不敢进门。车夫又叫：“小子，明天跟我赶车，不睡觉不行。”

孔丘不敢违拗，走进家里。车夫跟裸着上身的女人说了几句什么，女人拿黑乎乎的一坨给车夫，自己拿一坨，再拿一坨递给孔丘。孔丘饿坏了，尽数吃了下去。车夫给孔丘指了个角落，说：“你睡那里，老实点。”

睡下去不久，孔丘就听到了一阵均匀的响动，跟着是放肆的哼哼声，孔丘只装睡熟，大气不敢出。

9

第二天一早，车夫把孔丘摇醒，说：“起来，跟爷赶车去。”

孔丘揉揉眼睛，爬起来。他想起昨晚睡在别人家里，又吃食物，不能甩手就走，摸了两块铸币递给女人。女人没再半裸身子，穿件宽大的上衣，两只大奶子在胸前晃荡。她正要伸手来接，却被车夫一把抢了过去，说：“我们外出得花钱，拿给她干啥？”

天大亮了，孔丘才看清楚车夫的模样。这人五大三粗，胸口长满毛，黑乎乎的一片。油胖脸，半截脸毛胡子，看人斜着眼。孔丘有一种被威压的感受，生怕这家伙不定在什么时候给自己来那么一下，或者掐住脖子，世界上就再也没有他这个雄心勃勃、一心梦想做大事的少年了。

“跟爷去曲阜。”毛胡子说。

曲阜是鲁国都城，正是孔丘想去的地方。离家之前，孔丘问过养父贾父，养父也没去过曲阜，只知道这是鲁国的都城，在陬邑的北面，即便坐马车，也得走好几天。养父说，陬邑地方太小，没马车可租，只有在路上碰运气。孔丘还真没想到会碰上赶马车去曲阜的人。孔丘不知道这毛胡子要他干什么，只能到时候再想办法脱身。

毛胡子只把孔丘当孩子看待，什么都说。赶一阵马，毛胡子站在车上撒完尿，回头对缩在角落里的孔丘说：“小子，尝过女人滋味没有？”

这种很低俗的问题，让孔丘很难堪，不知道怎么回答。好在毛胡子并不需要回答，自己倒快活地笑了，说：“那家伙，真不是玩意，有了它，就什么都不要了。”

孔丘小的时候，自然什么都不知道；懂些事以后，养父要他潜心学艺，他自然不会分心想别的事。毛胡子很得意自己过的日子，说：“小子，爷爷告诉你，爷爷人一个鸟一条，劫道、杀人、放火、干女人、做生意，什么都来。都城、半道、陬邑都有我的女人，我搞来的钱都分给她们，只要她们跟爷睡觉就行……”

毛胡子的话，让孔丘吓得不轻。见孔丘没说话，毛胡子越发得意，说：“今天也就让你小子爬上去一次，尝尝味儿，怎么样？”

毛胡子淫荡的眼神直勾勾地盯住孔丘，忽然说：“不过像你小子这种小鸟儿，不是那些大女人的下饭菜……驾！”

大概毛胡子觉得和这么个白脸少年说这些没意思，吆喝一声马，闭上眼睛，任随马车缓缓地向前走动。毛胡子没再跟孔丘聊这些难堪的话题，倒让孔丘轻松下来。昨夜里，毛胡子和那女人一直没能安静下来，孔丘刚睡着又被“吱嘎吱嘎”的声音弄醒。至后半夜才安静下来。孔丘入睡不久，又被摇醒，困倦得实在睁不开眼睛。

随着毛胡子“吁”的一声，车停了下来，毛胡子狠狠地捏孔丘胳膊一把，说：“看好车，爷要吃午饭去啦！”

毛胡子跳下车，回头跟孔丘说：“要是有人来找麻烦，你就告诉他，是王爷爷的车，听见了没？”

毛胡子刚才的一番话，在孔丘心里造成的恐惧像家乡的雪，越积越厚，他既不敢问毛胡子去哪里，也不敢问到了什么地方，只能见机行事。车子停在道旁，毛胡子走进旁边一家门里。孔丘往前看，不远处是稀稀疏疏的一片房子，石头房和木头房子夹杂，中间有街道，街道有酒肆，是小城镇模样。孔丘不知道这是哪里，但有一种声音在鼓励他：“跑，离开这家伙再说！”

另一种声音在警告孔丘：“万一跑不掉就得死！”

想到死，孔丘一阵战栗。才十六岁，什么都还没开始，生命就被这家伙夺去，不甘心。几次想跳下车逃跑，都没这胆量。最后一次，刚要跨步出车厢，毛胡子回来，朝他恶声喊叫：“小子，你想逃跑？”

孔丘赶忙分辩说：“不是不是，要小便。”

“就站在车里解！”毛胡子说。

毛胡子已经回到车上，孔丘说：“站在车上解很难看，我下车在旁边方便吧。”

毛胡子阴笑一声，说：“小子，不听爷爷的话，小心杀了你。”

孔丘下车，在背阴处小解过，毛胡子塞给他黑乎乎的一坨。孔丘很饿，啃了一口，粗粝难咽，也只好慢慢咀嚼。

孔丘靠着车厢，昏昏沉沉地睡了一阵，一阵刺鼻的膻味把他熏醒。不知道什么时候车厢里多了两头羊和一个老头。看样儿老头子很和善，一上来就哼哼唧唧的不知道在唱什么，调子好听，孔丘并不讨厌。毛胡子说：“老头，你会唱，唱几段我听听。”

“唱啥？”老头问，“文雅的，还是孽障的？”

“都行。”毛胡子说，“唱好了，白送你一趟。”

老头的确很能唱，开口就来了一段，唱完，孔丘没听懂，要求老头重唱。毛胡子不满意，说：“你小子真笨，就这么几句也没听懂。”

老头还是重开嗓门：

执我袂兮，
同行千里。
如忘我兮，
我将无归。

执我手兮，
游于河旁。
如遗我兮，
命绝水中央。

拥我身兮，
信誓旦旦。
如遗我兮，
阴魂不散……

老头声音嘶哑，却唱得缠缠绵绵。孔丘第一次听到这样的歌，第一次感受到女人这种缠绵悱恻的情意，好像浑身在膨胀，充满了要做一点什么的欲望。禁不住说："大爷，你唱得真好听，还会唱别的吗？"

话还没落音，马车忽然停住。毛胡子跳下车，直朝路旁边一块地里跑。孔丘和老头一起朝毛胡子跑的方向看，见那里有几个拿皮鞭的人，正在抽打拉犁耕地的汉子。孔丘不知道发生了什么事，问老头说："大爷，我俩能不能去看看？"

老头说："有啥看的，那不是人干的事！"

老头黑着脸，没动。孔丘下马车，奔跑一段，到了地里。这时，被鞭子抽打的汉子浑身是血，倒在地里，嘴里冒白沫。毛胡子一手揪住拿皮鞭的家伙，问："你为啥打他？"

"他是家奴！"拿皮鞭的家伙说，理直气壮。

毛胡子夺过皮鞭，照那家伙的背脊抽一鞭子，抽得那家伙"哎哟"一声叫喊，毛胡子问："皮鞭的味道好得很，再来一鞭！"

那家伙被抽懵了，等他回过神来，又挨了一鞭。这一鞭朝头顶劈下来，帽子劈飞了，右脸颊开了血口。那家伙抵挡不住，给毛胡子跪下，哀求说："饶命哪，大爷，饶命哪……"

毛胡子把那家伙提起来，说："你把他扶起来！"

那家伙自知不是毛胡子的对手，乖乖地去扶倒在地上的家奴，却没能扶起来。毛胡子吼叫起来："扶起来！"

汉子已经死了，脸色惨白，嘴角流出的血变成黑色，那家伙哭丧着脸："大爷，他……他……死了……"

毛胡子瞪圆眼睛，说："他死了，你也别活了。"说着，闪电般地下了两鞭，那家伙被打趴在地上，说："你把老子打死了，你也活不成，不信试试!"

那家伙的话激怒了毛胡子，一顿皮鞭落下，那家伙没有进的气，只有出的气了。旁边两个拿皮鞭的家伙吓呆了，一齐给毛胡子跪下，央求说："大爷，不干我二人的事呀，大爷……"

"你们是一起作恶的，不教训一下没记性。"毛胡子说罢，一人抽了一鞭，说，"把给你们拉犁耕地那汉子埋了，回头老子要来看的，不埋老子连你们一起打死!"

毛胡子说罢，顺手将皮鞭甩了出去。毛胡子力气出奇的大，皮鞭转几个圈，落在对面的山上。毛胡子还不解气，说："回去告诉你那王八蛋老爷，再这样虐待家奴，老子连他一起揍!"

两个家伙跪在地上直磕头，连看也不敢看毛胡子一眼。

10

这是座比陬邑大得多的城池，远远地便能望见一座高大城门，执兵器的甲士不停地在盘问进出行人的时候，毛胡子"吁"的一声停住车，朝老头伸出大手板，老头知道毛胡子问他要钱，说："我卖了羊就回来给你钱。"

毛胡子朝老头瞪眼睛，说："想坐了车不给钱?"

"还没卖羊，身上实在没钱。"老头说，"实在不行，我牵一头去卖，留一头抵押。"

孔丘想想有零碎金银和铸币，替人解难要紧，摸出几块铸币递给毛胡子。毛胡子斜孔丘一眼，说："你小子很有钱是吗?"毛胡子说着，一把抢过孔丘手里的铸币，跟着搜去他身上所有零碎金银和余下铸币，说："滚!"

孔丘不敢稍有迟疑，跨出车厢，跳下车。老头子抱着一只羊，跟着下车。老头放下羊，回头上车抱羊的时候，羊已被毛胡子摔下车，挣扎一阵，死了。好像毛胡子摔的不是活羊，而是一块石头。让孔丘战栗的是毛胡子不但没有丝毫歉疚，反倒十分得意，扬长而去。中午那血腥的一幕，如果老头对毛胡子还有些好印象，认为他还算得上个人，那么，眼前的毛胡子就和狰狞的野兽没有两样了。

出门的时候，孔丘心里还洒满阳光和希望。昨天夜里毛胡子的作为以及他说的那些令人惊悚的话，孔丘还是将信将疑，眼前，他已完全被雾霾笼罩。老头见他脸色难看，说："看你这模样，是刚出来混的吧？"

孔丘说："离家几天了。"

老头说："还早得很。"

孔丘不知道"早得很"是什么意思，愣愣地看着老头。老头望着远处，幽幽地说："这年头，早上出家门，晚上能不能活着回家都难说。"

郑国、宋国开战，齐国、鲁国和和打打、打打和和，但陬邑这地方没有战事，孔丘的心还像一汪清泉。虽然见识了毛胡子的恶行，毕竟离老头的经历还远得很。

"会好的。"老头说，"多经一些事就好了，我也是这样走过来的。"

老头说他而今已经六十多岁，离死不远，也就什么都不怕了。他说他第一天出门就碰上打仗。他也弄不清是哪一国跟哪一国的人打，手舞长矛大刀的人潮水一般涌来，把他卷了进去。人喊马嘶，兵器乱响，被马踩死，砍去半边身子，剁去脚、胳膊的到处都是，让老头心惊肉跳，魂都吓没了。他开始紧紧抱住头，几次被人推倒，幸而拼死爬了起来，才没被踩成肉饼。

"被踩死，乱刀砍死不值。"老头说，"爷横下一条心，在地上捡起一把大刀，哇啦哇啦乱吼乱叫乱砍……"老头得意地看孔丘一眼，继续说下去，"爷也不知道砍死人没有，反正我杀出一条路来。爷也不知道该往哪里跑，乱跑一气，跑到山背后，在一块草地上，实在跑不动了，坐下歇歇，没想到睡着了，到第二天天黑才醒……"

孔丘做梦都没想到外面竟这么凶险，为何一定要你打我我打你，互相杀伐，互相践踏呢？为何不能好好相处？他的疑问太多太多，可是有谁能告诉他？不过，眼前最需要办的事是身上已一文不名，别说住店，连买东西塞肚子也不可能了。

老头接着说："爷算看透了，世界上最坏的还不是毛胡子这类人，是皇帝老爷。别看他们讲得比什么都好听，坏主意全是他们出的。比如这个国家打那个国家，老百姓挑得起来吗？是他们贪心不足，当了小官要当大官，当了大官要当皇帝，当了皇帝还想当霸主。当不了就闹，就打，这天下大乱，就是他们闹出来的。"

孔丘把他听来的事和老头说的话对照起来想，觉得就是这么回事，说："谢谢你老人家，你教孔丘懂得很多事。"

老头有些耳背，问："你说你是孔丘？"

孔丘说："是。"

"你父亲是叔梁纥？"

"是。"孔丘说，"听母亲说，我出生不久父亲就去世了……"

"啊……"老头停一阵才说，"二十七年前，你父亲是陬邑宰，我在你父亲手下当一名军士。就是那一年，不知道为了啥，上面叫我们去攻偪阳。偪阳一个小国，城池也小得很，可是很牢固。我们打到城门前，看到门开着，就放心大胆往里攻。人进去一半，我已经冲了进去。没想到守城的人就放下闸门，把我们的人截做两半。他们人多，我们人少，我想，不被他们剁成肉酱才怪。就这时，你父亲把闸门扛住，我们的人才安全地撤了出来……"

孔丘第一次听到爹这么一件了不得的事，豪气涌了上来。不过，他看看自己瘦弱的身板，并不粗壮的胳膊，豪气萎缩了，很像野外那即将枯萎的花。坐了好一阵，老头的故事听罢，疲惫、饥饿、恐惧朝孔丘一齐袭来，而他没有任何办法对付。一旦老头离开，他死在异乡无疑。但他能做什么呢？既不能央求老人帮他，更不能要求老人不要离开他，只能顺其自然。他固执地相信自己所学一定有用，只要一有机会，一定会比眼前好。这一点希望像微弱的亮光，给他信心，给他走下去的勇气。

大约老头想出了办法，起身，把那只活羊拴在旁边小树上，告诉孔丘说："你在这等我，不要动。"说罢，扛了地上的死羊离开。这是一处离房屋有几百步的角落，几株光秃秃的树，一片败草，几只大鸟眼睛走了火，以为树下有死人，在头顶盘旋，不肯离去。一阵，老头回来，朝孔丘招手。孔丘像即将溺水的人抓住救命木板，快步来到老头身边，老头说："今天有办法了，有住处，有晚饭吃，走吧。"

这天，老头和孔丘住在一家离路不远的小酒肆里，这家酒肆的主人是挺和善的夫妻俩。男主人比老头年轻，一见到孔丘就不停地抹眼泪，吓得孔丘不知道发生了什么事，却又不敢问。晚饭，上了一大钵羊肉，满盆乌黄饭食，一大陶罐酒。男主人不停地给老头倒酒，女主人给孔丘夹大块羊肉，吃得酒醉饭饱，女主人把他俩领进后房。老头吃得酒气熏天，倒头呼呼大睡。孔丘累坏了，又饿又怕，一下轻松下来，也很快入睡。一睡着，就梦见养父、养母；放着母亲遗体的棺材被缓缓放进土坑里，旁边拿锄头站着的汉子们，不多工夫把坑填平，他这才大喊大叫起来："娘，我要娘……"

他跟埋葬母亲的人们一起回到小村落，养父牵着孔丘的手回到家门前，养母看见，一把抱住他，说：“可怜的儿啊，以后这里就是你的家了……”

养母说着，不停地抹眼泪……

在梦里，养父、养母样子那么真切，他亲亲地叫一声：“娘!”

养母不见了，再叫一声“娘”的时候，孔丘自己醒了。

11

第二天早上，一辆马车停在酒肆门前，酒肆老夫妻俩站在门口，手里端着两个陶罐，一个盛的是饭食，一个是羊肉和菜。老头叫孔丘一起接过陶罐，放进马车里，把羊抱上车，孔丘却不肯上车，老头说：“你这又奇怪了，再有一天就到曲阜了，怎么不去了?”

孔丘说：“老人家，昨天我已经白吃白住了，你不讲清楚，小的这辈子不会心安。”

老头说：“上了车，我慢慢跟你说。”

孔丘一心要寻找出路，又见老人和毛胡子完全是两路人，没有再问。这天晚上，老头和孔丘走在半道上，老车夫说：“反正天气不算太冷，就在外面过一夜吧，明天下半天就到曲阜了，可以早些住下来歇息。”

老车夫能耐很大，不知道从哪里拖来干树枝，用火石打着火，燃起大火。车夫说：“在野外过夜，一定要烧大火，野兽才不敢来，人也不冷。”

老头和车夫轮流去找柴火，火一直烧得很旺。马车卸了下来，马吃一阵草料，累了，很舒适地睡在离火不远的地方。羊不累，只顾啃草。轮到车夫去捡柴火，孔丘耐不住了，又问：“老人家，你为什么对我这样好，店主人为什么对我和你这样好，为什么不告诉晚辈?”

老头狡猾地看看孔丘，说：“为什么一定要告诉你呢，能不能等到该说的时候再说?”

“什么时候是该说的时候?”

“我说的时候就是该说的时候了。”

孔丘只好闭嘴。第二天下午，果然到了鲁国都城曲阜。老头下车，车夫去找酒肆，老头说："等我把羊卖了，再付店钱吧。"

车夫说："这是主人的车，主人交代了，要小人照顾好你们两位大客人。"

老头没有客气，任凭车夫去张罗。这天，老头、马车夫和孔丘住在一家阔绰而干净的酒肆，第二天早上，孔丘醒来的时候，不见了车夫，问老头说："老人家，那车大爷呢？"

老头说："驾车回去了。"

孔丘说："得了这么大恩惠，小辈还没谢过人家呢。"

"再说吧。"老头说，"有你这份心就够了。"

不知道老头从哪儿弄来两包食物，递给孔丘一包，说："你在客栈里等我，别走远了，免得迷路回不来。"

孔丘很怕老头不再回来，想说"老人家，我和你一起去吧"，又怕老头耻笑，硬着头皮说："好，大爷，你去吧。"

孔丘在酒肆里一直熬到下午，老头才回到酒肆。老头后面跟着个穿官服的人，老头告诉孔丘说："这是容司库老爷，他和我一起，做过你爹手下。打偪阳那一仗，他最后一个从闸门里逃出来。我回家了，他去了曲阜。"

孔丘长揖说："晚辈见过容老爷。"

"容老爷"板着脸，点个头，算是回礼。老头跟容老爷说："我这小侄子就交给你了，我卖了羊，还得赶回去。"

容老爷挥挥手，说："去办吧。"

剩下自己和容老爷，孔丘一下不自在起来，追了出去，老头说："我已经和容老爷说啦，他会给你交代的。"

孔丘说："老丈厚恩与小辈，小辈异日必定图报，老丈一定相告尊姓大名，何方人氏。"

老头说："你就什么也别问啦，记住老朽一句话，天底下还是好人多，你会自己走出一条路来的。"

孔丘还想问自己怎么就成了老头侄子了，但老头已转身离开，没问成。回到酒肆，容老爷脸色难看，说："看在你爹面上，暂留我处做事。凡事必得尽力，不可苟且。有事必经允许，方可外出，听见了吗？"

孔丘第一次听到有人对他说话这么不客气，心里有些不快，却不敢挂在脸上。就这一点关系，还是父亲生前挣下的。再说，要是没有这样的机缘巧合，碰不上这位记情的老人，他说不定已成饿殍。想想这些，孔丘心里平静下来，说：

“是，容老爷。”

容老爷倒不高兴了，说：“在我手下做事，就要懂规矩，明白吗？”

孔丘怕惹怒容老爷，赶忙说：“明白啦，容老爷。”

容老爷显然没把孔丘放在眼里，说：“你爹平日对下边的人还不错，我是记他的情。要不，我这里是不随便进人的。”

孔丘很想转身离开，但一想离开了无处可去。且不说想做一番大事，连性命也保不住，只好咽下这口气，说：“谢谢容老爷。”

孔丘被带到郊外。这是一片宽阔的草地，青黄杂驳；草地边缘树木不高，却密，像篱笆。东面一溜矮木房。正面敞开，有横栏。孔丘明白了，那是马厩。那么多马厩，这是什么去处？另一面有一栋小木屋，旁边乱七八糟地堆着杂物。孔丘意识到他很可能要在这里落脚，要跟这些不会说话的牲口打交道，心里堵得难受。

容老爷把他带到那栋木屋前，说：“从今天起，你就是这里的乘田了。”说罢，朝木屋里叫喊：“你们都出来！”

听见喊叫，木屋里走出四五个人来，男男女女，有老有少，七零八散地站在外面，容老爷说：“他叫孔丘，以后就是你们的乘田了，要听他安排调遣，不得胡来！”

孔丘想问“乘田是什么职务”，还没等他开口，容老爷已经离开。

不信任的目光一齐朝孔丘扫过来，没人搭理他，孔丘感觉自己被遗弃了。容老爷没说让孔丘住哪里，是自己弄吃的还是有人弄？薪俸就更没影儿了。一时不知所措。

孔丘不知道这些手下的晚饭是怎么弄出来的，一人端一钵只顾吃，没有人盛给他。孔丘不好意思问，只好饿着肚子。天黑尽了，跟着来的是他住哪里这件事。木屋里分两间，一间睡两个女人，一间睡三个男人。没门，中间点着油黑的松块，满屋子是黑烟。一个中年男子朝孔丘抬抬下巴，说：“跟我一起睡吧。”

孔丘看看地上的草垫，潮润汗臭的被褥，心里打鼓。但不管怎么说，还是感激这位手下收留了他。这位中年人见孔丘犹犹豫豫，说：“睡吧，等一下就你一个人睡，够宽的。”

孔丘又累又饿，在这中年人身边躺下。中年人轻声告诉孔丘说：“年轻人，你这官不好当啊。”

孔丘怕说话不慎传到容老爷耳里坏事，问：“怎么不好当？”

中年男人说："过些日子你就知道了。"

睡到半夜，孔丘翻过身，大半边铺空了。深更半夜的，他的同铺能去哪里呢？跟着，对面房间打起来了。没有骂声，只有厮打的声音。孔丘有了一次和毛胡子一起住女人家里的经历，猜着了八九分。他有几分难堪。厮打声停止，中年男人回来。孔丘装做什么也没听见，发出均匀的鼾声。第二天天亮，中年男人甩一团黑乎乎的东西给孔丘，说："吃吧，吃完了我带你出去。"

一个用黍稷果实掺和而成的团子粗粝得难以下咽，但是，昨晚孔丘就空着肚子，如果再不吃些下去，他会垮掉。孔丘一点点地吃下去。实在没法再吃，他把剩下的小半揣进袖子里。

中年男人先到那一溜马厩前，告诉孔丘说："本来嘛，你是来管我们的，一些话不该我来说。我看你太年轻，不晓路数，怕你没法待下去……你跟我几天就知道了。"

孔丘不喜欢这个男人半夜去按女人，但能接纳他、帮他，孔丘还是有些感动，说："真该谢谢你。"

"我喜欢一个女人，昨夜就是为了她才跟别人厮打的，我要把她带走。"中年男人说，"不管这世道怎么乱，我还是想有个家……"

孔丘想起自己早已没有父母，连养父养母也在遥远的陬邑，心酸得眼圈发红。

"他们这些人，见厉害的乘田就怕，见软的就欺，我不干这种事。"中年男人说，"你的前任就是被他们气跑的，你不能对这些人客气。"

还没开始做事呢，事情接二连三地发生，孔丘实在有些招架不住。但他没有退路，说："不怕，孔丘还不是没骨头的人。"孔丘说，第一次话说得很硬气。

中年男人说："这就好。皇帝不讲道理，想打谁就打谁，下边的官要杀谁就杀谁，咱老百姓再这样无法无天，就谁都别活了。"

孔丘心里本来很乱，又添了中年男人一番话，不仅乱，还堵得慌。他们的事情并不复杂，孔丘跟随中年男人，把拴马绳子通通解了，放出去吃草。放完，中年男人说："天快黑的时候把它们赶回马圈就行了。"

一阵，木屋里两男两女都赶到马圈这里，中年男人说："你们不在窝里挺尸，出来干啥！"

这些人讪笑着，中年男人用训斥的口吻说："这里没你们的事了，去放那边的牛！"

有两男一女去了，一个粗壮女人却不理会中年男人，说："看你能的……"

说归说，这女人还是去了。中年男人告诉孔丘说："还有个牛场，也归你管。"

孔丘"啊"了一声，心头一下沉了下去。中年男人见孔丘有难色，说："五个人要管五六百头牛羊，人手说够也够，说不够也不够。你不要可怜谁，你越怕，这些人越欺负你。你的上任走以后，容老爷叫我临时管管，对他们不客气，一个个都不敢胡来！"

这不分明是夺了这中年男人饭碗？孔丘没想到自己竟然做了一件糟糕的事，说："对不起，我不知道是这么回事，今天我就离开。"

中年男人笑了，说："你不能走。"

"为什么？"

"你一走，我就走不掉了。"

孔丘又"啊"一声，心想："看来这不是什么好差事。"

中年男人说："昨天我就告诉你，我想有个家，要带走一个女人，成全我吧，啊？"

孔丘无话可说。

12

天气还不算冷，牛、马全都放了出去，孔丘在一块石头上坐下来。好心的中年男人带孔丘四处转了一趟，孔丘有了初步印象：这地方的确很宽，水丰草肥。即便是秋天，枯黄中不乏青色，牛马们尽可从中剔出可口的青草下肚。这样，只要不是雪天，尽可将牛马放出去，任它们吃喝玩，累了，躺下歇息。

这种时候，孔丘手下的人歇了，他自己也可以坐下来做做想做的事。孔丘跟这些人在一起一月有余，越发相信自己和他们不是一回事。他们除了干每天非干不可的那些事，便不是跟女人调情，就是睡觉，什么也不想。他们除了眼前那一片小得不能再小的天地，什么也不知道，他们当然无法想更多的事。既然不能想更多的事，日子只能按老样子一天天过下去，直到老死。他当然不可能天下事尽知，但他知道尧、舜、汤、周的许多事，知道鲁国不少事。这一次出来谋职，他还知道不少书本里没有的东西。一种人这么恶，一种人这么善，这究竟是为什么？所以，自己要做点事情的想法越来越强烈——孔丘坚定地相信自己是一定能做点事的——这就是自己和那些浑浑噩噩、没有任何追求的人最大的不同。

对他不错的中年男人属于哪一类呢？孔丘觉得有一种东西在心里涌动，却还不明白究竟是什么。

孔丘在曲阜酒肆，还隐隐约约听到一种乐曲，忽而轻得缥缥缈缈，像一缕烟在远处飘散；忽而清晰起来，“叮叮咚咚”，像高山飞瀑，优雅，将人带入一种没有烦恼、没有忧愁、没有欲求的境界……

在马车上，孔丘第一次听到老头歌唱，让他久久不能平静。眼下，这两种让孔丘激动不已的东西轮番在耳际响起。孔丘无法再现那美妙无穷的乐曲声，老头那首歌却在心里复苏。

执我袂兮，
同行千里。
如忘我兮，
我将无归。

执我手兮，
游于河旁。
如遗我兮，
命绝水中央。

拥我身兮，
信誓旦旦。
如遗我兮，
阴魂不散……

孔丘放声唱起来，听一次，孔丘即唱得和老头神似，自己也觉惊讶。这时，不远处出现几个穿官服的人，渐渐走近，一直到跟前，孔丘还不知道。

“孔丘，唱什么呢？”

孔丘吓了一跳，发现其中一人是容老爷，连忙起身长揖，说：“惭愧，惭愧，在下刚刚想起听来的一首歌，唱走了神，不知道是容老爷来了。”

一个着官服留短须的白净脸走近孔丘，问：“你是新来的乘田？”

孔丘不知道来人的身份，又不便问，回答说："是。"

"你父亲是叔梁纥？"

"是。"

"这么说，你是孔丘？"

"是。"

"你父亲十分了得，可惜早逝。"

"……"孔丘不知道说什么好。

"你习六艺？"

"略知一二。"

"刚才唱的那首歌是你写的？"

"是听来的，小人觉得不错，就记下了。"

"你能写吗？"

"可以试试。"

"你懂音律？"

"略知一二。"

孔丘略加思忖，即吟成一首。

天之苍苍，
我在何方？
四野茫茫，
我心惶惶。

生何以期，
死何以伤？
孰能以告，
解我惆怅？
……

白净脸脸色暗下来，好一阵才说："年轻人，该你想的事就想，不该想的事就不要想得太多了。国有国君、公卿、大夫，他们都是管国家大事的，老百姓只要管好自己的事就行了。"

孔丘不知道这话是对是错，有一点倒是再明白没有：黎民百姓无权过问大事。孔丘想想自己的思虑并没有错，为什么不是该他想的事？他想问个明白，但短须白净脸已经离开。孔丘见容老爷那毕恭毕敬的样儿，猜想这白净脸官位必定在容老爷之上。不过，孔丘不想问了。如果事事都要打破砂锅问到底，分个对与错，还能办事吗？

容老爷再到牛马场来的时候，乘田孔丘被带走。他问去哪里，容老爷说：“祝你高升。”

孔丘再问的时候，容老爷说：“你跟容某人去就是了，哪有这么多问的？”

既然这么说，孔丘便没有再问。孔丘跟随容老爷，坐上马车，离开牛马场，进都城，转几个弯，在一片大小不一的房前下车，走进一栋木屋大门，再进大厅。大厅两侧有好几间房间，孔丘被带进右边一间，说：“以后你就是这里的委吏了，要做什么事，会有人告诉你。”

房间里有两张矮桌，一张桌前坐一位须发花白的老头。听见容老爷说话，老头抬起头，和容老爷照了面，容老爷说：“这是陬邑大夫叔梁纥独子孔丘，是季公亲自选来的，你好好带带他。”

老头说：“是，大总管。”

“孔丘出了师，你即可离开。”

“谢大总管。”

这里要比牛马场好得多，房间里有两个铺，一个空着，老头说：“你就睡这里吧。”

牛马场中年男人跟那位粗壮女人离开的时候，把被褥留给孔丘。孔丘抱下小河里洗了半天，晾干，总算能对付了。孔丘把破旧被褥放在空铺上，老头说：“你就跟我一起用餐吧。”

孔丘在牛马场，全是和中年男人、粗壮女人一起张罗，和他们俩一起用餐；不知道这种地方该去哪里吃饭，一时不知道该怎么说。老头见孔丘迟疑，说：“我在都城租了空房，女儿和我住在一起，你来，不过添一双筷子就是了。”

话说到这一步，孔丘不好推辞。他打算按时从自己的薪俸里提出部分来补贴老头。

老头见孔丘有迟疑，怕他有顾忌，说：“我和你爹一样，也是避华父督祸乱，从宋国迁来，命都一样，不必见外。”

祖上孔父嘉做宋殇公大司马，大夫华父督要杀殇公，管兵马的大司马孔父嘉先被杀这件事，孔丘隐隐约约知道一些。仅就这些，也够让自己和眼前这位老人拉短距离了，他慨然说：“好，老丈，但不能白吃。”

老头说：“好，就怕你付不起。”

孔丘是个认真的人，“付不起”，肯定吃食很贵，只好另想办法。但他还是问：“先生尊姓大名？”

“贱姓亓（qí）官，名扬。”老头说。

孔丘没听明白“亓官”二字，老头又说了一次，才想起来宋国真有这样的怪姓。老头面前的矮桌上堆了好几卷竹简，他打开一卷，告诉孔丘说：“委吏管的是仓库，买进付出都要经过这里，进出账目清楚，就算尽了职。你有文墨，做好这事不难。”

说着，有人抬筐箩到厅前，来人和亓官扬说了几句话，亓官扬在竹简上记下什么，才把来人带出大门，转个弯，到一栋小木房跟前，打开厚厚一扇木门，拿出斗、升，开始给来人量黍稷。孔丘想着这就是他要做的事，跟着认真地看了一回。来人领到黍稷，离开，亓官扬说：“宫里各级各类官职薪俸都有定例，按定例发给他们就是了，如有变动，总管会告知。”

孔丘说：“做这些事确实不难，只是天天如此，难免乏味。”

“这是自然的。”亓官扬说，“外面的人以为在宫里当差好，其实，在宫里当差很乏味……这样的话不要随便说，让人听了去可不是闹着玩的。”

“谢谢老丈关照。”孔丘说。

天暗下来，亓官扬推开木窗看看外面，说：“不会再有人来领薪俸了，吃饭去吧。”

孔丘推辞说：“老丈你过得不易，小生还是不去打搅府上了。”

亓官扬说：“我虽然在这里当差几十年，薪俸却是不多，没有山珍海味招待你。”

孔丘想：“这么说，倒是不能不去了。”

孔丘跟在老丈身后走了一段，远远地望见一处稍高的地方有一株大椿树，大椿树下面，是一栋小巧玲珑的木屋，屋顶袅袅炊烟，在澄澈的空中越来越淡，淡到没有踪影，宁静得让人不相信这里地处鲁国都城。说来也是，房屋密集的地方是平地，是城中心，这里比平地高出那么一点，就不被青睐了。也许这屋主人嫌这里地势高了，搬到平地去了，或者到更热闹的地方去了，这屋子空了出来，亓官扬父女才租到手，也未可知。亓官扬指着高大的椿树说：“我就住在那株大椿树下面，夏天枝叶茂盛，屋里凉爽舒适。它长得高大挺拔，让人看着舒服；据说寿命很长，可以活几千岁，这株树已有两百余年。”

孔丘看看椿树下面随意放了条矮长凳，一种情愫油然而生：“要是能坐在大椿树下抚抚琴，吟吟诗，那才是人生的大乐事。”他忘情地说：“好去处，好去处，要是再有琴与诗，就神仙日子也不过如此。”

亓官扬停住步子问：“你喜欢琴？”

孔丘毫不迟疑地回答：“晚辈喜欢琴。”

“你会弹琴？”

“晚辈听过琴声。”孔丘说，“那是人间最动人的声音，相信晚辈能学会。”

“你听说过师旷吗？”

“听说过。”孔丘说，“他生来目瞽，却睿智过人，绝代乐师，成为晋大夫。听说晋平公铸了口大钟，众乐工都认为大钟音律准确，独师旷听出来有偏差。晚辈不但钦佩他识音律前无古人，还佩服他胆识超群。”

亓官扬露出欣喜的笑容，却没有往下说。

几十步石级，椿叶零落。走了小半，孔丘听到脆脆的一声“爹”，一个身影在门前闪了一下，不见了。

“是我女儿。”亓官扬说。

一餐饭过去，叫一声“爹”即没影儿的姑娘始终没有出来。孔丘说：“晚辈该回去了。”

“今天就住我这里，也好说说话，明天早上过去，误不了事的。”亓官扬说。

孔丘说：“哪能再打搅老丈。”

亓官扬说：“不必客气，亓官扬无才，却爱才。”

孔丘嘴上说说客气话，心里却牵念那一闪便没影儿的姑娘。孔丘知道自己不过是个略识六艺的穷小子，没资格有非分之想。却无法断了这念头，像春天的树要冒绿，只好由它。

那一夜，孔丘是在忽高忽低，忽长忽短，忽缓忽急，忽悲忽喜，如怨如怒，如泣如诉，似有似无，时有时无，若远若近的琴声之中入睡的，他梦见自己徜徉在草地上，蓝天，白云，远处的飞鸟，叮咚作响的溪流，恍恍惚惚地进入了一种幻境……

13

这些天，孔丘做事的时候老走神，不是称黍稷的时候看错了秤，就是该拿绸拿成了麻布。常常对着窗外愣神，要待亓官扬叫几声才回过神来。亓官扬是过来人，猜得着是怎么回事。不过他不说。一般长者大事小事都喜欢替儿女做主，他却要让年轻人自己做主。再说，他就这么个宝贝女儿，能不挑个好女婿？亓官扬不看重富贵，只看重人品和才气。他得试试孔丘。

这天用晚餐，亓官扬女儿第一次露脸。她露脸也和别人不同。从她进入用餐间起，一直低着头，低头走路，低头用餐，低头清洗碗筷，一句话不说，仿佛用餐间只有她一个人。洗罢碗筷，擦拭餐桌的时候，亓官扬才说话，他说："暹儿，孔公子先祖是商王室，极善音律，长于文墨，我儿有师可投啦。"

叫亓官暹的姑娘随即欠身施礼说："孔公子如肯收徒，实小女子万幸。"

亓官扬说他是商王室之后，善于音律，长于文墨，孔丘已经吃惊不小，他女儿还要投师学艺，便全身筋骨收紧，赶忙说："晚辈不敢。"

亓官暹这时候才漾出一丝笑容，说："能者为师，有什么敢不敢的？"

"能者为师"，这句话让孔丘为之一振。它很像黑夜里的火星，一闪，照明一片。其实，离开养父养母之前，孔丘就在想，为什么同样是人，有些是君王、公卿大夫，而多数人只能是老百姓？他孔丘能不能出人头地？如果命中注定只能当老百姓，他又何必自讨苦吃？

孔丘就在这进退之间犹豫再三，才在陬邑耽误了许多时日。而今，这女子的话，一下把罩在他心上的一层雾拨开，敞亮了许多，禁不住站起来，朝亓官暹长揖说："谢谢赐教。孔丘驽钝，百思不得其解的事，大姐一语道破，受益匪浅。"

亓官暹嘴一抿，笑了，说："孔公子能说会道，将来做辩士无疑。"

亓官暹笑起来眉毛弯弯的，眼睛格外明亮。

孔丘说："大姐说错了，小生不做卖嘴皮子的事。"

亓官暹说："啊，那是小女子说错了，见谅。"说罢，起身说，"爹，暹儿上楼了。"

一阵，传出幽幽的琴声，丝丝缕缕，夜深了，还在耳际萦绕，撩拨得孔丘一夜没睡安稳。

几天之后，容总管来府库告知孔丘说："季公要听你弹琴，随本官走一趟吧。"

跟亓官扬几个月，知道一件比天还大的事：鲁国实权握在大夫季意如手里。孟孙何忌和叔孙婼虽然同称"三桓"，同时当政，却无实权。至于姬裯，不说别的，连聘用个人也得季意如点头。只不过背君侯的名儿罢了。这让孔丘很觉奇怪，一种不快和压抑影子似的跟着他。眼前最难的是他没琴，露出难色，亓官扬替他解了围，说："请总管稍等，孔丘取过琴，即随总管前往。"

亓官扬上楼，再下来的时候，手里拿把琴，交给孔丘，说："带上它，你会成功的。"

孔丘跪下，双手接过琴，抬头看见楼梯口露出亓官暹半张笑脸。亓官暹只当孔丘是高手，几个月来，不止一次地弹琴给他听，弹罢，只看孔丘神色，并不问长问短。多数时候孔丘听得手舞足蹈，亓官暹也漾开笑容，也是听罢就了。孔丘猜想那天在养马场见到的白净脸说不定就是那个季意如，如果是他，想来不会是好事。孔丘后悔那天当白净脸的面吟了一首诗，后悔白净脸问"你懂音律"的时候，回答"略知一二"。但一想说不定这就是千载难逢的亮本事的机会，说不定由此改变自己的命运也未可知。想到这里，又跃跃欲试了。

孔丘小心翼翼地抱着琴，辞别亓官扬出来，跟随容总管绕了几个弯，进了个威严的墙门，一个宽大的庭院出现在眼前。容总管回头给孔丘打招呼说："该看的才看，不该看的不要看，不要东张西望。"

孔丘听了有些发懵，想："我怎么知道哪些该看哪些不该看？只看自己的面前总行吧。"他答应说："是，总管。"

"该问的才问，不该问的不要问。"总管说。

孔丘虽然不明白什么话该问，什么话不该问，还是答应了，说："是，总管。"

"就算是季大人问了，该说的话才说，不该说的话千万别说。"总管说。

"是，总管。"

"一是看在你爹的面上，二是纪尚也托过本官，本官才给你讲这些话，免得吃亏。"容总管说。

孔丘想："纪尚肯定是半道碰上的那老头了，既然这样，小心些就是。"应承说："是，总管。"

其实，这些最基本的做人的规矩，从小养父母就教过他，自己也从来没有随心所欲过。不过那时年纪小，又是在小地方，即便做错了也没多大事。而今到了这种地方，还是小心为好。孔丘决心要做的事，是一定能做好的。他一路上都目不斜视，只是进了大厅，还是被一种异样的氛围包围了。这种氛围像浓浓的雾，让他呼吸不顺。孔丘被带进一间小些的厅堂，容总管轻声说："到了。"

孔丘立即停住步，容总管说："季公，人来啦。"

孔丘跪拜，不敢抬头，他听到轻轻的脚步响，有人来到他的跟前，说："是孔公子吗？这不是朝廷，不必这么拘谨，起来好说话。"

孔丘拿过放在身边的宝贝琴，起身，却没敢看眼前这位厉害人物。来人执住孔丘的手，到座位前，说："说起来，你先祖还是前朝王室的人，本官是鲁国公族，同一等人，不必过谦，随便坐。"

孔丘不敢坐，白净脸说："本官欣赏你会作诗，还听说你懂音律，善抚琴，可否为本官弹一曲？"

事情果然来临，孔丘全身抽紧。既然"小人不会弹琴"的话没法出口，只有硬着头皮上阵。好在孔丘好学，且善学，亓官暹每次弹琴，只要他在身边，都要看个仔细，丁丁点点不放过。有一次，亓官暹无论如何要他弹一曲，孔丘推托说："很久没弹，曲子忘了，手也生疏了。"

亓官暹说："再荒疏也是老手，不像小女子，没根没基，乱弹一气。"

孔丘没法推辞，只好接过琴。一招一式，都按亓官暹的样子做。叮咚几声，算是"试琴"。再拨一阵，便成了曲调。这一试，惭愧得孔丘耳热心跳。从不说瞎话的人，居然没勇气纠正别人的瞎捧。亓官暹看出孔丘并不长于此道，不过，却也看出孔丘不是等闲人物。如果他有工夫用心练琴，必定强于自己，她说："公子一旦重拾旧艺，必然胜过小女子。"

就这么一次经历，而今要在这位权势人物跟前亮琴艺。但事已至此，不容许他多想。孔丘试了试琴，居然能很快上了曲调。这一曲调，是从亓官暹那里学来的，词是几天前草成的一首。

大雁南飞，
旧地可栖。
我心惶惶，
无可归依。

春去冬来，
叶落归根。
悠悠我心，
何处是归程？

白净脸听了，脸上掠过一片阴云，说：“孔公子离家多少年月了？”

孔丘说：“回大人，一年有余。”

白净脸说：“在外闯荡，成败难料，不可太故土难离。”

孔丘说了实话：“思念父母。”

“孔公子父母不是早故了吗？”白净脸说，“找到公子父母安葬之处没有？”

“回大人，离家之前又找了一回，还是没找到。”孔丘说着，面有戚色，“正因为如此，更使小人牵挂；养父养母，无儿无女，年事已高。”

白净脸没有责怪，反而说：“公子是孝子啊。”

孔丘说：“惭愧，小人做得很差。”

白净脸说：“以公子的人品才智，该有一番作为才是。如果愿意，就到本官府里来做一名史官吧。”

孔丘做梦也没想到这么快就能离开算算、记记、称称、量量那些事，说：“拜谢大人，小人不才，只怕难以胜任。”

白净脸说：“不必过谦。我府里能人不少，长于文墨者不多。不要说别国，就以鲁国说，从开国至今，历经五百年，大事小事数不清，如不仔细记记，恐怕后人连自己老祖宗是谁都不知道。”

孔丘大致知道白净脸要他做史官的想法，说：“小人依大人旨意办就是，只是……”

总管这时才说话：“那边的事你就不用管了，我会安排的。”

“做一段时间，如果有机会，还可以另委职务。”白净脸说。

孔丘告辞离开，让总管送出大门，才发现自己出了一身汗，冷风吹来，连打几个喷嚏，孔丘不得不抱紧琴，小跑回到亓官扬家。

14

几天以来，亓官�都匆匆吃过饭，洗涮完上楼，没有听到琴声，孔丘不知道其中缘故，上楼看看是怎么回事。

孔丘见亓官遝坐在矮桌前，闷闷不乐，问："大姐闷闷不乐，莫非身体不适？"

亓官遝说："那天你走以后，小女子和爹都后悔了。"

孔丘说："小生还是弹下来了。"

"小女子说的不是这件事。"

孔丘听了不解，说："那是为何？"

"不该跟这种人打交道。"

"小生答应在季府做史官。"

"不答应断断不可。"亓官遝说，"此人横行鲁国，违者必有性命之忧。"

孔丘说："如此如何是好？"

"就为这，爹和小女子才如此烦恼。"

孔丘狠狠心，说："试些日子再说吧，实在不行，小生大不了回陬邑就是。"

亓官遝说："爹说，答应了也无妨。先让我们俩成亲，实在不行，爹仍回乡下，小女子和夫君一起投奔他国，不知公子意下如何？"

大喜事突然降临，孔丘半天才回过神来，说："谢谢大姐不嫌弃小生，只是小生自幼父母双亡，无任何家底可言。在外闯荡年余，全得大姐一家周济，就怕大姐跟了小生受委屈。再说，也对不起亓官老恩人，此事不可。"

亓官遝先是一脸绯红，而后渐渐变成灰白，说："小女子自认为能文，懂音律，长针黹，不是俗女子，不曾想还是高攀不上孔公子。小女子不怨孔公子，就当小女子什么也没说……"

亓官遝说罢，抓过琴，砸在楼板上，发出刺耳的碎响。孔子没想到眼前这温柔女子竟发这么大火，而且摔的是他视若珍宝的琴，孔丘冲过去，抓起琴。琴摔坏了，孔丘拾起琴弦和零碎物件。这时，亓官遝打开竹箱，抓出新做的男女衣裳、鞋，一齐朝孔丘头上砸来。孔丘默默地接在手里，起身，小心放在一张矮桌

上，下楼，离开亓官扬家……

太意外了，没想到这么快就兜头挨了一瓢冷水，浇得浑身透凉。孔丘说的全是实话，怎么就惹着了他可心的女子？他摸不着头脑，很受屈。他离开府库，到一大间堆满竹简的房子里。孔丘知道，以后长长的岁月，都得在这里度过，虽说并不是他最喜欢的差事，毕竟比在牛马场和府库当差强。孔丘想，虽说外面对季意如多有不满，只要自己不陷进那旋涡里，也不会把他怎么样。更重要的是还有位佳人对他那么情真意切，他还希望有挽回的机会。孔丘第一次经历这样的熬煎。

孔丘不知道老恩人是否知道他女儿摔琴摔衣物的事，亓官暹不说，老人不问，孔丘当然不好说什么。终于有一天，有位穿官服的中年人来到亓官扬家门前，亓官扬一眼就认了出来，是宫里总管何能。何总管说："听说叔梁纥之后在你府上？"

亓官扬对何总管印象不差，再说，这是宫里来的总管，不能怠慢，说："是，总管。"

亓官扬带何总管进家，给孔丘介绍说："这位是宫里的何总管。"

孔丘长揖说："孔丘见过何总管。"

何总管说："君王怜惜叔梁纥大夫夫妇早逝，后人多有难处，听说孔公子在亓官扬委吏家，专派下官来探视。"

孔丘立即叩拜，说："孔丘谢君侯大恩。"

何总管说："听说孔公子长于文墨，懂音律，君王甚是喜欢，吩咐小人务必请到孔公子。宫里诸事均需人才，只要孔公子高兴，修史、司礼、司乐均可。"

既不敢违拗君侯旨意，更不敢直言相告他已在季意如处当差，只好用缓兵计，说："小人虽然父母早丧，却是有养父养母在堂，小人已离家一年有余，十分牵念养父养母，想回陬邑探视。事情难料，因而不敢贸然答应总管，万望总管在君侯跟前美言几句，恕了小人不赦之罪。"

何总管看看亓官扬，亓官扬很快明白孔丘的意思，说："孔公子是有这样的打算。"

既然孔丘有这孝心，何总管不好勉强，只好说："难得孔公子有此孝心，下官就如实回禀君侯吧。"

何总管离开了，孔丘呆了半天没回过神来。

孔丘没有去拜见鲁君姬裯，何总管也没有再登门，事情似乎已经过去，可是孔丘无法安心，还是决定离开，另谋出路。亓官暹绝了情，不再想她了。唯一牵挂的是亓官扬老人。老人在他艰难困苦的时候，给了他安身之处，本应侍奉到终，才是做人的本分。但他感觉到在这小屋子里多待一天，即可能给老人多添一分麻烦，离开才是唯一的路。

这天吃晚饭，孔丘说："小生在老恩人这里待了这么多日子，多亏老恩人多方照顾，孔丘才有今天，感恩不尽。但孔丘在此会给老恩人带来意想不到的麻烦，想去想来，还是离开为妥。孔丘但有出息之日，定当厚报。"

亓官扬沉思片刻，看女儿一眼，女儿没有说话，老人才说："季氏虽然擅权，却还爱才，不至于君侯也派人来聘公子，就加害公子。但是，鲁国历来多事，要正经做点事也难，公子是去是留，老朽实在不好说。"

孔丘说："如此，孔丘还是离开一些日子再说吧。"说罢，跪拜，说，"愿老恩人保重，大姐吉祥。"

亓官暹还是什么也没说，老人把孔丘扶起。孔丘背上简单行囊，走出大门，亓官扬送到门外方回。

孔丘在外闯出了许多本事，也不缺盘缠，不像初出家门那样这怕那怕。这一次一出城就租马车，在路上歇三夜，换三次车，就远远地望见房屋稀疏的陬邑城池了。这个城池的西面，有几栋木房，其中一栋木屋旁边有一株不知名的大树，长年郁郁葱葱。夏末秋初，蝉声缠缠绵绵，像有倾诉不完的心事。大树旁边有黍稷地，他常常在地里追逐蝴蝶、蚂蚱，听蝉鸣，听得入迷，忘了回家。那是养父养母的家，是他儿时的天堂。离开两年，再见到这熟悉的木屋、庄稼地和大绿树，怦然心动，眼圈也红了。

走近了，孔丘见木屋大门开着，心想两位老人一定在家，加快了步子，到门前的时候，大声叫喊："爹，娘，孩儿回来啦!"

两位老人身板硬朗，听见喊声，快步走出，让孔丘惊得说不出话来的是后面还跟了亓官扬父女俩。孔丘以为看走了眼，贾父说："丘儿，你看看是谁来了?"

亓官扬说："你离家小半天，我们也出了门。"

贾父一边接过孔丘肩上行囊，一边说："他俩是昨天下午到的。"

孔丘进家，请亓官扬父女俩坐了，说："小生一路上没有耽误，老恩人和大姐怎么先到了?"

亓官扬说："这不奇怪，我们找的都是壮马、老赶车的，赶得快或者抄近道也未可知。"

孔丘纵有一百个不明白，也不便当着养父母问，贾父说："亓官扬老哥当过你爹手下，而今相遇，自是缘分。"

"路上碰到的一位同车老人和季府大管家也在我爹手下干过。"孔丘说，"不然，不会这么快能找到差事。"

养父母准备丰富的晚餐，牛羊肉、酿酒，摆了满满一矮桌，酒过三巡，亓官扬开口说："一下来三个人，多多打搅了贾父老哥，拜望拜望两位老人家，说说孔公子和暹儿成亲的事，住个三五天就回曲阜。季府那边来人说了，如果孔公子觉得做史官不合适，可以不做，不必为难。"

贾父说："请媒人，送聘礼，迎亲，都是不可少的，只怕日子太短，备不过来。"

亓官扬说："依在下所见，倒不必这么讲究，小夫妻俩过得好才最当紧。"

贾父听了自是高兴，说："只怕委屈了小姐。"

亓官扬替女儿回答说："在下虽说是小户人家，却也知书识礼，不会计较这些的。"

贾父赶忙说："那小人替丘儿谢亓官扬老哥和小姐了。"

孔丘不知道他离开老恩人家以后，父女俩到底是怎样商量的，但结果再明白不过，也就准备按老恩人的话去做，并不多想。再说，季意如那边既然有了话，就不再放在心上了。

15

为放不放亓官扬父女和孔丘住几天就返回曲阜一事，贾父和李氏费尽了心思。李氏说："丘儿虽不是我们所生，却是我们所养，和自己的骨肉没两样，说什么也该替他把亲事办了。"

贾父说："为夫何尝不是这样想，只是亓官扬父女住几天就要回去。亲家有官差，是耽误不得的。"

“亲家是怕我们是养父养母，和丘儿隔了一层，不想让我们劳累、破费。”李氏说。

“为夫也想到了这一层。”

“这就更不能不办了。”李氏说，“不替丘儿办，显得我们夫妇见识浅薄。”

贾父还有疑虑：“就怕亓官扬父女俩不肯。”

“为妻讲个主意，你看可不可?”李氏说。

李氏讲出了她的想法。贾父听了说：“嘿，可别小看了我夫人，出起主意来滴水不漏。”

李氏瞪他一眼，说：“我像你，尿都憋得死人。”

第二天，贾父一早外出，李氏除了好酒好饭菜招待，和孔丘一起，带亓官扬父女俩四处转悠看风光。用晚餐之前，贾父回来，手里提只大活雁，李氏怀里抱一捆帛，孔丘抱两张鹿皮，紧跟后面。贾父来到亓官扬跟前，长揖说：“亓官老哥莫见怪，既然老哥事情紧急，不便多耽误工夫。请原谅贾父夫妇俚鄙，就不请媒人送聘礼，不备墨车迎娶。贾父不把老哥当外人，亲自送一份薄礼，万望老哥和小姐不要嫌弃。”

亓官扬愣怔片刻，看女儿一眼，说：“难得老兄一家看得起我亓官扬和女儿，我就替女儿做了这主。”说罢，接过象征诚信和勇敢的大活雁，回头对女儿说，“你接下帛和鹿皮吧。”

亓官暹脸红红的，接过李氏怀里的一捆帛和孔丘的两张鹿皮。孔丘来到亓官扬面前跪下，三叩拜，说：“小婿拜见岳父大人。”

亓官扬赶忙扶起孔丘，说：“贤婿请起。”

孔丘起身，再向亓官暹长揖，说：“谢小姐不嫌弃孔丘。”

亓官暹欠身还礼说：“夫君不必客气。”

贾父没有请巫占吉凶，择吉日，第三天即办婚宴。婚宴也很简单，餐桌上无非是牛、羊、猪、鱼之类，加上蔬菜瓜果，挺像回事。来宾也是左邻右舍，亲朋好友，屋里屋外摆了几桌。贾父拿出干瓠瓜，居中破开，去瓤，洗净，斟满酒，孔丘、亓官暹各取一卺（jǐn）一饮而尽。孔丘、亓官暹喝过合卺酒，拜谢过养父母和亓官扬养育之恩，再拜谢亲友对他俩的提携、关照，成亲仪式才在觥筹交错和祝福声中结束。

说是新房，其实就是清扫一遍，在床上铺上新被褥，也很简单。孔丘和亓官亓官遷并排坐在床上，他说：“你搞什么鬼呢，把小生弄得昏头昏脑？”

亓官遷嗔说：“问你自己吧，小女子不懂事，发发脾气你就当真了。”

孔丘叹一口气，说：“你们女人哪，弄不懂。”

“弄不懂就别弄。”亓官遷说，又生气了。

亓官扬妻子几年前患重病，临终，嘱咐亓官扬说：“为妻不能相伴夫君了，这年头男人死在战场上的很多，你再娶不难。你得认真些，要娶心地好的女人。要不，遷儿吃亏，为妻死难瞑目。”

亓官扬妻子去世一段时间，果然不断有媒人登门。媒人受人之托，嘴巴全都抹了油，把要说给亓官扬的女人描得花呀朵似的。其中，还有好几个愿意当后娘的未婚女子。但亓官扬全都婉言谢绝，而且是同一口气：“等遷儿成了家再说。”

亓官遷在陬邑成婚，和孔丘一起回曲阜没几天，又有媒人登门，亓官扬索性一口回绝：“这辈子不再娶。”

一连几拨媒人登门，得到的都是同样的回答，亓官扬一家三口的日子才渐渐平静。孔丘成了亓官家的人，自然事情多了不少。收拾新房，准备新人出世衣物，事情真不少。孔丘没有去见季意如，更不愿意待在家里吃闲饭，他和岳父一有空就四处托人，寻找差事。这样，家务事大都落在亓官遷一人身上。亓官遷真能干，除了一日三餐，为全家备吃食，还把小木屋里里外外收拾得干干净净，有条有理。肚子一天天大起来，依然手脚不停。

孔丘居曲阜日久，听闻季意如和姬裯、郈邑大夫鲂假、臧邑大夫臧孙赐等多有抵牾，常常为一些小事剑拔弩张，连季意如为斗鸡作假，和鲂假翻脸的事也有所耳闻。鲁国太师师襄年轻时很厉害，季意如也得退让几分。师襄告老还乡，只以弹琴、垂钓为乐，姬裯多次派人登门拜访，请再出山，师襄只是推托。去的次数多了，索性闭门不见。孔丘生怕不慎，陷进是非旋涡里，不希望在季府找到差事，也不想去郈邑和臧邑。这样，无异于断了出仕路子。

三口之家，只靠亓官扬一人微薄收入，家境到了捉襟见肘的地步。亓官遷什么也没说，老岳父还安慰他说：“过日子嘛，富足的时候宽松一点，艰难的时候手紧一点，没什么大不了的事。”

这天，亓官遷临盆，生下一男婴。亓官扬和孔丘两翁婿高兴坏了，却也愁上眉头：十月怀胎，已经亏了身子，再没好的吃食补补，如何是好？亓官扬说：“为父去借条船，下河捞捞鱼，是个好办法。”

孔丘一心要出仕，从没干过这样的事，踌躇难决。亓官扬见孔丘面有难色，说："你就在家照顾暹儿吧，为父下河，但凡捞着几条即回，放心好了。"

孔丘沦落到无力养活妻子的地步，已经无地自容，连下河打鱼这样的事也做不了，有何面目立于天地间！他狠狠心，说："爹，小婿不能百无一用，说什么也得跟爹走一趟。"

亓官扬明白女婿的心思，说："好，翁婿在一起，也好有个照顾。"

亓官扬和孔丘一起，径直朝河边走。河不大，水不深；岸柳依依，河风徐徐；怪石连连，多半立于水中。孔丘想："太师是看透了龌龊尘世，避居乡野，要是能者人人如此，这世道岂不更糟？"

但想想自己闯荡这么几年，又闯出什么来了呢？路子不是越走越宽广，而是越走越窄。且不说为国出力，实现抱负，单是家庭担子，已经压得他抬不起头来。孔丘不知道以后还会有多少艰难困苦等着他，想想涌上来一阵酸楚，叹一声，说："让孔丘困顿若此，难道是上苍的旨意吗？"

亓官扬手执鱼叉站在船头，听到孔丘叹气，说出那样的话来，问："贤婿有什么忧心事，不妨说给爹听听。"

"小婿在曲阜这么几年，全都靠爹，连安身立脚的地方也没有，更不要说为国为民做点有益的事，惭愧至极，所以叹气。"孔丘说。

亓官扬艰难日子经历多了，平静得像天塌下来也不怕。他说："不怕，日子会好起来的。"

"也可能会越来越坏。"

"我相信谁也不愿意过坏日子。"亓官扬说，"多数人不愿意干，少数人就干不起来。"

"眼下的情况恰恰相反，是少数人害了多数人。"

"这些人为什么会这样？"

"小婿为此事想了很久，而今总算想出些眉目。"

"说来听听。"

"要有人的心才能称得上人。"

"什么样的心才是人心？"

"要善，要爱别人。"孔丘说，激动起来，"小婿想用一个字来说这个意思。"

"什么字？"

"仁字。"

"什么意思?"亓官扬问，不明白"仁"和"人心""爱人"有什么关系。

"仁即人恻隐之心，即爱人之心。"孔丘想一想，说，"一个人，要希望别人好，不要盼望别人比自己差；见别人有难处，能帮忙就要帮忙，不要见死不救，更不能把人往火坑里推。比如你老恩人，只不过做过小婿父亲手下，完全可以不这样帮我。就因为老恩人有爱别人之心，才把小婿的难处当作自己的难处，帮得那么全力以赴，那么尽心……"

孔丘越说越激动，亓官扬也听得很着迷，不住地点头，想："女婿真是有学问之人。"

孔丘说："不要说人人都有爱心这世道会是什么样，就算多数人有爱心，这世道也不会这样天天杀伐，尸骨遍野……"

正说话，孔丘见一只小船从远处向他们划来。船越来越近，亓官扬认得站在船头的人是何总管，慌忙长揖说："问总管大人安!"

孔丘也认出了何总管，何总管忙给亓官扬和孔丘使眼色，用嘴指指身后坐着的人。何总管身后的人戴着旧斗笠，遮住大半张脸。既然何总管示意不要声张，必定是个大人物，亓官扬、孔丘也不敢多问。何总管说："打鱼哪?"

亓官扬回答说："添了个小外孙，打几条鱼给女儿补补身子。"

"是孔公子之后?"何总管问。

孔丘说："是。"

"是男是女?"

"男孩。"

何总管回头和戴斗笠的人说了几句什么，从水里提上来一只竹篓，抓出一条大鲤鱼，说："这是我们刚才打上来的一条大鲤鱼，我们老爷听说你家添了人丁，很高兴，吩咐小人赠送与你二位。"

亓官扬和孔丘都不好意思接受，何总管说："这是上苍赐予，不可不受。"

亓官扬连忙拉拉孔丘，对天长揖，亓官扬说："小民和小婿感谢上苍赐福。"

戴斗笠坐着的人始终没有露脸，亓官扬和孔丘告别何总管的时候，何总管悄悄说："算你俩好运，这鲤鱼是君侯赐的。"

亓官扬和孔丘对视一眼，都受宠若惊。

16

孔丘累求不仕，也就断了出仕念头。家境虽不宽裕，有亓官扬父女俩支撑，日子过得不算很艰难。亓官扬父女俩并不盼望孔丘挣钱养家，只希望他自己有出息，鲤儿健康成长就够了。亓官扬把那天翁婿俩下河打鱼，孔丘说的那些话说给女儿听，又得到君侯姬裯恩赐鲤鱼，亓官暹越发相信她和父亲的想法没错——孔丘会有出人头地的时候。

孔丘不是不知道有赡养老人、支撑家庭的责任，不是没有做事，而是往往做不好被数落，也就渐渐没了信心，只潜心于习周礼。这天，孔丘在出行道上碰上一老丈，见老丈谈吐不凡，便和他聊起来，聊了大半天，老丈才想起是来曲阜寻太师师襄学礼乐的，不想从这位年轻人身上学到不少。孔丘说他从老丈身上学到更多，问老丈何方人氏，老丈回答说是郯国人，孔丘大为感叹，说："小生原以为上邦臣民识礼，不想小邦识礼者大有人在，请受小生一拜。"

孔丘就地跪拜，吓得老丈慌忙扶起。孔丘说太师已经告老还乡，有时垂钓弹琴，有时云游山野，行踪不定。老丈说："公子想必知道些太师的行踪，可否一起找找，碰碰运气？"

孔丘欣然答应，说："如此最好。"

孔丘和老丈先至河边，租了船，船夫问要去哪里，孔丘说："小生和老丈要寻一位老人，这老人常在这条河上垂钓、弹琴……"

船夫说："我见过，只是不知他什么时候来。"

孔丘说："即使这样，一定劳驾找一趟，有幸碰上也未可知。"

船慢慢前行，至一处，船夫指指前面说："老爷子常在这里钓鱼。"

孔丘看看船夫指的地方，那里靠岸有一巨石，旁有一人腰粗的老树，阳光从树叶间洒在石头上，星星点点，孔丘想："好一垂钓纳凉处，可惜石上无人，否则，三人对坐话古今，岂不是美事？"

老丈感叹机缘不好，孔丘安慰说："如果太师荡舟河上，能遇见也未可知。"

老丈说："那倒也是。"

船夫撑一篙，船离岸至河中间。近处，岸柳、田畴；远处，望不到头的绿色中间，红黄点点。孔丘想着河山大好，为何生灵涂炭？想去想来，思路又归于人心上来，“仁”字又在他眼前跳跃，忽然脱口而出：“仁者，爱人也。”

老丈忽然听到这么一句话，惊奇而有些意外，问：“公子在想什么？”

孔丘把自己几天来的想法说了一遍，老丈说：“高见哪、高见哪，老朽以为眼下狼烟四起，尸横遍野，朝中争权夺利，是不识礼的缘故，看来老朽舍本求末了。”

孔丘说：“小生也还没想得很透彻，请老丈指教。”

老丈说：“不敢说指教，老朽倒听说一位了不得的智者，天上地上人间，无论怎样千头万绪，经他一说，全都明明白白，可惜也是行踪不定，难以寻觅。”

孔丘也听说过这位姓李名聃的旷古大智者，他做过周室史官，后辞职。如果能求教于他，实在是万幸。他说：“老丈说的莫不是做过周室史官的大智者李聃？”

“正是此人。”老丈说，“听说不少人寻他都没结果。”

正说话，隐约有琴声传来，“叮咚……叮咚……”忽高忽低，时急时缓，孔丘谛听片刻，告诉老丈说：“这是天籁之声，非太师弹琴莫属。”

老丈也听出门道来了，说：“果然悦耳悦心。”

孔丘问船夫说：“你听见琴声了吗？”

船夫说：“听见啦。”

孔丘说：“寻琴声快划！”

虽说河不大，水不急，却是逆水行舟，快不了。船夫寻琴声追了一段，琴声忽然细得像游丝，一会儿便什么也听不见了。船夫又追了一段，发现一只小船停在岸边，船上没人。孔丘叫了几声“船家”，没人答应，只有远处传来空洞的回声：“船家——船家——”

一天，孔丘傻劲发作，一早起身，辞别岳父亓官扬的时候说：“小婿蒙老丈人垂爱，多方照顾、培养，却无甚长进；太师师襄无处寻找，小婿还想碰碰运气，找找李聃。”

亓官扬听说过李聃了不得，却不知详情，说：“贤婿既有此雄心，就多带些盘缠去吧，只是一路小心，不要让家人担心。”

孔丘和夫人告辞的时候，亓官暹塞给他一些铸币、零碎金银，说：“夫君素有大志，小妾不该阻拦，只是快去快回，不要耽误太久了，让家人担心。”

孔丘说："为夫此次西行，不知路途远近。只要寻着大智者，讨教一二即回，绝不无故耽误时日。"

亓官暹送孔丘出门，不知鲤从什么地方蹦出来，大声喊叫："爹，孩儿也要去找那老爷爷。"

鲤被母亲一把拉过去，说："你爹要去很远很远的地方，你不能去。乖，跟娘在家，娘喜欢鲤儿。"

鲤不服气，说："孩儿知道爹要去找那位大能人学本事，孩儿也要学呀……"

孔丘抱起鲤，说："爹找到那大能人，学好了回来教鲤儿。"

鲤高兴了，问："真的?"

"真的。"孔丘说。

鲤儿得了承诺，才高高兴兴地离开。孔丘背上简单的行囊，行囊里有个小布袋，是妻子给他准备的盘缠。孔丘知道李聃是楚国苦县人（河南南鹿邑），任周室史官，而周都在洛阳。如果还在任，去洛阳寻访便是。但据说他已经辞职，哪里能寻到他的踪迹，就很难说了。

想去想来，还是决定往西南方向走。孔丘大约知道由曲阜去苦县要经过商丘，却不知道要走多少路程。至于能不能寻到李聃，心里更没数。不过，孔丘已经把弄明白道理当作他人生头等大事，即使有天大难处也没放在眼里。孔丘并不比别人强多少，但他像折不断的荆条，一直朝他认定的路上走，有不达目的不罢休的劲头，又不能不使许多人折服。

有岳父支撑这个家，有贤妻料理家务、抚育鲤儿，孔丘不愁家事。马车走了四天，至一小城，孔丘让车夫卸车，喂过马，一同走进一家酒肆。车夫不肯，说："小人一身脏臭，不便与客官同饮。"

孔丘说："你比我辛苦，小饮几杯解解乏吧。"

这种小城里的酒肆，客人不多。孔丘和车夫进去的时候，一短打扮年轻人坐地喝酒。年轻人叉开大腿，面前放一只大碗，一只大钵，刚抓起一块肉塞进嘴里，见孔丘二人进店，抬手叫店主："哎，来一缸酒，两个碗!"叫罢，朝孔丘和车夫招手。孔丘不认识年轻人，也不喜欢那鄙俚样子，却不好太不给面子，寻了张矮桌坐下，说："谢了，我们坐这里。"

年轻人不勉强，说："嘿，你这人还很讲究。"

孔丘说："小生懂得很少，正要寻师求教去呢，只是大师行踪不定，难以寻找。"

年轻人说："小人也是寻师来的。"

孔丘听了忙问："请问你寻的是哪一位？"

"孔先生。"年轻人说，"孔先生可是了不得，连君侯都拜望过他，送一条大鲤鱼做拜师礼。"

孔丘迭忙纠正，说："孔丘就是在下，可不是什么先生，当今鲁君更没有拜在下为师，请不要到处乱传，损了君侯盛名。"

年轻人看看孔丘脸色白净，说话轻言细语，高兴了，倒头便拜，说："小人找的就是先生，万望先生收小人为徒。"

孔丘没想到还有人知道他的这些事，很有些意外，赶忙扶起，问："请问尊姓大名？"

"小人仲由，字子路。"年轻人说，"卞人。"

自己有多大能耐，孔丘自己最清楚，他不想做有名无实的事，却也不好回绝年轻人的请求，问："敢问青春几何？"

年轻人说："十八岁啦，还什么也不懂，爹娘骂，小人自己也没脸见人，所以决心出门学艺，不想在这里见到先生。"

孔丘说："卞离这里不远。"

"先生要找何人？何人比先生更有能耐？"

"此人姓李名耼，当今一大智者，孔丘万不及一。"

"这么说来，小人也要去见见这位大能人了。"

"孔丘并不知道这位大能人身在何处，但向西行，碰碰运气罢了。"

仲由兴奋起来，扎袖子挽裤脚，说："仲由别的本事没有，胆大力大，能吃苦，有仲由在，什么都不用怕，跟先生跟定了。"

孔丘没再客气，叫车夫和仲由一起用餐，孔丘说："为师这回出去，不知何日能回，仲由父母在，断断去不得。"

仲由说："先生，小徒爹娘一定要小徒学成气候才回家，半道回去，打断小徒的腿。"

孔丘感叹说："可敬可敬。"

17

仲由跟孔丘说："先生，有弟子在，有啥事，吩咐一声就是，不用先生亲自动手。"

孔丘笑了，说："如此，为师不成废人了？"

仲由说："如果先生都包了，小徒就学不到东西了。"

仲由抢先开了车夫赶马车钱、酒饭钱，车夫高高兴兴离去，仲由说："先生，赶了几天路，累了，好好歇一夜，明天赶早吧。"

孔丘说："也好。"

有仲由操心，孔丘可以花更多工夫想想他读过的书，先辈说过的话，周制和周礼，把他没想明白的事放在一起来想。这天，孔丘和仲由睡在一个房间，至半夜，忽然大叫起来："我明白啦！"

这一声大叫，把仲由从梦中惊醒，连忙起身，说："先生，啥事？"

"为师想，凡事都得立规矩，谁都得按规矩办事才行。"孔丘说，"想想吧，周室东迁以后，大大小小国家有多少？怕是没人弄得清楚。这么多国，对天子有的阳奉阴违，有的根本不听，有的公然对抗，令不行，禁不止，还能不乱七八糟？至于一个国家之内，杀君夺位，兄弟相残，屡见不鲜；国与国之间为一点小事，大动干戈，百姓死于非命……"

仲由家境贫寒，爹娘除了耕种，闲时做些小买卖，他跟着赶赶车，他肚子里的那些知识，是东鳞西爪地听来的，觉得有用，就记下来了，离听懂孔丘讲的这些道理远着呢。仲由忽而点头，忽而摇头，忽而愣怔怔的，像什么也没听懂。不过，有一点他很明白：眼前很乱，不能就这么过下去。仲由就是不明白该怎么办才苦恼，才这样迫切地出家门访师求学。

孔丘见仲由听自己讲话的模样，知道他的这个门人知之不多。不过，他愿意把自己想明白的道理告诉仲由，直到仲由成为有用的人才为止。

第二天，不知道仲由从哪里弄来一辆马车，孔丘没见车夫，问："赶车的呢？"

仲由挥挥手里的鞭子，说："小徒呀。"说话模样有几分俏皮。

“没人赶车，主人放心你用马？”

“买马和买车的钱都给了，还能不放心？”仲由说，“小徒赶车，要走就走，要歇就歇，要快就快，要慢就慢，方便。”

“你能赶车？”孔丘问，还是不放心。

“我爹娘除了种地，还做小生意，小徒能不会赶车？”仲由说，很自信。

仲由赶车果然十分在行，能快就快，该慢就慢，孔丘感觉比马车夫赶得好。仲由认定先生什么都知道，什么都要问。比如天有多高，哪儿是地的尽头，一年为什么有冷有热的时候，最古老最古老的人是谁……孔丘被他问得不耐烦了，只好说：“这些为师也不知道，所以才千里寻师。”

仲由有些失望，说：“先生也不是啥都知道？”

孔丘说：“你说对了，先生也不是什么都知道。也不是只有一些人才能成为先生，你记住了，能者为师。”

仲由“啊”一声，孔丘继续沿着思路往下说：“仲由马车赶得好，假如为师要学赶车，你当然就是先生了。”

“这么说，仲由也可以为师？”仲由高兴的时候，咧开大嘴笑。

“当然。”

“弄半天仲由还是个赶马车的，不好。”

“如果六艺学好了，你也可以当官，这就叫作学而优则仕。”

仲由觉得先生讲的事离他太远，茫然地望着远处，说：“仲由都能当上官，要到猴年马月了。”

孔丘隐约地觉得学好六艺，不应该只是为了当官；但要想出人头地，要进入高贵者行列，则不但要学六艺，还要成为学六艺中的佼佼者。见到的、听到的和应该是怎样的是这样的不同，孔丘常常不知道怎么说才好。

这天，孔丘和仲由进了一座小城，仲由把马车停在客栈前面，问店主人说：“店家，请问这是哪儿啊？”

女店主看一眼风尘仆仆的孔丘师徒俩，说：“灵宝。”

“再往前走是哪儿啊？”

“再往前走就出关啦。”

“出什么关呀？”

“函谷关。”女店主说，“昨天有位客人要出关，你们也要出关？为啥不一道走？”

孔丘问："是什么样的客人，主人你还记得吗？"

"骑头牛。"女店主说，"模样怪怪的。"

孔丘师徒俩住进客栈，孔丘告诉仲由说："弄不好女店主说的人就是李聃。"

"怎见得？"

"大智者都会有与众不同之处。"孔丘说，"这不同之处，在一般人看来，就是怪怪的。"

仲由笑了，说："先生你也有些怪怪的。"

"为师也怪怪的？"

"先生喜欢想那些弄不懂的事，我一天就干那点事，啥都不想。"

孔丘笑了，说："那为师也快成大智者了。"

第二天早上，女店主见仲由牵马套车，忙摆手说："路太难走，驾不了车。"

仲由为难起来，说："那我这车、马怎么办呢？"

"你放心，就把车放在这里，回头再拿。"女店主说。

仲由谢过女店主，牵上马，和孔丘一起出店门。女店主说得不错，这一带山确实忽然多了起来，路窄而高低不平。孔丘身板远不如仲由，仲由一定要他骑马，孔丘只好依从。师徒俩在山道上绕了几个弯，仲由忽然说："先生，看，前面有个骑牛的人。"

孔丘慌忙下马，和仲由紧赶百十步，来到骑牛人跟前，双双跪拜，孔丘说："请先生受孔丘一拜。"

仲由不敢说话，骑牛人吆住牛，说："我听说过你。"

"孔丘千里寻访大师，务请赐教。"孔丘说，认真而诚恳。

"大道废，有仁义；智慧出，有大伪。六亲不和，有孝慈；国家昏乱，有忠臣，有什么好说？"骑牛人说。

人就在面前，声音却很遥远，像是从深山里传来，孔丘听着身上有些发冷。他在心里迅速转了一圈，他想说："照先生这样说，这世道也太糟了，不至于吧。"想想事实确实如此，便说，"就不能想想办法吗？"

"办法就是行大道。"

"小生驽钝，先生说的大道，实在弄不明白。"

"这大道啊，看不见，摸不着。但是它无处不在，没有不被它管着的。"骑牛人说，"一年为什么有春夏秋冬，人为什么有生有死，为什么祸福相依，这些都是有大道管着的缘故。若都按大道办事，天下太平。"

孔丘说：“先生这样说，小生有些明白了，就不能说服君臣都按大道去做吗?”

“有用吗?”

孔丘想想，说：“先生也过于悲观了。”

“我不悲观，如果悲观、绝望，就不说那么多话了。”

“只听说先生大名，却没见过先生大著。”孔丘说。

“不是大著，不过五千言罢了。”

“何处可求?”

“对你不一定有用。”

孔丘见骑牛人身上有一捆竹简，说：“能否借与小生一观?”

骑牛人没搭理，驱牛前行，走几步，回头说：“能见到你，也算有缘，赠给你几句话吧。”

孔丘、仲由赶忙又跪拜，骑牛人说：“道常无为而无不为，人不可以违拗。”

孔丘还想再问，骑牛人已经走远了。

18

仲由完全不懂李聃说的是什么，只觉得他十分倨傲，全不像孔丘那样平和，容易亲近，越发敬重孔丘，认定自己投师投对了。师徒俩原路返回，边走边问：“先生，这骑牛的叽里呱啦说了半天，弟子一句也没听懂，他都说了些啥?”

孔丘说：“他对当今世道的看法很不好，按他的说法，完全烂了。”

“先生，你以为今天世道好吗?”仲由说话直来直去。

“为师也认为不好，但我没有失望。”

“他不是也说没有悲观、绝望吗?”

“至少，李先生没说出该怎么办来。”

仲由盯住问：“先生以为该怎么办呢?”

孔丘一路走来，都在想有没有办法改变这乱糟糟的世道，原来想出仕，当权，手里有权就好办了，季意如和姬裯都把大门打开，似乎机会来了，却不敢往门里伸腿，前景又变得渺茫了。仲由那么虔诚地外出寻师，拜他为师，孔丘才贸然冒出个想法：只要明白事理，人心就会变好。多数人心变好了，加上必要的规矩，这世道还能不好？听见仲由问，孔丘毫不迟疑地回答说："当紧的是改变人心。"

"怎么改变?"

"只要明白事理，会变好的。"

"谁来做这件事?"

"靠不了上面，只能靠自己。"孔丘说，"为师想明白了，只有设教授徒一条路可走。或者说，是比较好的一条路。"

仲由高兴得差些跳起来，说："好好好，我几个要好朋友都想投师，就是无处可去。先生设教，仲由叫他们来。"

孔丘没有犹豫，说："好。"

仲由返回小客店，谢过女店主，套了车，原路返回。孔丘师徒二人只想设教的事，别的一概暂且搁下，倒也轻松。

孔丘和仲由一起还了车马，算了账，才一起回家。仲由见到孔丘老岳父亓官扬，跪拜罢，说："小人仲由，是先生收的弟子。"

孔丘跟着跪拜，说："请岳父大人恕孩儿冒昧收徒。"

亓官扬扶孔丘、仲由起身，说："请起请起，自己人哪兴行这样的大礼?"

孔丘、仲由起身，孔丘拣要紧的说说外出寻师的经历，说说李聃说的那几句话和自己的想法，亓官扬说："贤婿有这样的抱负，爹求之不得，学馆不妨就设在家里，待门人多了，再想办法。"

仲由出去至天晚方回，进亓官扬家的时候，后面跟了两个人。孔丘迎进，仲由介绍说："这是颜无繇（yáo），这是曾点，都是小徒的好朋友。"

颜无繇慌忙跪拜，孔丘见来人中等身材，黑瘦脸，年龄似乎比自己小，扶起说："请起，不必多礼。"

仲由介绍第二个说："这是曾点，也是小徒的好朋友。"

曾点照样跪拜，孔丘扶起，说："敢问贵庚几何?"

曾点说："惭愧，二十岁，一事无成。"

孔丘说："小孔某六岁。"

仲由说："我们三人家境都很穷，没什么可孝敬先生，可我们都不怕苦，有气力。"

颜无繇说："我会全套农活，学馆办起来了，我来种庄稼、种菜。"

"我也能。"曾点说。

仲由说："我能打猎，大雁、狍子、山羊，只要进山，准有野物带回来。"

孔丘说："在这上面，为师最无能，你们三人是先生。"

第二天下午，在亓官扬家前堂摆了一桌，狍肉、山羊肉，山里采来的菜，酒肆沽来的酒，黍稷熟食。仲由三人请亓官扬、孔丘和亓官暹上座，亓官扬、孔丘就座，亓官暹不肯坐尊位，说："坐那位置不自在，我和鲤儿跟你们一起坐。"

仲由哪里肯依，把亓官暹硬拉上尊位坐了，让鲤儿在她身边；忙示意让曾点、颜无繇起身，一同跪拜，说："师爷，孔先生、孔师娘，今我三人以万分虔诚，头投孔先生门下为徒。一日为师，终身为父，一定聆听教诲，侍奉饭茶，绝无二致。师爷，请先接受我门徒三人敬一杯。"

亓官扬说了几句祝福的话，连喝三碗酒。仲由三人又敬孔丘，孔丘也喝了三碗，到敬亓官暹时，鲤说："娘，鲤儿替你喝。"

孔丘制止鲤儿说："你年纪还小，喝酒不长个了。"

儿子鲤吓着，缩了回去。孔丘对亓官暹说："夫人喝不了酒就少喝一点，是个意思就行。"

仲由、曾点、颜无繇很能喝能吃，亓官扬一家先放下筷，剩下一半多酒肉饭菜，三人风卷残云一般，很快一扫而光。仲由放下筷，吩咐曾点、颜无繇说："你俩下伙房洗涮，我收拾前堂。"

收拾过，孔丘跟仲由说："我们一家人住楼上，你们三人就住楼下吧。"

仲由不肯，说："挤了先生，小徒心里不安，要是有草垫，我们睡前堂最好。"

孔丘没有坚持，让夫人抱来三领草垫，放在前堂里。不想秋天饿蚊极其凶恶，叮得三人不停地拍打，直到下夜才在不停的叮咬中入睡。

亓官扬家房前屋后空地很多，不远处一条不知来自何处流向何方的小河流过，有山有水，有树有竹有花草，仲由三人转了一圈，回头向先生禀报了三人的打算，孔丘说："好是好，就是要建成个学馆，并非易事。"

仲由说："先生不必担心，小徒自有筹措。"

第二天，仲由、曾点、颜无繇分头拉来十几个人，一些人开始在河边一个草湾处割草、砍树、平地，一些人进山砍树，小河湾一下热闹起来。仲由打算先建个简陋的棚子，门人来了，有吃住处所，日后有能耐了，或重建或整葺均可。几天以后，棚子搭起来了。这天早上，一位留胡须、穿长袍的人在棚里棚外转着看，仲由看着有些蹊跷，迎住问：“大人有何见教？”

“你们建的是什么房子呀？”来人饶有兴趣地问，“是鸡棚还是鸭棚？”

仲由听着不入耳，说：“大人话可不敢乱说，这是学馆。”

“请哪一位做先生？”

“孔先生，孔丘。”仲由说，“孔先生可有学问了……”

来人说：“你不用说，我知道。”

几天以后，这位客人再到棚子里来的时候，后面跟来一串人，他们中有石工、木工，也有拿斧头、柴刀、锄头的，亓官扬也来帮忙，两人正好碰面，亓官扬一眼认了出来，长揖说：“大人来此，有何见教？”

“说来惭愧，姬玃（jué）曾随君侯访楚，不识礼仪，闹了不少笑话，听说贤婿在此建学馆授徒，姬玃万分欣慰，特派工匠、劳力前来相助，尔后的事就由姬玃来办吧。”姬玃说得很诚恳，“姬玃没有别的愿望，学馆办起来以后，要让犬子前来拜师学艺。”

姬玃是鲁国一名有司，专管对外事务。尽管他远没有季意如家大权大，但要建个学馆，实在不是难事。一个月工夫，学馆就建得有模有样了。有了学馆，投师学艺者接二连三找上门来。孔丘感于求学者的迫切，来者不拒，不到一年，门人竟达百余人。

不承想，没过多久就发生了故事开头的那件天大的事。

19

学馆里挤满了夫子的门人。门人们投到夫子门下，尽管有先有后，有睿智者，也有才华平平的人，夫子都能按个人的所长所短，进行指点，学识都有所长进。但那毕竟只是道理，隔了一层。而今惊天大事就出在身边，而且人人都面临怎么办这件大事，又都没了主意。

没人要他们到学馆来聚集，更没人知道怎么办。没人说话，像暴风雨到来之前，沉闷得让人透不过气来。夫子的座位空着，有门人去家里看过，夫子没在。好一阵，夫子进来。门人们的目光一齐投过去。夫子脚步依然平稳，不快不慢；

神色依然温和，没一点暴风雨即将来临的征兆。门人们轻轻地出了一口气。

夫子提提长衣下摆，坐下。学馆里设了铺位，家在远处的弟子往返不便，住在学馆里；没住学馆的门人也来得早，夫子来，学馆里总是有人。夫子总是弹一会琴，或是翻竹简，或者静静地坐一会，想想他说过的话，做过的事，反省自己，这已是他的习惯。夫子常对门人说："知错能改，善莫大焉。"

这天，夫子刚坐下，便开口说："而今固然是多事之秋，为师却没想到事情竟来得这么快。为师舍不得你们，却不得不暂时离开。到底去哪里，要离开多少日子，难以预料。愿意随为师的，师徒共渡艰难；要离开这里的，为师不勉强。何去何从，从速定夺。"

宫廷里发生的大变故，很快便惊动了全都城，人们还以为只要君侯一出面，再大的事也会平息。但很快，姬裯逃亡的消息像晴天霹雳，炸得都城人都晕了。平日夫子对三桓多有贬责。大祭那天，他愤怒已极，不顾一切地说出那些话，不可能不传到季意如他们的耳朵里。使夫子还有另一层原因：当年没有答应季意如出仕的延请，却应了姬裯的委任，季意如能放过他？夫子不怕死，却也不甘心什么也没做成就死。他决定暂时离开这个大旋涡。

姬裯和家臣一起，携家眷离开都城的那天，仲由问夫子说："夫子，想好了吗？"

"为师决定暂时避乱。"夫子说，"即便不怕死，也不能白送性命。"

"去哪里呢？"仲由说，"要么，去夫子老家？"

夫子摇摇头。

"听说君王是去齐国，要不，我们也去齐国？"仲由说。

齐国是东方霸主，宋、陈、卫、许、滑、滕等国都听它摆布，加上姬裯还是齐国女婿这层关系，齐国若肯帮忙，姬裯借兵平定内乱，恢复君位不过是举手之劳。但齐国时时不忘亡鲁，别说夫子是一介书生，就是姬裯避难于齐，也吉凶未卜。

孔丘想起这些，还是摇摇头。

仲由说："夫子博学是人早有耳闻，齐君真心延请夫子出仕，也未可知；即便不能仕齐，在临淄住一段时间，授授徒，传传夫子大道，未为不可。"

说到授徒、传道，夫子动了心，说："让为师想想。"

仲由说："夫子岳父大人和师娘、孩子怎么办？"

夫子说："老岳父故土难离，夫人要照顾老岳父，由他们去吧。"

仲由不放心，说："万一有人找碴儿呢？"

"岳父大人为人谨慎，人缘也好，想来不会有多大事。"夫子说，"我想跟大家见见面再走。"

当然，多数门人不知道背后有那么多事。听说夫子要离开鲁，学馆要停办，心里不是滋味。而且多数出身贫寒，盼望学成，能谋上一官半职，光宗耀祖；不曾想中途辍学，只好暂时离开，外出谋职。一些人上有老，下有小，实在走不开；横下心来要随先生离开鲁国的都站了起来，夫子看了看，他们是仲由、颜无繇、曾点和冉耕四人。有这四位爱徒和他共患难，夫子既欣慰，又感激，说："到底该去哪里，为师还拿不定主意，只能临时定夺。如果觉得没把握，随时可以离开。"

没人离开。这时外面有陌生人走动，仲由眼尖，说："有可疑的人。"

不知道跟着会发生什么事，夫子和四个门人由小门出。仲由陪夫子回家，夫子给夫人交代几句，要夫人设法带口信给颜无繇、曾点和冉耕家里，再来辞别老岳父。老岳父亓官扬塞给他一包零碎金银和铸币做盘缠，夫子和仲由匆匆离开，至约定地点与四位门人汇合。学馆里门人们见先生和同窗安然离开，长长地舒了口气。

夫子一直在想去哪里暂避合适，小国自身难保，无法保护他们，不能去。宋国都城在商丘，离曲阜最近，但鲁、宋摩擦不断，想必不会收留他们。晋、郑两国太远。想去想来，还是决定去齐国。不管怎么说，鲁侯夫人姜宛还是齐国公室女子，有这么一层关系，又有君侯先到，想来不会拒之门外。夫子把这想法告诉弟子们，弟子们都觉得只有走这条路合适。

夫子和弟子四人都身强力壮，加上仲由、颜无繇、曾点、冉耕都有在外闯荡经验，租马车、吃住都难不了他们，比起姬裯携家臣、眷属投齐要方便得多。

齐国君侯杵臼想想不知道这世道要乱到何时，说不定什么时候一有战事，死于战乱中也很难说。从先祖齐桓公小白开始，齐国就雄踞东方，成为霸主，而今南有楚，要打败它不可能，更难以过大河去征服晋、卫。退一步说，连一个小小的纪国，也还得费力呢。想去想来，杵臼灰心了，不但不像他先祖小白那样雄心勃勃，勤政洁身，倒颇为放荡。娶宋国女子子密为妻，随嫁十几位女子至齐。其中一位叫子兖的女子特别让杵臼怜爱。杵臼常常带上心腹，和子兖一起外出打猎，晚上住在名义上是行宫，实际上是给子兖建的房子里。

杵臼无心政事，不立太子，卿大夫们各有心思，拧不到一起。按相国晏婴的想法，只要认真按既成方略治国，无须几年，即可先灭纪，后取鲁、宋、陈、蔡，到那时，将无敌于天下。晏婴曾明里暗里劝谏杵臼，杵臼明里依允，暗里另搞一套，晏婴看着心痛。

这天，晏婴在宫里没找着杵臼，直奔子兖住处，被守卫挡住，晏婴怒问守卫："你知道我是谁吗？"

守卫见他不着官服，身材矮，脸黑瘦，说："也不看看，这是你来的地方吗？"

听见争吵，一位穿官服的人出来，见是晏婴，慌忙让进前厅，说："君侯才来，请稍等。"

晏婴等了好一阵，穿官服的人才向晏婴示意说："相国请。"

晏婴随穿官服的人至后花园，见杵臼和子兖在一起观鱼。见杵臼面有倦色，晏婴压住心里的不快，禀报说："君王，姬裯亲自登臣门……"

杵臼打断晏婴的话说："他要寡人怎么办？"

晏婴说："还是老话。"

杵臼说："相国给他们安顿宽些的地方吧，佣人、酒肉、饭菜、衣物不缺就是了。"

晏婴答应着，辞别杵臼，杵臼说："你告诉姬裯，要寡人起兵帮他恢复君位，眼下不是时候。"停一停，说，"连君位都保不住，就算寡人起兵帮他复位，他姬裯守得住吗？"

晏婴又说："君侯，册立太子的事不能再拖了。"

"寡人知道，相国放心好了。"

晏婴见多说无益，告辞出来。刚回到相府，有人报，孔丘求见。晏婴知道孔丘胸有雄才大略，心存芥蒂，却不敢怠慢。

夫子在相府大门前见到晏婴。晏婴又黑又瘦，相貌平平，夫子想："一代名相，何以就这猥琐模样？"夫子在离晏婴几步远的地方站住，长揖说："孔丘见过相国。"

晏婴还礼说："先生由曲阜至临淄，路途遥远，不知此来有何见教？"

夫子说："见教不敢，只是耳闻目睹齐地一些事，想进一言与相国。"

没有多余的客套，更没有丝毫虚情假意，话来得谦谨而直爽，一下子让晏婴放下见到夫子时候萌生的所有不快，觉得值得一谈，说："先生请。"

夫子跟随晏婴进前厅，分宾主坐下，晏婴说："先生有话不妨直说。"

夫子说："孔丘要说的不过是相国早就要说的话。"

晏婴看一眼不动声色的孔丘，说："这话如何说?"

"齐国早已不似当年，如不赶紧勒马，由强变弱是早晚的事。"孔丘说。

晏婴心想："齐国内部的这些事，难道孔丘也有所闻？他这次来齐，是借进言进身，还是真心帮助齐国?"不管怎么说，孔丘是看到最当紧最要命之处了。如果君侯能采纳他的进言，不是比自己进言更好？晏婴问孔丘说："先生想见君侯?"

"是。"

"直言?"

"孔丘来自鲁国，鲁齐联姻，无利害可言，想君侯定能听进去。"

晏婴佩服孔丘胆量，心想："鲁国出高才了。"说："好，晏婴即向君侯禀报。"

夫子长揖说："谢相国。"

20

孔丘跟随近侍走进王宫，转几个弯，进一个不大的殿里。殿正中端坐一位着便装的人物，脸色平板，好像见到的不是夫子要见的人，而是宫里一个随随便便的近臣。孔丘步子依然平缓，像在学馆里，在离杵臼十多步远的地方停住，长揖说："君侯安好。"

夫子长揖不拜，杵臼脸上有些挂不住，没有发火，却也没有让座，说："先生由鲁来齐，定有高见赐教。"

夫子说："孔丘在齐数日，所见所闻，是有不少想法。但这些想法，愿意听的君侯听了才有用，否则，不如不说。"

杵臼心里虽说不快，但还是退了一步，命左右看座。夫子从容坐下，杵臼说："请先生赐教。"

"请问君侯想听哪方面的看法?"夫子很平静地问。

杵臼说："拣要紧的说吧。"

“治国当是最要紧的了。”

“齐国有这方面的问题吗？”

“君侯以为呢？”

“请先生赐教。”

“概括起来只八个字。”

“哪八个字？”

“君君臣臣父父子子。”

“如何说？”

“一，臣臣子子不可僭越。”

“二呢？”

“君君臣臣父父子子各尽各的本分，不能君非君，臣非臣，父非父，子非子。”

杵臼脸色难看起来，问：“齐国富民强，诸小国臣服，称雄东方，难道也有先生说的这类事？”

夫子尽量让自己平静一些，说：“向明君进言，点到为止。”

杵臼想，孔丘没把话说尽，也算给了面子，换个话题说：“齐已雄踞东方，依先生所见，如何能独霸天下？”

夫子想一想，尽量使话语缓和一些，说：“国家赖黎民百姓生存，君王当爱民如子。君爱民，民臣服，民富国方可富。齐要是能这样，别国自会效法。国国如此，天下太平昌盛。要成霸业，必大兴杀伐，国国如此，生灵涂炭。”

“当今谁不大动干戈，你侵我夺？”杵臼笑得有些古怪，“如果有人打上门来了，还能跟他讲仁爱吗？”

“所以丘才以为人要以修身为本，修身要以仁心为本，仁者爱人，人人都有爱人之心，何愁家道不兴，国不强盛，天下不太平？”孔丘第一次在大国君王跟前完整地说出自己的主张，尽管他的主张和君侯的想法是这样的不同，甚至可能有冒犯君颜的危险，他也感到满足、轻松。

杵臼没有发火，甚至没有丝毫不礼貌的举止，一会儿，笑了，笑得温和而自然，说：“先生高见，可惜寡人老了，心有余而力不足。”

孔丘听出杵臼在婉言谢绝，起身告辞。杵臼显得很疲惫，起身说：“先生，恕不远送。”

晏婴在王宫门外不远处等待夫子，见孔丘还是迈着不紧不慢的步子出来，松了一口气，转身要走，却被孔丘看见，叫住说："相国怕丘回不来了是吗？"

晏婴笑了，说："是晏婴多虑了。"

夫子笑了，说："君侯说他老了，心有余而力不足。"

晏婴却笑不出来。孔丘的主张，晏婴也大致知道。他一方面笑孔丘是迂夫子，一方面认为自己那一套也不全对。当下周室衰微，政不通，令不行，谁不想一下吃掉周围国家，独霸天下？谁听他喋喋不休地讲仁爱，讲修身？但晏婴并非无情，他成为齐相以来，每次出谋划策成功，除去于民有益的内政，通通是以别国的痛苦为代价的，他怎么也高兴不起来。这样，晏婴就老在一个圈子里转：孔丘的仁爱主张不对，难道一门心思滥杀无辜，拓展地盘又对了？他像掉进了泥潭，越陷越深，早已无力自拔。

晏婴只能安慰说："只要有好主张，总有大用之时。"

夫子很淡然，说："谢相国吉言，这种情形，丘早已料到。"说罢，辞别晏婴回客栈。

仲由跟夫子时间最长，常常跟夫子争得面红耳赤，有时候还忍不住冒出不中听的话来，但是，最牵挂夫子的还是他。夫子一离开客栈，仲由就坐立不安，一会儿进一会儿出。颜无繇说："躲得过的不是祸，是祸躲不过，你急有什么用！"

"你这没心没肺的家伙，你知道太公是怎么说的吗？"仲由问。

颜无繇摇摇头，仲由说："姜太公说，一日为师，终身为父。"

仲由和颜无繇正在斗嘴，不知是谁喊一声"夫子回来啦"，门人们一下朝夫子围过来，曾点说："夫子没事吧？"

夫子说："没事，齐君见了为师。"

仲由说："齐君听了夫子之言，定如拨开云雾见青天。"

夫子嗔仲由说："别胡说八道。"

仲由师从夫子以后，受益不浅，认定治国非走夫子指的路子不可，说："本该如此。"

夫子坐下，神色自若。夫子遇事不惊，仅这一点，门人们也大受其益。临头的事往往复杂，一惊慌便没了主意。见夫子天塌下来也扛得起，大家也就变得格外胆壮、轻松。

仲由性急，追问夫子："下一步该怎么办？"

夫子说："看看再说吧。齐君说得对啊，如果有人打上门来了，还能跟他讲仁爱吗？眼前天下这么乱，要别人接受为师的主张，远不是原来想得那么简单。”

门人们在心里掂量夫子这话的分量，心渐渐沉了下去，没人说话，气氛有些凝重。

21

夫子怀中抱琴，有一下无一下地拨动琴弦，不成曲调。夫子弹琴很专注，门人们很佩服夫子的琴艺，只专心听，不说话。听得多了，不但学到夫子的技艺，还能随琴声进入一种空灵的境界，这境界或静谧，或茫远，或鸟语花香，或清泉瀑流；时而撞击心胸，激情迸射，时而如绵绵细雨……悟性高的门人还能捕捉到从指间流淌出来的如丝如缕的情愫，或旷达，或忧伤，或思念。

这种不成曲调的拨动，大家还是第一次听到，有些不安起来。曾点右手肘碰碰仲由，说：“你听听这琴声。”

仲由说：“你才留心？”

“你早就留心了？”

“当然。”

“怎么回事？”

“昨天夫子一天没在客店，你知道去哪了吗？”

曾点摇摇头说：“不知道。”

“不知道夫子在哪里听到琴声了，琴声没了，还待在那里，一待就是老半天。那一定是夫子从未听到过的仙乐，才会这般销魂荡魄。”仲由说。

曾点不信先生会着迷到地步，说：“不会吧？”

“我外出买吃的，恰好走过那里，亲耳所见。”仲由说。

冉耕问：“我们还有多少盘缠？”

“不多了，顶多够吃住两天。”仲由说。

“你管大家吃喝拉撒，怎么不急呀？”曾点也坐不住了。

仲由说：“我禀报过夫子，夫子只笑笑，什么也没说。”

冉耕有些惊诧，说：“夫子怎么会这样？”

仲由说：“不怪夫子，夫子把大家吃喝拉撒的事都交给我了。”

待不成曲调的琴声停止，仲由赶忙凑近孔丘，说："夫子，住店要开店钱，买粮食菜肉要钱，盘缠不多了，你看……"

夫子好像听见了，又好像没听见，茫然地看一眼仲由，抱琴起身，往外走几步，才想起什么似的，说："用餐不用等为师。"

夫子离开，仲由看大家一眼，摇摇头，说："夫子无暇顾及这些小事，我们自己看着办吧。这么四条汉子弄不来个住处，弄不来一日三餐，养不活自己和先生，也太丢人了。"

曾点说："我们四个就数你有能耐，说吧，怎么办，我们跟着就是。"

仲由领着曾点、颜无繇、冉耕出客店，径直朝城外走。离城不远处，出现一片稀稀落落的房屋，仲由走到最近的一家。这一家木房不小，半边装了板壁，半边用木条密密地夹起来做壁头。仲由三人在门口叫了一阵，才走出两个女人来。老的在前，年轻的在后。仲由说："大姐，我来找过你和婆婆。"

两个女人都认出了仲由，年纪大些的说："进家吧。"

仲由像见朋友那么随意，走进当中最大一间，说："这一间住我们四个人，够了。"说着，问老女主人说，"有一间给我们先生住就好了。"

"我儿子被拉去打仗一去就没回来，媳妇跟我住一起，有房间。"老女主人说着，带仲由看了另一间。这一间装了板壁，收拾一下，铺上铺就行。仲由问了租金要多少，跟着说："我们先生是专门教弟子本事的，我们都是他的弟子。"

老女主人脸上漾开笑容，问："也教认字？"

曾点好不容易捞到个说话的机会，说："我们先生本事大了，什么都教，教认字，教做人，做大好人，做有用的人。"

老女人和媳妇悄悄说了几句，告诉仲由说："既是这样，住就是了。我们这里从来没人教子弟读书，你们大老远的来教子弟认字，就是积大德了，咋能让你们出钱?"

和这几个看着斯文的门人熟一些了，媳妇说："要是你们坐闷了，屋前屋后都是地，高粱、小米、小麦都能种，还可以种菜，种上，吃的就不愁了。"

曾点很感激主人，抱拳说："你们婆媳俩这样关照我们，不知道如何感谢才好。"

"不用谢。"老女主人说，"这世道不好，老百姓再不互相帮帮，日子就没法过了。"

曾点很有感慨，说："这世道，好的人好齐天，坏的人不如臭狗屎。"

仲由说："你要是看着中这家媳妇，仲由给你保媒。"

曾点虽然年纪不小，可家境贫寒，尚未成婚，颜无繇、仲由常拿他取笑。仲由一开头，大家七嘴八舌，说这门亲事再合适没有了。颜无繇说："行不行，行，我颜无繇马上去跟那媳妇说。"

冉耕跟着附和："要是你老兄成了上门女婿，我们就沾光啦。"

大家嘻嘻哈哈，回到客店，先生还没有回来，仲由和女主人清账，收拾行囊，又吩咐说："颜无繇留下等先生，我们去收拾新家，准备晚饭。"

曾点由衷地佩服仲由的本事，说："真还只有仲由有能耐，什么鬼点子都想得出来。"

夫子由颜无繇带着，进了新家。好像事情本来就应该这样，夫子连问也没问，匆匆吃过晚饭，仍坐在桌前，大家知道夫子有话说，都坐着不动。夫子喟然叹息说："南方出大贤人哪，可惜……"

仲由问："先生说的莫不是延陵季札?"

"正是此人。"夫子说，"季札是吴王寿梦第四子，贤能异常，吴王希望他继承王位。按吴制，王位应传与长子。季札为了长兄顺利继承，索性躬耕乡野。这样，吴王不得不传与长子诸樊。为师久慕大名，却不知道他已出使齐国。"

弟子们还是不明白夫子为何叹息，夫子说："季札带他儿子一起来齐，不料儿子突然染疾，离开人世。老来丧子，乃人生一大不幸。想和他一叙，也难了。"

仲由猜着夫子心事，说："夫子何不前往吊唁，一来凭吊亡人，安慰生者，二来与季札相见，岂不是美事?"

夫子说："可惜从未谋面。"

仲由说："初次见面而成为朋友的也很多，不足为奇。如夫子实在觉得不便，弟子陪先生前往就是了。"

夫子想想，说："这样最好。"

仲由陪夫子先去相府打听季札去向，相府管事告诉夫子说："他儿子在嬴博下葬，季大人肯定在那里。"

要在季扎儿子入土之前赶到，否则，也许错过时机。仲由赶回住处给曾点、颜无繇、冉耕交代几句，赶去租了马车，和夫子一起朝嬴博方向赶。

一百多年前，嬴博这里属于莱国，为齐所灭。出现在孔丘和仲由眼前的，除了废弃古堡似的房屋和残垣断壁，无法寻觅古国的痕迹。仲由让车夫卸车喂马，四处打听是否有人在近处下葬的事。转了几个地方，终于有人指点说："喏，在那儿。"

仲由熟悉乡间物事，按路人的指点，见不远处半山腰有人，说："一定是在那里。"

夫子望一眼仲由指的半山腰，见左右两边有山梁伸出，活像一张硕大的太师椅。太师椅对面是连绵起伏的远山，视野开阔。夫子禁不住赞叹说："好地方。"

夫子和仲由赶到，棺木已经放进墓穴里。墓穴周围站了不少人，或大声号啕或伤心哭泣，让夫子跟着难受。夫子没有寻找仰慕已久的季札，也没有大声说话，只在旁边看。葬仪简约，没有任何陪葬，甚至没有魂幡和敲敲打打。封了土，垒成土丘，季札这位贤者便袒露左臂，边哭边向右行走，绕墓三圈。绕过，喃喃地说："土地生长五谷，将人养大，老死再入土里，死得其所，没什么好遗憾。倒是死了以后，灵魂四处飘游，苟活者再也没法见到，才是真正的悲哀……"

季札说罢，和亲友一起离开了，仲由说："夫子，你不是要和这位贤人聊聊吗？"

夫子摆摆手，说："看着季札好像没事，实际上痛在心里，哪忍心打搅他？"

仲由想想赶这么远的路，难道就看他季札绕墓三圈吗？夫子看出仲由心里不快，说："季札没有摆出显贵身份，又说得如此入情入理，为师已经学到不少，满足了。"

22

孟孙何忌和叔孙婼一起来找季意如，一见面，季意如问："你俩的意思是一定要意如进宫坐那把破椅子？"

姬裯一家和大小臣僚离开以后，只有宫门有卫士把守，进出严加盘问，宫里却一直空着。孟孙何忌和叔孙婼自知季意如势大，只有他才能住进宫里。至于如何登上那宝座，并不是什么大事。

孟孙何忌和叔孙婼为这事来过，他们不是要季意如去坐那把椅子，而是觉得王宫就这么空下去不是个事。可是，没等他俩把话说完，季意如果断地说：

“不可。”

何忌说：“鲁无人当政，能长此以往？”

意如说：“事端是姬裯挑起来的，责任不在我们头上。”

“外面的人可不这样看。”何忌说。

“怎么看？”意如很忌讳外面说他专权，听着有些上火。

“外面人说三桓专权，才发生这样的事。”何忌说。

“你俩也这样想？”意如问。

叔孙婼说：“我们没这样想，要是这样想，就不出兵了。”

“姬裯无能，本不应做一国之主。”意如说，“我们三家把鲁国撑起来，给我们加了专权的罪名。他自己跑了，又把驱逐国君的罪名扣在我们头上，打的尽是如意算盘，千万别钻他的套子。”

孟孙何忌和叔孙婼都不明白为何是姬裯下的套子。何忌说：“姬裯失败了才逃跑的，怎么说是他下的套子？”

意如说：“姬裯是不是早就想除掉我三家？说我们越礼大祭不过是借口。”

孟孙何忌、叔孙婼同时点头。

“姬裯没想到不但没除掉我们，反倒不得不离开。”意如说，“姬裯为何奔齐国，你们想过吗？”

孟孙何忌说：“姜后是齐女啊。”

“不是最要紧的。”

“齐早就想吞掉鲁国，只是找不到借口。”意如说，“姬裯奔齐，杵臼就会以平叛乱，帮助君侯复位为由，打到鲁国来，灭了鲁国还占了理，这难道不是姬裯下的套吗？只是姬裯太蠢，不知道杵臼第二步要干什么。”

孟孙何忌、叔孙婼自愧能耐不如意如。

“如果我进了王宫，不是正好给人以口实？”意如说，“君侯那把椅子不能坐，但国政要料理，还要准备打仗，祖先开国不易，不能拱手让与齐人。”

何忌说：“真要打起来，鲁国没有胜算把握。”

意如说：“这一点，意如如何不知？有准备总比没准备好。再说，意如还想寻个兵不血刃齐国即不敢犯鲁的良策。”

孟孙何忌、叔孙婼同声问：“有何良策？”

季意如知道如果他的打算成功，齐便不敢轻举妄动，但实在没有把握，只好暂时不说。意如有什么重大决定，很少事先告知孟孙何忌、叔孙婼，这回又是这样，孟孙何忌和叔孙婼心里都觉憋气，但在这种时候，只能隐忍。如果三家再内讧，鲁国只有灭亡一条路。

姬裯领兵攻打季意如的当天晚上，即有密探把这消息报告费邑宰公山不狃，公山不狃立即找家臣满牛商量。费邑是季意如领地中的一邑，主子强，公山不狃作为邑大夫，也没把别的邑大夫放在眼里，就是进出宫也没人敢盘问。公山不狃很喜欢想做什么就能做什么，除了季意如，谁的脸色都不看。

姬裯居然也敢突然率兵攻打季意如，公山不狃感觉意外；结果郈邑宰鲂假被杀，姬裯大败，不得不出逃，又是他没想到的；季意如受到攻打，居然没调他的兵救援。对这一点，公山不狃则不仅意外，还有了很多猜疑。最后他认定季意如已经不信任他了。公山不狃虽然不是很了解别国情况，但臣杀君、公卿之间互相残杀、为争王位兄弟反目，这等事屡见不鲜。

满牛摸透了公山不狃的脾气，说："大人你说怎么做，小人跟着就是了。"

公山不狃火了，说："不叫你们说话你们偏生叽里呱啦说个没完，要你们说又屁都不放一个！"

公山不狃说的"你们"，听起来像扫了一大片，实际上他最不满意的是满牛。满牛做公山不狃家臣，只这样尽心、卖力，公山不狃却没好脸色，满牛只好尽量不说话；实在不能不说，也只拣好听的说。

公山不狃发过火，说："季意如靠我们撑起来的天下，到头来把我们一脚踢开，他敢把君侯赶跑，在世人面前输了理；我们把他灭了，迎回君侯，就是大功臣了。"

满牛第一次在公山不狃跟前提出异议，说："君侯调了两个邑的兵也没能打下来，还死了郈邑宰，我们才一个邑的兵，能行吗？再说，我们邑里是不是都很齐心？"

公山不狃说："蠢货，难道我们不能联合郈、臧两个邑？这两个邑，现在是季意如的死对头，只要我们牵头，他们不会不答应。"

满牛说："我还想到个人，如果能把他收来做大人手下，保管大事成功。"

"何人？"

"孔丘。"满牛说，"听说这个人精通六艺，学问大着哩，还有不少人投到他门下做门徒。"

公山不狃说："孔丘在齐国哩。"

“如果能派人去请，更见得大人思贤敬贤，孔丘不会不来。”满牛说得蛮有把握。

公山不狃瘦脸上漾开笑容，说：“如此说来，本邑宰得亲自跑一趟了。”

几乎是同时，季意如把家臣阳虎、儿子桓子召在一起商议，季意如说：“如今季氏既不能入宫，还得撑持鲁国天下，没个能人很难维持，我想亲自延请孔丘，不知你二人有何想法？”

阳虎说：“小人也想到这个人了。”

“要是他能来，意如就省心了。”意如问桓子说，“吾儿以为如何？”

桓子虽说年过三十，还没有揽过国事，说不出什么道理来，说：“父亲说得极是。”

阳虎此时想表现一下，这样，大权落到季氏手里，季意如才不会等闲看他。想一想，说：“季公，当年孔丘走投无路，是季公收留他进牛马场做乘田，又是季公发现他还有些才能，让他进府里做史官，季公对他恩重如山，请他，他能不来？”

阳虎的话说中了季意如心思，面露笑容，说：“这样说来，阳虎你就辛苦一趟吧。”

阳虎说：“小人即日起身，一定要请到孔丘才回来。”

23

到底在异国他乡，知道夫子的人不多，更不知他胸怀大志，精通六艺，设教授徒。如此，既无亲朋好友往来，也没有人投师学艺，夫子只和几个门人一起，或切磋，或传授研习所得。想想年近四十，看看眼前景况，离自己所求远得很，心下焦急却又不好在门人跟前显露，只好在郁闷中打发日子。仲由猜透了夫子的心思，但他没直说，却说：“夫子，想家了吧？”

夫子说：“为师像你？”

仲由说：“小徒光杆一人，夫子在哪里，家就在哪里。不像夫子，上有老，下有小，中有夫人……”

夫子遮掩说：“为师眼界没这样窄。”

夫子没有生气，脸色却难看得多了，仲由闭了嘴。

这时，冉耕从外面一阵风似的跑进来，和正要出门的夫子撞了个满怀，夫子站定说：“慌里慌张的，什么事？”

冉耕让孔丘看看他身后，说：“先生，你看谁来啦？”

夫子回头看看，也高兴得按捺不住，快走几步迎说：“总管大人如何到此？”

何能总管说了说随君侯来齐，自己中途返回照料病人，再次来齐的经过，说：“听说先生在这里，特地来看看。”

他乡遇故旧，夫子和门人都非常激动，一下围了上来，七嘴八舌地问鲁国情况，何能说：“没什么事，很平静。”

夫子请何总管入前堂就座，问：“丘岳父他们知道何总管要来齐吗？”

“知道。”何总管说，“夫子离开不久，家里就添丁了。”

“是男是女？”夫子问。

“女。”何总管说，“岳父和夫人都很想先生。”

夫子神色忽然不安起来，让仲由看见了，本来想说“夫子，那就回去吧”，但说出口的话偏生变了，“恭喜啊，夫子！”

冉耕、颜无繇比仲由年长，有家小，没有自己家里的消息，暗自牵挂，只是不好说出来，见夫子不安，说：“夫子，咱们回去吧，久居他乡毕竟不是办法。”

仲由不过是想为难一下夫子，看夫子如何办。见夫子不安，便有些不忍，说：“我也想家啦，回吧回吧。”

不管怎么说，在临淄一年有余，师生六人，总有七七八八的“家当”。仲由找来稻草，搓成绳子捆被褥，老女主人问仲由说：“你们要走了？”

孔丘和弟子们在这里住两年有余，婆媳俩替他们煮饭、做菜，衣服破了替他们缝补；门人见婆媳俩下地干活，跟着下地。冉耕、曾点家庭贫寒，吃得苦，自己种过地，抢着干重活累活。起初，弟子们和婆媳俩分开吃饭，后来，干脆合在一起用餐。曾点、仲由都没有成亲，曾点背地跟仲由说：“那媳妇看你的眼神不大对，她看上你啦。”

仲由回敬说：“看上的是你。那媳妇胖嘟嘟的，好啊，要不要我跟她说？保管一说就成。”

曾点说：“我个子矮小，配不上，还是你合适。”

一个在齐，一个在鲁，相隔天远地远，只能过过嘴瘾，不可能真成。却不料他俩私下开的玩笑，不知怎么传到婆媳俩耳朵里，婆婆悄悄问媳妇说：“要是人家真的有意，你愿意吗？”

媳妇假装不知道，红着脸问：“人家是谁呀？”

婆婆告诉媳妇说：“那高的叫仲由，矮瘦的叫曾点，他俩都没成亲。”

媳妇说：“不讲这个，媳妇陪你老人家到老。”

“傻话。”婆婆说，“我儿都死在战场上几年了，你不找个人家妈死不瞑目。”

“妈，我走了就剩你一个人了。”

“妈吃得做得，不怕。”

“妈，儿媳当然喜欢高大的那一个。”

婆婆和儿媳私下说的话，儿媳就记在心里了，早盼晚盼，盼仲由托人跟婆婆说。或者亲口告诉她，她都会满口答应。如果男人好，想得周到，会同意婆婆跟他们一起住；实在不行，她也要想办法，经常看看婆婆，却没想到到头来还是落空。从她记事起，不逃避打仗的时候很少，一些村寨男人全没了，剩下妇女和儿童。别说死了男人的媳妇无法再嫁，就是姑娘也很难找到婆家。媳妇见曲阜来人，就知道事情有些不好。才过两天，果然看见夫子的门人收拾物件了。媳妇心下不安了半天，终于平静下来，讪讪地来到门人们住地，见仲由正在用稻草绳捆被褥，媳妇说：“亏你在家的时候还种过地呢，稻草绳搓得这样松垮，捆得住啥呀？”

说罢，从自己房间里拿出几条长布带，远远地丢给仲由，眼圈红红地，回自己房间去了。

夫子一行离开的时候，女主人递给仲由一只竹篮，竹篮上面盖了块红布。仲由接过，随手放在车厢角落里，年轻媳妇没有送他们。女主人送出门几十步也停住了，仲由见婆媳俩很留恋，心里不好受，但无可如何。车夫喊一声“驾”，马车动了。仲由回头跟女主人告别，见大门缝里有双亮亮的眼睛……

走一阵，仲由才想起那只盖着红布的篮子，揭开，是一篮子布鞋。每双布鞋上都系了红布条表示吉祥。仲由把这事告诉孔丘，孔丘慨叹说：“要是人都像这婆媳俩这样，何愁天下不太平！”

费了很大功夫，才把荒废一年的学馆收拾出来，夫子和门人们又可以在这里弹琴、研习学问了。这种失而复得的欣喜，只有他们能体味。夫子和几位门人由齐回鲁的消息，很快传开，旧日门徒闻讯，陆续赶来，新投上门来的门人逐渐增多。夫子虽然精通六艺，来者多数并不是来习武艺和军事韬略，而是来破疑解难，求知明礼的。

有一次，一个门人忽然问夫子说："小徒也知道修身要紧，也想修，可修去修来还是老样子，先生能不能指一条好路？"

修身，为什么一些门人成效不大，夫子一时想不明白这道理，说："破这疑难很当紧，可惜为师尚无好办法。"

颜无繇见先生被问住，很觉奇怪，说："难道夫子也有疑难？"

"不是先生没有疑难，是疑难比你们还多。"

颜无繇说实话："小徒将来要是做了先生，可不敢当门人的面说自己不懂。"

"懂就是懂，不懂就是不懂，才算是有智慧的人。"夫子说。

仲由听得直敲头，说："先生，你讲那么多懂、不懂，弟子头都麻了。"

"一个人不可能什么都懂，知道的就说知道，不知道的就承认不知道。承认自己还有许多不知道的东西，才会想办法弄明白。"夫子说，"如果不懂装懂，还会去弄明白不知道的东西吗？"

有疑难有地方求教，是人们做梦都没有想到的。尤其是到夫子这里来学了一年半年，甚至来求教几次，说话办事就有了"文气"，不那么野蛮、粗鲁，让人们看到求教和没来求教大不一样。特别是有门人离开学馆以后，即有官府选用，过上与原来大不相同的日子，为许多父母和他们的子女垂涎。夫子有多个弟子出仕，自己并不是断了出仕念头，而是没有恰当的地方可去。再说，和那么多门人朝夕相处，难以割舍。

正在说话，有门人报有人求见。学馆如此盛况，不停地有人找夫子不奇怪，倒是来人让夫子和门人感到意外。来人是夫子早就认识的季府容总管，后面跟随几个人，抬一漆画精致大木盒子，盒子里平放一头净过毛的猪，猪头系了红布，表示吉利。夫子慌忙起身迎接。容总管命抬猪人放下礼盒，施礼说："阳虎大人久仰先生盛名，特让小人赠送薄礼，万望先生笑纳。"

阳虎是季氏最得宠的家臣，不知替季意如出了多少坏主意，夫子很厌恶他。回鲁不久，即传阳虎已手握重权，季意如是实际上的鲁国国君。鲁君逃亡在外，谁有权力擢升阳虎为大夫？如果是季意如干的，那么，季意如已经篡权无疑。不然，绝无家臣可以馈赠士人如此大礼之理。夫子将信将疑，这阵听容总管说话口气，证实那不是谣传。夫子痛恨那些胡作非为的人，把这类人视为他实现抱负的障碍，而今上门送大礼的偏偏是这类人，是乱鲁的罪人，驱逐国君的逆贼，该怎么办？拒绝吗？阳虎可是什么事都做得出来，弄不好，他和弟子们将无立足之地；接受吗，他实在不愿意。不但他不愿意，弟子们也会反感。孔丘把方方面面利害飞快地在心里权衡一下，不动声色地说："无功受禄，实不敢当。"

夫子让仲由接下礼盒，向容总管施礼说："容丘隔日回拜。"

容总管离开不一会儿，仲由脸色难看，冲夫子发火说："由久仰夫子德高艺精，才投到门下，不想夫子仍不能摆脱俗欲，攀附权贵，由很失望。"

夫子说："闭上你那臭嘴。"

"臭嘴我可以闭，可不要叫小徒跟这类人打交道。"仲由说。

夫子笑了，说："你这一说倒把我提醒了，跟这类人打交道，还非得你不可，还要快一点。"

"干啥?"

"跟阳虎打交道呀。"

仲由说："夫子你干脆揍小徒一顿得了，小徒不去。"

"为师不是要你去见阳虎，是要你打探他什么时候不在府里，只要打探确实，赶快告知为师。"夫子说。

仲由看看夫子神色，却又不像是开玩笑，问："夫子，你打的是什么算盘呀?"

"别问那么多，照为师说的去办就是。"夫子说。

冉耕说："先生，仲由不肯去，冉耕去。"

"不必改动。"夫子说，"以后会派到你的，放心好了。"

24

仲由弄不明白为什么要探听阳虎什么时候不在府上，为什么还得马上告诉先生，不明白也不好问，只得不折不扣地按夫子说的去做了再说。两天以后，终于打探到阳虎隔日要去费邑的消息。由曲阜去费邑，往返少说也得四五天。如果还要办事，要的工夫更多。仲由得知这一消息，连忙告知夫子。夫子没有犹豫，即刻整衣出发。

夫子从来不做假，而今不仅要做假，还要做得像真的一样，感到别扭。却又不能不这样做。他走进阳虎宅邸，说明是专程来叩谢阳虎大人馈赠大礼的。一位家臣接待夫子，说："先生来得不巧，大人出行了。"

夫子问："何时回府里？"

家臣说："快则四五天，慢则七八天。"

夫子说："无缘亲自拜谢，实在遗憾。"

家臣说："我们大人很仰慕先生，还望先生常来，以便求教。"

夫子说："求教不敢当，如你大人不耻下问，与大人切磋是丘平生幸事。"

告辞出来，夫子骂自己："说一套，想一套，你孔丘变得如此不堪了？"想一想，替自己辩解说，"这样做是逼出来的……如果连保护自己都不会，怎么能对付更复杂的事？"这样想着，才心安下来。但是，夫子怎么也没有想到，这一计居然很快就露了马脚。

夫子转过弯，再走一段，就离开高墙，远远地望见学馆了。这个学馆，耗费了他多少心血，是他无望中的希望，给了他多少温暖，多少慰藉。他有三个家，一个在陬邑养父养母家，一个是岳父和他的妻儿家，再一个就是学馆了。夫子曾很失望地想："自己实现抱负无望，就培养下一代吧。"送大礼的如果不是阳虎，说不定是他一生的转机，为什么偏偏是阳虎，是他最不愿见的人呢？

夫子正这么脱缰野马似的胡想，迎面走来几个人，为头骑马的正是阳虎。阳虎模样和自己有几分像，夫子一眼就认出来，阳虎也认出了夫子。夫子无法躲避，长揖说："万分感谢大人厚爱，馈赠如此大礼。"

阳虎下马还礼说："不值得说，无非想先生赐教一二。"

夫子像沙粒落进眼里那么难受，却又不能挂在脸上，勉强说："丘学识浅薄，所悟未必是对的，赐教更不敢说。"

阳虎说："先生如不嫌弃，回府一叙如何？"

夫子不愿多与阳虎交往，推辞说："丘已回拜贵府，不便再次搅扰。"

"也罢，先生时间金贵。"阳虎不勉强，说，"我只替先生惋惜。"

夫子说："一介无用书生，有何可惋惜的呢？"

"先生精通六艺，乃国家栋梁之材，不为公卿，却设教授徒，难道不惋惜吗？"阳虎说得很真诚，"一些人并无真本领，却身居要位，手握重权，阳虎替先生不平。"

阳虎说的"一些人"，当然包括没用的姬裯，说不定还暗指季意如。夫子一方面感觉阳虎此人心地险恶，一方面也感觉被阳虎说中了要害，怀才不遇啊！夫子当然不会袒露自己这样的心迹，否则，阳虎提出延请自己便不好回话，只说：

"出仕好，不出仕未必不好。"

阳虎没揣摩出夫子是愿意出仕还是不愿意，如果莽莽撞撞地延请，被拒绝反而不妙，勉强笑笑，说："如果先生有意出仕，不妨告知阳虎，阳虎当为先生效劳。"

夫子这一折腾，被在半道等他的仲由看在眼里。夫子回到学馆，被仲由堵在门前，说："夫子何故惧怕阳虎？"

"为师不想多与这种人纠缠。"夫子说，"再说，对这种人也不能不多加防备。"

仲由认为既是教人如何做人的先生，当方方面面都无可挑剔，一旦认为他的先生有不当之处，必定如鲠在喉，非得弄明白才罢。夫子要他打探阳虎什么时候不在府里，仲由就认定孔丘不愿意见阳虎才这样做。但他转念又想，不愿意见就不愿意见，费这么大心思，分明怕阳虎了。阳虎明明不是好货，为什么要怕他？他为夫子竟有这样的行为感到羞耻，才非得马上弄清楚不可。没想到夫子毕竟老到，善于保护自己这一招真是必不可少，说："谢谢夫子又教了小徒一招。"

夫子说："刚才你不是说为师怕阳虎吗？怕阳虎，就是怕权贵，如何还说学到了一招？是不是学到了怕权贵？"

仲由说："揪住门人差错不放，也不是夫子所为。"

夫子说："不是揪住差错不放，是要你记住遇事要多看看，多想想，不要随意说话。"

仲由说："这样一来，不是把门人教得前怕狼后怕虎了？"

夫子笑了，指着仲由鼻子说："你呀你呀，你什么都好，就是喜欢搞过头，不明白怎样才是稳妥的，恰当的。比如吃饭，吃过饱了，难受；差得很多，也很难受，要中和，或者叫中庸。"

阳虎离开夫子，手下问还去不去费邑，阳虎说："府里有些事忘了处理，回去处理一下，明天再走吧。"

阳虎一个人回府邸，边走边思忖："孔丘对在我手下做事不热心，还不是因为我头顶上还有个季意如？如果什么事都是我说了算，他还会这样不冷不热？"

在季氏家族处于危难的时候，是阳虎派快马飞报孟孙何忌、叔孙婼，何忌、婼率人马来救，又是他跑前跑后，才打垮了姬裯调来的兵马，杀了郈邑宰鲂假，逼走姬裯。姬裯亡齐以来，阳虎多次要求季意如进宫执政，季意如始终不肯。季意如不入宫做君主，他如何能拥有实权，更不要说往上爬了。他很想来一次兵谏，想想手里没个像姜太公那样的能人，别想坐稳天下。想到的第一个人便是孔丘，孔丘对他却不冷不热，此时藏在阳虎心底的极隐秘的念头又那么顽强地冒了上来。

阳虎回到府邸，亲自登他最得意的武士家门。这武士叫抱卜，中等个儿，结实精悍，练得一身好功夫，能一只手摔死一个壮汉。抱卜不但武艺高强，还善用心计，这一点最让阳虎得意。阳虎是几年前在角力场上认识抱卜的。阳虎见他和一个壮汉厮斗，起初总是躲闪，让对方扑抓。转几圈，抱卜忽然一转身，一猫腰，阳虎还没看清楚，五大三粗的壮汉已经倒地。抱卜一只手抓住壮汉粗腰带举了起来，壮汉连声告饶："求壮士，别别别，饶了小人一命吧……"

抱卜把壮汉放下来，壮汉服服帖帖地跪在他面前，抱卜质问："求饶就行了？"

壮汉急忙叫佣人拿出零散金银铸币双手捧给抱卜，抱卜说："爷爷不杀你，以后你别跟爷爷做对头。"

壮汉不住地叩头，起身，不要命似的逃了。阳虎叫人把抱卜请进一家酒肆，敬上三杯酒，抱卜不接，说："小人不会平白无故喝别人酒的，说吧，什么事？"

阳虎说："我没你武艺强，但是，壮士，你斗不赢我。"

抱卜不解，说："不懂。"

"不用我出手，你就没命了。"

"三五个壮汉不是我对手。"

"不是三五个，而是三五十个呢？"

抱卜没有吭气。

"要是更多一些，踩也要把你踩成肉酱。"

抱卜眼睛发直。他不是不懂权力的厉害，而是不知道眼前这个人有多大来头，阳虎见抱卜惶惑，说："我是季氏家族的人，跟上我没错。"

在鲁国，很少有人不知道季氏。听阳虎这样说，抱卜为难了，阳虎说："壮士尽管放心，昧良心的事，季氏家族不做。你帮季氏家族，就是尽忠鲁国。"

抱卜答应了，阳虎说："季氏家族规矩很严，胡来必严惩。"

阳虎家有五个武士，抱卜入阳虎府邸，让抱卜和五位武士过招，无人能敌，阳虎很欢喜，给抱卜的酬薪最为丰厚。

这天夜里，阳虎叫抱卜到跟前，把事情交代了，说："我走两天以后你再下手。”

抱卜说：“好。”

“他可不是好对付的。”阳虎说，“要干净利落，要叫他死了还不知道是怎么回事。”

“小人知道。”

“要是失手，必有大患。”

“放心，抱卜知道。”

“不管出现什么情况，都不能说是我叫你干的。”阳虎说，“你要是供出我来，你一家人性命难保了。”

“抱卜明白。”

当天夜里，抱卜准备回家说这件事，邻居说，他父母、妻儿已被接走。就在这天晚上，阳虎叫上几个手下，悄悄离开曲阜。

25

季意如总觉身体不适，早上，没有像以往那样召家臣商议朝中事务，询问有没有姬裯消息、杵臼动向，反倒涌上不祥的念头：“人生不过几十年，死了一抔黄土，何必这般辛苦?”只是一件大事还梗在心头。齐国对鲁早有鲸吞野心，没有由头还找碴儿哩，有了帮助姬裯复位的由头，还能不率大兵南下，名正言顺地攻打鲁国？但是，一直没有动静。越没有动静越让他疑虑重重。昨天夜里，心神不定，登楼望天，忽然见一亮光划过天空，随即消失得无影无踪，只剩下自己空落的心。季意如呆望半天，忽然冒出不祥的预感：“说不定自己就是那颗坠落的星呢……”

想到这里，不禁放声大哭，吓得贴身护卫公山费池惊问：“季公有何不适?”

季意如不愿意在下人跟前袒露心事，说：“没事，一时心中不快罢了。”

一会，忽然问：“阳虎为何这时候去费邑呢?”

公山费池说：“季公忘了，小人是不能过问这些事的。”

季意如笑了说：“是这样，还是季某亲自规定的呢，自己倒忘了。”

用过早餐，季意如吩咐公山费池说：“出去走走吧。”

公山费池熟知季意如说“出去走走”的习惯：外出打猎消遣，用过早餐便出发，不另带人，带些酒肉做午餐便是，去老地方，有收获没收获都无所谓，必须天黑以前回府。每次都这样，用不着季意如交代，公山费池都会不折不扣地按季意如的想法去做。公山费池担起护卫和陪伴的双重责任，两人自自在在，消闲够了，再慢慢回府。

季意如和公山费池经常狩猎消遣的地方，其实就在离牛马场不远的山湾里。这里林子不算深，树不密，荆棘、矮树、茅草不多，凉爽而敞亮，无猛兽出没，却有羊、狍、山鸡之类可供射猎。至关紧要的是要暗算他的人不易藏身，只要有动静，就会被公山费池看到。公山费池飞镖神速，若中一飞镖，必定连中三枚，全是要害处。累了，也可以在牛马场里歇歇。

这天，季意如自己也不知道怎么回事，他和公山费池遇到的这只狍子特别灵巧。季意如自称神箭，却连射三箭不中。这狍子在土坎下伸出头，好像是在嘲笑他没用。公山费池不信击不中这畜生，连发三枚飞镖，不但没中，却连狍的影子也没了。一向技艺了不得的季意如和公山费池竟连只狍子也打不着，很不甘心，遍山湾寻找，直到太阳下山也没发现踪迹。要不是走出山湾的时候，在路口发现只呆头呆脑的山鸡，让季意如一箭射中，就只能空手而归。

公山费池顺手扯下一根细藤，拴了山鸡脚，拿在手里，和季意如一起，骑上马，踩着落日余晖，晃悠晃悠地往回走。

季意如走着走着，一丝惆怅又涌上心头，叹气说：“太阳下山了，天黑了，第二天还会上山。太阳出来了，这天下依然明亮。这人就不同了，老了，只有更老，直至死去，不会再年轻了。想想人活一世，也就那么几十年，何必苦苦争强斗狠，何必弄得你死我活？就像今天这样，离这个污糟的世界远远的，什么都不想，什么都不做，多好啊……”

公山费池说：“小人生来就是下等人，没想那么多。季公对小人好，小人喜欢跟季公。”

季意如很感激，说：“难得你的忠心。要是有一天季某不在人世了，你愿意跟桓子吗?”

话音未落地，只听极细微的“嗞”的一声响，公山费池迅疾地摇晃一下手里的山鸡，一支箭从山鸡胸膛穿过。公山费池吓一大跳，如果他稍有迟疑，这支箭就射穿季意如胸膛了。就在这一刹那，公山费池一手把季意如拽下马来，躲在路旁的草丛里……

姬裯逃亡，群臣 群龙无首。乐欣、申句须虽然是鲁国老臣，一来自知担不起国家重任，二来不愿意受季意如的威压，两人都索性称病不出。季意如自然不会登门去请。想去想来，征得孟孙何忌、叔孙婼同意，让阳虎进宫，协助乐欣和申句须把朝政揽起来。阳虎虚情假意地登乐欣、申句须的门，转告孟孙何忌、叔孙婼和季孙意如的意思。此后，乐欣、申句须很少来过问。这样一来，阳虎成了鲁国的实权人物。

论起来，公山不狃怎么说也是鲁国正儿八经的邑宰，阳虎不过是不算官职的家臣，而今忽然成了顶头上司，公山不狃心中不快。知道阳虎进宫这消息，几天吃不下睡不好。正如孔丘所言："是可忍也，孰不可忍？"季意如这样做分明是胡来。

这天，阳虎忽然来访，公山不狃一时回不过神来。稍稍平静以后，赶忙叫心腹角滑来见，说："阳虎帮季氏驱逐鲁君，而今又在宫里专权，此贼非除不可。"

角滑说："不可。阳虎是季氏心腹，如果我们杀他，季氏必然兴师问罪，以费邑的兵力，如何抵挡得了三桓的兵力？须等待时机才行。"

这样，公山不狃不得不装出笑脸迎接阳虎。阳虎见了公山不狃，倒先谦恭地一揖，说："公山邑事繁忙，辛苦了。"

公山心下虽有疑虑，却说："不算什么，还是你在上面辛苦了。"

公山不狃领阳虎进前厅，分宾主坐下，阳虎说："眼下国家无主，大小事都要季公一人担待，你是一邑之宰，要多替季公分忧才好。"

公山不狃说："季公门庭能人无数，又有孟孙、叔孙两家帮衬，还有你这位贤能，自是不必忧虑的。若临时有事，吩咐一声就是了。"

阳虎起身长揖说："西北有晋，南有楚，东有齐，对鲁都有野心。卫、宋和鲁也时有摩擦，鲁国不宁，季公很是忧心。"

公山不狃想："想试探我？"笑笑说："天不会塌下来，放心吧。"

阳虎犹犹豫豫，虽心下想着"鲁国无君，正是夺取江山的好时机"，却闲聊一阵，告辞，连夜赶回。

阳虎回到府邸，抱卜跪在面前不起，阳虎说："快起来，你这是为何啊？"

抱卜说："小人失手，没能杀掉季意如，小人时刻也没忘记大人家的规矩，请用家法吧。"

阳虎扶起抱卜，说："阳虎对尽了力的手下从不责罚。再说，哪有什么事一次就成功呢？你要真的有这份忠心，就下一次吧。"

抱卜说："季意如受了一次惊吓，再下手就更难了。"

"聪明一世，糊涂一时，谁让你再干同一件事啊？"

"他的日子不多了。"

"我知道。"

停一停，抱卜还是问，"下一步该怎么办？"

阳虎说："什么也不干。不过，你得待在家里，哪儿也不要去。"

抱卜说："好，小人听从大人吩咐。"

阳虎对季意如服服帖帖，只有抱卜明白那是敷衍，心里巴不得马上干掉他。这次抱卜杀季意如失败，心想必死无疑。不曾想这笑面虎不但没杀他，还让他歇着，倒生了疑虑，生怕被暗算，好像全身都长了耳朵、眼睛，小心翼翼而又快步离开阳虎府邸，直至进家还安然无恙，才长长地舒了一口气。

季意如做梦都没想到几天来心绪烦躁，应了这么一件凶险的事。夫人宣茹见男人脸色难看，守在身边，说："夫君脸色怎么这么难看，哪里不舒服？"

季意如把这几天来心绪烦躁，和公山费池打猎归来遭遇暗箭几乎丧命一事说了："幸得公山武艺超群，否则，就见不到你们了。"

宣茹安慰说："夫君不是好好的吗？真命天子是上苍派下来的，能随随便便被人谋害吗？"

季意如感激女人的安慰，但他不相信君王是上苍派来的，别人就动他不得。姬裯不是也逃亡了吗？再早一点，纣王不是也被武王讨伐了吗？如果君王是上苍派来的，动不得，自己当君王就没有望头了。那么，他当然也可能被人杀掉，或者赶出去，和姬裯一样流亡国外。其实，并不是他季意如要赶走姬裯，而是姬裯自己要走。这一走却把赶走鲁君的罪名加在他头上，给齐国以口实，随时都可能对鲁大动干戈。正是这些事，弄得他越来越心绪不宁，吃不好睡不好，心想留给自己的日子不会太长了。

这阵，季意如告诉宣茹说："你把桓子、申丰、女贾都叫到我身边来，我有话说。"

听丈夫这样吩咐，萱茹心里不好受，说："夫君，你不会有事的。"

宣茹命近侍传桓子、申丰、女贾进见。三人很快到来，见季意如神色不佳，站住，大气不敢出。季意如让自己平静下来，才说："从先祖桓公算起，孟氏、叔氏和季氏三家不遗余力，辅佐鲁君，鲁国才有今天。不想姬裯恩将仇报，无缘无故率兵攻打有功之臣，打败了，无颜待在鲁国，出奔齐国，还将罪责推给季氏。姬裯这样做，无非是要借齐灭鲁……”

宣茹、桓子、申丰、女贾在一旁静听，不敢出声，宣茹心情特别沉重。季意如继续说：“申丰、女贾你俩跟季某多年，季某没有给你们加官晋爵的权力，至今仍然是家臣，季某有愧。”看一看申丰和女贾，才说，“阳虎逼季某擢升他为大夫，为防他生变，我答应了他。但季某不是鲁君，就算擢升了也不作数。想要擢升你俩，但在季某手里办不到了，由桓子替季某办吧。”

申丰感到气氛不对，说：“季公好好的，如何说这样的话？”

女贾也说：“季公如何说这样的话？”

季意如把刚才险些丧命的事说了一遍，说：“即便不遭到暗算，季某也自知时日不长了。”

宣茹、桓子、申丰、女贾屏声静气，听季意如说话。原来他们这位看起来斯文内心却强硬的权力人物，而今脆弱得像秋风里的小树，经不住任何风雨了。季意如声音低弱下去，说：“看在季某和诸位相处多年的份上，季某不在人世了，万望帮扶桓子一把，季某就死而无憾了。”

申丰说：“季公，放心吧。”

女贾也说：“放心吧，季公。”

刚才那一箭，季意如没伤着一根毫毛，倒是吓得不轻，胸口一直疼痛，出气不顺。他小时候听爹说，到出气不顺的时候，活的日子就不长了。眼下不仅出气不顺，而且浑身软得像熟透的柿子，生怕一睡下再也醒不过来，朝申丰、女贾挥挥手，申丰、女贾退下，剩下妻子宣茹和儿子桓子，他说：“桓儿，靠近爹一些。”

桓子靠近季意如坐下，季意如说：“你母亲为季氏劳心劳力几十年，爹不在以后，你要像爹在的时候那样对待你母亲。”

宣茹胸口堵得慌，有些哽咽地说：“夫君，你不会有事的。”

季意如继续对儿子交代，说：“对手下一定要宽厚，千万不要像为父那样过于严苛，得罪不少人。得罪的人多了，自招其乱。”

桓子跪地，说：“孩儿谨记。”

26

忽然有门人告诉夫子说，有无数齐兵日夜兼程，朝东南方向开来，鲁凶多吉少。夫子听了，脸色难看。经历这样一场变乱，国力衰微，还经得起齐国一击吗？要命的是鲁国无君，季氏能承头带领文臣武将，同心抗齐吗？孔丘想想自己文韬武略，懂得不少，弟子们都是有大用之才，但手里无权无人马，纵有一身本事，又有何用？

想到这里，倒有些后悔当时断然拒绝阳虎的延请了。孔丘明白，就算应了阳虎，也不过是借他的力量进身而已。只有进了身，手里有权力，才有可能推行自己的主张，为鲁国出力。但是，一切都晚了，只能眼睁睁地看鲁国被强齐吞食。夫子正在学馆里闷坐，门人报有人求见。

进来的是个穿官服的中年男人，见到孔丘，长揖说："小人见过先生。"

夫子见来人无可疑虑之处，还礼说："孔某并不认识客人，请问尊姓大名，来自何方？"

中年男子说："小人来自费邑，受公山大人之命来延请先生出山。"

夫子问："是公山弗扰？"

"公山大人此名很少用。"

"还有一名？"

"是。"中年男人说，"叫不狃，公山大人喜欢手下这样称呼他。"

据夫子所知，狃是一种贪得无厌的野物，夫子没有多想公山弗扰为何要起"不狃"这名字而且特别喜欢，说："公山邑宰大人找孔某有何见教？"

"先生也看见了，西北有晋，南有宋、楚，东有齐，鲁就像夹在当间的一块肥肉，人人都想咬一口，而今内乱如此，先生是鲁国栋梁之材，难道能坐视？难道能安心这样躲在学馆里教学？"中年男人越说越激动，"先生，齐军已经大举南下，鲁危在旦夕。如果先生不答应出山，小人即告辞。"

夫子问："敢问客人高姓大名？"

"小人角滑，邑宰大人手下。"中年男人说。

鲁国实在不大，邑宰、邑宰得力的手下都互相认识。夫子久居学馆，不认识角滑，却知道这个名字。角滑的话打动了夫子，他没有犹豫，说：“客人先回去，容孔某做些准备，即来见公山大人。”

角滑离开，夫子回家说了公山不狃请他出山这件事，孔鲤想爹可以穿官服堂堂正正地进出宫廷，高兴得直在孔丘屁股后面转，不停地问：“爹，你何时去呀?”

母亲亓官暹见儿子已是十多岁年纪的男子还这样不谙事，呵斥说：“你爹去不去还不一定呢!”

夫子听夫人话里有话，坐在岳父的对面，说：“小婿想听听爹的想法。”

亓官扬问女儿说：“你说呢?”

亓官暹说：“官场上的事太复杂，女儿不清楚，还是爹说吧。”

亓官扬摸了半天下巴，才说：“阳虎是季氏心腹，公山不狃和阳虎交往不一般，贤婿去费邑，难免要做自己不愿意做的事；若不去，如今鲁国成了这样子，要出仕太难。而且，朝中无栋梁，受外人欺负，齐国就巴不得一口吃掉鲁国……”

提起齐兵南下这件事，孔丘直觉血往上涌，说：“不是‘巴不得’一口吃掉，大军已经南下啦。表面上是替鲁君复位，除叛贼，实际上是要灭鲁。所以，小婿才想马上出仕。”

亓官扬听了女婿这番话，沉默了一会儿才说：“如此，爹无话可说，只是违心的事千万不要做。”

孔丘说：“小婿谨记。”

费邑离曲阜不算近，夫子让夫人收拾一番行囊，再到学馆来和门人见面。最早从师的颜无繇、曾点、冉耕以及稍后进学馆的门人已经离开，颜无繇、曾点在家里潜心培育子女，冉耕做臧孙赐家臣；有的门人去了宋国做官，有的回家静心治学……仲由也有出仕机会，可他有不走的理由：得照顾先生。

仲由说：“先生不会种地，不会做饭做菜，不会浆洗，没人陪他说话，他过得好吗?”

大家知道仲由照顾先生尽心尽力，再说，有仲由在先生身边，大家放心。

夫子教诲门人不分贵贱，不分天分高低，都很尽心，却又很了解门人的禀性和长处，能说出谁做什么最合适。特别是后一点，门人最想听。这天，见夫子高高兴兴地来到学馆，住在学馆里的和住在近处的门人很快到学馆里来，密密麻麻地挤了一屋子。

夫子想到马上就有施展才能的天地，兴奋了好一阵子，可是，见来了这么多门人，又十分不舍，心里乱糟糟的，更不好一开口就说自己决定出仕。这时，有人站起来说："夫子很了解众门人所长所短，小徒跟夫子也有好些日子了，能不能请夫子说说？"

大家看时，是颜无繇。夫子顺口回答说："勤勤恳恳办事，孜孜不倦治学，和和气气待人，长者之风。"

有人接嘴说："隐逸山野最合适。"

夫子说："若设教，必出高徒。"

几个门人异口同声说："夫子说得对。"

"是的，夫子说得对。"仲由的声音特别响。

冉求不解"夫子"的意思，问："好你个仲由，乱给先生起绰号，夫子是啥意思？"

仲由是名，子路是字。冉求比仲由小得多，以字称呼，不直呼名，是对仲由的尊称。这时，冉求认为仲由给先生起绰号为大不敬，直呼其名，意在激一下仲由：你做兄长的也对先生不敬吗？仲由瘪瘪嘴说："你冉求不是聪明绝顶吗？连'夫子'是敬称先生都不知道。"

夫子见仲由和冉求争执得热闹，问仲由："仲由，你跟为师日子最长，说说你有什么能耐吧。"

仲由向来很自信，不假思索即回答说："夫子，小徒不敢夸口。假使有这么个小国，外有大国威胁，国内灾荒、饥馑，要是让小徒去治理，不出三年，百姓富足、勇敢，识礼仪。"

夫子微笑，笑得有些复杂。他喜欢仲由有锐气，如生逢其时，必有大用；却也笑他藏不住才华。夫子问公西华："你认为自己如何？"

公西华不好意思地站起来，说："小生做不了这么大的事。"

论聪颖，夫子认为公西华绝不在冉求之下，想不到小小年纪还是个很谦逊的人物，但夫子还是激他说："总不是什么事也做不了的人吧？"

公西华想一想，说："我呀，宗庙祭祀的时候，当个司礼的还行吧。"

夫子听他这么说，干脆顺着他说一句："有这点能耐也不错。"

夫子的目光不由自主地在门人中搜索起来，在一位埋着头的人身上停住。孔丘问："曾皙，你怎么样？"

皙是曾点的字，他比孔丘小不了几岁，夫子客气地称呼他的字。曾点从来不多说一句话，却是个心气很高的人物。听见夫子问，回答说：“约上三朋四友，行吟河边，纵歌于柳下，尽兴了回家。”

非常自负的曾点，居然说出这样一番话来，夫子感到痛心。不得已而奔齐，在毫无出路可言的时候，他何曾不想隐逸山野，不想像李聃那样走出函谷关，绝迹于人寰？但是他无法离开鲁国这块土地，无法抛弃他的人生抱负，无法让他已经悟出的许多有用的道理尘埃般废弃、消失。特别是听说齐兵大举南下，孔丘再也没法平静，他说：“有件事让为师非常为难，想听听你们的想法。”

大家屏住呼吸，听夫子往下说。夫子说：“你们知道，为师不喜欢僭越权力的人，而今却不得不投他门下。”

仲由很激动，站起来说：“难道夫子要进季氏家门吗？”

夫子很平静，说：“不是。”

“是做阳虎手下？”

“不是，是公山不狃，昨天来请为师的就是他的家臣。”

夫子忍耐不住，说：“这可不是夫子对弟子们的教训啊。”

夫子说：“鲁国危急，为师不能坐视。不但为师要出仕，你们也要出仕，要说服孟孙、叔孙、季孙、郈邑、臧邑出兵，还要说服费邑出兵，只要齐心合力，不愁齐兵不退。”

夫子说到这里，脸微微潮红，“你们想想，学了一身本事，如果不走出学馆，有何用？”

夫子说到这里，谁也不再说话，气氛骤然凝重而紧张。

27

门人刚散去，即有人来访。走在前面的是季意如，后面两人，仲由不认识。仲由见是季意如，拉长了脸，带到夫子面前，说：“夫子，有人来访。”

夫子已经注意到来访者不是别人，而是季意如。季意如脸色苍白，背驼了，走路步子迟缓，全不似第一次在牛马场见到他的情景。季意如很少外出，更不会屈驾下见何人。而今居然出现在学馆里，夫子很感意外。夫子很有礼貌地站起来，说：“季公大驾光临，有何见教？”

季意如面有戚色，说：“夫子也看到了，鲁国无君，四分五裂；齐军乘人之危，率军南下，鲁国危亡，只在旦夕。意如和孟孙何忌、叔孙婼还有两位老臣商量，只有夫子能救鲁国，意如是特意请夫子和弟子们出山的。”

事情来得太突然，夫子没有马上回答，意如接着说：“齐兵大举南下，鲁国危在旦夕，料想夫子不会坐视。”

没等夫子说话，意如又说：“意如一生强硬，从不委屈求人。看在鲁国祖宗基业的分儿上，出山吧。”

夫子说：“孔丘已经答应公山不狃，一仆不事二主啊。”

意如显出些兴奋，说：“一回事，一回事，夫子和门人到意如这里来，方便任用。”

正说话，近侍慌慌张张地闯进来，冲季意如说：“季公，不得了啦，齐人打进来了……”

“到了哪里？”

“快马说，抵边关了。”

“为何不报？”季意如陡地变了脸色。

近侍委屈地低下头，说：“快马昨天下午说齐人逼近边关，小人报过。”

“我怎么不记得？”

这些天，季意如都在派人用心查找那天暗算他的人。这天下午，快马飞报给近侍，近侍忙进府邸禀报，季意如正折断一支箭，恨恨地说：“季某不剥了他的皮，誓不为人！”

声音很响，把护卫公山费池吓了一跳。近侍禀报说：“季公，有紧急事。”

意如正在火头上，说：“什么紧急事，说！”

“快马说，齐军逼近边关了。”

“知道啦！”季意如说，跟着吩咐护卫公山费池，“多找几个人，盯着点。”

近侍把那天向他禀报的情形简要地说了，季意如示意让近侍退下。齐人打进来，帮助姬裯复君位是假，灭鲁才是真。夫子不再犹豫，说：“鲁国有难，不可坐视。”

仲由说：“仲由不才，还敢拼命，算小徒一个！”

漆雕开说：“夫子，算小徒一个。”

“还有小徒。”说话的是公西华。

见季意如带人进学馆，以为是来寻事的，门徒陆续赶回来。弄明白是这么回事后，这个说“还有小徒”，那个说“没说的，打仗去”。一下子，要求征战的就有几十人。夫子尽心教大家习文练武，驾车射箭，排兵布阵，而今不再是纸上谈兵，而要亲自征战，自己也兴奋不已。

孟孙何忌、叔孙婼都不是领兵打仗的将才，胆小，少谋略；鲂假已死，还没找到合适的继任人，只有臧孙赐、公山不狃还能领兵上战场，但仅仅靠这两人，无论如何也抵挡不住来犯的齐军。季意如不是没想到阳虎，但他一想到阳虎，就想起那天险些要他命的那一箭。齐军大举来犯，阳虎不趁机放冷箭就算不错了。门人们尽管没打过仗，但到底有知识，有谋略，又有夫子替他们出主意，想办法，不管怎么说，季意如心下踏实多了，他说：“我马上调集人马，听先生调遣。”

但到季意如真要调动人马之时，夫子想起季意如家祭请八佾人跳万舞，姬裯兵败不得不离开鲁国，自己和门人也不得不暂时亡齐，而今却要听国贼调遣，犹豫了。漆雕开看一眼夫子，使个眼色，离开学馆。夫子会意，快步跟出，说：“有话快说。”

漆雕开说：“这是什么时候，如果夫子不屈辱一时，领我等出战抗齐，鲁必亡。鲁亡，夫子与我等有何面目见列祖列宗，见鲁国黎民百姓？”还没等夫子回过神，漆雕开接着说，“再说，这可是夫子了夙愿良机啊！”

要紧处做先生的还不如个小门徒深谋远虑，夫子不再踌躇，说：“好，为师答应就是了。”

师徒二人回到学馆，夫子回季意如的话说：“好，季公去调集人马吧，在下和门徒商议一下对策。”

季意如急于离开，漆雕开忙说：“不能硬打，只能巧打，方可取胜。”

季意如急糊涂了，听说要巧打，忙问：“如何巧打？”

漆雕开说：“要看齐军到了哪里，走哪条路才好说。”

季意如说：“逼近边关了。”

漆雕开说：“要是信得过，就调几个机灵强悍军事给我，不出一天，即有良策。”

夫子很喜欢漆雕开的机灵，眨眼工夫即能想出个主意。刚才要不是漆雕开提醒，事情也不会这么快有转机。但这是打仗啊，能儿戏吗？他看定漆雕开的眼睛，说：“事关鲁国生死存亡，可不是儿戏！”

漆雕开很认真，说：“夫子，小徒不敢妄言。”

眼下，季意如巴不得有人出妙计，说："夫子放心，即便有了差错，季意如一肩担了就是。即便吃一两次败仗，也是打总比不打好。"

紧急关头，季意如不仅大度，而且有骨气。夫子没再说话。

孔丘早上离开家的时候，岳父还没有起床。几天了，亓官扬脸红红的，不停地咳嗽，喘气。人老了，过分操劳，瘦得皮包骨头。头天晚上，女儿进房间探问，亓官扬喘一阵，说："暹儿，爹怕是没法好起来了。这世道……爹活够了。丘儿这辈子注定没法守你好好过日子，好在鲤儿已长大成人，能帮你了；伊芊也七岁了，你辛苦一点……"说着，一阵咳嗽袭来，喘得更急。

亓官暹背过脸去擦眼泪，说："爹，别想那么多，你会好起来的……"

亓官扬很平静，幽幽地说："人活一百岁也要死，该去就去吧……"

鲤儿在门前迎住孔丘，孔丘说："你娘呢?"

鲤儿说："家公快不行啦，在楼上呢。"

孔丘身后是季意如。姬裯离鲁奔齐，外面传季意如凶恶如猛兽。其实并非如此。从外表看，他白瘦脸，身板单薄，不苟言笑，扫视人的时候，间或有那么一眼两眼让人说不出是什么滋味来。眼下，季意如不但显出憔悴，还多了几分谦谨。孔丘自然知道他谦谨究竟是怎么回事。这阵，季意如听鲤儿说家公快不行了，停住脚步问："夫子，意如和你在一起，方便吗?"

孔丘说："寻常人家，没那么多规矩，大人你随便吧。"

要不是急得火烧眉毛，季意如不会屈身进孔丘家。再要探望一个卧病在床的委吏，实在放不下这面子，说："夫子去吧，意如在这里等你。"

孔丘心里着急，跟孔鲤一起上楼。孔丘忙起来几天见不着面，即便不忙，不是弹琴，就是翻竹简，哪怕妻子忙得团团转，他也像没事人一样。管家的事，亓官扬对这女婿并不抱多大希望。但这种时候见到孔丘，还是很动情，说："看来，为父没法再守你们了……"

一语未了，便又咳开了，一声接一声，没法止住，孔丘和妻子一起替他拍胸拍背，好不容易才止住咳喘。孔丘本来是要在出征之前，回家向老岳父、妻子告辞，却不料老岳父病危，若不说，误了国家大事，他还有何面目活在世上!

正为难，季意如出现在楼梯口。孔丘没想到这位炙手可热的权势人物会亲临岳父病榻，快步迎过去，说："大人，你……"

几天以来，亓官扬耳闻齐人打进来了，见季意如登门，猜想必定有了大事，让女儿拿被子垫背，半坐起来，喘一阵，说："大人，小人……疾病缠身……失……失礼啦……"

一面是鲁难临头，一面是孔丘岳父病危，季意如为难了。但他还是说："委吏病重，本不该打扰，只是鲁难临头，急需先生率弟子为国出力，真是两难哪。"

亓官扬并不知道更多国家大事，但他明白，不能让齐人灭了鲁，他激动得涨红了脸，说："国之不存，何以为家。丘儿，你放心去吧，有暹儿照顾我，鲤儿也长大了，不要紧的……"

一串咳嗽袭来，眼泪鼻涕并流，亓官暹赶忙替父亲拍背。

阳虎知道鲁国危急，却偏偏离开曲阜，到费邑公山不狃这里来。他不满意季意如没把他当回事，不冷不热。他要看看这个不可一世的人究竟有多大能耐，能撇开他把齐人打跑。公山不狃也想看季意如笑话，季意如、孔丘、公山费池走进城池，阳虎与公山不狃正在一起饮酒，家臣忽然入报说："季大人来了。"

公山不狃忙问："就他一人?"

"还有孔丘、公山费池。"

公山不狃看阳虎一眼，说："你是不是避一避?"

阳虎回公山不狃一眼，说："不必。"

公山不狃说："请他们进来吧。"

季意如在前，孔丘居二，走进前厅。阳虎和公山不狃慢吞吞地起身，公山不狃长揖说："有失远迎，大人恕罪。"

季意如闪眼看见矮桌上的酒碗和撕得龇牙咧嘴的熟猪腿，愤愤地想："待季某腾出手来，定不饶恕!"

事情紧急，季意如不想多耽误工夫，说："齐军已至边关，命公山大人调集一千人马，两天内赶到都城。"

公山不狃清楚鲁国旧制，不要说不服从调动，便是误了时日，轻则削职，重则处死。公山不狃不敢怠慢，很干脆地回答说："决不延误。"

季意如说："鲁国危难，急用人才，孔丘先生谙熟兵法，足智多谋；弟子无数，皆栋梁之材。君侯下旨，命季某与孔先生共赴国难，望你等服从调遣，如有违抗，定不轻饶。"又命阳虎，"你与我一同回去。"

阳虎不敢违抗，说："喏。"

季意如回头问孔丘，"先生有话要说吗?"

孔丘初次接手这样的事，不便说什么，只道："大人安排就是。"

说罢，两人转身出大厅，公山费池、阳虎随后，公山不狃送出来。季意如等人出城，坐上马车，赶回曲阜。

28

晏婴径直走进宫中前厅，近侍告诉他说，君侯在行宫里。

杵臼不但沉溺于女色，还酷爱丝竹之声，爱看舞蹈。宫中有专习小舞的一批舞者，羽舞、皇舞、旌舞、干舞、人舞、桑林舞……杵臼并不懂舞，看舞，还不如说陪子究一同玩乐。姬裯投齐数年。起初鲁国上下认为齐国一定很快出兵帮助姬裯复位，季意如却派心腹沟通杵臼，给人造成齐鲁修好的印象。此时若趁鲁不备出兵，必定兵不血刃，即可收服。楚国早有意于鲁，如果延误时机，一旦落入楚君熊壬手里，楚势力愈加强盛，不要说收服鲁国，连齐也有亡国之忧。自灵公二十四年以来，齐五次伐鲁，均无功而返。晏婴自觉年岁不饶人，体力渐渐不支，担心再过几年，无法再率人马征战。晏婴为此事向杵臼多次进言，昨天答应今晨和晏婴一起相商。晏婴等了一上午不见动静，不得不再次求见。

晏婴是山东东莱高密国维邑人。就体貌看，身高不满六尺，脸相决然说不上威武。但在灵公手里就接任父职为上大夫，后辅佐庄公，直至杵臼。庄公、杵臼都是荒唐君主，齐国居然保持霸主地位，宴相功不可没。这一点，包括杵臼在内，人人心里明白。在齐国，晏婴有这么高的威望，除了他谙熟古今君主、良相为政、治国方略，过人的才智，善于审时度势，适时提出对策，向杵臼进言，还得益于他体察民情，把民众疾苦放在心上。他对自己及家人严加要求，自己除了入朝穿官服，平时只穿布衣，妾不衣帛，以节俭力行著称。他不是做给别人看，人前人后都如此，始终如一。更重要的是，他只要认定是谬误，不管是谁他都要说。说得理到而口气平和，让对方心服口服。

后花园有一湾曲曲弯弯的积水池，池上游廊蜿蜒，可望黛蓝色远山，近可观游鱼。虽说是积水，常有雨水替换，还算清冽，游鱼也不少。杵臼和子究常来这里游玩。杵臼疏于政事，倒喜欢怪力乱神。说到这些东西，杵臼自己眉飞色舞，子究捧腹。这些东西说多了，杵臼常常冒出种种稀奇古怪的念头来。一天，杵臼和晏婴在长廊里望着远处，忽然问晏婴说：“这齐国大好河山，将来会是谁的呀?”

晏婴知道自己的身份，谈论这样的话题是要砍头的。吓得浑身哆嗦，慌忙跪下，说：“臣罪该万死。”

杵臼不明白相国怎么会吓成这样，扶晏婴起来，说：“这话是寡人问相国的呀，有什么罪可说?”

晏婴说：“微臣不该听到这样的话。”

杵臼说：“寡人只想问相国，齐国会不会出这样的事?”

杵臼不愿意终止这次谈话，晏婴心里可打鼓了。晏婴知道自己是三朝元老，知道晏婴而不知道杵臼的臣民大有人在，杵臼完全有理由怀疑有朝一日姜家天下会落入宴婴手里。这一点，一直是晏婴心病。有时深夜想起来，会大汗淋漓。可是又不能为避嫌该说的话不说，该做的事不做。如果有意懈怠，身为相国，罪不可赦。左右为难，晏婴只能凭良心办事，顾不了那么多。这会儿他也只能以齐国为本，说：“如果齐国真有江山易主的时候，那必定落在田氏手里。”

杵臼眼前立即出现一个比晏婴年轻而且魁梧的男子模样，他就是田无宇。田氏是本地部族首领，齐先祖姜尚分封的时候，联合田氏，进朝廷为官。至杵臼祖父手里，为大夫，一直是齐国忠心不二的臣子，晏婴为什么会这样认为呢？杵臼并不相信姜家天下会落入田氏手里，不过他还是问：“相国怎么会这样认为呢?”

既然话已经说开，晏婴把自己的想法全部抖出来，他说：“该施恩于百姓的是君侯，还是臣子呢?”

“当然是君侯。”

“而今君侯不在乎这件事，田无宇却在乎了。”

“你说说看。”

“田氏有很多家产，谷物丰足。他手下量谷物给百姓用的是大斗，收回来用的是小斗，还不起就不收了。不但这样，他派人四处巡查，用心周济孤寡病残，这些人感激涕零。君侯有所不知，百姓知道田无宇的多，知道君侯的少。”晏婴说完，冒了一身冷汗。

杵臼也冒了一头毛毛汗，晏婴看在眼里。沉默一阵，说：“打江山难，如果死守江山，更难。”

“这话怎么说?”

“就像眼前这湾水，要是没有活水进来，会是什么样呢？”晏婴说，“君侯如果不抓大事，不壮大君威，使朝野不敢有异志，田氏必定从小事做起，逐渐扩大势力，最终威逼君位。”

话说得非常直率、坦诚，没有任何遮掩。

杵臼几天来一直没想明白的事终于想明白了，他说：“相国好好谋划一番，要攻就一定要打败它，让鲁俯首称臣，像过去那样无功而返，不如不打。”

晏婴跪下，说：“晏婴离归去日子不远了，愿为齐再挂战袍，如不胜，以晏婴头示众。”

杵臼连忙扶起晏婴，说：“寡人全仗相国谋划了。”

第二天一早，晏婴求见杵臼。杵臼在大厅里接见晏婴，说：“我已经下令越石父调集人马。”

晏婴说：“禀君侯，过些时候吧。”

“相国不是着急出兵吗，怎么又不急了？”杵臼想，觉着有些奇怪，“相国信不过越石父是吗？”

说起越石父，晏婴想起几年前那一段奇遇。那一天，晏婴出使晋国回齐，在车上见路旁有毛乎乎的一大团，像头野兽。晏婴叫停车，细看时才看清楚是个人。这人穿一件翻皮衣服，背对着他，看不见脸。晏婴下车，走近，说：“哎，天这么冷，你怎么在这里呀？”

这个人站起来，魁梧强壮，晏婴只到他肩头，说：“我给齐人为奴，不在这里还能去哪里？”

晏婴多次请求杵臼下令禁止领主大量占领土地，把无主土地分给奴隶，他也暗地查访，还处斩过抗命的领主，为什么大量占领土地的事屡禁不止？晏婴有些生气，也有些沉重，他说：“上车吧。”

陌生人上车，晏婴问：“送你回去？”

“我是从主人那里逃出来的。”陌生人说。

晏婴说：“那也得离开这里，要不会冻死的。”

晏婴想想又问：“你主人家在哪里？”

陌生人指指前面不远处稀稀拉拉的石头房、木房。说：“那就是。”

晏婴让车夫把车赶到一家阔绰庄户门前，解下马车左边套绳，让陌生人请出主人。晏婴亲自交缰绳给主人，说：“我替他赎身了。”

晏婴常在民间转悠，主人怀疑他是那厉害的相国，不敢要马。晏婴把陌生人带回都城，让他去养马，陌生人不去，说："养马不是小人想干的事，还是替相国去打仗吧。"

晏婴说："这话可不能乱说，说了做不到要砍头的。"

陌生人说："小人这头是相国给的，相国何时要，拿去就是了。"

不久，齐国攻打纪国，陌生人带领几百精壮，乘黑夜攻入一座小城。齐军大获全胜，回到都城，晏婴才想起还没问这位奴隶姓甚名谁呢。晏婴乘奖给陌生人虎皮和谷物的时候问："你姓甚名谁？"

陌生人说："我们奴隶没名没姓，相国就随便赐一个吧。"

晏婴想想这人力大，武艺高强，行路如风，说："就叫越石父吧。"

从此，齐每次征战都少不了越石父，他成了齐国能征善战的将军。杵臼按晏婴用人习惯，让越石父调集人马，可晏婴怎么又不急了呢？杵臼看定晏婴，晏婴说："禀君侯，微臣想去楚国走一趟。"

杵臼说："相国有什么意图？"

晏婴说："微臣想告诉熊壬，晋国人随时都可能南下，楚可不是晋的对手。如果这一次能出兵从南面攻鲁，助齐一臂之力，攻下曲阜，到楚国有难处时，齐国也不会坐视。"

杵臼说："是不是按兵不动？"

晏婴说："驱逐国君是逆大天罪，伐鲁顺天理、应民情，这话要放出去，同时派少量人马虚张声势。"

以往晏婴用兵，从不拖泥带水，杵臼不明白这回为什么变得犹豫不决，说："齐国富民强，雄兵八十万，相国有什么好怕的？"

晏婴说："不是怕，是要做得万无一失。微臣只怕季意如会委孔丘以领军马要职，可别以为他是只会授徒的迂夫子，其实深谙韬略，不可小视。"

杵臼听晏婴如此说，心冷了半截，说："相国，实在没把握就不打了，如何？"

"君侯，就此收兵，势必贻笑天下。"晏婴神色凝重，说，"晏婴宁死也不做这等没骨气的事。如果君侯命微臣就此罢休，晏婴听命就是。"

杵臼想想晏婴使楚受辱，心里还梗得难受，说："熊壬骄横无理，不理他也罢。"

晏婴说："以社稷为重，不计较这些。"

杵臼说："那好，相国早去早回。"

晏婴说："君侯放心，多则一月，少则二十天即回。"

29

晏婴出使楚受辱一事，是他第一次访楚的时候。

那还是灵公时期，任上大夫要职的父亲宴弱病逝。灵公看中晏婴才华，让他接了父任。晏婴好学，勤于思考，从父亲那里了解了不少外面的大事。一天，他向灵王提出要出访楚国。姜桓想："晏婴二十多岁就接手国家要职，让他去经经世面，见识见识也好。"便说："去吧，不过，寡人要提醒你，熊虔是个目中无人的国君，可别让他小看了齐国。"

晏婴跪拜，说："晏婴如果有辱使命，君侯取臣头示众就是。"

"要不要派大臣随从？"

"禀过君侯，不必了。"

"难道要只身前往？"

"带两个家臣便是。"

姜桓赐酒送行，晏婴一饮而尽，再拜，大步走出宫廷大门。

晏婴让家臣莫离、先邑备车、盘缠，次日一早出发，赶到楚都城郢。晏婴只穿士服，和莫离、先邑径直奔王宫大门。大门守卫见这三个老百姓装束的人，不让他们靠近，呵斥说："走走走，这不是你们随便来的地方！"

莫离递过官文，守卫愣一阵，拖长声音说："等着人报——"

晏婴、莫离、先邑互看一眼，站在大门一旁等候。老半天，一个穿官服的中年人出来，朝晏婴三人招一招手，自己竟先朝大门外走。莫离犯嘀咕，问先邑说："他要把我们带到哪里去？"

不让大门进，要带到什么地方去，先邑也觉得怪，说："谁知道。"

穿官服的人把晏婴三人带到一个矮小的门前，伸伸手，说："请吧。"

莫离、先邑不知道是什么意思，都看着晏婴，晏婴站定，黑瘦脸漾开一丝微笑，说："狗才进出这样的小门，你总是从这门进出吗？"

穿官服的人说："你们三人谁是使者？"

晏婴决心教训一下这个不懂事的小官吏，说："我便是。你应该说：'哪一位是齐国使者？'你连礼貌都不懂，也配来迎接远方来客吗？"

小官吏脸色难看，却无法回答，只好又一招手，说："跟我走。"

晏婴又问了一句："贵国人都这么说话吗？"

小官吏有些上火，却不敢发作，说："又怎么啦？"

"你不应该给客人下命令，应该说，'请跟我走'。"

小官吏呆着不知道怎么办，晏婴替他搭楼梯下楼，说："晏婴奉齐君命令来拜访楚君，商讨国家大事，这才是最重要的，快带晏婴进见吧，误了大事，你可担待不起。"

晏婴让莫离、先邑在外面等候，只身随小官吏走进宫门。小官吏带晏婴绕去绕来，绕到个门前，说："容小人先禀报，再请大人。"

小官吏离开了，将晏婴留在宽阔的庭院里。庭院四周房子错错落落，森严得让晏婴不舒服。等一阵，还不见小官吏出来，晏婴想："难道能奈何我晏婴不成！"晏婴虽然给自己壮胆，心里却不踏实。

晏婴正胡思乱想，一个着官服的白脸出迎，白脸完全是另一副嘴脸，笑吟吟地说："先生请进，我王正在大厅里恭候。"

晏婴并没有轻松下来，时刻留心周围动静，一旦有什么意外，虽然无法抗拒，却也绝不束手就擒，让齐蒙羞。至大堂，晏婴见一男子端坐着，侍者立两旁。时令已入深秋，天气凉爽，两宫娥在这男子左右两侧，有一下没一下地扇着绢扇，十分气派。晏婴走进，在离男子数十步远的地方站住，欠身施礼，说："齐使晏婴，叩见大王。"

晏婴飞速地扫一眼熊虔。熊虔中等个儿，并不像齐人那样五大三粗；脸也白嫩，年纪和自己相仿。他奇怪这样的书生怎么会如此骄横？

熊虔没有起身，说："有失远迎，请先生恕罪。"说罢，命左右看座。

这是晏婴第一次访楚的情形。多少时日逝去，晏婴想起还如鲠在喉。但他眼前想的不是个人的屈辱，而是说服熊壬助齐灭鲁。这一次，晏婴依然只带莫离、先邑赴楚。这时，晏婴走进王宫大厅，在宾位上坐下，熊壬说："先生此来，是要熊壬出兵攻鲁对吗？"

晏婴想想楚国暗探真不少，这么快就知道齐的动静了。他觉得没有否认的必要，也不愿意承认是借楚之力助己成功的目的，他慢悠悠地说："强晋在北，三战于楚，楚胜少败多，想来君侯不会忘吧？而今晋虎视眈眈，亡楚之心不死。

晋、齐、楚三国，势均力敌，只要齐、楚联合，晋则不敢觊觎。若齐、楚不同心协力……”

晏婴打住话，看熊壬的神色。和晋三战，一胜两败，熊壬常引以为耻。此时被晏婴戳到痛处，脸色由白变红，又渐渐变得灰白。晏婴趁机说：“晏婴此行，只想与楚修好，使晋不敢有任何奢求。至于齐发兵攻鲁，不过是要送鲁君复位，并无另外图谋，愿君侯三思。”

晏婴说罢，起身，熊壬慌忙站起，说：“先生且留步，熊壬有话说。”

晏婴坐下，熊壬试探说：“谢谢先生教诲，楚愿与齐修好，共图大业，只是熊壬还拿不定主意如何办方好，愿听先生良策。”

晏婴说：“君侯手下谋士云集，定会比晏婴想得更周到，晏某告辞了。”

姬裯一揽子人在齐滞留几年，日子一天天过去，看不到一点君侯要回鲁复位的希望，人心越来越不稳。总管因为家父卧病在床，母亲年迈，家无兄弟姐妹，准他回去实属无奈。可姬裯不便当众说这事，先是家臣撑不住，随姬裯奔齐的四人，借故走了两人。近侍、护卫、佣人接二连三离开了。起初，姬裯还挽留，后来想想连自己都寄人篱下，多一个人多一份开销，难说不看人家脸色，走了倒轻松了。后来，干脆当众说：“姬裯无能，失了国无力复位，再跟寡人混下去，误了众位前程，趁现在姬裯还拿得出些盘缠，要走的都各奔前程去吧。待姬裯日后复位了，愿意回来的寡人一律恭迎。”

这样一说，没人再要走，可除了姬裯夫妇和四个儿子，仅剩十人。这天夜里，姬裯把姜宛搂在怀里，说：“想不到我姬裯会到无路可走的地步。”

姜宛抚摸姬裯骨头突出的臂膀，说：“如果不是奔来我娘家，说不定我一家已尸横荒野，只是……只是不知杵臼是怎么想的，一拖再拖，拖到现在还没有动静。”

随姜宛嫁给姬裯，一同来鲁的妹妹、侄女不少，姬裯跟好几个媵妾都不明不白，可最终还是回到姜宛身边。姜宛并不比媵妾们年轻，也不特别漂亮，却特别体贴、温柔、有主见。姬裯到别的女人那里去了，她不但不恼怒，反倒弄好吃的给他补身体，还说：“只要能和姬裯做一夜夫妻就够了，何况还过了这么长日子。”

正因为这样，姬裯才特别爱姜宛，跟姜宛生了四个孩子。眼下，姬裯搂着姜宛的身子，硬戳戳的骨头让他难受，说：“姬裯是个没用的君侯，亏了夫人了。”

姬裯名义上是一统鲁国的君侯，心里却没有国事，不该放手的大事也撂给姜宛、何总管，射猎，饮酒，在媵妾中混。姜宛没怨言是假的，但她知道别说怨恨，即便咒骂一顿也不过如此。男人已经像一张软牛皮，怎么弄都无所谓了，她说："以后的日子还长，为以后着想吧。"

"以后还能怎么样？"

"走一步看一步吧。"姜宛说。她以为男人会问娘家这边的动静，姬裯却没这回事似的。姜宛还是说，"我再去问问杵臼，看他怎么说。"

"杵臼没主意，他得问晏婴。"

"这事拖了几年了。"

"听说晏婴出使楚国去了。"

姜宛憋了很久的话说了出来："外面在传齐为你复位是假，灭鲁才是真。"

"怎么你也这样想？"

"妾本来不愿意这样想，但他们做的就是要灭鲁的事。"

"为什么？"姬裯的眼睛瞪大了。

"晏婴再次使楚，就长远说，是联楚抗晋；就眼前说，是要借楚之力灭鲁。"

姬裯又不解了，说："以齐数倍于我之力，灭鲁不难，何须再走郢一趟？"

姜宛说："晏婴不做没把握的事。"

姬裯想想又糊涂了，说："这样说来，齐早有灭鲁之心？"

姜宛说："齐多次发兵攻鲁，难道你也忘了？"

"没忘。"姬裯说，"既要灭鲁，为什么又把你嫁给我？"

"你成了齐国女婿，至少不会反对他们，这也是一种谋略。"

"难道这世上就没有真心，只有谋略？"

"难道你不知道这世界就是这样的吗？"

姬裯原来只想快些借齐的力量复位，做梦也没想到招来更大祸患。如果真的因他而亡国，他还有何面目活在这世上？

姜宛、姬裯说了半天，到头来却垂头丧气。好一阵，姜宛才说："我明天还是要找杵臼去。"

30

齐三百来军士向西南方向缓缓前行。这支队伍有战车十多辆，全都很破旧，在高低不平的道上发出“咣当咣当”的破响。车上的军士，不是年老，就是瘦得皮包骨头。战马也孱弱，骑者提刀枪剑戟，懒洋洋的全无士气。为首一辆战车上竖一面蓝旗，上书一个大大的“齐”字。为首一个壮实汉子，倒有几分威风。他一路上咋咋呼呼，骂骂咧咧，一白脸谋士提醒说：“少说几句吧，这是主将的安排。”

主将是晏婴。不是齐国找不出能征善战的将军，而是晏婴派了大军从三条路进发，一条路五千人马，战车三百辆，一位主将领，两位副将，他居中统领。否则，没人能指挥这一万五千人马，九百辆战车。越石父领的是一队疑兵，晏婴只告诉他说：“见到鲁兵，只战几回合就逃跑。”

白脸谋士说：“这是主将计谋。”

“这是啥计谋？”越石父越发上火。

“你就会杀杀杀，不会用心想想。”

“连你个白面书生也看不起我，娘的！”

白脸谋士也上火了，说：“你不知道，谁违军令，主将从不手下留情，我不想为你掉脑袋。”

越石父嘟囔一句“真憋气”，便抱着大砍刀打盹。

破车在道上行驶，有的车挨得很近，有的拉得很远，一旦遭到伏击，只有死路一条。越石父跳下车，边舞鞭子边吼叫：“跟上跟上，拖拖拉拉的，掉在后面找死啊！”

催归催骂归骂，驾车的人不理不睬，嘴里还不干不净地回骂：“什么熊样，逞威风！”

越石父一眼捕到那不晓事的家伙，三步两步蹿到他跟前，举起鞭照头劈下，随即鲜血淋漓；驾车的不服，跳下车和越石父厮打。驾车的哪是越石父对手，被越石父几拳打翻在地，一脚蹬到路旁草丛里。

越石父令另一人驾车，催促后面车辆跟上。毕竟人老、车破、马瘦，任凭越石父怎样催促，还是稀稀拉拉。勉强走一阵，看看前面不远处有稀稀落落的房屋，越石父只好大声说："走快一点，到前面村寨歇脚！"

村寨里本来人户不多，加上连年有战事，有些能耐的都逃往他乡，村寨变得愈加寥落。越石父领人马进村，只有三几处冒烟。他让车马在空地上停下，自己朝冒青烟的人家走来。越石父走进屋里，见一女子在往锅里倒黄米，问："你当家的呢？"

女子的头朝外一扬，说："在外面呢。"

说话间，一男子从外面回来。男子衣着褴褛，头发蓬乱，越石父捂住鼻子问："还有哪几家有人？"

男子回答说："还有几家。"

"带我去！"越石父命令说。

男子很无奈，央求说："年成不好，又不太平，我带你去，可别害了人家呀……"

"讲甚屁话！"越石父骂一声，这男子屁股随即挨了狠狠的一脚。

男子踉跄几步，委委屈屈地走在前面。冒烟的这户人家，粗糙的木屋已经歪斜，门开着，窜出一股股屎尿臭味。越石父捂住鼻子，大声喊叫："人呢？"

没有动静，越石父伸拳头擂门，擂得"嘭嘭"的响，一个一脸黢黑，两只眼睛亮得像鬼火的人出现在半开的门口。越石父以为是鬼，后退半步，待看清是个老女人，才回过神来，恶声说："你家人呢？"

这老女人耳背，用黑手罩住耳朵，两眼盯住越石父看。越石父想这老女人说不定是个哑巴或者是聋子，做个吃饭的手势，又拍拍肚子，说："吃的，懂吧？"

老女人像明白了，转身进破木屋，一阵，两个年轻人抬出一只大黑锅。黑锅里呼呼地冒气，随即飘来阵阵怪味。几个饿坏了的老军士朝这边走来，见有吃食，蜂拥而至。一个军士用随身携带的瓜瓢，伸进黑锅里舀了一瓢，吃下一口，龇牙咧嘴一阵，还是吞了下去。见先抢到一瓢的军士捞着一瓢，军士们一哄而上，稀里呼噜一阵，黑锅空了，没抢到吃食的一个大胡子军士踢上一脚，陶锅破成几瓣；军士踢伤了脚趾头，坐在地上直叫唤……

越石父和几个年轻力壮的军士不知道从哪里抢来一头牛，在一个宽敞的草地上宰杀，满地是血腥。这里那里生了若干堆柴火，大大小小的牛肉块在火上烤得吱吱响，小村落弥漫着牛肉香味。

人家户粮食被抢劫一空，酒瓮倒光了，敲成碎片；门板被拆下当床板，吃饱喝足的军士们横七竖八地躺在屋里、屋檐下，实在没地方躺，蜷缩在车里过夜。越石父仗他身板强壮，武艺过人，抱大刀躺在草地上，很快便呼呼大睡了，等他迷迷糊糊醒来，却发现手脚已经被绑得结结实实。凭着朦朦胧胧的月光，越石父见旁边围了好几个汉子，手里全都拿着家伙，脸涂成一抹黑。一个汉子弯下腰，低声对他说："不要叫，叫就杀了你！"

汉子刚说罢，一团草随即塞进越石父嘴里，几个汉子七手八脚地把越石父抬起来，直朝村背后走，到一株大树下才放下。一黑脸人替越石父取出草团，说："我们不杀你，你得替我们办件事。"

越石父很硬，说："把老子杀了吧，别想老子替你们办事！"

话刚落音，肚腹就被狠狠地踩了一脚，好像心肝肚肺就要破裂那样疼痛，那只要命的脚却没有离开。越石父想这一回死定了，可惜脱离奴隶沉重的枷锁不久，便这样送命，实在不甘心。

黑脸汉子说："你只要告诉我们，你们齐国人马从那几条路过来、主帅是谁、在哪一路人马里，就放你。"

越石父翻翻白眼，说："老子讲了这些，就算你们不杀老子，相国也饶不了老子。"

黑脸汉子说："这好办，你跟我们干就是了。"

"你们是哪一路人？"

"就是你们想要灭掉的那个国家。"

"我们想要灭的国家可多了，纪、卫、鲁……"

"是你们灭不了的那个国家。"

越石父听说齐国曾多次攻鲁，均无功而返，是鲁国无疑。黑脸说："你听说过孔夫子吗？"

越石父听晏婴说起过孔丘，晏婴没说孔丘的一二三，听那口气却有三分畏惧。相国尚且如此，越石父当然不敢小看这位收了一大堆徒弟的夫子，他说："知道一些。"

黑脸说："我们是夫子的徒弟。"

越石父活了三十多个年头，见到的听到的就是你打我我打你；我攻过去，你攻过来：你胜了，杀我两万人马；我胜了，杀你四万；你占我两个城池，我占你三个城池。谁是谁非，谁好谁坏，在他心里，是一盆糨糊。他想："既然你们当王的都可以乱来，我算什么？"

越石父想明白了，说："我过来，你们能给我点什么？土地，粮食，金银？"

黑脸汉子笑了，说："有，给你两脚！"

旁边一个汉子说："我们都是鲁国人，你们齐国打来，我们就要保卫自己的家园。我们不说没得到任何东西，还要自己贴钱去打仗。"

越石父说："也行，你这样讲，我眼前都亮堂一些了。我替齐国人卖命，打你们，不是人干的。你们要不要我？要就跟你们。"

黑脸汉子说："跟我们可以，问你话你要照实说。"

越石父眨眨眼睛，说："问吧。"

"你叫什么名字？"

"越石父。"

"怎么写？"

越石父摇摇头，说："我没名字，是晏相给起的，他写给我看过，我记得那样子。"

越石父拾根木棍，在地上画了几遍，黑脸汉子终于看明白了，问："你带这些人到这里来干什么？"

"晏相叫我带人到前面来打探。"

"你们的人马有多少，现在在哪里？"

越石父怕死，一一回答了。黑脸汉子说："讲的是实话？"

"好汉，有一句假话你就杀了我吧。"越石父伸伸脖子说。

几个黑脸汉子替越石父松绑，一同离开村寨后面的小树林。

军士们甜甜地睡了一觉，天亮了，没有越石父咋咋呼呼的喊叫；村子里头天晚上还冒烟的人家，人不知去向。有经验的军士想一想，忽然大叫："中计啦，快跑！"

这一声喊，大家吓得不轻。有人问："头儿呢？"

"还头儿呢，跑啦！"

"快跑！"

随着这一声喊，军士们眼快手快的，丢掉战车，骑上马逃离；迟钝的只好靠两条腿没命地奔跑。

晏婴命令每天都要越石父派快马禀报前方情况，每次禀报都说"没见鲁军"。晏婴心里有些疑虑，想想也就释然：鲁国无君，内斗不止，自然不可能调集兵力对付齐军。转而又想："探马言之凿凿，说孔丘已率弟子从军抗齐，还说泄声子、阳虎等人都出马了，怎么一点动静也没有？是诈，还是孔丘只会嘴上说说，实则毫无用处？都很难说。"虽说犹犹豫豫，晏婴还是没有停滞不前。越石父先头人马离开村子的第二天，天将晚，晏婴和中军主将鲍牧赶到的时候，晏婴和鲍牧在小村落里转了一遍，草坪里到处是血，一张黄牛皮摔在地上，这里那里一堆堆没有烧过的柴火，破旧战车被遗弃在道旁，村子里空无一人。晏婴忽然说："不好！"

鲍牧见这情形，也有些生疑，说："越石父多半中了埋伏。"

"一具尸首没有，难道都降了不成？"

"不会，至少越将军不会投降。"

"我也相信他不轻易屈服。"晏婴说，"但是，他为什么不来禀报情况？"

"这么说，越将军多半是被俘了。"

村落里种种迹象，让晏婴不得不相信越石父带领的试探人马出了大事。如果真的是这样，弄不好是孔夫子使出了更大的谋略，左右两军落入圈套。晏婴立即命鲍牧说："派快马传我命令，立即停止前行，就地歇马造饭，小心中鲁军埋伏。"

鲍牧即命两骑快马分别给左右两军传达晏婴命令，跟着问晏婴说："主帅，我们是往回走，还是住下再说？"

"住下再说吧，不能命令左右军住下，中军倒往回跑了。"晏婴说。

人马、战车在小村落附近占了一大片，凡平些的地方都垒起石灶，生火造饭。晏婴让鲍牧传令，加强巡查，严防鲁军偷袭。

齐军连连赶路，又渴又累，吃过饭，就东倒西歪地睡了，到处是鼾声、磨牙声和梦呓。晏婴自己已经累得不想动弹，却不得不和鲍牧四处巡查，不停地责问："为何不派人巡查？"

晏婴和鲍牧到离村落最远的齐军驻地。这里两面树林很深，人马、战车在一片空地上歇息，几个军士坐地上，怀里抱着家伙打盹。晏婴摇醒其中一个，大声说："你们，怎么都成散兵游勇了？"

话音刚落，一把呼呼燃烧的火把不知从何处飞来，掉在横七竖八睡着的人群里，接着，四面八方飞来同样的火把，被惊醒的军士大喊大叫，更有烧灼了肉皮才惊叫起来的；散拴在四周的马惊了，挣断缰绳，四处狂奔；战车烧着了，一片烟火，乱成一团。

晏婴被几个精壮从危险境地救出，想起小村落四周说不定情况更糟，想急命鲍牧返回，却喊破喉咙也没动静，只好由精壮护着返回小村落。晏婴远远地望见小村落也是一片烟火，人喊马嘶，有如混战了一场。好一阵，天大亮了，晏婴见地上到处是烧伤的军士，马都惊跑了，战车有的烧成灰烬，有的烧成了黑炭……

晏婴明白一定是中了孔丘的计。本想用弱兵引诱鲁军进入齐军包围圈，结果丢了越石父，伤了鲍牧，吃了大亏。晏婴虽知劳师远征，乃兵家大忌，但太想在他有生之年里吞掉鲁国，了了夙愿；又想即使孔丘有妙计，鲁国未必有这么多兵力；即使有足够兵力，未必听孔丘指挥。

晏婴何曾想到，一辈子威名显赫，到头来却输在一个夫子手里？实在说不出心里是什么滋味。

离开被火攻的地方很远了，晏婴看着缓缓往回撤的人马，心里万分不甘。鲍牧挨了火烧，战袍烧了几个大洞，眉毛胡子烧卷了，幸而无大碍。此时，晏婴进退两难。就这样回到临淄，虽然损兵折将，损失还不算太大；但要前进，还不知道孔丘会使出什么手段来，弄不好损失更惨重。个人得失事小，要是齐国因而大伤元气，他晏婴有何面目立于天地间！

他望望天，问自己说：“晏婴，你该怎么办啊？”

31

和晏婴人马一同出发的还有送姬裯回鲁国的一支人马和战车。晏婴领兵征鲁之前，禀报杵臼说：“鲁国弱，而今内乱不断，鲁军难成气候，即便孔夫子有通天本事，也无法与齐军对垒，君侯可派一支人马护送姬裯回鲁。”

“多少人马护送为妥？”

“派子渊捷领两百军士十辆战车即可。”

杵臼说：“路途遥远，相国可保无虞？”

“如有闪失，君侯取臣头便是。”晏婴说。

这支护送人马，乘二十辆战车，姬裯一行一律深衣，只区别于一般百姓，看不出有君侯、妻妾在其中。这些男男女女夹杂在中间，向西南逶迤前行。

这之前，宋侯子佐跟臣僚说过，准备送姬裯回鲁，不久，子佐上吐下泻，一个月不到就亡了。郈邑大夫成积召集家臣，商议说服季意如迎回姬裯，再亲自赴齐。不料突然有一天，成积口吐白沫，抽搐一阵死亡。这两件事没多久就传遍宋都城商丘和鲁都城曲阜。子渊捷接到杵臼送姬裯回鲁的命令，连忙进宫见杵臼，说："就那两百军士十辆战车送鲁侯回鲁，末将实在担不起这天大的干系啊。"

杵臼说："道路已经扫清，不会有鲁军抵抗，放心送去就是了。"

子渊捷知道，晏婴亲自率领三路大军攻鲁，势不可当，但还是怕落得宋侯子佐、郈邑大夫成积那样的下场。但既然杵臼这样说了，他只得硬着头皮，带领人马启程。

子渊捷不断地派探马打听前方是否平静，中鲁军埋伏或者突发疾病，特别留心有什么不祥之兆……

子渊捷就这样带领这支特别的队伍走了一程又一程，至一处，探马飞报说："前面有鲁兵。"

子渊捷急问："有多少人马？"

"两千人马，百辆战车。"

子渊捷暗自叫苦，这么多鲁兵对付他们，不被全捉了去才怪。如果是那样，他子渊捷也没法活着回去。这时，又一快马飞奔而来，原来是晏婴派来的，叫他立即停止前行。子渊捷估计，晏婴亲自率领的中军受挫无疑。子渊捷派人四处打听，都不知道这是哪里，只好命令人马、战车掉头。这一来惹起姬裯、姜宛的不安，姜宛说："将军，你倒是要送我们去哪里？"

子渊捷说前面有鲁军大队人马，如果硬拼，只有被俘的命。姬裯听说前面有鲁国大军，兴奋了一阵，但很快全身凉透，说："望将军妥为安置。"

子渊捷说："君侯放心，子渊捷不会辱没使命。"

子渊捷怕姬裯落入鲁军手里，即命姬裯一行换上商贾衣服，分一半战车和人马，带上姬裯家臣、眷属赶紧离开。子渊捷吩咐何能说："不能原路返回，以防鲁军断后。"

何能说："将军击退鲁军之后，速速来寻我等，没有将军的护送，必遭劫难。"

子渊捷说："总管快快带鲁侯离开，待末将击退鲁贼，定来寻找鲁侯。"

姬裯等家臣、眷属离开，子渊捷把军士们召集在一起，说："我子渊捷身为齐将，死为齐鬼，愿与我一起拼杀的随我出征，想回家的绝不勉强。"

除了护送姬裯的几十号军士已经离开，都没人肯走。此时，又有探马报，说鲁军已经逼近，问如何应对。子渊捷传令："就地饮马歇息。"

有谋士问："这不是等死吗?"

子渊捷来不及细说，只道："照做就是了。"

这里有一条小河，弯弯曲曲，流到这里河面变得宽阔了，河边一株大树，河面最狭窄之处有座木桥。军士们三三两两地在河东岸坐地，子渊捷背靠大树坐着，远远地望见一队人马朝河边走来，战车开头，在河边百来步远的地方停住，一中年将军骑马朝前走了几步，大声问："饮马的可是齐军?"

子渊捷站起来问："你是谁?"

"本将泄声子，你们齐国人休想霸占鲁国的土地，老老实实滚回去没事，否则，要你们有来无回!"说罢，一箭射来，正中子渊捷靠着的大树。

子渊捷回骂："你们这些逆贼，篡权夺位，赶走国君，大逆不道，如今本将奉齐王命令，送鲁君回国，你们只有投降，才是生路!"

说罢，"嗖"地飞出一箭，幸而泄声子眼疾手快，用瓦盾抵住。子渊捷和泄声子都领教了对方的厉害，不敢妄动。泄声子环看四周，未见有什么动静，好像没有伏兵。却又想，子渊捷是齐国名将，不可能没有防备。拨马回头，在不远处停下。子渊捷知道泄声子多疑，不会贸然追赶，叫军士们牵上吃饱喝足的马，慢悠悠地套上战车往回走。一直到没看见鲁军追来，认定不会有伏兵，才命军士们加快步子，往原路逃回。

姬裯着人四处打听，才知道慌乱之中走错了路，竟然朝西北走了很长一段，进入一座小城，有人告诉他说："你们已经到了晋国，这里叫乾侯。"

姬裯、姜宛、四子和家臣、佣人全都一身灰扑扑的像路旁乞者，又累又饿，没法再往前走——再说，他们已经既不能回齐国，也不能回鲁，又能往哪儿走呢？姜宛问何能说："还有多少盘缠?"

"顶多还能维持十天。"

"我娘家不是送钱粮来了吗?"

"供这么多人开销……"何能说，"不是特别当紧，都没有支付。"

姜宛什么也没说，晚上跟姬裯说："娘家那儿不好意思回去了，楚国熊壬目中无人，堂堂鲁国君主，如何能受那样窝囊气？鲁与晋不但没有交恶，而且有过多次盟约，想来不会拒我们于大门之外。"

姬裯沉默良久，说："虽没有交恶，也没有交厚，只能试试了。"

晚餐自然很粗糙，姬裯、姜宛和四个儿子、何能在一起商议，看看究竟怎么办好。姬裯面有颓色，他说："想不到祖先基业历经三百多年，到我姬裯手里，竟然落到无处可栖身的地步，姬裯愧对祖先，愧对家人，愧对众臣……"姬裯说着，禁不住悲痛，掩面而泣。

姬裯从来不为国事政事家事忧戚，而今竟然如此沮丧，姜宛、四子和家臣面面相觑，姜宛安慰说："姬家天下不会轻易落在逆贼季意如的手里。"

姬裯想想在他有生之年不可能有夫人说的那一天了，忍不住放声大哭，说："你们都自谋生路吧，姬裯不愿意再拖累你们了……"

姜宛不甘就这样完结，向大儿子公为使眼色，公为会意，来到父亲身边，说："父亲累了，孩儿扶父亲歇歇去。"

姬裯离开，姜宛吩咐公若说："明天一早，你和何总管一起备些礼物，去晋国一趟吧。"

何能很为难，说："娘娘不知，我这里已经没什么可作礼物了。"

姜宛说："我不是还有嫁妆吗？"

何能心里很难受，说："娘娘，那可是您最后一点积蓄了。"

"要是没有了姬家天下，我留着它们有什么用，都拿去吧，希望有个好结果。"姜宛说，"明天你们一早出发，快去快回。"

何总管离开，没人总理事务，十多号人要吃要喝，只好由姜宛来操持。公若和何总管去求晋国，结果难料。就算晋发善心，往返也得半月。姜宛怕粮食接济不上，十几号全都只能吃半饱。开始几天，姜宛把困境如实告诉姬裯，姬裯还说："想不到到头来得由夫人来收拾残局，你安排吧。"才过三天，一看下人送来黑乎乎的吃食，姬裯火冒三丈，砸了碗，说："谁让你给我送这样的东西！"

听到男人责骂下人，姜宛走进来，见一碗吃食倒在地上，连忙捡进碗里。姬裯看看妻子碗里的食物还要粗糙，才勉强把捡进碗里的食物吃下去……

这样的日子过了二十天，家臣、侍卫、佣人全部离开，只剩下姬裯、姜宛、大儿子公为、三儿子公果、四儿子公贲。姬裯吃不下粗食，瘦得只剩一张皮，躺在床上不愿意起来。这天，姜宛端一碗粗食站在他身边，安慰说："君侯不用担心，管家和儿子都是有能耐的人，想来很快就会回来的。"

姬裯看着妻子黄里透黑的脸，说："他俩能从晋君姬午那里得些粮食、钱物来当然好，要是他不肯伸手相救，该如何是好？"

姜宛相信老天不会不给他们活路，说："你好歹还是吃些吧，已经去二十天了，想来该回来了。”

姬裯看一眼黑乎乎的食物，摆摆手，说：“而今我身边只剩下你和儿子们了，你就带孩子回娘家吧。没有姬裯，杵臼没来由不收留你们……去吧，不要再管我了……”

姜宛不愿意撇下男人，眼泪在眼眶里打转，说：“我姜宛生是你的妻，死是你的鬼，要活一起活，要死一起死。”

姜宛放下碗，趴在姬裯身上痛哭不已。这时，公贲从外面奔进来，说：“二哥他们回来了！”

不知姬裯从哪里来的力气，一骨碌翻身下床，跌跌撞撞地直往外冲，吓得姜宛跟着往外跑。等姬裯、姜宛见到公若、何能一干人，公果已经到了那里。一共十车，全是晋君姬午派来的新车、马匹、驾车人和护送的军士，姬裯很激动，眼圈红红的，让公为安排马匹草料、驾车人和军士们食宿。幸而这里还有供过往客商食宿的客栈，只要有钱，安排起来并不困难。

晋君姬午没有忘记晋鲁之间曾经有过的支持，很体谅姬裯眼前的难处，馈赠满满十车粮食、鹿皮、干肉、丝帛之类。姜宛长长地舒了一口气，让客栈替一家人做一餐好吃的晚饭。姬裯吃大半饱放下碗，唤公若进房间问：“你见到晋君了吗?”

十多天之前，晋君姬午接见公若，公若如实地说了鲁国的变乱，齐军送父亲回国受阻以及眼前的困境，姬午端坐，纹丝不动，更不言语。公若只得告辞。第三天，姬午召公若进殿，说：“鲁君现在歇马的乾侯已是晋邑，地方不算小，寡人命邑宰拨一部分土地和农奴给你们就是了。”

晋君的冷淡让公若浑身透凉，堂堂鲁国国君，安排在这样的地方，算什么事？公若感到说不出的委屈。第二天，管家来客栈找公若，说：“君侯命小人备些薄礼，赠予鲁侯，万望笑纳。”

公若只好领了进军馈赠礼物，和晋军士一起，匆匆往回赶。公若担心把在晋国受到的冷遇说出来，父亲无法忍受，说话吞吞吐吐，姬裯追问说：“晋君到底怎么说啊？他为什么不派大臣来接寡人?”

公若无奈，只好实说，不料话音刚落，姬裯便眼睛翻白，手直指房门，说不出话来……

姬裯和姜宛哪里知道，公若和总管何能见到晋君姬午的时候，孟孙何忌、叔孙婼已经派人送去金银珠宝，买通姬午，要求姬午既不要派兵替姬裯复位，也不要让他过舒服日子，最好早些呜呼哀哉，免生枝节。只等待姬裯归天，即迎姬裯弟弟姬宋为新君，姬宋比姬裯更无用，尽管有夫子的支持，也难成气候。阳虎、公山不狃是外臣，除非反叛成功，否则，没他们的份儿。

32

孔丘在鲁国宫殿大厅里和季意如一起，焦急地等待前方传来消息。这一次阻击齐军，人马统领是季意如，副统领是阳虎，夫子是军师，乐欣、申句须参与谋划，公山不狃、泄声子、仲由各领一军，分三路迎敌。出发之前，漆雕开拉仲由来找夫子。仲由在夫子耳旁悄声地说了一会儿话，夫子听明白了，说："可以，但要谨慎，不能轻视齐军。"

漆雕开说："放心吧夫子。"说罢，向季意如告辞，朝仲由做个鬼脸，转身退了出去。漆雕开只说，要用妙计打败齐军。军情紧急，什么妙计，夫子来不及问，更来不及和季意如商讨——即便有工夫商讨，季意如都吓得没了主意，也拿不出什么好办法来。仲由也好，漆雕开也好，平时虽然没少练骑射，但毕竟没有上过战场，实在让夫子担心。

季意如也心事重重。如果鲁军打败，鲁国灭亡，他自己不仅性命难保，还得背千古骂名；打胜了，别说孔丘威名大震，远在他之上，就是阳虎、公山不狃这些人，也不会把他放在眼里，大权旁落是小事，很可能朝他下手，到时不是被杀，就是被逐出鲁国，成为姬裯第二。后悔当年家祭，请八佾舞者跳万舞，惹出这么大麻烦。至于当时为什么要这样做，是真的想成为比鲁君还大的天子？还是骄横惯了，无所畏惧所致？至今也没有想明白。他很想问问夫子，却又开不了口，只好闷在心里。

虽然两人都是在等前方消息，却各有各的心事。一会儿，季意如终于开口说："又过五天了，怎么没一点音信，探马都干什么去啦！"

夫子安慰说："不急，自会有好音信传来。"

季意如趁机探听夫子口气，说："此次如果胜了，夫子和门人们功不可没，夫子可愿意和季意如一起匡扶鲁国社稷？"

夫子当然明白季意如问这话的意思，说："于鲁有益的事，丘在所不辞。"

季意如没法从这话里听出什么来，也不好再问，尴尬地笑笑。这时，近侍推一个黑脸男子进来，到季意如、夫子跟前，说：“抓住个探子！”

男子个不高，瘦，脸涂得黢黑，只有两只眼睛是亮的。黑脸男子不肯跪下，屁股挨了一脚，疼得叫了起来：“哎哟，轻点踢呀！”

夫子听出来了，这黑脸是漆雕开无疑。跟着，好几个黑脸被推进来，夫子一一认了出来，说：“你这家伙，搞什么鬼？”

漆雕开起身说：“夫子先看个人。”说罢，朝大门外大声喊叫，“进来！”

随着应声，一莽汉来到季意如、孔丘面前，跪下，漆雕开说：“他是齐将越石父，先头兵，试探鲁军的，被我们用计抓获。”

夫子说：“站起来回话。”

越石父利索地站起来，夫子说：“报上姓名！”

“越石父。”

“哪里人？”

“齐国。”

“干什么的？”

“中军先头兵，落入你们圈套……”

夫子说：“齐国起兵要灭鲁国，是不义之举，你替他们卖命，成了不义之人；而今被俘，愿意归顺吗？”

越石父眨眨眼，说：“小人已经归顺。”

夫子说：“归顺就好，日后有用得着时候，一定让你为鲁国出力。”

接着，仲由进来，禀报袭击齐军的情形。仲由率领一支两千人马、两百车辆，离东面边关二十里歇马，等待前方消息。这时，漆雕开把从越石父那里知道的齐军情况派快马告诉仲由，仲由忙召集大小将校商议，备了上千浇了油的火把，潜至齐军歇马造饭附近的林子里埋伏，等待晏婴、鲍牧率领的齐军到来。齐军到林间这块宽阔些的草地歇马、造饭，大半军士昏昏欲睡。仲由看准时机，命军士朝人马密匝的地方丢下第一支火把。埋伏在四周林子里的鲁军将士，见投出去的第一把火把，紧跟着呼啦啦火把从林子里飞出，齐军大乱……

仲由先禀报，说漏之处，由漆雕开补充。漆雕开说到涂黑脸、扮妇人一节，逗得夫子和季意如忍不住大笑。仲由说：“还别说，漆雕开扮起女人来，真像。”

说着，大家又笑。季意如忘了烦恼，也跟着笑。

泄声子、公山不狃陆续带领人马车辆返回。每回来一支人马、车辆，季意如、孔丘、阳虎都一起外出迎接胜利归来的将士。在季意如和孔丘的记忆里，鲁军还从来没有这么风光过。特别是和齐国较量，总是败多胜少。泄声子带领的是最后回来的一支人马，季意如、孔丘、阳虎见过泄声子，慰问一番。这时，夫子忽然想起，全部人马车辆都回到曲阜了，为什么没有姬裯音信？问泄声子说："为何没有鲁君一家人的音信？"

泄声子说："末将正要向季公、夫子和阳虎大人禀报呢。"

夫子说："怎么回事？快说。"

"末将一直在打探君侯消息，后来才知道君侯就在末将阻击的这支人马里。"泄声子说，"子渊捷没能冲过河，探马说有一队人马车辆朝西北方向逃走，说不定进了晋国地界。"

夫子无法容忍季意如目无鲁君，恣意僭越权位，弄得鲁国礼崩乐坏，社稷混乱；鲁君姬裯也实在无用，致使长期以来，鲁国民不富，国不强，受人欺凌。但这毕竟是鲁国内部的事，和齐国以送鲁君回鲁做借口，实际上要趁机灭鲁是两回事。

有近侍禀报说："有快马求见。"

夫子命进大厅，探马说："君侯一家已到乾侯。"

季意如问："乾侯是什么地方？"

"晋国一个小城。"探马说。

季意如"哦"一声，问夫子说："先生可还有话要问？"

夫子说："没了。"

季意如叫探马退下，见夫子额头冒了一层细密的汗，说："先生为何出汗？"

夫子笑笑，说："丘不善为政。"

季意如刚冒出"你孔丘还是个书呆子"的想法，马上提醒自己说："不对，别把这夫子看简单了。精通六艺的人，既善用兵，能不善为政？"但看看夫子，又不像巧言令色，他都有些糊涂了。不过，眼前犒劳三军、安抚将士要紧。获得这一场胜利，鲁国上下从此同心同德，强兵富民，也未可知。想到这里，季意如告诉夫子说："如果没什么要事了，意如得去筹措犒赏将士之事，不陪先生了。"

夫子说："大人自便，有事丘登门禀报便是。"

季意如说："禀报可不敢当，有事先生叫个人传句话就是了。"

仲由、漆雕开同时和夫子交流一下眼色，不用说，也明白对方的意思。季意如、阳虎离开，大厅里只剩夫子和门徒三人，鬼精灵漆雕开问夫子说：“夫子，下一步怎么走?”

夫子说：“还能怎么走？回学馆收徒。”

仲由急了，说：“夫子真的这么想?”

“此次率众徒出征，不过是挽救鲁国于危亡，无所图。”夫子说，“击退齐军，获得大胜，实属仗周公盛德。为师并非经世济国之栋梁，无非分之想。”

夫子说这话并非言不由衷，如果不是远大抱负还在，不是很想将自己几十年来的所学所悟为国家所用，不是时时都想看到出现一个文明有序的鲁国，一个举国上下都遵循古礼，克己奉公的开明社会，他将和李聃那样隐退……但要出仕，他挑得起这千斤担子吗？国事可不是儿戏，一旦投身于国事，绝不能半途而废。

漆雕开问话的时候，夫子正犹豫于两可之间。仲由可不这么想。自从跟上夫子那天起，就认定夫子是天底下最有本事的人。不但有学问，而且能耐很大。要不，自己能死心塌地跟这么多年？鲁国内乱，仲由沮丧已极，心想再跟夫子几年，就回乡种地，或者做别的事，混过一生完事。没想在这样的大转机面前，夫子竟然无意出仕。他说：“夫子，你不想成为百无一用的读书人吧?”

漆雕开听仲由对夫子说话这么无礼，吓了一跳，忙踢仲由脚，仲由不但没理会，反倒越发上劲，说：“夫子，只要你跟大伙说不出仕，弟子马上离开，再也不回来!”

漆雕开又踢仲由一脚，这一脚踢得特别狠，仲由索性说：“小兄弟你不要阻拦为兄说话，为兄在夫子跟前，没什么不可以说。”

漆雕开睃一眼夫子，果然没发现夫子脸色不好。不过，夫子说：“大家都很累了，不谈这件事了。”

33

夫子作为军师，和乐欣、申句须坐镇，指挥鲁将泄声子、门人仲由、冉求率军大败齐军，名声大振，班师回鲁的第二天，由孟孙何忌、叔孙婼、季孙意如、乐欣、申句须、公山不狃、阳虎一起商议，公推孔丘任大司寇一职，执掌朝政。这一决定，由季孙意如亲自告知孔丘。孔丘听了，却怎么也高兴不起来。按定制，这样的重大委任，须是君侯下令，而今却是众人推举，名不正，言不顺，算什么事？公推他来担任这一要职，由他指挥打了胜仗，门人们初露锋芒固然是重要原因，孔丘却以为他既不归顺三桓，也不依附任何权势；既没人吃亏，也没有占便宜，才会有这样的结果。

夫子想静几天，称病，躲在城边斜坡上的小屋里，谁也不见。夫子去齐国两年有余，回到鲁国，也不是在学馆和门人研习六艺，就是研讨所得。很少回到家。岳父亓官扬去世，妻子亓官暹一人操持家务，抚养两个孩子，百般辛苦，很希望男人能帮一把。但希望一次次落空。不说男人老不在家，即使在家，不是写竹简，就是读诵、弹琴，抑或门人接二连三地来。夫子对门人耐心极了，百问不厌。妻子便不指望男人，再烦、再苦、再累，也一个人担了。

鲤儿知道爹忙，不声不响地帮母亲做事。伊芊可不行，几天不见爹，她一准问："娘，我爹呢？"领兵阻击齐兵的这些日子，亓官暹告诉女儿说："孩子，爹领兵打恶人，不要找他。"

伊芊听娘这么说，没再多问。这一次夫子回家，伊芊拉住衣摆问："爹，你还走吗？"

夫子随口回答说："恶人打跑啦，爹不走啦。"

伊芊高兴了，连声说："娘，爹回来啦，不走啦！"

夫子说："乖女儿想爹啦，爹不走啦。"

伊芊把夫子拉进家，跟娘说："娘，爹回家啦，不走啦。"

亓官暹不信，问男人说："这回回来，真的不走啦？"

"不走啦。"夫子认认真真地回答。

"是打了大胜仗才不走的吗？"

"不是。"

"那是为什么？"

"我想静几天，看一看，想一想。"

亓官暹见男人很疲惫，吩咐鲤儿说："你和妹妹一起出去，沽些酒回来吧……你爹累了，让他歇歇。"

晚上，亓官暹做了几个菜，还有一碗干肉，斟上一碗酒，送到男人面前，说："夫君，你不是嘲笑季文子三思而后行，瞻前顾后，才一辈子没大出息吗，你怎么也步后尘？"

"事关重大，不能不多想想。"夫子说。

亓官暹说："夫君若信得过我，说来听听，说不定还能替夫君拿拿主意。"

夫子把他的想法拣要紧的说了，亓官暹也作了难，不言语。夫子说："我想回老家一趟，看看母亲坟地，看看养父养母，离家多年，非常想念。"

亓官暹说："鲤儿虽不多言语，他是很想你的；女儿自不必说，你不带她去，说不定会闹呢。"

夫子知道自己很少在家，妻子也很想跟他在一起，只是不好意思说出口，他说："我们一家都去吧，散散心，也是好事。"

第二天，夫子来学馆，告诉仲由说，他有事外出几天，门人可互相研习，不必等。有新门人来，照收。仲由知道先生要做的事，谁也无法阻拦，只说："要不要仲由陪陪夫子？"

夫子说："不必了，你管好学馆就是。"

仲由说："先生什么时候让弟子管学馆了？"

"现在就交给你。"夫子说。虽说仲由脾气急躁，但耿直，忠诚，也有办法，把学馆交给他，夫子放心。

第二天，夫子租一辆马车，带些干肉、鹿皮、粮食回老家孝敬养父养母。夫子十七岁离开陬邑，后来回去一次，也是匆匆忙忙，而今过去二十多年，想想家乡的模样，模模糊糊像在梦里。说起来由曲阜回老家并不很远，但一心要在外面闯出一条路来，心不在此，也就变得遥远了。事情总是这样，没有亲身经历，是想不到的；有时想到了，也淡淡的，日子一过，也就过了。自己有了两个孩子，才明白父母养育之不易，才那么迫切地想见见养父养母。

走了一天多，到二十多年前夫子告别家乡去曲阜时路途歇宿的岩洞。夫子让马车停下，对岩洞看了很久。岩洞门没了，门前长了杂树和荒草，不用说，这岩洞已经多年没人住了，那女人是死了还是搬迁了，不得而知。夫子告诉亓官暹说，他离家第一天，走到这里天黑了，敲这个岩洞的门，一个裸着上身的女人出来，把他吓坏了。亓官暹笑得有些诡异，说："会有这样的事？"

夫子没想到妻子不信，说："你是怀疑有这样的女人还是怀疑有这样的男人？"

"都是。"亓官暹依然没收住笑容，"这样的话，难道你会信？"

夫子说："真有这样的事。周以前孩子只知道母亲，不知道父亲是谁，现在依然有这样的情况；儿子娶庶母为妻，齐、晋都有。"

夫子见夫人听进心了，说："天子祭祀，由八佾舞者跳万舞，他季意如不过是个大夫，为什么要用天子祭祀大礼家祭？周公刚建起来的规矩被他们破坏殆尽。你打我我打你，谁对谁错？满世界怪力乱神泛滥。长此以往，这世界还不知道成什么样子呢！”夫子憋了很久的话，一吐为快。

鲤儿愣愣地云里雾里地听了半天，也没听明白，说：“爹，你说的孩子一句也没听懂。”

夫子说：“你会懂的，爹一辈子都在做一件事，就是要立方方面面的规矩，立了规矩，个个遵守，谁也不乱来……到那时候，孩儿不但会明白，还会照着去做。”

亓官暹只想跟男人孩子一起出来走走，散散心，并没像男人那样，想得那么宽，那么远，歇够了，催男人上车赶路。

夫子一家又赶了一天多路，终于望见一座破旧的城池。那残破的城垣，低矮的房屋，还有零零星星的老树，夫子心里涌起一阵心酸。二十多年不见，难道就破败成这样了吗？夫子看了好一阵，才让马车走上一条小些的路。

夫子老家早已没人，门前一片枯草，屋顶有几株不知名的小树，青幽幽的，在料峭的寒风里摇曳。临近一幢小木屋是养父养母的家。真没想到，这小木屋连门也没有了，屋旁边长满杂草。夫子不甘心，从黑洞洞的门走进屋里，屋里也都长满杂草。卧室里铺在地上的床还在，全都发霉了，霉味、粪便味混合，让夫子喘不过气来。

夫子走出大门，一个佝偻老头扛一把锄头从门前走过，夫子赶忙站住，恭恭敬敬地问：“老人家，您知道这家人去哪儿了吗？”

老人家耳背得厉害，没有听见夫子的问话。夫子放大声音又问：“老人家，您知道这家人去哪儿了吗？”

老人这回听见了，说：“孩子早就走啦，没回来过。”

夫子知道老人说的是自己，心里不大好受。但于心不甘，又问：“这家两位老人呢？”

“死啦，饿死的。”老人说，“那一年饥荒，死了很多人……我也差一点饿死……”

老人说罢，看看车旁边母子三人，说：“你们走吧，他家没人啦……”

夫子不知道养父养母何时出生，回想起来，年纪应与这位老人相仿。当时，那么急于离开家到外面谋出路，以至于在外二十多年，也只匆匆回来一趟。这一次如果不是想暂避一下纷乱，还不会回老家。如今子欲养而亲不在，夫子万分悲痛又悔恨。

亓官遢心里也不是滋味，说："那就找个地方住一晚，明天再去看母亲的坟吧。"

说是看夫子母亲坟地，也不过是尽尽心罢了。夫子母亲去世，埋在草地上，没有垒土、砌石，长满了树。远远望去，连埋母亲的大致位置也无法辨认。父亲叔梁纥去世的时候，夫子刚刚出生，母亲说过一次，他已没法想起来。他们这一趟，只能高兴而来，扫兴而归。夫子站在路上，对着那一片无边的萧索林子，长叹一声，涌出了眼泪……

34

夫子和妻子儿女回到曲阜的家里，第二天早上，仲由和漆雕开有事登门。仲由性急，一见到夫子就说："夫子，这些天季意如什么动静也没有，不知道是何缘故。"

最后一次迎接班师归来，季意如亲口跟夫子说，他要犒赏三军，难道这事也没影儿啦，怎么能言而无信？夫子问："别的动静有没有？比如阳虎、公山不狃？"

"没有。"漆雕开说。

这种时候，居然什么动静也没有，令夫子生疑，问："你二人是怎么想的？"

仲由说："暴风雨到来之前，就是这样静静的，弄不好要出大事。"

漆雕开说："事情很可能就出在季意如身上。"

夫子问："最有可能的是什么事？"

仲由想了想，说："季意如历来官迷心窍，说不定他想当君侯。"

夫子说："完全有这可能。"

漆雕开有不同的猜测，说："我猜想可能内乱。"

夫子神色忽然变得严峻起来，说："何人作乱？"

漆雕开毫不迟疑地回答："阳虎和公山不狃都有可能。"

夫子没有接着说，目光深邃得让人害怕。仲由说："如有什么变故，很可能牵连夫子，夫子不能没有一点准备呀。"

漆雕开说："是啊，夫子。"

夫子仰起头看了一眼仲由和漆雕开，颇有感慨。迄今为止，投到门下来的门人究竟有多少，实在无法计数。老成持重的，适于宗庙祭祀的，善于领兵打仗的，安贫乐道的，善于治国的，长于邦交的……集聚了方方面面人才。但跟他时间最长最贴心敢于和他争执的只有仲由。漆雕开也很贴近他。仲由既然这样说，一定是经过深思熟虑的，夫子说："仲由，你认为为师该如何准备呢？"

仲由本来想说，这次打了胜仗，全仗夫子指挥有方，门人的拼杀，至少该加官晋爵。只要手里有了权，事情就好办了。几次话到嘴边，都怕夫子训他权欲重，缩了回去。听见夫子问，支吾半天，说："夫子就不要考小徒了。"

夫子笑笑，问漆雕开说："你有好办法吗？"

漆雕开的意思是要探听季意如和阳虎、公山不狃的动静，但做暗探的事夫子也深恶痛绝，只好说："小徒年轻，没有好主意。"

夫子说："既然你们没有好主意，为师只好以不变应万变了。"

"这不是坐以待毙吗？"仲由冲口而出。

夫子说："眼前什么情况也没有，连想都没法想……你们不是也没办法吗？"

夫子的话，把二人的嘴堵住了。

仲由和漆雕开告辞出来，沉默一阵，仲由说："夫子为何这样想呢？要是老没动静，就老这样下去吗？"

漆雕开说："不会的，阳虎、公山不狃都不是善类，这一次阻击齐兵得胜，都认为自己立了大功，不争权才是怪事，说不定还会嫉妒夫子和同窗们，殃及一片……"

仲由皱着眉头想一阵，说："我们不是夫子，不能温良恭俭让。"

漆雕开不喜欢仲由动辄说夫子的不是，但在这种火烧眉毛的情况下，夫子还这样不愠不火，冉求想不明白究竟是怎么回事。

仲由在路的一个转弯处站住。路的这头通季府，路的那头通学馆。阻击齐军攻鲁这一仗，住在学馆里的和知道音信的都赶来了，身强力壮的都参了战；虽然只有轻伤，回到学馆，告辞夫子以后，大多数回家了，只剩下少数门人在学馆里，一来管管学馆，二来有事的时候以便和夫子联系。仲由和漆雕开最贴近夫子，他俩一直住在学馆里。仲由在岔路口站住，漆雕开立即猜出他的心思，说："漆雕开知道你在想什么。"

“别耍小聪明。”仲由说，不满意漆雕开一猜就猜中他的心思。

漆雕开说：“要是漆雕开猜中了，可别装糊涂。”

仲由说：“仲由不像你有那么多弯弯绕绕，说吧。”

漆雕开说：“漆雕开说中了你不说话就是了。”

“好。”

漆雕开走上通季府的路，说：“跟我走。”

仲由只得跟上。漆雕开学仲由的口气说：“大人，你不是说要犒赏三军吗？有何吩咐，仲由愿效劳。”

仲由没说话，只是跟着走。漆雕开却不说了。仲由很想知道跟着来的是季意如根本不见他，还是支支吾吾既不说要犒赏也不说不犒赏。如果是这样，跟着该怎样说？由犒赏三军说到鲁国的未来？还隔十万八千里呢。如何才能既探听到季意如的真实想法又不露声色呢？仲由很想听听冉求的猜测。

“说啊，怎么不说？”

“叫我说什么？”

“比如说，季意如会不会见我？问犒赏三军的事他会怎么说？鲁国以后该怎么办？”仲由提了一长串问题。

“漆雕开不是神，怎么知道？”

“这一次不是你用了妙计打败齐军的吗？鬼精灵，还有你不懂的？”

“那是那，这是这。”漆雕开说，“用火烧也是探准齐军动静才定下这计的，你以为胡乱的就能打胜仗？”

仲由停住步子，一下蔫了下来，说：“那该怎么办？”

漆雕开说：“所以夫子说，以不变应万变，有事情必定会发生，发生了就知道怎么办了。这一次有了我们才打胜仗，我们怕他们，他们更怕我们。不能只看我们这一方，也要看看他们那一方。”

仲由不得不承认漆雕开更有智谋，说，“不过，我还是想去季府走一趟。”

“小弟陪你。”漆雕开说，“免得你莽莽撞撞的闯祸。”

“少在我面前卖能耐！”仲由说。说归说，有漆雕开在，仲由要放心得多。

转了几个弯，到季府大门前，跟守大门的军士通报了姓名，军士说：“等着，我进去禀报再说。”

一会儿，守门军士出来，说：“大人有令，来人一律不见。”

漆雕开说：“我们有重要事情要面禀大人。”

“不是告诉你们了吗，大人有令，谁也不见。”军士说。

仲由忍不住了，说：“你知道这一次和齐军打仗的事吗？”

军士说：“知道啊，我们大人打了大胜仗。”

仲由说：“你知道中军领兵的人是谁吗？”

军士说：“不知道。”

仲由声音大了，说：“主将是我，领先头兵的是他。没有我们先生，没有我们，会有你们的好日子过？这下倒好，连见都不愿见有功之臣了？”

军士也火了，说：“再在这里胡闹，我把你们捆起来！”

仲由火冒三丈，跳起来指着军士大骂：“忘恩负义的东西！”

几个守门军士围过来，漆雕开连忙拉着仲由离开。

35

不想，季意如死了，死得非常突然。

这次晏婴亲自率领齐军南下，季意如得知音信，知道凶多吉少。想举家逃离，但没有走。一来不甘心就这样把江山拱手让给齐人，二来怕留下千古骂名。孟孙何忌和叔孙婼虽无二心，却少勇寡谋；阳虎、公山不狃举足轻重，却早已觊觎君位，不可重用。郈邑、臧邑小，既没合适的领兵打仗的人，兵也不多。无奈之下，想到孔丘和他的众多门人。多少日子，寝食难安，瘦下去一圈。后来，夫子答应亲自坐镇指挥，按弟子所长，委以重任出征，季意如又怕夫子和弟子们没有征战经验，弄不好损兵折将丢城池，依然提心吊胆，坐卧不安。这样一来，身体一垮再垮，待一批批迎罢打胜仗归来的将士，他已经虚弱得夜里盗汗，动辄气喘，行路艰难。本来想大加犒赏一番，以壮国威，也无能为力，只好卧床。一天，季意如叫左右退避，把夫人宜茹叫到跟前，说：“看来意如将不久于人世，这家业来之不易，你要和儿子一起守住！”

宜茹泪流满面，说：“夫君一生不知经历了多少祸乱，齐梦想灭鲁这一坎也过了，还有什么过不去的？”

“为夫已像耗尽油的灯，熄灭是早晚的事。无论如何，鲁家天下绝不能落入逆贼的手里！”意如的眼里闪过凶光。

宜茹知道丈夫说的逆贼是谁，安慰说："我们的儿子不是无能之辈，不会出那样的事。"

意如把季孙斯叫到跟前，说："三桓就是鲁国，你要守住鲁国！"

季孙斯说："爹，孩儿知道该怎么办。"

"怎么办？"

"明天就派人把阳虎杀了。"

"你杀得了一个阳虎，杀得了两个三个四个阳虎吗？"

"那怎么办？"

"最要紧的是手里要有人，第一步要把孔夫子和他的弟子们争取过来……"说到这里，意如忽然大喘起来，季孙斯忙给父亲抹胸捶背，季意如半天才缓过来。

季意如不敢动怒，不敢下地走动，在床上足足睡了三天，府中事物不是特别要紧的，都交与仲由处置。阳虎来看望过一次，嘱咐他安心静养，朝中大小事，只要他吩咐一声，阳虎一定效犬马之劳。其间，季孙斯亲自登夫子家门，请夫子出山，夫子婉言谢绝，说："丘一介书生，无意从政，也不善政事，实在不敢应承。"

季孙斯回来如实禀报，季意如病情又加重几分。一天早上，阳虎求见。多日不理朝政，季意如猜测必有事，命阳虎进见。阳虎见季意如面黄肌瘦，脑门阴沉，呈现死色，心想："你季意如奸雄一世，没想到也有今日。"见季孙斯在季意如身旁，他恭恭敬敬地问："贵体可见好转？"

季意如见阳虎神色捉摸不定，说："无大碍。"

阳虎说："无大碍就好。不过，依小人看，大人一脸晦气，凶多吉少。本来有很多事要禀报，现在看来，禀报也没用了。"

季意如朝阳虎射来凶恶的目光，阳虎明白季意如心里在想什么，但已经没有时间和他较量了，阳虎开心地笑了，说："季公，你本来可以把家业传给儿子季孙斯的，可惜啊，这担子太重了，他承受不起，只能做庶人。仲由是孔丘的人，他不会帮你。"

季意如拼命站起来，季孙斯见这模样，慌忙去扶；阳虎也伸手帮忙。可是，季意如挣扎了半天也没能站起来，脸色渐渐变紫，眼睛翻白，身子变软了下去……

宜茹进来，见男人撒手人寰，怀疑是阳虎做了手脚，大叫"来人"，几个军士应声冲进来，宜茹大声说：“季公死得蹊跷，在场的谁也不能走！”

几个军士把住大门，公山费池带十几个军士随即走进来，问：“季公是怎么回事？”

宜茹指季孙斯说：“你说，怎么回事？”

季孙斯指着阳虎，结结巴巴地说：“是他气死爹的。”

阳虎瞪圆眼睛，大声责问：“季公多日不理政事，阳虎有事来禀报，难道也错了！”

季孙斯不怕阳虎，说：“你说爹凶多吉少，说季孙斯只能做庶人，难道不是你气死爹的？”

阳虎说：“气死季公的是他亲生儿子，他亲生儿子早就想接位了，反倒陷害阳虎，是何道理？来人！”

应声冲进来十几个军士，角滑在其中，全是公山不狃和阳虎的心腹。公山费池拔剑在手，大声说：“这是季府，谁敢胡来，对他不客气！”宜茹见形势危急，说：“如果大家没有忘记季公的好处，就看在我宜茹的面上，退出去吧。国有国法，家有家规，办过季公后事再说吧。”

气氛缓和下来，宜茹趁机对阳虎说：“看在季公的面上，不要和孩子计较，有事以后再说吧。”

阳虎选派快马，连夜赶往费邑，告诉公山不狃季意如已亡。公山不狃得知音信，跟随阳虎派去的快马赶来都城曲阜。阳虎性急，一见公山不狃的面就说：“要早下手，晚了必然有变。”

公山不狃粗中有细，说：“三桓还有两家，孟孙何忌、孙叔婼虽无大用，也会妨碍我们成大事。再说，还有郈邑、臧邑，都有不少兵马，要争取过来才是。泄声子有勇有谋，不可小视，不能性急。”

阳虎说：“这一层我不是没有想到，就怕日子拖久了生变。”

公山不狃说：“季氏气数已尽，泄声子一介武夫，做不了大事，当鲁政者舍你我其谁？但如果思谋不周，必然祸及自身。”

阳虎摸一把胖脸，说：“阳虎还真没想这么多。”

“夺江山难，守江山更不易，不能不细细思谋一番。”公山不狃说。

话到这里，阳虎也陷入了沉思。好一阵，公山不狃说：“有一个人，谁得到他就得了江山，只是这个人不易得到。”

阳虎问："你说的是那迂夫子孔丘？"

公山不狃说："齐军大举南下，要不是夫子坐镇指挥，不是数百门人亲临前方，出谋献计，亲自征战，鲁国已亡无疑。你不知道，他才是千古难逢的大才。"

阳虎碰过一回钉子，记忆犹新，说："那夫子不好对付，还不知道他愿不愿意为我们出力呢。"

公山不狃笑了，说："你也有些迂了，只要是人，谁能逃过声色犬马，高官厚禄？许以高位，还能不来？"

阳虎说："难说。"

"如果夫子不跟我们站在一起，事情就难办了。"

"那就看看再说。"

季意如去世的当天，妻子宜茹、儿子季孙斯和家臣为他举哀，凄凄切切。祭祀官申维高高举起季意如生前穿的官服，登上楼宇最高处——一个可以极目远眺的平台。几年前，季府被姬裯调来的人马围攻甚紧，季意如见四处都是姬裯的人马，真想从这平台上跳下去了事，是孟孙何忌、孙叔婼领兵前来救援，才转危为安。但从此祸乱不断，要不是公山费池眼疾手快，他定死于暗箭之下。虽然没拿到把柄，季意如却能断定是谁对他暗下毒手。

这些事，申维也料想得到。上这平台招魂，是在做给阳虎一干人看的。申维边舞边唱：

魂归来兮，
壮志之未酬，
离去何匆匆？
社稷仍不振，
撒手人寰中。
苍天若有眼，
放回我季公。
魂归来兮，
阴阳相隔千万重。
路途艰险，
百倍警觉，
不可须臾放松。

误入歧路，

苦难无穷。

……

申维招过魂，下平台，把用来招魂的衣服给意如穿了，表示魂魄已归体。感天地大德、父母宏恩，家臣、近侍七手八脚地将季意如遗体放在南面窗下的床上（东为木，为主；南为火，为恩；西为金，为才；北为水，为用），将角柶（sì）插入嘴里（柶这种礼器，两头弯曲，插进逝者嘴里，以便送进饭食和珍珠）。双足也固定了，再用红蓝相间的薄衾盖在季意如身上。

申维一方面指挥季意如家人、臣僚、近侍为死者净身，一面接待来吊唁的宾客。孟孙何忌、叔孙不敢、阳虎、公山不狃等都忙进忙出。到为逝者含饭食和珠宝的时候，夫子从中都赶到。见过宜茹、季孙斯，站在一旁。阳虎胖脸挂着笑，来见夫子，虽说夫子心里不快，还是和他打了招呼。

这时，季孙斯命容总管捧出个盛国宝的盒子，放在季意如身旁，用殓衾裹住。夫子想：“这是国宝，你们不单私家据有，还用来陪葬，太不成体统了。”很想上前阻止，却又想，“这种时候，未必劝阻得了。”

夫子忍了，没开口。及至为逝者含饭食的时候，夫子分明看见申维把一块圆形的晶莹剔透的璧放进季意如嘴里，夫子很生气地想：“季氏家祭，请八佾舞者跳万舞，僭越权位，引来祸事。逝者口含何物，也有定制。天子含玉，诸侯含璧，大夫含珠，士子含贝，季意如只合含珠，却给他含璧。如此背离定制，离劫难不远了……”

季府楼宇建造和所有权贵一样，都比地面高数仞，分东西两阶上下。东为主阶，西为宾阶。夫子按定制由西阶上，看到季孙斯如此无视成规气坏了，本来已走至西阶口，索性折回，绕半个圈，故意从东阶下。

夫子绕了半个圈，故意从东阶下，主人和宾朋都觉古怪。阳虎看在眼里，晚上，和公山不狃在阳虎家密室里说话，阳虎说：“公山大人你看见了吧，夫子不满季孙斯。”

公山不狃说：“我怎么没看出来？”

阳虎说：“离开的时候，夫子已经走到西阶口，绕了一圈，又转到东阶来才下去。”

公山不狃想起来了，确实有这么回事，但凭这就能说夫子不满季孙斯？阳虎见公山不狃疑惑不解，说：“周有定制，东阶为主阶，供主人上下；西阶为宾阶，供宾客上下。夫子是宾客，该从哪上下，难道他不明白？”

公山不狃有些明白了，说：“这样看来，夫子是不满这一家子……但是，平时没看出来。”

“公山你难道没看到季孙斯用什么给他父亲陪葬？”

“看到了，是一块大玉。”

“那是国宝，阳虎见过。”

“那是有些不该。”

“还有。”阳虎说，“季意如嘴里含的是什么？”

“是璧，无价之宝。”公山不狃说，眼睛发亮，“这么贵重的宝物，只有他季意如弄得到。”

“他违背定制。天子含玉，诸侯含璧，大夫含珠，士子含贝。”

公山不狃长长地“啊”一声，说：“既是祖先定下的规矩，不应该乱来。”想一想，说，“这样看来，夫子对他们有所不满。”

“所以，如果我们要除掉季孙斯，想来夫子和仲由都不会成为障碍。”阳虎很有把握地说，“不过，夫子对阳虎好像有成见，公山亲自请夫子更好。”

公山不狃说：“我试试吧。”

36

公山不狃进阳虎宅邸，天没亮出来。以为鬼神不知，却被一双眼睛看见。长这双特别锐利眼睛的不是别人，正是公山费池。季意如多次遇险，都被公山费池化解。特别是最近一次，季意如狩猎回来，一支暗箭险些要他的命。季意如特别感激他这位贴身护卫，除了重赏本人，还把他的老母妻儿接进都城，按月供给粮食、钱物。季意如去世，公山费池不肯离去，宜茹让他做了季孙斯护卫。

这天，季孙斯已经入寝，有近侍守护，公山费池便外出查看。他早知道阳虎有异心，格外留心他的动静。见到阳虎的可疑行径，公山费池即刻入季府，把他的想法告诉宜茹，宜茹把季孙斯叫到一起商议。

季孙斯胆小，没多少谋略，问娘说：“娘，马上把阳虎抓起来问斩吧，不然，刀子就架到脖子上来了。”

宜茹早有打算，只是没料到事情来得这么快，来不及筹措，她说："你马上要接替你爹的重任了，怎么还这么冒冒失失？"

季孙斯说："娘，以议事为名，抓起来就是了，又有何难？"

宜茹说："宫里有多少是他的心腹你知道吗？"

季孙斯摇摇头，宜茹说："就怕你还没动手，阳虎就把你抓起来了。"

季孙斯吓蒙了，说："娘，这可怎么办？"

宜茹说："娘自有安排。"

宜茹怕季孙斯不谨慎走漏消息，没有告诉他，却暗地派人去请孟孙何忌和叔孙不敢。孟孙何忌和叔孙不敢听说宜茹有急事，急忙赶来。宜茹说了她的想法，孟孙何忌说："阳虎是有异心，但意如刚归去，内里就乱起来，群臣会怎么想？"

宜茹说："事情紧急，容不得迟疑。"

叔孙不敢也觉得孟孙何忌说得有理，附和说："意如离去不久就下手，恐失去人心。"

宜茹说："或者求助夫子和仲由？"

叔孙不敢笑了，说："夫子和仲由会支持干这样的事？"

商议未果，事情搁置下来。宜茹做梦都没有想到，就在这天下半夜，阳虎带领百来军士，以搜查国宝被盗为名，闯进季府，连宜茹、季孙斯、容总管十几个大小臣僚一起被带到郊外，推进一座废弃城堡里。宜茹气得肺都要炸了，一路上叫骂，拒不进食，十天后死于城堡里。又过三天，一帮军士进来，放容总管和家臣，却不放季孙斯，季孙斯大声质问："我是季孙斯，为何不放我！"没人理睬。

见军士不放主人，容总管死活不肯走，被军士推出来，跟着，城堡大门被大铁锁锁上。容总管在野外蜷缩到天亮，才一个人边问路边往回走，直到中午才回到季府。一进季府，到处寻找家臣申丰、女贾，没有踪影。至此，容总管才明白究竟谁是内鬼，是这内鬼把音信通给阳虎，季孙斯才遭此大难。季意如撒手离开，他想到一定会有大事发生，只是没想到这么快临头。

容总管放心不下季孙斯，隔天去废弃城堡看望一次，给他带去被褥、衣裳和吃食。看守季孙斯的军士并不很苛求，只要给他们些好处，容总管总能见到季孙斯。这个老总管对季意如十分忠诚，每次见到季孙斯，都要劝他吃好睡好，养好身子才有望头。季孙斯没了爹，没了娘，没了家产，没了权力，倒也听容总管的劝解，把希望寄托在毫无把握的某一天。

仲由格外留心朝廷动静，有事没事都要到宫廷附近转转，看看有没有异常情况。这天，仲由见宫廷外守门军士全换了衣服，认定出了大事，急匆匆来中都邑见夫子，说："出大事啦！"

宫里本来祸乱不断，夫子听了并不惊讶，问："什么事？"

"弟子也说不清楚，反正守门军士衣服都换了，肯定出了大事。"仲由说。

仲由的话不是没有道理，只不过眼前什么情况也不知道，夫子说："不出几天，就会有消息。"

一会儿，颜回来拜访夫子。颜回为颜无繇之子，聪敏好学，不求做官、衣轻裘、乘肥马，只醉心于夫子教导。他学夫子的话，不是照背照搬，而是时时用来醒悟自己。比如夫子多次讲修身，他即终身以修身为务。夫子见颜回，高兴地向前迎了几步，说："回啊，你又瘦些了，你还年轻，可不能总这样苛求自己啊。"

几年前，夫子去过颜无繇家。颜无繇住在都城郊外一条小巷里。这条小巷住的是穷苦百姓。巷道狭窄、肮脏，到处是畜生粪便。小巷附在城池旁边，不长，弯弯却不少。颜无繇住在一个拐弯处，小木屋歪斜了，由于风雨剥蚀，屋柱、门窗露出深深的木纹。姬裯被逼走之前，何总管曾请颜无繇进宫做委吏。颜无繇见颜回一心治学，便将希望寄托在儿子身上，一心操持家事，不愿意出来做这样的小官。大儿子颜于忠厚老实，颜无繇对他不抱多大希望。颜回聪颖，没想到他更不想出仕，一家人只好蜷缩在这风雨飘摇的小木屋里。

见到夫子，颜回连忙恭恭敬敬地下拜。夫子扶起，手摸到处全是骨头，夫子又喜爱又心酸，说："回啊，你这样拼命治学，不觉得苦吗？"

颜回缓缓地站起身，说："夫子，弟子不与污浊的世界同流合污，保住纯洁本性；又有你的教导养身，弟子不苦。"说罢，笑得很真诚。

颜回请教过夫子，离开时，后退几步，才转身出门。颜回前脚离开，公山不狃和几个随从后脚进门。仲由、冉求没有离开。朝廷刚刚出大乱子，这个对朝廷一向心怀异志的家伙有什么事来找夫子？仲由和冉求警觉起来。

夫子倒很从容，礼让过，邑宰公山不狃坐在一旁，毫不避讳地说："此次抗齐，全得夫子运筹，弟子同心协力，才大获全胜，夫子乃朝廷栋梁，上下皆知。而今权臣已死，季孙斯目无定制，僭越君权图谋再清楚没有了，已废为庶人，鲁若不及时治理，将难以为继，愿夫子以国家为重，与阳虎大人、公山某共谋强鲁大业，万望勿辞。"

夫子淡淡地看一眼公山不狃，说："丘不过一儒士，教训弟子还有些办法。"

公山不狃说："公山某一邑宰，实在不该侈谈国事，鲁朝廷既然到了这步田地，再旁观即为罪人。公山某来的时候，阳虎大人有话，拥立新君之前，国家大计由孟孙何忌、叔孙不敢、夫子、阳虎大人及公山某筹措、定夺，不知可否？"

夫子不动声色，说："急不在一时，容丘想想。"

公山不狃告辞时说："愿夫子早早定夺。"

公山不狃一离开，弟子们围拢来，仲由说："这两个人不可信，夫子不要听他们花言巧语。"

夫子说："你们有什么想法，都说说看。"

朝廷内乱，齐、楚、晋虎视眈眈，鲁国岌岌可危。众弟子巴不得拼尽全力，将鲁国撑起来；更希望夫子挺身而出，救鲁国于危难之中。但是，大权落在这样的两个人手里，与其同染污浊，倒不如隐逸山野，以保清名。

"夫子，离开这是非之地吧，与其和这类人共谋国事，不如隐逸山野，留得个清白名声。"冉求说。

"是呀，冉求说得对啊，夫子。"仲由说。

夫子叹口气说："为师一生习六艺，抱治国平天下大志，众弟子与为师纵论经国济世韬略几十年，除了一次抗齐，还做了何事？"

夫子的一番话，让弟子们陷入沉思。

姬裯经过一番折腾，身体终于支撑不住，亡了。鲁国内众人推举姬裯的弟弟姬宋继位。

公山费池扮作佣人，给季孙斯送来酒、鹿肉，公山费池悄悄给他一粒丸子，说："你和他们一起喝过酒，赶快吞丸子。"

季孙斯接下酒、肉，来请把守军士，"佣人"大声说："这是小人特意送给你的，军爷要喝要吃，小人下次送来。"

"不过是些酒肉，有什么要紧？下次送给军爷的时候，季孙斯也来享用就是了。"季孙斯说着，大声招呼军士，"来来来，喝一碗酒再说。"说罢，命"佣人"，"给军爷倒酒，割肉！"

要不是季孙斯落到难处，能跟他喝酒、吃肉快活？五个军士毫无顾忌，倒酒、割肉，吃得汗流浃背。季孙斯也没少喝，可他趁乱吞下丸子。一阵药性发作，开始有军士头昏，跟着天旋地转，倒在地上，接着倒下第二个，第三个……五个看守军士全倒下，公山费池连摇几个，毫无动静，才保护季孙斯出大门，星夜离开曲阜。

第二天早晨，军士们从昏睡中醒来，不见了季孙斯，才知道上了大当，后悔不迭。军士们你一言我一语，都说得赶快逃命，不然，让阳虎知道，就没活路了。五个军士，丢掉兵器，改穿便衣，各寻各的活路去了。至晚间，阳虎才知道此事。他吓坏了，忙命家人打点细软。打点得差不多了，阳虎忽然改了主意，说："不走了。"

第二天，阳虎求见姬宋，跪拜不起，姬宋扶起说："爱卿何故如此？"

阳虎说："臣该死，请求降罪。"

姬宋知道阳虎有异志，季意如死后，实权落在阳虎手里。为了不使季意如家族有再起机会，囚禁了季孙斯……见阳虎这般诚惶诚恐，问："卿何罪之有？"

阳虎说："逼走君侯的叛贼季意如已亡，叛贼入殓，其子季孙斯给他含璧，这不明明是犯上作乱？夫子见了，很生气。阳虎怕季孙斯胡为，让他离开季府，暂住郊外思过，不曾想季孙斯不思悔改，将守护军士麻倒，不知去向。这都是阳虎虑事不周，才有这后果，请君侯治罪，以儆效尤。"

姬宋扶起阳虎，说："爱卿请起，鲁无君数年，全得卿等辛苦，才有今日。"

姬宋不但没有降罪，反而抚慰他，阳虎虽没有完全解除疑虑，却也宽心得多了。

37

夫子明知三桓中最得势者季意如已亡，季意如家业继承者季孙斯不知下落，预知即将有大事到来，公山不狃见到自己的时候，却只字不提。阳虎心里有鬼，夫子越不动声色，他越是疑虑重重。季意如去世，阳虎和公山不狃很快上书姬宋，要求姬宋召集众臣议事。阳虎、公山不狃都知道，没有夫子参与，要想在鲁国做成大事不过是妄想。所以二人亲自去了一趟中都邑，务必请夫子参与。夫子预感鲁将有祸乱发生，如果经过自己的努力能加以制止，未必不是好事。夫子没有犹豫，随阳虎和公山不狃一起来了。

其实，议事参与人员由姬宋指定。阳虎二人到达之前，快马已经告知夫子。

这时，孟孙何忌、叔孙不敢、乐欣、申句须、泄声子、阳虎、公山不狃、夫子在议事厅里，姬宋说："鲁国十年来接连赢得两次胜利，民心大振，要大治国家才有大盛，何人适合当此重任，众卿不妨直言。"

没人说话，气氛颇为凝重。

虽说季意如身体大不如从前，也不至于死得这么快。孟孙何忌和叔孙不敢私下说这件事，都认为是阳虎做了手脚，只是找不到证据。不久，季孙斯、容总管和家臣被一帮军士押到废弃城堡，放了容总管和家臣，却不放季孙斯。第二天，容总管赶到孟孙何忌府邸，禀报此事。孟孙何忌立即派人请叔孙不敢至府邸说知此事。孟孙何忌、叔孙不敢、容总管都愤愤不已，却又无可奈何。

君侯召集众臣议事，自然由宫人派人相告，这是尽人皆知的事。阳虎却要表示大权在握，先派人告知孟孙何忌，孟孙何忌不知道阳虎安的是什么心，借入室换衣服的机会，告诉家人说："要是何忌有何不测，你们赶快离开鲁国，免遭祸乱。"

孟孙何忌离开府邸，绕个弯，去找叔孙不敢，叔孙不敢已经离开府邸去宫里。

阳虎认为他和公山不狃如此抬举夫子，夫子定会举荐自己。可是夫子纹丝不动，没有要说话的意思。阳虎假惺惺地开口说："阳虎不才，却是一心为鲁。连年鲁乱，已到非整治不可的地步。鲁乱连年，虽有齐胜，但鲁依然颓靡不振。侯若能委夫子以重任，阳虎甘愿牵马随镫。夫子精通六艺，满腹韬略，任中都邑宰数月，中都大有起色，足见夫子实属鲁栋梁之材，堪当重任。"

公山不狃跟着说："夫子雄才大略，当负重任。"

孟孙何忌说："何忌早有此意，只是不敢贸然奏明君侯。"

叔孙不敢也说："不敢也有此意。"

公山不狃进一步说："鲁当务之急乃重振朝纲，掌管刑狱，监察、升贬官吏，依不狃之见，这些事，不狃以为由夫子操持为宜。"

夫子名声在外，无宗室臣僚瓜葛，公山话一出口，孟孙何忌、叔孙不敢首先点头称是，尽管阳虎怕夫子一旦当此大任，于己不利，也无法提出异议，不过他说："这等安排，是否妥当，还请君王定夺。"

夫子慌忙跪拜，说："丘并无经国济世才能，君王既委以重任，不可不受。丘当不遗余力，不负重托，也望各位大人鼎力相助。如此，周公在天有灵，可得几分安慰。"

阳虎留公山不狃在府邸小酌，三钟过去，阳虎屏退左右，说："现在想起来，真不该走举荐孔丘这一步。"

公山不狃不以为然，说："正因为他能耐大，又有一帮了得的弟子，用他，才能成就大业。是你我举荐他，孔丘才能身居要职，他能与我等二心不成？"

虽然后悔，但已无法改变，不过，路子还多，阳虎想一想，说："季意如家族就算完了，除了成邑、费邑兵强马壮，其余都不在话下，不如趁此机会做出点动静来，让姬宋和孔丘都不敢小看你我，如何？"

"能做什么呢？"

"以费邑的人马，灭个小国，算不了什么。"

公山不狃听着很别扭，说："小国也是国，毫无缘由地打上门去，合适吗？"

阳虎笑出了眼泪，说："迄今为止，已经有多少小国被灭？如果我们死守这些家业，不壮大起来，灭亡是迟早的事。到那时，你我都要成刀下鬼。"

公山不狃无法反驳，想一想，说："我抽一半人马、车辆给你，打完仗归还。"

阳虎想虽然没有君侯命令，自己实权也不小，要调动各邑人马，不敢不从。这么想定，说："五天之内出发，望子泄（公山不狃字）勿误。"

公山不狃说："愿你成功。"

按说，出征之前，都要祭祀天地神灵，由君侯亲自誓师，授予主将一把剑，作为君命的凭证，敢违将令，先斩后奏。但阳虎师出无名，还怕姬宋怪罪，不但无功，反而加罪。不但没大张旗鼓，连出发也在夜间。攻哪里作为自己建功立业的第一步呢？阳虎心中无数。角滑不过是公山不狃一名贴身护卫，阳虎看他武艺高强，命他做主将，却什么主意也拿不出来，只紧紧跟着阳虎。阳虎在鲁国威风八面，却不懂领兵打仗。不但不懂谋略，连将士们吃喝拉撒、设营这样的事也全无头绪。连走几天，都没碰上大些的城池，他和军士们都只能散居乡村。不守规矩的军士夜里闯进人户家里，奸淫妇女，阳虎装作不知道。

又走两天，远远地看见一座城池，阳虎命身边军士说："打探打探，看这是什么地方。"

军士去一阵，回来禀报说："这里叫匡城。"

"匡城是哪里？"

"是郑国的地盘。"

阳虎高兴了，吩咐军士说："传令，进城！"

匡城原属卫国，后被郑国占领。郑国怕被卫国夺回去，派了驻守将士。见大队人马朝城门奔来，赶忙关上，阳虎命军士在门外叫喊："赶快开门，不开门，城门一破，斩尽杀绝！"

匡城守军一面搬大木头顶住门，一面派快马飞报郑君。

阳虎见大门紧闭，命军士众力推门，没推动。有守城军士爬上城楼，见是个圆脸胡子在指手画脚。这时，"嗖"的一箭飞来，幸而角滑眼疾手快，一把推开阳虎，他才没一命呜呼。

阳虎火冒三丈，命军士："砸门！"

军士搬来石头，一次一次地朝门上砸。砸一阵，门有破响，阳虎命找来大木头，派几个大力军士抱着，一起用力往门上撞，门很快被撞破，军士们挥舞大刀、长矛直往里冲，见人就砍、戳，死伤无数。军士们一路上饿坏了，冲进住户家里，抢吃抢喝，居民们拖儿带女，纷纷逃离。没能逃掉的妇女，被军士抢到僻静处快活。阳虎走进城，在拐角处见到一军士正按倒一女子，旁边几个在焦急地等待。阳虎看不下去，一把提起那军士，交给角滑，说："奸淫妇女，王法难容！"

这军士赤身裸体，被绑在一株树上，阳虎又传令："传令军士百姓，都来观看！"

阳虎命先割去阳具，再腰斩。眨眼间，鲜血直溅，半截身子倒在地上，老半天眼睛还睁着。百姓恨爹娘只给生两条腿，逃慢了遭殃，哪敢近前？军士怕阳虎下手狠，不得不看。见这等血淋淋的惨状，有的不停呕吐，有的蒙住眼睛。

尽管阳虎严惩了这个图一时快活的军士，还是没法杜绝军士们胡作非为。一些军士抢了百姓财物，按了人户妻女，连夜逃离。仅仅五天，匡城变成了空城。军中粮草吃尽，城里和附近零星人家早已转移粮食，无处可要吃食，又怕郑人赶来，不得不匆匆撤退。

38

忽一日，姬宋接到杵臼亲笔书简，反复看了几遍，觉着有些怪异。齐君历来倨傲，看不起鲁国，怎么忽而变得谦恭起来了？"齐鲁修好，共谋大业"，说得真诚、动人。要和鲁国联盟，打的是什么主意？

姬宋召集孟孙何忌、叔孙不敢、乐欣、申句须等商议，都认为一定是想攻打哪一国了，又没胜的把握，才把鲁拉上。姬宋听了很作难，说：“不去吧，开罪于齐，以后鲁有难处，不帮不说，说不定还会背后捅一刀。去吧，明明是被他利用，众爱卿还得想个万全之策才好。”

孟孙何忌想起孔丘不仅自己能耐不小，门徒也很厉害，和齐交手，全得孔丘和他的弟子们，他说：“可派孔丘和他的门人协助。”

姬宋说：“齐到底强盛，相国晏婴诡计多端，不可不防。”

孟孙何忌补充说：“臣以为孔丘是个不可多得的人才，收进来的门人，不少是有志后生，尔后对鲁有用，不如趁这机会察看一番。再说，只要君侯派一员强将，选百来精壮，暗藏兵器，可保君侯无忧。”

姬宋立即召见孔丘，孔丘进殿，礼毕，站在一旁，准备姬宋垂询。姬宋将杵臼约鲁君会盟于夹谷的事说了，说：“刚才寡人召见群臣商议此事，踌躇难决，先生以为如何？”

夫子长揖，说：“君侯，丘不过一书生，难有良策。”

姬宋说：“说吧，不可取，寡人不去就是。”

“晏婴此举并无诚意，不可不防。”

“为何？”

孔丘说：“晏婴雄心勃勃，辅佐齐君称霸，灭纪国是早晚的事。宋、陈、蔡不在话下，鲁是拦路虎。联合鲁，不过是晏婴攻宋的第一步。攻下商丘，陈、蔡必亡。那时，鲁国危急。”

众臣都没有想到这一层，没人说话。

孔丘说：“甚至很可能借夹谷盟会挟持君侯。”

姬宋不安地看孔丘一眼，说：“如此说来，晏婴是冲寡人来的？”

夫子说：“不可不防。”

姬宋神色一下凝重起来，说：“寡人还是不去夹谷为宜。”

孔丘胸有成竹地说：“君侯一定要去，要当场戳穿他的阴谋诡计，让杵臼、晏婴在天下人面前出丑，威信扫地。”

姬宋说：“若依先生所说，寡人该如何筹措才好？”

孔丘说：“如果君侯相信丘，丘自有安排。”

在场的乐欣、申句须、叔孙不敢心里打鼓，但孟孙何忌有话在先，不好说什么。

姬宋没有再和群臣相商，临时做了决定，说："你名义上就做礼相吧，寡人把军权暂时交给你，由你调动，务必万无一失。"

夫子跪谢，说："但有差错，唯丘是问。"

孔丘将仲由、泄声子、公山费池、冉求召集在一起，说："齐君突然约我君侯盟会，甚为蹊跷，说说你们的看法。"

当年仲由做买卖，随同商旅多次往返于临淄和曲阜之间，至临淄东面，若不是带了兵器，险些被一伙蛮人所劫。后来才知道，这伙人属未开化的莱夷，只要不是他们熟悉的人，见了不是抢，便是杀，再不奸淫以后砍成几大块，弃于山野。仲由把他了解到的情况说了，说："夫子，此次盟会，必须带上精兵强将，以防万一。"

夫子说："带人马盟会，必然授人以柄，不可。"

仲由说："可将兵器藏于礼车之中。"

夫子说："用兵之事，就交与泄声子将军和仲由了。"

仲由看一眼冉求，向夫子建言说："可由冉求带几个精壮在前面打探。但有动静，迅速禀报夫子，以便应对。"

夫子说："为师正有此意。"

夫子命仲由、泄声子挑精壮百余，姬宋和随行臣僚全都商贾打扮，兵器藏在礼物底下，朝东面进发。几天之后，走过一片延绵不断的小山，至一小城池外几里，冉求告诉仲由说："这里好像离夹谷不远了，小弟带几个人赶前去打听打听。"

仲由将这情况报与泄声子，泄声子说："末将在这里保护君侯，二位但去无妨。"

仲由即命车辆停下。不多工夫，冉求回来，说："再往前走几里就是夹谷了，没看到有什么动静。不过，齐人亡鲁之心未泯，得倍加小心。"

仲由立即将情况禀报夫子，夫子笑了，说："没动静就会有大动静，你即可派人求见齐君，且看他们如何安排。"

仲由怕不牢稳，亲自带人进入城池里的齐君杵臼驻地。这是座不大的城堡，青瓦、石墙、厚实大木门。仲由和几个精壮刚到大门前，即被手持兵器的军士拦住。仲由取出夫子亲笔书简，说："请禀报相国。"

军士说："相国没来。"

仲由说："我知道相国和犁弥大人都在，如果连这点诚意也没有，我君侯立即回曲阜。"

军士入报，晏婴脸色大变，叫军士退出，问犁弥说："他们怎么知道得这么清楚?"

犁弥也在发懵，说："相国，是不是孔丘看出我们的用意?"

晏婴的心提了起来，说："如此，得格外小心，否则。前功尽弃。"

犁弥说："齐威震四方，区区鲁国，有什么好怕，到时只看犁弥如何收拾他们就是。"

晏婴说："既要抓到姬宋，又不能授人以柄。"

犁弥很自信，说："相国放心，犁弥已安排妥当。"

晏婴说："一定要慎之又慎，只要有丝毫差错，你我难逃死罪。"

39

姬宋与臣僚住在夹谷一家民房里，几天来颇为不安。按他的想法，本来两国君主相见，无非意在修好，孔丘、仲由、泄声子闹得惊惊咋咋，难道真的会有事吗？孔丘求见，姬宋迎住说："夫子，你不来寡人也要召见你哩。"

孔丘跪拜，说："小生有事禀报。"

姬宋扶起孔丘，说："请说。"

孔丘说："此次与齐君见面，无事便好，万一有事，君侯千万不要惊慌，小生自有筹措。"

姬宋想想，说："杵臼既愿与鲁修好，难道真会起心谋害寡人?"

孔丘说："齐亡鲁之心不死，谨防为上。"

姬宋说："听从先生安排就是。"

夫子安排十辆车，每辆车上面都是礼物，下面是兵器，由精壮驾车、随从。夫子坐第一辆车，泄声子、冉求和精壮护卫；姬宋做一般臣僚打扮，坐第二辆，仲由、公山费池左右护卫。十辆车，臣僚和军壮百十来人，穿过城池小街，转过弯，城堡就在眼前。这时，有几个披兽皮的人从眼前一晃而过，公山费池悄声问仲由说："这是什么人，穿着这么古怪？"

"莱夷人，未开化的蛮夷。"仲由说，"我以前做生意的时候知道他们，这些人讲义气，却野蛮、无知。"

公山费池忽然有一种不祥的预感，问仲由说："他们都喜欢用什么兵器？"

"弓箭、石头。"仲由说。

仲由知道公山费池曾是季意如贴身护卫，射箭、防箭功夫了得，为人忠诚，齐君约鲁君盟会夹谷，孔丘特地派他做护卫，嘱咐他要特别小心防暗箭。仲由自己功夫不错，善于应变，又有精壮相帮，不会有事。

果然不出夫子所料，眨眼间蹿出几十个穿兽皮的人，见第二辆车上的人文雅秀气，直朝姬宋奔来。仲由大喊一声"杀贼"，和公山费池、精壮一起，拿出藏在礼物下的兵器，只几下，穿兽皮的人已被打翻好几个。夫子大声下令："不要杀，抓活的！"

见势头不好，跑得快的，窜进小巷里不见踪影，抢在头里的没一个跑脱。

外面出现的意外，早有人报知晏婴。晏婴还没想出应对办法，夫子已经出现在大门口，后面是被捆结实，脖颈拴了绳子的十几个穿兽皮的人。晏婴慌忙迎出，夫子笑笑，说："相国就这样迎接我鲁君？"

晏婴很吃惊的样子，说："夫子，有失远迎，有失远迎。"

夫子说："哪里哪里，那么多拿兵器的来捉拿鲁君，能说没远迎？"

晏婴说："晏婴实在不知道是怎么回事。"

夫子说："相国不知道好办，问问他们就知道了。"

晏婴命犁弥说："犁将军，带这些人下去，问清楚怎么回事！"

犁弥命军士把这些被捆了手、拴了脖颈的人带开。

晏婴显得很抱歉，迎夫子进大门。进了门，夫子见大厅里没什么异样，扫一眼仲由、泄声子、公山费池，他们飞快地回了夫子一眼，夫子才做手势，站在门两旁，恭候鲁君姬宋走在前面。晏婴输了一着，不敢怠慢，亲自请出杵臼。夫子见了杵臼，行过大礼，命左右："进献薄礼！"

行人（司礼官）命人捧出礼单竹简，晏婴忙让齐国司礼官拿出礼单，互相交换。两国互赠国礼毕，杵臼、姬宋见面施礼，谦让一阵，以会盟发起者齐国为主，分宾主就座。这时，犁弥进入，向晏婴禀报说："末将问过了，都说是想抢财货，并不知道有杀鲁君一事。"

晏婴向杵臼禀报，杵臼向姬宋致歉说："惭愧，都是杵臼思虑不周，才有这样的事，请谅解。”

姬宋想：“我嫂子还是你姜家女儿呢，为何如此无情?”但又想，既没有大损失，杵臼又道歉了，再追究不会有结果，说：“君侯多虑了，姬宋是不会放在心上的。”

杵臼说：“杵臼知道齐鲁联姻，君侯不会计较这些事。”

仲由命人卸下车里礼物，犁弥见车里还有来不及拿出来的兵器，犁弥戏谑仲由说：“将军小心如此，鲁侯百年无忧了。”

仲由回敬说：“在哪里说哪里话吧，这道理老百姓都知道。”

犁弥没有占到便宜，讪讪地离开。

第一天，杵臼备酒宴招待姬宋、臣僚、将士、孔丘和弟子；第二天，姬宋设宴答谢。第三天，先由盟主杵臼率臣僚祭拜天地，盟誓说：“今齐杵臼对天盟誓，齐鲁从此化干戈为玉帛，相帮相扶，永结盟好，若生异志，天理不容。”

礼相孔丘在姬宋耳边说了几句，姬宋率臣僚和孔丘一起祭拜，说：“鲁如违约，天人共诛。”

盟誓过，晏婴让人捧出盟约，呈与姬宋，姬宋看罢，交与孔丘，悄声说：“齐侯出游，要鲁三百辆车相随，未免于理不合，先生好好看看。”

孔丘接过，看了一遍，在冉求耳旁说了几句，冉求会意，即取竹简，加了一条，条文是：“两国既已盟好，齐国当归还占去的汶河一带土地，否则，视为毁约。”

冉求写罢，交与孔丘，孔丘再呈与姬宋，姬宋看罢，暗想：“孔丘师徒果然有办法。”点头，交于行人，行人再交与晏婴，晏婴看罢，看孔子一眼，笑笑，说：“夫子，这是从何说起?”

孔丘笑笑，回答说：“来而不往非礼也。齐君出游，鲁以三百辆车相随，以壮威风，我君侯应承了。齐占鲁汶河一带大片土地，已经有年头了，却不想归还，齐鲁还算不算盟好?”

机灵过人、以善辩著称的晏婴竟然语塞。看一眼杵臼，杵臼一时也没好主意，回了个“你做主”的眼神，晏婴只好笑笑，说：“当然要归还，只是交接需要些时日……”

孔子说：“这个无妨，只要宴相立下文书，交与孔丘，再择日交接不迟。”

晏婴无法推托，只好再写一份文书，交与孔丘，不过他说：“鲁派三百辆车随我君侯出游，切勿食言。”

孔丘说：“归还土地是了旧账，与这事无关。若鲁壮了齐君侯出游威风，鲁君出游，想来齐君也不会不闻不问。”

见孔丘应对强齐强相，应对如此复杂局面，竟然这般从容不迫，满堂文武，惊若呆鸟。晏婴感觉在他面前的不是个普通的读书人，也不是能指挥千军万马的将军，而是一堵不可逾越的墙，一座无法攀越的高峰——他还从来没遇到过这样的对手。杵臼怕晏婴下不了台，说：“此次盟会，如果没有还要办的事，就到这里为止吧。”

轮到鲁国回赠礼物，仲由早已将兵器转移。夫子一行离开城堡，立即吩咐仲由、泄声子、冉求马上装点行囊，连夜离开夹谷，而后几天晓住夜行，赶回曲阜。

姬宋还没缓过气来，即召见孔丘，说：“全得先生思虑周全，否则，姬宋没法回鲁啦。”

孔丘长揖，说：“为君侯效劳，是小生本分，君侯这样谦谨，折煞小生了。”

姬宋把孔丘请到身旁坐下，说：“要是没有夫子随机应变，汶河一带土地还不知何日才能归鲁呢。”

孔丘说：“那也是君王的德威使然。”

40

几天以后，姬宋召见孔丘。夫子意识到他被新任命为大司寇摄相事，必定是有事要垂询。他缓步进入大厅，跪拜，姬宋慌忙来扶，以门人口气称呼说：“夫子免礼。”

姬宋扶起夫子，让在身旁就座，夫子侍立一旁，说：“丘不敢越礼。”

姬宋说：“如夫子侍立，姬宋便不敢求教了。”

夫子听姬宋如此说，勉强坐下，说：“君侯有何垂询？”

姬宋说：“鲁乱多年，夫子有何治理良策？”

夫子毫不犹豫地回答说：“微臣以为乱来之于无序，无序来之于私欲。讲仁爱，修身，即可克私欲；恢复周礼，即可治无序，才是治国的根本。鲁国乃周公创下江山，世代相传，非公室不能揽大权。鲁自桓公之后，庆父、叔牙、季友分权，公室日渐衰微，以至令不行，禁不止，最终招致祸乱。”

姬宋也隐约感觉到公室衰微是鲁国的病根，听夫子也是这样看的，进一步问：“依夫子之见，当如何加强公室？”

夫子又很侃切地回答说：“只有抑三桓，方可强公室；令出君侯，不出大夫，可一国不乱；令出天子，不出诸侯，则天下太平。”

姬宋想起季意如的专权，不把君侯放在眼里，家祭竟以天子祭祀大礼进行；想起兄长被逼离鲁，饱经磨难，认定夫子说得在理。但此事重大，弄不好会弄成大乱，不能不倍加小心，说：“如何抑三桓，夫子可否细说一二？”

“季孙氏有费邑，孟孙氏有成邑，孙叔氏有郈邑，这些城池和领地本该属于公室，如诏令收回，按成例赐有功之臣以俸禄，则祸根可除。”夫子说。他知道这是伤筋动骨的大事，不是说做就能做到的。

姬宋听罢，果然神色凝重，久久不说话。夫子知道不能急，起身告退，姬宋起身说：“夫子所言甚是，只是事关重大，还须从长计议。”

夫子说：“此事不宜拖得过久，久则生变。”

姬宋正在视事，近侍惊惊慌慌地入报，说：“费邑反啦！”

姬宋沉下脸，说：“谎报军情死罪，知道吗？”

近侍说：“这是快马亲眼看见的，叛兵已经出费邑，朝都城杀来。”

阳虎私自调集邑兵攻打匡地失败，逃往他方，这消息很快传到姬宋耳朵里。

姬宋预感鲁乱还会继续，却不料来得这么快，急召夫子问计，说：“夫子看如何处置为妥？”

夫子说：“可先命一员可靠将领带两千军士在关隘处堵截，抓获叛贼头领，贼众无头，自会散去。”

“谁可当此重任？”

“泄声子、仲由均可。”

抗齐一战，仲由领中军，大获全胜，战绩比泄声子更突出，姬宋说：“还是请夫子大弟子仲由亲自出马为妥。”

“君侯所说很恰当。”夫子说，“叛贼意在夺君位，恐有内应，不能不特别防范。”

阳虎的作为，姬宋早有察觉，只因为一来没有足够证据，不好下手；二来匆忙即位，还腾不出手来对付他。事情来得太快，一切都来不及细想，命夫子说：“夫子即可调集人马相机行事。”

夫子说：“这几天，君侯不要外出，以免有闪失。”

“这个不难。”姬宋还不放心，说，“夫子可得多劳神了。”

夫子说：“生死与共，是为臣的本分，臣不会离开的。”

仲由对鲁周围，闭着眼睛也知道它们的大体情况，哪里有山，哪里有水；哪里最险要，哪里可以不管，八九不离十。离曲阜四十余里的地方有一峡谷，峡谷不算深，可只有一条能通一辆车的石头路，两旁是丛林，就变得险要了。经过察看仲由把人马带到那里，分别埋伏在路两旁丛林里。

时候是初秋，丛林里蚊虫正凶，不多工夫就叮得满脸又辣又疼，仲由事先有准备，叫把随身带的薄麻布罩住脸，不准弄出噼噼啪啪的拍打蚊虫的响声。一顿饭工夫，一匹快马飞驰而来。眨眼间出现在两边有埋伏的路上，大概快马疑虑这里有危险，勒马观望。就这时，几根长套索从两边飞出，马被拉倒，人摔下来，被军士捆了。仲由提问快马说：“老老实实做鲁国军士不好，当叛贼是要处死的，知道不知道？”

快马吓软了，只求饶命，仲由说：“死罪可免，活罪难饶。你送信给谁？快说！”

快马翻翻白眼，说：“没说给谁，只说到都城西门口有人接应。”

“怎么接应？”

“看见有人扫地，就拿给他。”

仲由在快马身上搜出一片竹简，挑一军士扮作快马，吩咐几句，望曲阜飞奔而去。仲由一面命人看守快马，一面命人往路中间搬石头，挡住叛军车辆、马匹。仲由怕埋伏被识破，军士只带水和干粮，不造饭。

不出仲由所料，至下夜，果然有马蹄声和车辆行驶在石头路上的咣当声从远处传来。月光朗照，仲由躲在靠近大路的树丛后面，路上动静，一目了然。声音越来越近，仲由看清楚了长长的一队人马和车辆。

公山不狃和阳虎谋反，早在仲由的预料之中，而且断定必在姬宋未能完全把握鲁国的时候。车辆就在眼前，仲由看清楚第二辆车坐在中间的是公山不狃，身旁一人，是其贴身护卫角滑。角滑虽然武艺高强，也无法逃脱仲由设下的圈套。离叛军车辆、人马只有几十步的时候，仲由突然跳到路中间，大声说：“来者是公山邑宰大人吧？”

公山不狃答道："敢阻拦我大军的只有你仲由一人，我说的没错吧？"

仲由说："叛逆的事是做不得的，逆天理，拂民意，遗臭万年。赶快回头，君侯宽大，会留一条活路给你的。"

公山不狃说："姬家江山气数已尽，才出姬裯这样的昏君，才内乱不止；如今，姬宋也难有作为，不推翻这样的君主，还等到什么时候？仲由，你和夫子都是极有见识的英才，为什么还要维护这样的君主？趁早醒悟吧！"

仲由哈哈大笑，说："一个国家，谁都可以为所欲为，还有什么太平日子可说？自古以来，那些祸国殃民的人都不是为了国家、为了百姓，而是为了私利。对这样的祸害，天人共诛，如果公山大人不听，可不要怪仲由无理！"

公山不狃说："自古胜者为王败者寇，仲由，我知道路两边你都有埋伏，你那几百无用的兵，不让道只有死！"

仲由大声命令："公山不狃，投降吧，饶你不死；否则，让你粉身碎骨！"

公山不狃命令角滑："把仲由绑了！"

角滑应声跳下车，仲由已经不见人影。跟着，路两旁丛林里乱箭齐发。角滑身上中箭无数，当即死亡；公山不狃中了数箭，却没毙命，被俘。跟随反叛的大小将校、军士，见角滑已死，公山不狃被抓，骑马的拨转马头逃离，乘车的弃兵器四散。

扮作公山不狃的快马，到都城西门接头的人是精灵鬼冉求。冉求先进宫求见夫子，告诉夫子说内应就是阳虎。阳虎攻匡地失败，并未逃往他方，而是潜入季府藏身，等待公山不狃发兵。夫子将此事告知泄声子，要他立即捉拿阳虎。

冉求离西门还远哩，月色下看到匆匆忙忙的人影，心下颇为疑虑。冉求怕被人察觉，绕道靠近大门。一个黑影一闪，来到他身边。月光明朗，照得地上白色一片。冉求刚从怀里摸出竹简，对方忽然"呀"地惊叫一声，转身逃走，很快消失在夜色里……

夫子、公山费池、泄声子一直没有离开姬宋，夫子算定阳虎会以为他们做的事神不知鬼不觉，只要得到消息，即指挥他的人马，闯入宫中，逼姬宋退位，然后公山不狃人马赶到，里应外合，拿下江山。不想诡计被夫子识破。只是泄声子命人四处搜捕，直到仲由领人马返回，献上公山不狃，也不知阳虎去向。

夫子见公山不狃有几处箭伤，奄奄一息，眼前迅速晃过公山不狃到学馆请他出山的情景，心下不是滋味。"公山某一邑宰，实在不该侈谈国事，鲁朝廷既然到了这步田地，再旁观即为罪人……”当时，夫子被打动了，最后定下心来要出仕。公山不狃的话，夫子还记得清清楚楚，怎么就走到了这步田地？

公山不狃面色煞白，两眼紧闭，夫子命左右：“命人疗伤，勿缺饮食。”

姬宋不解，说：“夫子对叛贼何以这般仁慈？”

夫子很坦率，说：“君侯，自古以来，臣弑君，君杀臣；臣逐君，君逐臣；子杀父，父杀子，兄弟互相残杀；国与国之间攻城略地，残杀百姓，这究竟是为何？”

姬宋听得很认真，却不说话。夫子说：“何为错，何为对？往往各执一端，其结果只有动武。小者谁打输了谁无理，大者胜为王败为寇。人难道就是这样的吗？微臣以为不应该是这样的。”

姬宋边听边思考，夫子继续说：“如果没有一套办法，就算这一次反叛平息了，还会再发生。”

姬宋急于听夫子的高见，说：“依夫子所见，如何是好？”

“齐君杵臼曾经问微臣治国之道，微臣说了八个字。”

“哪八个字？”

“君君臣臣父父子子。”

“夫子是否可为寡人细解？”

夫子说：“君是君，臣是臣，父是父，子是子，不可逾越，这是一。其二，君有君的本分，臣有臣的本分，父有父的本分，子有子的本分，须各尽各的本分，各安其位，各尽其责。如举国上下都如此，乱即可杜绝。”

姬宋细细地咀嚼这八个字，说：“有道理。”

夫子说：“微臣还以为，凡事都有个根子，为什么会出现前面说到那些恶事？都是人心在作怪。心朝坏的地方去想，必定做坏事；反之，做好事。”

夫子的这些想法是一点一点积存起来的。姬宋即位，夫子多次想直陈己见，又怕姬宋降罪。眼下已经到了关乎鲁国存亡的关口，再不把想法全部说出来，请求君侯采取断然措施，一切辛苦都将付诸东流。

夫子把憋了很久的话全部倒出，格外轻松。他暗地察言观色，见姬宋很平静，才放下心来。第二天，姬宋即命大夫申句须、乐欣、仲由率军直捣费邑。

41

郈邑宰鲂假死，继任大夫成积立足未稳，家臣侯犯一干心腹经过一番酝酿，囚禁成积，夺下大权，不但不服季意如，不服阳虎，还扬言早晚要让鲁不姓姬。费邑叛乱，实际上根子在于郈邑的不轨。

费邑叛乱平息，夫子求见姬宋，进言说："费邑既已归公室，郈邑叛乱，不能任由之。"

姬宋采纳夫子意见，由夫子下令，立即派出人马车辆，开赴郈邑平乱。侯犯知道寡不敌众，自缢身亡，郈邑重归于公室。

平息了费邑的判乱，堕了郈邑，夫子终于得空回家，夫人见夫君瘦了一圈，说："夫君日渐消瘦，长此以往，如何受得了？"

夫子见夫人脸瘦而黄，心里很难受。鲁国内乱不止，将才匮乏。自己出任鲁大司寇摄相事，不但忙于政务，很多时候，还不得不兼管军务，长年忙忙碌碌，家事全由夫人操持，如何不心力交瘁？

听见父亲回家，儿子、儿媳前来拜见，夫子一一询问，闲话过，夫子问如何不见女儿伊芊，鲤儿和媳妇互相递眼色，夫子意识到有什么事瞒着他，问夫人说："咱女儿呢，怎么不来见我？"

亓官遷本不想把女儿的事告诉夫君，让他烦恼，既然问了，不能不直说。她说："妾说了，夫君可不要烦恼，伤了身子。"

夫子笑了，很轻松地说："丘还不至于如此无用。"

亓官遷上楼，一会儿，和女儿伊芊一起下楼。女儿面容消瘦，眼睛红红的，一定是刚哭过。伊芊见了夫子，忙下跪，说："恕女儿无能，让父亲忧心了。"

夫子扶起女儿，说："都是为父不好，常年忙于事务，疏忽了女儿。有什么烦恼，只管说。"

伊芊擦干泪，说："公冶长他……他下狱了……"

公冶长年轻，投到门下来也没几年，但为人忠厚、善良、肯学，夫子很喜欢。一日，到夫子家里来求教，见伊芊正在门外那株大树旁听鸟鸣。公冶长特别喜欢鸟，喜欢鸟各种各样颜色的羽毛，喜欢看它们的眼神，听它们鸣啭。能学各种鸟鸣声，和鸟对话，甚至让鸟飞到手上来待上一阵。这一天，公冶长学了几声鸟鸣，一只毛色绿茵茵的鸟从树枝上款款飞下，转一圈，落在他的手上。

伊芊看呆了，问："你是如何把它哄到手上来的?"

公冶长说："我没有哄它，是跟它说话。"

伊芊更觉奇怪，说："你听得懂鸟说话吗?"

"听得懂啊。"

"它刚才说了什么?"

"它说，欢迎你。"

"你怎么说?"

"我说你在高枝上欢迎我吗? 于是它飞下来了。"

伊芊不笨，知道父亲这门人看上自己了。公冶长和伊芊有这么一次邂逅，来的次数多了，只要碰上伊芊，每次都或明或暗地有所表示，亓官暹看出来了，问女儿是不是看上这位门人，伊芊默认了。可是没过多久，传来了坏消息，说公冶长下狱了。亓官暹母女俩不信，鲤也不信。后来又传来消息，说公冶长是在成邑犯事被缉拿的。究竟犯什么事，却不知道。

成邑是鲁国最大的邑，离齐国最近。齐国出兵攻打鲁国，邑宰公孙朝率领人马出战，阻击齐兵，夫子十分佩服公孙朝的胆略和对鲁的忠诚。听夫人说公冶长是被成邑的人下狱，夫子沉吟一阵，告诉亓官暹说："公冶长忠厚、善良，不会胡来。成邑人也不会乱来，不会有事。"

正说话，宫里来人，传旨说，君侯召见。夫君到家没多一阵，又要离开，亓官暹不舍，说："夫君在外忙于国事，妾从不阻拦，可是刚到家，又要走……"

夫子说："臣有臣的规矩，不可怠慢。"

亓官暹见夫子气色不佳，说："这臣子就不做了吧。"

夫子很怜爱地看看妻子，说："我十五岁就有志于求知，三十岁才能独立处理事务，四十岁才能认清、把握事情。到了五十岁，才了解人生诸多方面，知道该做什么不该做什么。为夫还有许许多多不知道的事，还不能怎么想就怎么做也不会出差错。要是老待在家里，就会耳不聪眼不明，夫人能喜欢这样的丈夫吗?"

亓官暹心很痛，却也不便再说什么。

夫子匆匆赶到宫里，姬宋已经在等待他了。夫子跪拜说："微臣回家一趟，贻误君命，当罚。"

姬宋扶起夫子，命在身旁就座，说："夫子一直为国奔忙，很长时间没回家了吧？”

夫子说：“为臣当以国事为重。”

姬宋说：“寡人一直以成邑尚未纳入公室为忧，夫子有何高见？”

堕成邑，早已列入夫子思谋之中，但成邑非郈邑、费邑可比，多方思谋，都心中无数，因而不敢在姬宋跟前进言。却没想到姬宋倒挺急，主动问起来。

夫子说：“成邑离曲阜最远，离齐最近，城池大而坚固，非得思谋个万全之计不可。”

姬宋说：“费邑、郈邑已归公室，如不趁机臣服成邑，就怕久后有变。”

夫子说：“微臣尽快思谋清楚，回禀君侯。”

42

成邑宰公孙朝正在大厅里视事，忽然有人入报说：“有人求见大人。”

世道不太平，鲁国尤其乱，公孙朝不得不倍加小心，问：“是什么人？”

“只叫禀报大人，不肯说姓名。”

“绑了，带进来！”公孙朝命令。

一个绑了手，脖子被套了绳子的人被牵进来，来人挺凶，质问说：“公孙大人为何如此对待阳虎？”

公孙见是阳虎，命松绑，去下颈套，说：“阳虎，你里应外合，和公山不狃一起谋反，罪在不赦，如何敢到我成邑来？”

阳虎松松筋骨，转转脖子，说：“公孙大人难道没听说胜者为王败者寇这句话？鲁君多属无能之辈，早该让位于能者。奈何孔丘诡计多端，先我下手，未能成大业。纵然不是阳虎、公山不狃的天下，鲁国的日子也不多了。不过，阳虎还是要提醒公孙大人几句，三桓的三邑已毁掉两邑，如果连抵挡齐军的大门也毁掉，鲁将灭亡得更快。公孙大人自是忠义之士，可不能将鲁国江山拱手让给个百无一用的读书人胡闹……”

公孙朝倒认为孔丘是个很有能耐的人，如果没有他和门人一起领兵抗齐，鲁早已灭亡。但是，如果成邑也归了公室，公室无能，孟孙、叔孙、季孙三家又无权指挥，鲁国一旦有事，将无法应付。再说，孟、叔、季三家都是有功之臣，而今权利剥夺殆尽，让一个于公室毫不相干的孔丘执掌大权，于理何在？

公孙朝想了好一阵，说：“阳虎，你说的话不是没有道理，但我和你不是一条道上的人，实在不敢留你。”说着，命左右，“打发些盘缠，让他走吧。”

阳虎没想到一个边远城邑，竟然拒他于门外。窝一肚子气，一句话没说，离开公孙朝，出大门的时候，破口大骂：“小子忘恩负义，好心好意提醒你，反赶我出门，有你好看的时候！”

阳虎愤恨地想：“只要我阳虎有出头的时候，叫你比季意如还惨。”直到望不见成邑宽大的高墙和房屋了，还骂不绝口。

夫子向姬宋进言说，成邑离曲阜远，且城池大而坚固，不可硬攻，只可智取。姬宋问如何智取，夫子说：“君侯可先召见孟孙何忌，只要孟孙何忌服了，再派要员至成邑说明利害，要求公孙朝自己撤高墙，政入公室，想来不会有何障碍。”

姬宋听夫子的建言，当天下午召见孟孙何忌，姬宋说：“孟孙大人，先祖将祖业分为四份，自有先祖的道理，三桓拥有的三邑，对鲁国贡献都不小。但是，公室的确不便治理，以致内乱不停，外受欺侮，不改变这种状况已经不行了。郈邑、费邑都已归公室，你看成邑是不是……再说，周有定制，国以下家不藏甲胄，邑不过百雉，成邑已大大超过……”

孟孙何忌知道一雉是多大一面墙，一百雉能围多大个范围。如照这样算，别说成邑，即使最小的邑也远远超过。至于甲胄、人马车辆，哪个邑没有？齐人来犯，没有邑兵，鲁早已灭亡。孟孙何忌不傻，他知道这样的定制只有孔丘熟悉，堕邑的主意铁定是他出的。可是，而今哪个国家不在招兵买马，不在加高墙、固城池，而鲁自堕，不是坐以待毙？孔丘真是只知其一，不知其二。再说，堕了邑，从此两手空空，名义上是姬室后裔，实际上和普通臣僚没什么不同。孟孙何忌越想越恨，但没挂在脸上，倒神色自若地在盘算。前两邑，因为叛乱被堕，无话可说，成邑难道也非堕不可？他不好硬扛，说：“君侯，最好先找公孙朝商议商议。”

姬宋知道孟孙何忌不乐意，却不好直说。不过，他自信堕私邑是大势所趋，公孙朝不敢违抗。想定，派大夫申句须、乐欣前往成邑劝说公孙朝。

成邑在曲阜东北面，申句须远远地望见一片青瓦高墙城池的时候，告诉乐欣说："好大的城池啊！"

乐欣站着看一阵，说："好像有一条河绕城而过。"

申句须说："是有一条河，本来不大，而今变宽变深了。"

两人走近城池，见河那面高而厚的墙望不到头，没有城门，乐欣说："从哪里进城呢？"

申句须做过孟孙何忌家臣，熟悉成邑情况，说："得绕到西面，那里才有城门。"

申句须带乐欣绕到西面，一座高大厚实的城门出现在眼前，乐欣暗想："这么牢固的城池，强攻难下。"他说，"申大人，公孙朝赞成堕城还罢，要是不赞成，君侯如何下台？"

申句须说："君侯决心已下，事情很可能会变得十分棘手。"

"是啊。"乐欣也感到事情难办。

申句须提出了个新问题："我们是尽量说服公孙朝呢，还是话说到了，听不听由他？"

乐欣说："即便是小事，你我也没法强迫，何况是这样的大事？"

不用再说，申句须心里也有数了。

公孙朝是个善于谋略又有武功的人，深得孟孙何忌赏识。成邑离曲阜最远，很多邑内重要事务都由公孙朝做主。不得已时，先做了再禀报。上次抗齐，也是先出兵后禀报，即使这样，也没什么大差错。

郈邑、费邑先后反叛，公孙朝即亲自求见孟孙何忌。孟孙何忌什么话也没说，公孙朝怕他为难，没有再问。公孙朝估计，用不了多久，事情就会轮到自己头上。回到成邑第二天，立即召集家臣商议，动手加高加固城垣，制弓箭，造兵器。不叛鲁，却也不让堕城。成邑离齐近，城垣坚固，兵精粮足，鲁可无忧，难道这理由还不充分吗？所以，听护卫入报申句须、乐欣求见，公孙朝就知道是怎么回事。

申句须、乐欣入，公孙朝很客气地请二人就座，说："二位是奉命来说服公孙朝自堕成邑的吧？"

申句须点头说："不瞒公孙大人说，是这么回事。"

乐欣说："还望公孙大人以鲁国大业为重，将成邑权力归公室吧，免生事端，对公孙大人、对鲁国都好。"

公孙朝态度严肃起来，说："先祖为鲁安全大计，才建成邑。经历世代经营，总算兵强马壮，城池牢固，不惧怕任何来犯者。上次抗齐，要是没有成邑出兵，齐军不会这么快退去。这种情形，人所共知。请二位大人回禀君侯，成邑绝不背叛鲁国，不背叛祖宗留下的基业。相反，正是为了保护鲁国江山，才进言君侯，成邑不可堕。”

申句须、乐欣回到曲阜，不敢有丝毫隐瞒，一五一十地向姬宋禀报，姬宋忽然变了脸色，呼地站起来……

43

姬宋立即召见孟孙何忌，说：“堕私邑，是强鲁大计。先君建私邑分给你们三家，是对你们的奖励。事经两百余年，鲁国出现这么多事情，都与建私邑有关，这种状况，无论如何不能再继续下去了。望大人不要逆天意，拂民情，免得动起干戈来，既伤及宗室之情，又伤及无辜百姓。”

孟孙何忌说：“先祖建成邑，赐予我孟孙至今，忠于姬氏公室，忠于鲁，天人可鉴。齐兵大举南下，要是没有成邑及时出兵，齐兵不会这么快退去。成邑是鲁国东北面屏障，君侯比孟孙何忌更明白，请君侯三思。”

姬宋说：“不从君命，正是设私邑种下的祸根，如今到彻底铲除的时候了。”

孟孙何忌没再说话。姬宋没能说服孟孙何忌，立即召大司寇孔丘、大夫申句须、乐欣、大司马泄声子、尚未封爵的仲由、暂行谋士职责的冉求一起商议，决定由大司马泄声子亲自任大将军，仲由任副将，冉求做谋士，率领五千人马，三百辆车，浩浩荡荡开往成邑。成邑探马得知消息，飞报邑宰公孙朝，公孙朝命紧闭城门，不予理睬。

仲由投到孔丘门下之前，走遍鲁国各地；经过成邑，进过齐境，对成邑不算陌生；泄声子却是第一次来。两人和谋士冉求一起，骑马绕城一圈，回到驻地，泄声子紧锁双眉，问仲由、冉求怎么办，仲由说：“城墙太高，不能硬攻，硬攻必然损兵折将。”

泄声子问冉求说：“冉先生你足智多谋，说说你的看法吧。”

冉求说：“小生也以为不能强攻。”

泄声子说：“都说不能强攻，难道就这么回去？”

冉求说了自己想法，说："我这主意不能算最好，再想想。"

冉求想想，说出另一主意，仲由还是说："再想想。"

仲由也不是故意为难冉求，他和泄声子都忠勇有余，谋略不足。这一点，冉求十分清楚。冉求有三套计策破城，第一第二套不会要太多时间，但双方都会有大伤亡；第三套计策伤亡少，却要花更多时间。冉求不急不忙地说出第三套办法，泄声子、仲由都说最稳妥。

按冉求的想法，即便像成邑这样大城邑，只要切断与外面往来，必闹粮荒，不战自乱。若用这困城的日子几处挖墙，到时候举火把为号，同时破墙而入，可获成功。

听完冉求的主意，泄声子、仲由都认为可行。他俩一面调集人马、车辆防守，只许进，不许出；一面派人夜间在东西两面墙打洞。开头几天，不停地有百姓出城，和堵截的军士吵架，甚至动手。几天过去，这种情形渐渐减少。十天过去，居然没一个人出城，城里平静得让人生疑。仲由问冉求说："城里静悄悄的，完全不像是被围困的城池，怎么回事？"

冉求说："我进去看看。"

仲由不赞成，说："不行，万一你有什么意外，夫子不扒我的皮才怪。"

冉求说："公孙朝不认识我，没事。"

泄声子说："冉先生胆大心细，没事的。"

冉求扮作生意人，挑副担子，一头拴大半袋高粱米，一头拴几张鹿皮，带上破斗笠，哼着本地歌谣，慢条斯理地走近守卫森严的大门。一个大胡子守卫拦住冉求，问："干什么的？"

"卖货。"

"什么货？"

冉求指指担子一头的口袋，说："高粱米。"

另一头是几张鹿皮，一看就知道，大胡子没问，打招呼说："马上要打大仗了，不要在城里待久了，知道吗？"

冉求说："卖了就走。"

大胡子没再问，歪歪嘴，让冉求走进。城里大街小巷横七纵八，平静安详，没一点打仗的气氛。一个转弯处有一家小酒肆，有几个老丈一边喝酒一边闲聊。一个说："要打仗啦，你听说没有？"

“没有，打啥仗啊？”

“外面传另两个邑城都踏平了，这里是最后一个。”

“不信。”一个老者撕下一片鹿肉，放进嘴里，说，“没有自己人打自己人的事。公孙大人没说要打仗，就是没仗好打。”

一个老丈抿下一口酒，发出长长的一声“咝”，尽情享受过酒的美味，说：“这个邑城是不能拆的，公孙大人说不能拆就是不能拆。拆了，那些乌龟王八蛋就会打进来，这酒就喝不成了。”

为使别人不怀疑自己身份，冉求在一张空桌上坐下，要了一壶酒，一碗熟牛肉，边吃边听老丈们的闲谈。老丈们吃个尽兴，先后离开。冉求没有得到更多情况，但邑宰公孙朝在城民心里的分量这么重，他倒是没想到的。要是全城人都起来抗击，就没办法攻下来。

有个老妇人拿来一段布，换去那半袋高粱米。冉求将那段布和几张鹿皮拴在一起，用棍子翘着，挂在肩上。冉求走出街道，顺着墙走。大道不走顺墙走，容易让人看了蹊跷，他不敢走得太远。折身回来，走进小巷。快到大门前，冉求忽然有了疑问：“大街小巷都看不见一个军士，成邑的人马、车辆在哪呢？”冉求想不明白。

冉求本来是要进城打探情况的，要看清楚在什么地方打墙洞最好，结果什么也没弄明白。快到大门前，心想在大门外把守的是泄声子、仲由带来的军士，只要能进来，就一定出得去。这么想着，大摇大摆地往外走，不料被大胡子叫住，说：“哎，别走，我们大人要见你。”

冉求不理睬，几个军士像从地里冒出来一样，突然出现在他面前，大胡子说：“小将军，我是越石父，不认识啦？”

冉求仔细看看，认出来了。只是那时候越石父没有胡子，留了大胡子，模样有些变了。冉求万万没想到在这样的场合里被人认出来，危险在等着他了。越石父却不管这些，说：“小将军没杀末将，末将才有机会见到你。”

冉求装成莫名其妙的样子，说：“小的就是个做生意的，不晓得官爷在说啥。”

大胡子笑了，说：“小将军你不认末将没事，有一个人你总不能不认吧？”

话还没落音，旁边又冒出个人来，笑呵呵地对冉求说：“小将军不认识公孙朝，公孙朝可认识小将军，小将军是夫子大名鼎鼎的徒弟冉求，没错吧？”

冉求说：“官爷讲什么小人不懂。”

公孙朝又笑了，说："抗齐胜利归来，我们在宫里就见过两次，小将军都记不得了。也是，公孙朝不过是个小小邑宰嘛，怎么说也不会注意到我，是不是?"说到这里，转了话头，"做探子小将军可不在行，你一进来就被盯上了。"

冉求知道，再分辩已经没用。既然被认出来，是死是活，只能听天由命。冉求索性说："官爷既然不信小人说的话，要杀要剐，悉听尊便!"

公孙朝说："仲由、冉求、颜回、曾参、公西赤……都是夫子高徒，国家栋梁，别说公孙朝，就是别人要动他们一根毫毛，小官也不依。"

冉求干脆不说话，公孙朝说："成邑粮食富足，要断我们的粮，得先备足你们五千人马的粮草；想挖墙洞？有厚厚的石头墙基，挖得动吗？请回去告诉泄声子、仲由二将军，转告夫子，我公孙朝永远不会叛鲁，不会背叛祖宗，放心好了。"

说罢，放冉求出大门。

44

冉求回到驻地，把见到的和公孙朝说的话原原本本地告诉泄声子和仲由，泄声子不信，问："城里真的像没事一样吗?"

冉求重说了一遍，泄声子沉默了，说："这样说，公孙朝有足够准备了。"

仲由问："墙呢?"

冉求说："我看了几处，墙基真的很厚，是石头砌的。"

仲由看一眼泄声子，说："我们碰上硬骨头了。"

冉求补充说："公孙朝说，成邑永远不会反叛鲁国，不会反叛祖宗，请你二位和夫子放心。"

泄声子说："公孙朝这话虽然不能全信，但是，要想短时间攻下成邑，看来不可能了。"

仲由说："还没攻呢，就向君侯禀报，只会挨训斥。"

商量半天没个结果，仲由问冉求说："你是谋士，你看怎么办吧。"

冉求说："君命如山，不能改变。"

泄声子说："还是先打墙，实在打不通，再想办法。"

仲由补充说："照样断他们运粮通路，两下夹攻，必能奏效。"

冉求说："可使人多处骂阵，只要他们出战，事情就好办得多了。"

泄声子、仲由都觉得这办法可行。围墙高，城里守军不易听到，或者听到了，激不起愤怒。第二天，仲由命人四处搭高台，轮番辱骂。什么难听的话都骂了，可就没一点动静。第一天如此，第二天还如此，一连三天，城里毫无动静。仲由急了，写了几块竹简，绑在箭上，射进城里。

成邑西面是一片茂密的林子，一条通道穿过林子，绕城而过。进入齐境，这里是要道，泄声子命重点把守。三天骂阵，城里全如聋子听炸雷，没任何反应，泄声子心里烦闷，来查看情况。快到军士把守处，见密林里一个身影一闪，泄声子大吼一声："站住！"

泄声子快步进林子寻找，也不见踪影。这一突然发现，引起泄声子疑虑，提醒把守军士说："有暗探，疏忽大意，定斩不赦！"

其实，泄声子给把守军士交代的时候，这个一闪即逝的影子已经过暗道，到达邑宰府邸议事大厅。这影子不是别人，正是公孙朝家臣亦嵩。亦嵩忠诚而机灵，是公孙朝得力助手。派亦嵩走暗道出城，是要火速向孟孙何忌禀报成邑被围十多天来的情况。亦嵩说："孟孙大人说，不能反叛，不能投降，死守三个月，会不战自退的。"

公孙朝想："只要朝廷不加调人马，成邑就一定守得住。"想到这里，问，"你有没有问如果朝廷加调人马的事？"

"问了，孟孙大人只说他会处理，没多说。"亦嵩说。

话到这里，近侍送进来一支绑着块竹简的箭，竹简上写着一行字："有种就不要做缩头乌龟"。公孙朝拿给亦嵩看，亦嵩很生气，说："这样羞辱成邑，如何忍受得了！"

公孙朝笑了，笑得很有意思，说："就算做一回乌龟，有何要紧？"

一会儿，又有近侍送来箭和竹简，上书"敢出来决一雌雄否"？

公孙朝叫亦嵩传令："不管外面如何挑逗、辱骂，只当没听见，违者斩！"

传罢公孙朝命令，有巡查军士急匆匆地向他禀报说："东面墙那里有响声。"

公孙朝说："告诉守军，按我的办法办。"

巡查军士离开，公孙朝随后赶到。这时还是上半夜，月色朦胧。东边墙搭起的木架上已经站了几个提桶的军士，下面也有几个军士，手里拿着套索。公孙朝爬上木架，见确实有人在挖墙，发出"笃笃笃"的闷响，声声都让他难受。如果不是鲁国自己的人马，公孙朝会用石头、弓箭对付。如果是那样，即使不反叛，也会被当叛军诛杀。自己命运如何倒不要紧，跟了他许多年的臣僚、大小将士都成了叛贼——他不能害了他们。再说，成邑被摧毁，只有早已觊觎鲁这块肥肉的齐人、楚人高兴，鲁亡的时日也就屈指可数了。眼下却也不能不教训一下，让这些人知道成邑不好对付。

公孙朝正这么想，一军士已经对着挖墙的人倒下去一桶。公孙朝只听挖墙的人“呸呸”地吐个不停，随即恶臭传来。公孙朝见换了挖墙的人，军士立即对准新换上的人又浇了一桶……没再换挖墙的人，东面墙这里暂时平静。

公孙朝转到西面，那里的一幕让公孙朝有些吃惊。西墙的一处已被打穿，军士往里伸的长枪被拴住，颈子也被套住了。可是，肩膀被卡住了。公孙朝吩咐拽绳子的军士说：“放了。”

两军士不乐意，一个说：“他是贼！”

另一个说：“勒死他！”

公孙朝大声说：“他们是君侯派来的人马，不是贼，放了！”

平静了三天，第四天下夜，东面忽然乱起来，火把乱晃，喊声、惨叫声混杂。公孙朝赶到，才知道外面不停地有火把扔进来，这里那里，连成一片。有的烧着低矮的木房，有的烧着堆放在地上的杂物。利用火势，攻城军士靠长竹梯爬上高墙，他们拽住粗绳往下跳，见人便砍，守城军士倒下不少。公孙朝被激怒，一面命令浇水灭火，一面命扔下早已堆放在楼道上的石头。攻城军士来不及躲避，砸破头、砸断胳膊腿的无数，才纷纷退去。

泄声子、仲由人马损失惨重，冉求说：“赶紧派人禀报君侯，要么增派人马，加运粮草过来，要么撤兵。如果就这样待下去，公孙朝带领人马杀出来，难逃厄运。”

45

姬宋接到快马送来的急件，立即召集孔丘、申句须、乐欣、孟孙何忌、叔孙不敢、季孙斯等重臣商议。成邑虽属孟孙何忌私邑，但如避开他，叔孙不敢、季孙斯都会心怀不满，导致隳私邑半途而废。不得已，只好都请到。姬宋见这些人到达大厅，全都心事重重，姬宋说：“事情紧急，就不讲那么多规矩了，商议大事要紧。”姬宋说完，扼要地说了说堕成邑遇到的麻烦，接着说，“成邑久攻不下，大家有何良策?”

孔丘重申他的看法，说：“按古制，君侯属下，家不藏甲，邑不过百雉之城，郈、费邑已堕，权归公室，唯成邑久攻不下，绝不可半途而废。”

申句须说：“郈邑、费邑叛乱，危及社稷，设私邑祸乱如此，已经清楚明白。成邑不但不从君命自己堕城，还顽固抵抗，君侯宜加派人马车辆，多运粮草，从速攻下城池，以显君威。如果还像以前那样，令不行、禁不止，鲁国前景堪忧。”

乐欣赞同申句须看法，说：“句须大人说得很对，望君侯从速决断。”

所属郈邑叛乱，叔孙不敢说话底气不足；乱臣阳虎是季氏家臣，属于管教不严，再说，季孙斯年轻，轮不到他说。郈邑、费邑先后反叛被夫子指挥兵马平息，两邑收归公室所有。臧邑宰孙赐也赞同尽快堕掉成邑。臧孙赐也知道话说出口，很可能招致孟孙何忌等人的反对，但如果这时候不彻底摧毁三桓势力，日后必酿成大祸。他说：“臧孙赐完全赞成句须大人、乐欣大人和夫子的主张。战事紧急，望君侯速作决断。”

眼前这种情势，哪怕只有一个人反对，事情都可能归于失败。姬宋看一眼夫子，夫子神色凝重，没任何表示；看一眼孟孙何忌，等待他说话。孟孙何忌只希望久攻不下，姬宋自动鸣锣收兵，看来他想错了。但在这种情况下，能说服姬宋放弃吗?“事情到了这步田地，只能豁出去了”，孟孙何忌这么想着，慢条斯理地说：“照微臣看，成邑离齐最近，城池牢固，鲁可平安，上次抗齐，成邑是有功的。再说，成邑宰公孙朝是鲁的忠臣。此次俘获暗探和攻城军士无数，无一杀害，表示了成邑对鲁的忠诚。只是后来攻城军士四处投入火把烧城，军士登梯翻墙，不得已才动手。对这样的忠臣，如果开去大军，肆意屠戮，必将为天下人唾骂，请君侯三思。”

孔丘大义凛然，说：“溥天之下，莫非王土；率土之滨，莫非王臣，不能再容许有例外。”

“有例外造成的后果，大家都看到了”，孔丘没说出后半截话，但大家都听出来了，孟孙何忌想：“你孔丘虽然也是名门后裔，但已经沦落到什么也不是的地步。你花言巧语，靠整治三桓走到这一步，当然想走到底，可你算盘打错了。”他依然很坦荡地说：“君侯知道，有鲁才有孟孙氏，鲁强，孟孙氏才强；鲁弱，孟孙氏也就抬不起头来，孟孙氏从来没有要经营自己势力的想法。要堕成邑，堕就是了。不过，眼下再也不是以前的状况了。谁都在磨刀霍霍，都想称王称霸，东齐、北晋、南楚，早已觊觎鲁国，连宋这样的小国，也要来下嘴，而鲁在堕成邑，毁甲兵，微臣以为鲁离大祸不远了。”

孟孙何忌资格老，当下于鲁于孟孙氏家族，都到非说不可的地步。话说出来，要剐要杀，都无所谓了。

孟孙何忌的话，果然“一石激起千层浪”，只是这浪被千钧重压压住。大家一齐将目光投向姬宋，姬宋目光呆滞，一动不动，像一段木头。

夫子提出堕私邑，姬宋虽然觉得应当如此，却毫无把握。郈邑、费邑反叛，堕这两邑便顺理成章，他怎么也没想到堕最后一个成邑遭遇这么大麻烦。如果硬要大量调人马、车辆、粮草，能调动还罢，万一调不动，如何收场？弄不好，他要像哥哥那样成为流亡君侯。想到这里，姬宋冒了一身冷汗，犹豫一阵，说：“众位爱卿，事关重大，也不急于定夺，稍后再议也不迟。”

泄声子、仲由命令围城将士只围不攻，一面埋葬阵亡将士，一面寻药治疗伤者，等待增援人马、车辆和粮食。

日子在焦急中又过了十多天，仲由掐指一算，即使再不顺利，增援人马、车辆、粮草也该到达了。至少也应该派快马将消息送到。可是，又等了五天，才等到飞驰而来的快马。快马递给泄声子一片竹简，竹简上书：“带领将士速归”，是摄鲁相事大司寇孔丘亲笔。

泄声子立即请仲由、冉求商议，见了这样的竹简，大家都很愤怒又啼笑皆非。冉求说：“不用说，定是孟孙何忌反对，君侯不敢决断，才出现这样的结果。罢罢罢。”

仲由讨厌冉求常常说让他费解的话，说：“你小子就别绕啦，到底是什么事，你就讲明白了吧。”

冉求不敢说穿，只说：“有命令在此，照办就是了，有什么好说的？”

仲由知道这不是夫子的本意，劝泄声子说：“肯定是君侯改变主意了，生气没用。”

泄声子说：“我知道没用，没用就不能发泄一下！”

将士们听说要撤退，说什么话的都有。泄声子不停地吼叫：“闭嘴，别给老子惹事！”

仲由说：“你就让他们发几句牢骚吧，憋着难受。”

人马、战车在一条高低不平的路上缓缓南行。这支队伍，经历近一个月进不能进退不能退的煎熬，加上粮草不足，饥饿、极度困乏和伤病，已经被折磨得不成样子。离开的时候，到处是被大石头砸坏的战车，死去的马，泄声子看看火气又冒上来："打这样的仗，真他妈窝囊！"

没有粮食接济，只能干一餐稀一顿地吃，快到曲阜的时候，连稀的也没粮食下锅，只好饿着肚子，走走停停，饥饿加上病痛，倒在路边的将士不计其数。仲由泪流满面，仰天长叹："鲁国，怎么就走到这一步啦……"

夫子一人到郊外迎接泄声子、仲由、冉求和归来的残兵败将，见到泄声子瘦了一圈，夫子长揖说："孔丘无能，愧对将军了。"

泄声子还礼说："夫子什么也不要说了，你我个人算得了什么，值得忧虑的是鲁国。"

夫子说："天命不可违。"

泄声子没做过夫子的门人，不懂他说这话的意思，却也不好细问。夫子见仲由两眼深陷下去，抱住他肩头，泪流不止，说："为师对不起你和冉求啊！"

仲由太了解夫子了，如果真的如他所猜测的那样，他真怕夫子扛不起，说："总有一条路可走的，夫子你可要扛住啊……"

46

晚上，叔孙不敢、季孙斯先后进孟孙何忌府邸。他们在议事厅里坐了很久，没人打破这种让人窒息的沉默。本来，叔孙不敢、季孙斯都是怀着满腹狐疑来的，有说不完的忧虑，见到孟孙何忌，全乱了，不知道从哪里说起。

孟孙何忌脸色十分难看，黑中带灰。又过一阵，才开口说："何忌知道你们来有什么事，不要问我，我什么都不知道……"

叔孙不敢说："我们都得罪了姬宋，得罪了夫子，不知道他们会怎么对付我们。臧孙赐、申句须、乐欣他们什么也不会给我们透露，我和季斯来，也只是想听听你的想法。"

季孙斯说："季斯年轻，更需要前辈指点。"

孟孙何忌本来不想袒露自己的想法，但话说到这一步，不能不说。他说：

"如果姬宋就此收手，我们就什么事也不会有，郈邑、费邑还回到你们手里，鲁国虽然元气大伤，还会按老样子走下去；如果姬宋不肯罢休，我们三家随时可能面临劫难……"

听孟孙何忌这番话，都觉得说到点子上了，但叔孙不敢和季孙斯两人越意识到这一点，越感到事情难办。谁知道姬宋打什么主意呢？夫子是个不达目的不罢休的人，姬宋万一被夫子说动了，像当年姬裯对付季氏那样，突然调动军队攻城；或者借召见突然出手，脑袋掉了还不知道是怎么回事呢。

叔孙不敢所属郈邑，鲂假死后家臣叛乱；季意如被阳虎气死，季孙斯被阳虎囚禁，险些被杀，两人都心有余悸。季孙斯已经厌倦这样的日子，说："鲁国已经四分五裂，迟早会被强国并吞，与其做亡国奴，不如趁早离开。"

叔孙不敢脸色陡变，站起来，说："鲁是先祖留下的基业，曲阜是我的家乡，哪儿也不去，谁来霸占也不行！"

季孙斯说："难道就这样等死吗？"

叔孙不敢说："你怎么就知道姬宋要朝我们下手了？"

"你又怎么知他不朝我们下手？"季孙斯反问。

孟孙何忌忽然想到一个人，说："我想到一个最当紧的人，如果能把他弄走，鲁国就太平无事了。"

不用明说，也知道孟孙何忌说的是谁。

叔孙不敢眼前一亮，说："我怎么就没想到？"

季孙斯也觉得这是个好办法，但接着难处来了，说："君侯对他言听计从，他都快成相国了，怎么才弄得走啊？"

孟孙何忌说："就算弄不走，也要试试。"

仲由窝着一肚子火，回到曲阜第二天就去找夫子。师娘亓官�说，夫子还在宫里。连去三次，都没见着，至第四次，见着了。仲由本来憋了一肚子气，见夫子神态自若的样子，反倒发不出来了，只说："派泄声子、弟子和冉求带五千人马、三百辆战车前去堕成邑，为何中途撤兵？"

夫子笑而不答。仲由说："弟子知道夫子不能做主，得服从君侯旨意。"

夫子还是笑而不答，仲由说："这样说，君侯也做不得主了？"

夫子说："为何一定要说穿呢？"

仲由说："弟子们对这件事颇有微词。"

夫子接着说："弟子们会说，夫子老糊涂啦，是吗？"

"没人这样说。"仲由分辩说。

"为师并不在意功名利禄。"夫子说，"而在于道行与不行。"

仲由说："夫子看到天下乱，倡导去私欲，修身；反对鲸吞、掠夺，提倡中庸；反对为所欲为，提倡恢复周礼……夫子想法虽好，可是，大家都野心勃勃，巴不得把别的国家一口吞掉，谁愿意听夫子这一套呢？定会有人说，别人都打上门来了，不给来犯者以痛击，还要讲克己复礼，不是等死吗？"

夫子望着远处，像在自言自语："这世界就没有治的时候吗？是根本不能治，还是不想治，抑或不知道如何治？为师从来不相信世界上有办不了的事，而是没有人始终如一地坚持。"

实际上，姬宋出兵堕成邑，中途退兵，弟子们就不停地有人来打听是怎么回事。仲由回来的第二天，曾点、子夏、子贡、颜回、公冶长、冉有等人都来了，他们有的在鲁国朝廷里做事，有的在家研习学问，有的出游。这天，就像约好似的，把夫子的家挤满了。见了夫子，又谁都不说话，好像怎么说都不妥当一样。冉求没法忍受这种沉闷，说："小徒以为，中途退兵，绝不是夫子的本意，也不是君侯的本意……"

子贡勤学善思，聪颖不亚于冉求，说："既不是夫子本意，也不是君侯的本意，谁有这么大权力？"

冉求说："想想这几年鲁国内乱根子在哪里，就明白是怎么回事了。"

下面一阵嘤嘤嗡嗡的议论，待大家慢慢弄明白冉求意思的时候，气氛就特别凝重起来。冉求说："夫子，小徒最想知道的是下一步该怎么办。"

夫子悠悠地说："道不行，高官厚禄，对于为师来说，已经没有任何意义。至于下一步怎么办，看看再说吧。为师自以为年五十有二，经历的事够多了，世事已经看穿看透，哪知道差得很远……"

弟子们见夫子形容憔悴，不忍心再打扰夫子，颜回最先站起身，向夫子告辞说："望夫子宽心，保重。"

弟子们先后站起身，仲由说："夫子去哪里，弟子跟夫子去哪里，决无二话。"

冉求说："夫子，还有我。"

"还有我。"

"还有我！"

“……”

弟子们年纪有大有小，曾点只比自己小几岁，对自己都这样体贴，夫子有说不出的感动。

47

夫子摄相事时日虽然不长，已足够领略事务的繁忙，即便不吃不睡，也有做不完的事。按理，姬宋早该召见了，却一直这么拖着。拖得越久，夫子越有事情即将临头的感觉。这天，近侍去家里传唤夫子，夫子连忙进见。夫子刚要跪拜，姬宋已来到跟前，搀住夫子胳膊，说：“今天就寡人和夫子，不必多礼。”

姬宋让夫子在身旁就座，说：“寡人今天请夫子来，也就是随便聊聊。”这么开始以后，姬宋看看夫子，夫子神色静若止水，姬宋才继续说，“夫子德高，才华出众，是国家栋梁。治中都，政通人和，众城仿效；执掌刑狱、纠察，无人敢徇私枉法；摄相事，已见成效。便是寡人，没有夫子支持，也难以维继，寡人该好好谢夫子才是……”

夫子听到这一番抚慰的话，知道事情已经来临，但他不急于知道即将到来的究竟是什么事，只静静地听着。姬宋接着说：“很多事很难从人愿，这一点，夫子比寡人更明白。就这一次堕私邑来说吧，这本来是国之大计，郈邑、费邑反叛，堕邑很顺利。至成邑，就是另一回事了……夫子说的修身、中庸、克己复礼，寡人都赞成。可是，私欲根深蒂固，克起来就难了……”

夫子表面平静，内心却撕心裂肺地疼痛。就是说，鲁国还将沿着老路走下去，克服私欲，恢复文明，都将成为泡影。但是，如果他不借助权力，便只剩一肚子想法和一张嘴了。姬宋继续说，“如果夫子愿意继续留下，就不能不放弃原来的一些想法和打算了。”

姬宋说完，等待夫子回答。夫子说：“丘不在意高官厚禄，只在于了夙愿。道既不行，丘就没什么话可说了。”

姬宋见夫子无意再仕鲁，只好说：“还有一件事，郈邑侯犯、费邑公山不狃，二人皆属叛逆，还劳烦夫子处置了再离开。”

这是夫子分内的事，无话可说。

姬宋说："罪臣阳虎已逃离鲁国，以后再说吧。"

夫子说："是。"

夫子怨公山不狃谋反，以至犯下死罪。这样的死罪，无论在哪个国家也无从赦免。却也没法忘记公山不狃多次请他出仕这点好处。没有公山不狃的举荐，夫子只能停在中都邑这个小圈子里，无论如何不愿意为晋升职位自己送上门去，自己推荐自己。这样，他便失去这几年来处理政务、纠察百官、指挥打仗、思谋国家大事的机会。有这些经历和没有这些经历，是大不相同的。

夫子决定冒一次天下之大不韪，去死牢里见见公山不狃。

一般犯人的处置，夫子只看上报文书，该怎么处置就怎么处置，本人不服才提审，亲自看望死囚是第一次。

曲阜都城西郊有一片低矮的石头房子，墙高过房子一倍。远处看，只见墙不见房。进入高墙，有一排房子，略高，是监狱官和狱卒住地。往里走一段，再过一道墙门，才是牢房。轻刑犯住的是大间，四周是厚石墙，中间用大腿粗的原木隔开，用粗黑绳子拴住脚，只能小步移动。夫子走过一排牢房，时不时看见乱蓬蓬的头发、黑乎乎的脸和萤火虫亮光般的两眼。恶臭难忍，夫子在狱吏的带领下，屏住气，直往死刑犯牢房走。

公山不狃关在一间单独牢房里，手脚被粗黑绳子拴了，系在同样粗黑的木头上。夫子去的时候，公山不狃正在吃饭。饭钵放在地上，只能用嘴够着吃。饭是黑的，吃得满脸是饭食。看见夫子，公山不狃忽然大笑，吓了夫子一跳。

夫子定下神来，公山不狃说："知道夫子会来看我，到底等来啦，哈哈哈！"

夫子只觉浑身发冷，说："想不到，我们会在这里见面。"

公山不狃平静下来，说："有成功就有失败，成者为王败者寇，古来如此，不奇怪。想不到的是竟然落在夫子你手里，失败得这么快，这么惨。"

夫子说："成败自有天定，不可强求。你举荐丘大司寇，君侯又命丘摄相事，你再反叛，就注定要失败。"

公山不狃叹口气，说："败在能人手里，总比败在蠢货手里强，而且是公山敬仰的人亲手下令处置，我满足了。"公山不狃生命快要耗尽了，声音低沉，像是从地洞里传出来，"夫子，请你出仕，公山没有后悔。夫子的德才，世间少有。鲁地不错，如果不是这昏君，东可以吃掉齐，南可以吃掉宋、楚，北可以吃掉晋……正是为了这，公山才反。而今，鲁国被人吃掉，只是早晚的事……"

夫子说："丘也没有成功。"

"这话怎么说？"

"三邑堕了两邑，还是因为反叛，才堕得这么顺利。"夫子说，"最后一个邑，半途而废了……"

"为什么？"

"不说你也想得到。"

公山不狃脸上掠过一丝不易察觉的笑，说："你还可以照当相爷，坐这把交椅，非你莫属。"

夫子很平静，说："道不行，要高官厚禄何用！"

公山不狃听罢，摇摇头，说："夫子与一般人的想法不一样。"

夫子告辞，公山不狃看着夫子说："我是死刑犯，我要你亲自下令，要剐要炮烙要醢都值……那些蠢货，没资格下令杀我！"

48

夫子径直朝宫中走，请求进见君侯。孟孙何忌、叔孙不敢、季孙斯、申句须、乐欣都在议事厅里。夫子不知道是不是议事完结，不约而同地站起来向姬宋告退。召见重臣议事不召夫子，却是事实。见夫子入，姬宋神色不大自然，说："刚才召见大臣议事，传旨的人没找到夫子。"

夫子以为没有解释的必要，参拜过，起身，说："臣只问君侯一件事。"

姬宋说："请讲。"

夫子说："叛贼处死无疑，不知是否有定制？"

姬宋想了想，说："无定制，寡人却以为非施以严刑不可，以儆效尤。"

"什么刑？"

"醢刑。"

夫子说："丘斗胆向君侯进一言。"

"夫子请说。"

"对于死者而言，怎么死都是死，但对生者就大不同了。"夫子说，"把人剁成酱，君侯不觉得那样做太野蛮吗？"

姬宋脸色变得难看了，说："那夫子说该如何处置？"

"赐予利刃、绳索、鸩酒，让其自决，也算最后给死者一点自由。"夫子说。

姬宋不松口，说："夫子，恕寡人不能赞同你的意见。"

西郊一片空地，有一片无一片的矮草，矮草长得极不均匀，有的地方很茂密，有的地方光秃秃，寸草不生。像癞头。人说，很多死刑犯在那地方处死，草才茂盛；光秃秃的地方，是看热闹的人把土踩得太实，没法长草。夫子怕看杀人，从不到这种地方来。这一次，他实在避不开了——谁叫他是大司寇，执掌刑狱、纠察，摄相事，大小国事都得管呢？这是夫子在鲁国任大司寇、摄相事的最后一件事了，做完这件事，他将不再与鲁政事相关联。

草地的一角放了一张矮桌，正中放两只大木盆。喜欢看热闹的男男女女，挤满了草坪，军士们好不容易用兵器把人们往四周赶，腾出一块空地来。

天阴沉沉的像要下雨，闷闷的让人难受。几个手持大砍刀的人恶神一般，在大木盆旁边站成一排。乱哄哄的一阵，拴住脖颈的两个死刑犯被牵出来。尽管离夫子百来步，还是一眼就能看出走在前面的是公山不狃，后面的是侯犯。高大威武的公山不狃，眼下瘦成一根藤，颧骨、眼睛突出，脸黑得只能看到灯笼似的眼睛。

公山不狃拼命扭过头，看夫子一眼，张开黑乎乎的嘴，像要说什么，却没能说出来。侯犯站不住，软在盆子里。

对叛贼的处置，得由君侯点头，只不过经过夫子的手处置就是了。但在刑场上只有夫子出头露面，根据是什么，谁点的头，都不重要了，重要的是谁下令剥夺这两个人的生命。

行刑官向夫子禀报说："大人，时候已到。"

夫子用全身力气，说："斩！"

行刑官大喊一声："斩！"

夫子没勇气看，只死死地盯住面前一小片草地。耳朵里嗡嗡地响了好一阵，好像是看热闹的人一齐惊叫着向后退。嗡嗡声停止，夫子从惊悸中抬起头来，两只溅满血的大木盆已经被拖了出去，只剩地上一摊一摊殷红的血……

第二天，姬宋召见大小臣僚，大厅里气氛颇为异样。叛贼被处死，剁成肉酱，煮熟，分给大小臣僚，当场吃下，让大家永远牢记反叛的下场。这是对叛贼的最后惩罚。尽管夫子一百个不愿意，话还得由他说。夫子想，即便下地狱，也是最后一次，他说："叛逆国家，天地不容，神人共诛。叛贼公山不狃、侯犯昨已伏法，为使众臣铭记教训，人人都要吃其肉，不得违命！"

随即，左右抬出一大瓦缸，一大竹筐土碗。由几个军士掌勺，从姬宋起，大小臣僚一人舀一碗，递到手里。众臣僚硬着头皮吃下。渐渐地，大厅里弥漫着一种怪怪的味道。

夫子一出宫门，肚子便翻江倒海起来。快走几十步，转到背静处，翻肠倒肚地呕了出来。肚子不难受了，却天旋地转起来，腿软得提不起，只好靠墙坐下……

49

夫子醒来，见自己睡在床上，周围围满了弟子。他还没完全清醒，却认得离他最近的是夫人亓官暹，跟着是女儿伊芊、儿子鲤，跟着是仲由、颜回、冉求、漆雕开……他问夫人说："我这是在哪里啊？"

妻子说："在学馆啊，怎么连学馆都不认识啦？"

"我怎么会在这里？"

仲由说："您倒在墙角那里，是小徒背夫子回来的。"

"啊……"夫子渐渐想起来了。想起了自己为什么会倒在墙角那里，眼前跟着出现那片癞子头似的草地，乱哄哄的人群，两只大木盆，那散发着怪味的一碗，忍不住要吐，赶忙挣扎着坐起来，却只恶心，吐不出来。夫子看看仲由、冉求，问，"刚才怎么没见到你们俩？"

仲由很庆幸自己不是正式的鲁臣，才没摊着那可怕的一碗，说："夫子，那一碗不是什么人都能吃到的。"

冉求说："你这家伙，夫子都成这样了，还说风凉话。"

仲由说："你不是也没这资格吃吗？"

冉求说："夫子，我和仲由都还不是鲁国臣子，是临时帮夫子的。"

夫子说："对这样一些人，无非是不让他们活了就是，却要用这样的酷刑……野蛮，和禽兽没有两样。"

不少远处来的弟子还住在学馆里，他们弄来粥，夫子吃下半碗，感觉好一些了，告诉妻子说："我还是回家吧。"

弟子们也觉得夫子回家方便一些，见夫子好一些了，由仲由搀着，走出学馆。夫子在家将养些时候，到身体好转，他让儿子鲤拿来竹简，写了长长的一份告老还乡的奏请，求见姬宋。

接见的地方、摆设、夫子和姬宋坐的位置都和几年前一模一样，甚至坐的姿势都和第一次见面没什么不同，只是姬宋那时候年轻，脸色苍白，还透着朝气，和自己年轻时候一样。眼前的姬宋鬓角添了白发，额头出现深深的皱纹，神色非常疲惫。夫子要离开，姬宋多少有些难舍，说："夫子一离开，有弟子愿意留下来的吗？"

夫子说："丘许多弟子是鲁国人，这里是他们的家乡，谁不希望自己家乡好，只要有出力的机会，会有人留下来的。"

沉默好一阵，姬宋说："夫子一走，鲁国就只能按老路子走下去了，前途未卜。"

夫子心动了一下，说："丘不过一书生，何德何能？世事难测，如鲁时来运转，自有能人相助，君侯勿虑。"

姬宋说："寡人但有难处，还要求教夫子，望勿推辞。"

夫子眼圈发潮，说："丘随召随到。"

夫子离开的时候，姬宋起身，送出数十步才停住。

夫子心里不快，很少在家人跟前透露，但家人还是感觉到了。亓官遈更灵敏一些，问夫子有什么心事，夫子都说："没事，丘能有什么事呢？"眼下已经辞去朝廷职务，不再像以前那样早出晚归、忙忙碌碌，而是赋闲在家，不能不说了。这天，一家人坐在桌前进晚餐，夫子说："我已经辞去朝廷职务。"

亓官遈意识到丈夫一旦辞职，许多事情将接连出现。鲤儿整天在家读书，既不事耕耘，也不出仕，没有收入；女儿伊芊专做女活，更不懂生计。这些年，靠门人送来的束脩和从政得到的俸禄，过得还不错。而今丈夫没有了俸禄，将后日子怎么过，她实在不敢想。她试探着说："为妻知道夫君闲不住，你打算怎么办呢？"

夫子抬眼望天，好一阵才说："为夫也不知道怎么办。"

儿子鲤说："鲁不留人，何不投齐呢？"

夫子想起杵臼倨傲的样子，又做了多次敌对的事，再去投他，显得卑微，杵臼也不一定收留他，他说：“与齐有宿怨，未必愿意接纳；就算愿意接纳，投奔鲁国敌手，也不是为父所愿。”

鲤说：“去楚国也行。”

夫子不说话。楚国太远，是其一；其二，那是个蛮夷之地，根本无法行自己已悟明白的大道，不是他要去的地方。晋国强大，齐君派兵包围成邑，晋侯出手相救，联合郑国攻打齐国，鲁国大胜。但那是帮鲁国，自己与晋素无来往，鲁莽去了，晋君姬午会接受他吗？

夫子犹豫去犹豫来，索性消停一段时间再说。

不想马上离开鲁国，有一条夫子不想明说的理由：等待姬宋回心转意，既挽留他重新仕鲁，又能继续实施自己的主张。

上午，接待几个来求教的弟子，吃过午餐，稍事歇息，干脆走进房间，搬出一大堆竹简，打开几卷，从头看到尾，都是他平日记下的各国国内以及国与国之间发生的大事。用的是鲁国的年号，但一件件事连起来，便是这些年中华大地上的历史，充满了文明与邪恶，鲸吞、掠夺、欺凌与灭亡、被侵占、屈辱的历史；当然也有抗击邪恶的浴血奋战，可惜的是这样的事太少太少。孔丘自己为什么那么潜心求索修身之道、治国安邦之道，鄙弃野蛮、崇尚文明之道？是这些血淋淋的历史给了他太多太深的刺痛……

但是，他的所悟、主张还没有完全得到实施，能静下心来做这样的事吗？这些是留给后人的，是要后人以史为鉴，如管仲所说，“前事不忘，后事之师”啊。

亓官暹走进房间，夫子呆坐着不动。她悄无声息地站在旁边好一阵，不敢打搅夫子，摇摇头，离开。

第二天，端木赐扛一袋小米、一捆干肉，交与师娘亓官暹，才进房间来见夫子。端木赐跪拜，夫子说：“子贡何故行此大礼？”

端木赐缓缓起身，说：“承蒙夫子谆谆教诲多年，弟子自以为长进不少，楚有意任命弟子为信阳宰，夫子以为可否？”

夫子说：“信阳原属申国。”

端木赐说：“楚灭申，信阳属于楚了。”

夫子说：“学了本事，就应该用。你去做邑宰，为师送你四句话。”

端木赐说：“请夫子赐教。”

“勤勉谨慎，顺应天时，不掠夺杀伐，不暴力偷盗。”夫子说。

端木赐想想有些好笑，但不敢笑出来，他说：“弟子跟夫子学这么多年，怎么会连这点基本道理都不懂?”

夫子倒笑了，说：“子贡到底学得怎么样，难道为师连这点都不知道？为师是说，不要说以恶代替贤，就是以贤代替贤，也是掠夺；不要说毫无依据就惩罚是暴，就是下达命令拖拖沓沓，执行起来又急，也叫暴；把过错都归于别人，好处都归于自己，就叫偷盗。为官最重要的是公正、廉洁。谈到别人优点，如同自己有这些优点；谈到别人的不足，如同自己有这些不足。”

端木赐如有所悟，说：“夫子说的这些，是不是可看作‘修身’的补充?”

夫子说：“正是。修身范围很广，内容很多，不同的人有不同的要求，但最重要的内容不变，就是一个字：仁。刚才为师讲的那些，概括起来也就是一个字：仁。”

端木赐再拜，夫子扶起。端木赐是他器重的弟子之一，聪颖，一点就通，而且勤学勤思考。见年轻弟子有了长进，夫子高兴地送出门外，暂时将烦恼抛开。

50

日子一天天地过去。有弟子来访时，夫子和弟子谈学问，谈做人；有新投到门下来的，来者不拒，但要谈谈话，互相了解，便于因材施教。空闲时看看记下的资料、弹弹琴，一天总有事做，心绪渐渐平静下来。有时心境格外宁静，静到能听窗外鸟飞的声音，一阵微风从屋顶拂过……这种时候，他便两眼微闭，进入一种一切归于虚无的空灵境界，在这种境界里，没有利益的争夺、杀伐、贪欲、烦恼、怨尤，只有高远、旷达和恬适……

夫子常常在这样的境界里颖悟百思不得其解的难题，他庆幸自己摸索到这种治学和做人之道的妙法。

这天，一位穿着破旧短打衣服的少年和一个中年汉子来到木屋大门前，见有人在门口缝补，中年汉子怯生生地问：“请问，这里是孔先生家吗?”

亓官暹没听说还有像她丈夫那样广收门徒的人，回答说：“是。”

中年汉子把少年推到面前，说：“我们是温邑人，不知道我孩子怎么知道先生收徒弟，一定要来……我们是穷苦人，连先生见面礼都拿不起。”

说罢，放下撬在肩上的袋子，很不好意思地递给亓官暹，亓官暹接过，放在一旁，领少年进家见夫子。少年见到夫子，才放下撬在肩上的被褥卷，向夫子跪拜，说："请求先生收下小的为徒。"

夫子说："请起。"

少年起身，不敢看夫子。夫子说："能告诉先生家住哪里吗？"

少年这才抬起头，回答说："温邑。"

一个很陌生的地方，停一阵，夫子还是想起来了，说："很远呐，走了多少天？"

"二十多天。"

"坐车？"

"走路。"

夫子看看中年男人和少年的脚，没穿鞋，缠着厚厚的破布，有黑色的血迹斑斑点点，问："姓什么？"

"卜。"

"名？"

"商。"

"有字吗？"

"子夏。"

"是爹给起的？"

中年人这才插嘴说："小人不识字，要投师，请文墨人起个名儿。"

"你们为什么从那么远的地方来投师？"

卜商说："我家世世代代不识字，爹说，不能再这样下去了。不识字就不懂大道理，人不能糊里糊涂过日子。"

夫子很欣慰，说："小子可造。"吩咐女儿伊芊说，"一会你带他去学馆，安排吃住。"

中年人看看儿子，说："好好学，爹回去了。"

只要夫子在，学馆就总是有人，颜无繇、曾点年纪大，会打理，经常在学馆里，有事找他俩就行。即使有事，也会安排了才离开。

伊芊送卜商父子出来，颜无繇扛个布袋进来，夫子迎住，说："路，你把家里的粮食扛来了，家人吃什么？"

颜无繇放下粮袋，说："我家里有吃的，夫子饿着肚子也不行吧。"颜无繇将布袋交给亓官暹，“我交给师娘得了，免得夫子推三阻四，不肯收下。”

夫子说：“师娘老实，你就欺负她。”

颜无繇嘿嘿一笑。

师徒俩言无禁忌，说几句笑，颜无繇说：“想不到在鲁国办点事这么难……”

夫子很平静，说：“做什么事都不要希望一帆风顺，一帆风顺的事是不会有的。你看鲁国，何时平静过？”

颜无繇脸上罩了乌云，忧心忡忡地问：“夫子下一步有何打算？”

夫子说：“为师为道而生，为道而死，哪里可行道，就想去哪里。”

颜无繇不知道可行夫子之道的地方在哪里，没法说。不过他说：“夫子，不管你去哪里，无繇都会在你身边。无繇做不了大事，烧火做饭，缝补浆洗还凑合。”

夫子笑了，说：“路，你抢了师娘的饭碗，她会赞成吗？”

“要是师娘去了，弟子当然不会去。”

“还没打定主意。”夫子说，“以后再说吧。”

过了两天，仲由带一把肉干来看夫子，一见面就说：“夫子，走吧，这里没什么好留恋了。”

“去哪里呢？”夫子说，他的确没想明白。

夫子没拿定主意。过去好些时日，没有姬宋那边的消息，不说不召见，连话也没带出来。是朝廷不需要他了，还是孟孙何忌、叔孙不敢和季孙斯他们不愿意他继续辅政？是姬宋政见有变化？夫子无法判断。好在姬宋和他说话都留有余地，转个弯不难。再说，有一帮好门徒，生怕他日子过得艰难，不断地有人送这送那。曾点、颜无繇等门徒日子不宽裕，把省下来的粮食、肉干送来。夫子了解他们家里的状况，心里不好受却不好推辞。最让他欣慰的是有不少门徒都说，无论自己走到哪里，都会跟着。有门徒照顾，夫人和子女便可安心在家。

想到这，夫子心里便说不出的舒坦。跟门徒在一起，没有宦海的钩心斗角，没有沉浮的欣喜和焦虑，无官一身轻。这样，反而有更多工夫来研习学问和周礼。再过几天，姬宋那边再没动静，他就要踏上新的途程。

51

夫子已经不再犹豫，吃晚饭的时候，告诉妻子亓官暹说："为夫决定离开鲁国，到别的国家去走走。不为别的，就为宣传为夫的主张。这个世界太乱，太没道理，这样下去，民不聊生。"

亓官暹过惯了夫子不在家的日子，不再忧心他的温饱，也服从惯了，说："打算去哪里?"

"向西行，去没有去过的地方。"夫子说。

"那就是卫国了。"亓官暹说。跟夫子一起生活几十年，对外面的事不算陌生。

夫子说："还有晋、郑、宋、陈、蔡，再往南有楚。不过，晋、楚都太远，先去卫再说。"

"你一个人在外，到底让为妻担心。"亓官暹说，"为妻还是随你去吧，有个三病两痛的，也有个照料不是?"

"曾点、颜无繇老成持重，仲由有胆有识，他们三人都说要跟为夫去，有他们在为夫身边，夫人尽可放心。"夫子说，"家里一应大小事务，都得有人拿主意，就多亏夫人了。"

既然丈夫已经决定，亓官暹问："打算何时动身?"

"把曾点他们请来，相商以后再说。"夫子说。

三天以后，曾点、颜无繇、仲由、冉求、公冶长、漆雕开、高柴等一干门徒聚集在夫子家里。弟子们想得很周全，被褥、锅瓢碗盏等简单家庭用具都带了，家里放不下，堆在门外空地上。亓官暹替夫子准备了一套行李，锃光瓦亮的古琴放在一旁，她问夫子说："你的竹简几大捆，带不带?"

夫子指指自己的心窝说："老竹简写的东西都在我这里，不带了，带几捆白简。"

亓官暹把新准备的竹简和古琴放在一起。亓官暹太了解夫子了，什么都可以不要，却不能没有古琴和竹简，就和她不能没有丈夫和孩子们一样。她站在那不小的一堆家什前发愁，回到夫子跟前，说："夫君，这么多东西你怎么拿呀?"

曾点说：“这点事师娘就不用发愁了，有我们这帮徒弟呢。”

仲由跟亓官暹说，“师娘放心，有这么多弟子，绝对不会让夫子受苦的。”

颜无繇年纪和曾点不相上下，膝下两男一女，家道贫寒，女儿十五岁嫁人；大儿子颜于早早地和父母一起撑起家庭，把求学、造就的机会让给了弟弟颜回。颜回面黄肌瘦，身体差，射箭、驾车能耐一般，读书、习礼、算数、习乐却十分有天资。跟了夫子几年，虽说没有像仲由、漆雕开等人那样挥戈上战场，和夫子一起出生入死，却也只要有可能，即紧跟夫子，详尽记下夫子每一句话，思索夫子每一举止、言谈，大有长进。颜回勤于思考，一个想法老在他心里打转：“舜是人，我也是人，他能做到，我就能做到。”

颜回虽然志向远大，却从来不说在嘴里、表现在举止上。不知道他德行的人以为他城府深，夫子却认为颜回藏而不露，是有大志向的人。

最早知道夫子决心离开鲁，准备周游列国传道的是颜回。颜回怕爹顾及他孱弱，不让去，先告诉哥哥颜于，要哥哥支持他和爹一起，跟随夫子出游，说：“兄长，能跟夫子在一起那么长日子，千载难逢，一定要让弟弟去啊。”

颜于从上到下打量弟弟孱弱的身子，闷头不说话。颜回急了，说：“兄长，你不愿意让弟弟去，是不是怕娘担心？”

“娘会担心你，哥也会担心你。”颜于说。

颜回说：“有爹在一起，不怕。”

“你自己身子扛不住，爹能替你吗？”颜于说。

颜回铁了心，说：“兄长，要是你们哪里也不让我去，我身子会更差。”

颜于说：“好，既然你这样说，为兄也不好说啥，你跟爹说去吧。”

颜回知道爹娘不会同意，但他还是在吃晚饭的时候说了，颜无繇说：“爹去，一是要照顾先生，二是要跟先生学知识，长本事，哪有工夫管你？你不能去。”

颜回说：“这也怕，那也怕，儿要成无用的人了。”

颜无繇说：“要是累出病来，要本事有何用？你不能去！”

颜回知道，既然爹说得这样坚决，再央求也没用。那天，颜回在床上翻来覆去无法入睡，第二天早上起来，便觉头昏昏沉沉的，吃不下饭，只好又回到房间里，在桌前坐下。颜回拿起竹简，解开系绳。但是，出现在眼前的不是刻在竹片上的字，而是一条条蠕动的虫……颜回只好躺下。

颜回一连两天没来夫子家里，学馆也没他的影子，夫子认定他是病了，临行的头天，到家里来看望。

颜回的房间里四壁空空，除了案上的几卷竹简，就是一张旧小木床和补了疤的粗布被褥。颜回脸红红的，见夫子到来，硬撑着起身，夫子示意他躺下，说：“回啊，几天没见到你了，是病了吗？”

颜回半坐着，说：“夫子，好着呢。”

夫子笑了，说：“没想到回也有不老实的时候，明明感了风寒，还说好着呢。”

颜回发红的脸上漾着满足的笑容，说：“这不过是小疾，很快就会好起来。先生，弟子想跟你出去，这机会太难得了。”

“我们明天就要走，你还没大愈呢。”

“只要夫子赞成，弟子即便爬，也要爬着去。”

夫子断然说：“不可。”

既然夫子没答应，颜回不便再说。

夫子看看房间，说：“回啊，你住这样的地方，不觉得苦吗？”

颜回露出真挚的笑容，说：“夫子，弟子跟了你，懂得了那么多东西，长了那么多能耐，很充实，不苦。要是什么也不知道，即便有金银车马，玉馔轻裘，又有何用？只是弟子能耐还太小，还要好好请教夫子。”

夫子察其言，观其行，病中还念念不忘学习，甚为欣慰。离开的时候，还是说：“回啊，来日方长，一切都得等待身子大愈以后再说，不可任意胡为。”

颜回起身，送至门外。

52

学馆里已经来了不少门人，此时送夫子出行，这一分别不知道何时才能再见，有说不出的忧伤。

随夫子出行的曾点、颜无繇、仲由、冉求、漆雕开、公冶长、高柴、卜商八人，他们带上铺盖卷、斗笠、陶碗等行李，陆续来到学馆。在门徒之中，曾点、颜无繇二人年纪最大，深知外出的艰难。几天前跟夫子说：“外出难着哩，到处是荒山野岭的，不一定能找到住宿人家，得准备自己造饭才是。”

夫子不谙家务，说：“你二人比为师有能耐，你俩做主。”

这样，曾点和颜无繇除了带铺盖卷、陶碗，还挑甑（煮饭用）之类的简单炊具，来到学馆。他俩把担子放在学馆外面，看上去像是生意人。怕夫子累着，他的行李仲由和公冶长分担。夫子怀抱古琴，兴之所至，可以随时弹奏。

冉耕也是夫子早期弟子，比夫子小七岁，老练，善谋划，夫子出游的时候，让他料理学馆事务。这阵，夫子说：“伯牛（冉耕字），这回为师和弟子们出行，不知何时回来，学馆里的事，你就做主。有人要投到为师门下，你告诉他们实情，愿意留下的，你可以代为师教诲；不愿意留下，等为师回来了再来不迟。”冉耕一一答应。

说话间，儿子鲤、女儿伊芊来，冉耕问：“夫子，有家事要给冉耕交代吗?”

两天前，冉耕来过夫子家里，要托办的事都说了，夫子说：“家里有内人、鲤儿、伊芊料理，没事的。”

鲤儿也说：“没事的，放心吧。”

冉耕说：“冉耕就住在学馆里，有事随叫随到。”

曾点看看时候不早，告诉夫子说：“时候不早了，早些走吧，还不知道能在哪里投宿呢。”

夫子说：“外出是说不准的事，只能随遇而安，住宿、吃食都由你和路（颜无繇字）安排。”

曾点得了夫子的话，招呼大家出发。同窗几十年，一旦分别，心里全酸酸的。长长的一段路，全是送行的人。转过一个弯，夫子回头望望家，却见妻子亓官暹站在路口不停地抹泪。头发被风吹乱了，整个身子好像在风里颤抖，夫子举起手朝妻子挥了挥，心里涌起一阵歉疚……

走一段，曾点跟夫子说：“夫子走在前面吧，你怎么走，弟子们就怎么跟。要是弟子们在前，一来不知道怎么走，二来走快了夫子跟不上。一出都城，到处是荒山野岭，豺狼虎豹出没，要是夫子有个好歹，弟子们可没法向师娘交代。”

仲由顶曾点说：“子皙兄，你不如说，曾点懒得探路，夫子你走前面吧。”

曾点见仲由五大三粗，又只带自己的行李，说：“你只带自己的行李，倒轻松，我和你换换，曾点走前面探路就是了。”

冉求说：“才跟夫子上路就挑肥拣瘦，往后要是遇上难处，还不把夫子甩了?仁爱之心到哪里去了，是怎么跟夫子学的?”

在同窗之中，冉求算小辈了，却偏要冒充老资格。这话真真假假，大家也不当回事。

曾点说的到处是荒山野岭，豺狼虎豹出没，倒是十分确凿。离开都城这天，天擦黑还没看见村庄，大家都紧张起来。曾点不停地打招呼，说："天黑了，防野兽，大家别走分散了!"

话刚落音，听到有人"呀"一声大叫，曾点、颜无繇生怕有人被虎豹拖去，忙问："什么事?"

喊叫的人吓得不轻，舌头都不灵了，结结巴巴地说："看看……那……"

喊叫的人原来是高柴。他指着不远处的丛林里说："那那那……"

曾点顺着高柴指的方向望去，丛林里果然有好几点绿光。曾点当然知道那是老虎的眼睛，那里有好几只老虎呢。见了那么多人也不跑，胆子不小。曾点大声招呼大家说："大家不要动，让我来想办法。"

曾点就近找来一堆干草、枯枝，用火石打着火，点燃，烧旺了，火燃着了旁边的枯枝败叶，火光映红一片，那几点绿光才消失。又走了一程，才远远地望见房屋稀疏的村落，曾点和颜无繇商量过，对夫子说："就在村子里住下吧。"

有曾点和颜无繇操持，夫子很放心，说："辛苦你俩了。"

村子不大，曾点、颜无繇分头找了几户人家。主人见他们个个斯斯文文，不费多少唇舌就答应了。夫子喜欢弹琴，曾点、颜无繇替他和仲由找了僻静些的一家住下，又替别的同窗安排妥当。

53

在卫都城帝丘郊外，在一幢简陋木屋前面的小路上，一位老丈在伫立谛听。老丈肩上撬着草鞋、蒲团之类，蓬头散发，不拘形迹。老丈听了一会儿琴声，是他喜欢的古乐。琴声舒缓，抑郁，好像走在一条不知通向何方的山道上，有无尽的彷徨和哀伤，老丈听了也好像正在向无底的深渊坠落……不知过了多久，琴声骤然停止。老丈纹丝不动，很惊奇琴者的心绪竟和自己如此相似。这样的琴者会是谁?

老丈忘我地又站了好一阵，一声长长的磬声传来，在空中摇曳，久久不肯散去……

又一声“当”……一样的悠长，一样的缠绵，一样的忧伤……

又一声……

卜商来向夫子请教，碰上老丈，见老丈这模样，心想说不定有些来历，长揖说：“敢问老丈，如何不赶做营生，在这里闲听？”

老丈笑而不答，离去。

夫子住的是租来的旧房，只留仲由在身边，别的门徒另租房屋居住，但都离夫子不远。夫子见曾点、颜无繇替大家做饭太劳累，让各自动手。夫子不长于炊事，让仲由操持。卜商自觉晚投夫子门下，比别人差了很多，上门求教最勤。夫子不是整天坐在屋里，也要到处看看，了解了解民情，散散心。夫子喜欢听民间歌谣，喜欢清新、质朴的味道。听了，记下来；没听明白的地方，或请歌者再唱，或问旁人，总之，要弄明白了再记。那天，夫子和仲由外出，听一女子在河边边浣洗边唱：

有狐绥绥，在彼淇梁。
心之忧矣，之子无裳。
有狐绥绥，在彼淇厉。
心之忧矣，之子无带。
有狐绥绥，在彼淇侧。
心之忧矣，之子无服。

这歌声，像一泓清流，缓缓流动。有清风从水上拂过，带着温润，抚摸夫子全身，驱散积聚已久的郁闷和惆怅。浣洗女子忽然停止歌唱，夫子忘我地起身，走向河滩。这时，浣洗女子大约发现有陌生人朝她走来，将衣服收进篮里，离开。仲由大声呼喊：“哎，你等等，你等等！”

夫子不愿意乡间女子受惊，说：“算了，别叫了，有机会请她再唱，你且把这几句记下来吧。”

仲由匆匆回到夫子住地，拿出空白竹简，记下刚才听到的几句民歌。

从这以后，每天沿着河岸徜徉，看风景，听民歌，跟民女学唱，再把它们记在竹简上，竟也让夫子收获许多乐趣。一天，仲由把卜商拉到夫子跟前，说：“夫子，你知道卜商是哪里人吗？”

夫子笑了，说：“为师弟子虽说不少，却还不至于弟子是哪里人都不知道吧。”

“夫子说说看。”

“晋国温人，不错吧。”

“你是怎么知道的?”

“弟子也才知道。”

夫子笑了，笑得仲由不好意思起来。仲由说：“夫子，又是一个鬼精灵投到门下来了。”

夫子说：“他们比你晚来了许多年，再能耐也还不如你。”

仲由听夫子在夸自己，很受用，说：“高柴不善言辞，办事却有条不紊。”

夫子很感慨，说：“这样的人才越多越好，这世道如此混乱，不能长此以往。”

时时不忘改变这野蛮的世道，是仲由从心底里景仰夫子的重要原因。

一天，夫子和仲由、冉求一起，在都城街道上踯躅，忽见浩浩荡荡一队人马、车辆由远而近。为首一辆车甲士开道，威风凛凛。第二辆车豪华高贵，一男子身旁站着一丽人。仲由悄悄告诉夫子说：“夫子，这两位肯定就是卫君姬元和夫人南子。”

夫子恍眼见那女子，犹如一团白光在闪动。他暗自惊奇：世间竟有这等美貌的尤物。不过，夫子年近花甲，年纪比姬元还大十一岁，他没有多想。仲由可是心里藏不住话的人，悄悄跟夫子说：“夫子，那女子看你哩。”

夫子说：“你不也在看她吗?”

仲由分辩说：“听说她很不守本分，弟子不会看她。”

夫子说：“你没看她，怎么知道她看为师?”

仲由被夫子噎得说不出话来。

过来两天，南子走进姬元的书房，说：“我想见孔丘。”

姬元知道鲁国有个精通六艺的孔丘，门下弟子无数，能人也很多，还听说孔丘和弟子们很厉害，想亲自赴曲阜见见孔丘，讨教讨教治国方略。一来鲁国一直不宁静，二来国事繁忙，又怕南子美貌，招蜂引蝶，终未成行。南子久闻孔丘名声，想想姬元虽然身为国君，却并无雄才大略，甚至不如自己。跟这样的人过一辈子，有说不出的窝囊。好在姬元只是不放心她罢了，并没有管死，无论大事小事，只要她坚持要做，姬元不会不愿意。

姬元放下手里竹简，问："你要去曲阜？"

"用得着去曲阜吗？"南子说。

姬元说："曲阜离帝丘不近，孔丘是名人，既不是卫国臣子，又素无交往，哪能想见就能见？"

南子很不屑男人的迟钝，说："孔丘在帝丘。"

"胡说。"

"妾亲眼所见，看模样就知道。"南子说，"何况他身边还有几位弟子。"

姬元说："寡人没看出来。"

南子说："他和好几个弟子就住在帝丘，难道君侯也不知道？"

"寡人真的不知道。"姬元说，"怕是旅途劳顿，还没缓过气来，才没有求见寡人？"

"也许是吧。"

"既然孔丘在帝丘，那么寡人先见见他再说。"

南子生气了，说："君侯要见，小妾就不见了。"

南子在姬元跟前耍脾气是经常的事，姬元马上让步，说："好，夫人先召见也可。见了孔丘，用心探探口气，以便寡人向他求教。"

听姬元这么说，南子又说不见了。姬元摸不着头脑，说："夫人又怎么啦？"

南子说："妾知道君侯在想什么，不见了，原来男人都这么小气。"

南子悻悻地离开姬元书房，回到寝宫，把被褥、枕头、陶盘之类全砸在地上，发了一大通脾气。晚上，连晚饭也不来吃，姬元去看，南子躺在床上，说病了。姬元坐在床沿说了许多好话，也没有给他笑脸。

54

弟子们正围夫子坐地，说各自搜集来的民歌，夫子听得很高兴，高柴说他搜来了这样的几句：

于嗟鸠兮！

无食桑葚。

于嗟女兮！

无与士耽。
士之耽兮，
犹可说也。
女之耽兮，
不可说也……

听着，听着，没下文了。仲由说："说呀，怎么就没啦？"

高柴说："小弟就听到这么几句。"

"要讲给夫子听，就要讲完整的，你从哪里听来的，请唱的人再唱一遍，就补完整了。"仲由说。

高柴说："去哪里找呢？"

"多在乡间转转，总能找到。"冉求说，"民间会唱同一首歌的人不会少。"

正说话，两个卫国宫人出现在门口，说南后要见夫子。话由仲由转给夫子，仲由问："夫子，见还是不见？"

夫子说："传我的话，见。"

夫子的话让仲由吃一惊，说："夫子……"

仲由想说"你怎么能去见她？"但夫子非常确切地听出仲由的意思，重复一遍："见！"

仲由还想阻止，高柴说："夫子，弟子去传你的话吧。"

那天南子和姬元招摇过市，虽说只有两个弟子看见，关于南子的传闻听到的人却不少。南子仰慕夫子的才干，想见夫子，大家想得通；夫子为什么乐于见她？弟子们的神色，夫子看在眼里，没有说话。

夫子一路上都在想自己说过的那句话："五十而知天命"。跟着便自问："去见一个女人，为何会忐忑不安，是想通过她见到姬元，出仕卫国，还是因为她绝伦的姿色和出众的才华？或者两者兼而有之？这样做知天命了吗？"夫子无法回答自己提出的疑问。

卫宫离夫子住地不算远，走小半天，远远地望见鹤立鸡群般的王宫了。那王宫墙很厚很高，飞檐翘角，很有气魄。夫子定定神，放慢脚步，缓缓地朝宫门走近。宫门守卫问明缘由，向宫里通报。夫子在外面站了好一阵，才有穿官服的人出来，问夫子说："你是孔丘吗？"

夫子施礼说："小民是孔丘。"

穿官服的人向他招手说："跟我来。"

夫子边走边揣摩，南子召见究竟有什么事？按理，他和弟子到一地，要召见也应当是君侯，而不应当是君侯夫人，除了姬元百事都靠南子打头阵，要问政于他，找不出别的缘由。

卫宫地方真不小，曲曲折折地转了一个弯又一个弯，过了一道门又过一道门。不过，有宫人走在前面，没有繁复的盘查，很顺利就走进后花园一座亭榭里，宫人说："请稍等。"

亭榭小巧玲珑，三面临水，曲廊和后宫相连。前面矮山无数，远处围墙隐约可见。亭里棋台、座椅，精致绝伦。只半顿饭工夫，夫子见四五位宫娥拥一丽人款款而出，离亭榭几十步，宫娥停住步，丽人才缓缓朝亭榭走来。

丽人施礼说："夫子久等了。"

夫子赶忙还礼，说："老生见过南后。"

南子自己坐了，请夫子坐在身旁。夫子觉得别扭，坐在南子对面，有些拘谨。南子嫣然一笑，说："夫子很像贵国一个人。"

夫子已经猜出她说的是谁，却问："是吗？"

南子说："是，很像，弄不好会误认为夫子是他。这个人胡作非为，不像夫子，夫子是南子敬重的人。"

南子几句话，让夫子轻松不少，说："夫人过奖了，老生年过五旬，无所作为，惭愧。"

南子说："夫子精通六艺，弟子英才辈出，早有耳闻。怀玉求沽，也是常事。"

被南子说到痛处，夫子说话艰难起来。南子又说："卫、鲁同脉，夫子在鲁不顺，何不仕卫？"

寻找机会出仕，推行自己耗去大半生悟出来的主张，是夫子离开鲁国之后梦寐以求的事。但南子当面提出来，夫子犹豫了。如果是姬元亲自召见，又将会怎样？

南子见夫子踌躇不决，浅浅一笑，换了话题，说："夫子带了多少弟子来卫？"

"八人。"

"夫子和弟子住民居，多有不便，不如另外安排。"南子说。

夫子想："南子消息灵通，连他们住哪里也知道。"但他又想，南子毕竟出于好意，说，“谢南后，老生和徒弟们简朴惯了，这样很好。”

南后说：“夫子博学多才，精于修身治国之道，往后还望多多赐教。”

“不敢说赐教。”夫子说，“如果君侯有闲暇，垂询小生，倒是可以胡诌几句。”

“小女跟姬元说说，让他也听听夫子高论，长些能耐。”南子说着，站起身，“今日有幸见到夫子，获益不小。如夫子不嫌弃，多来叙叙。”

夫子回到住地，仲由迎住，一脸不快。仲由生性耿介，在夫子跟前从不遮遮掩掩。夫子习惯了，并不在意。待夫子坐下，仲由说：“这女人名声不好，最好离她远一点，免得玷污夫子圣名。”

仲由这话，夫子听起来不舒服，说：“不管怎么说，她是君侯夫人，召见为师，不好不去。”

“要是问政，不必由她出面。”仲由说，认定夫子应南后见面多有不妥。

夫子受不了这样的误解，话也不好听了：“仲由，为师若有违背道德违背礼仪的行为，天不容我。”

仲由自觉话说重了，和缓下来，说：“弟子相信夫子谨言慎为，是弟子多虑了。”

55

南子说她会说服男人召见自己问政，却一直没有动静，夫子渐渐打消仕卫的打算。好在可以弹琴，可以整理搜集来的民歌，可以和弟子们探讨学问，还可以天南地北地闲谈，并不感到日子难熬。一天，两个宫人来，传旨说卫侯召见。夫子随宫人进宫，进入大厅，宫人让夫子在离姬元数十步的地方站住，禀报卫侯说：“君侯，孔丘来了。”

夫子赶忙施礼说：“小民见过君侯。”

卫侯姬元盘腿坐地，眼皮也没抬，说：“坐吧。”

姬元并没示意夫子坐哪里，夫子只好选个宾位坐下，说：“君侯召见小民，不知有何垂询？”

卫侯还是没抬眼皮，说：“夫子以为是鲁国好一些，还是卫好一些？”

夫子毫不犹豫地回答："各有所长，各有所短。"

姬元说："先生去鲁来卫，能不是卫比鲁强吗？"

"去鲁，是因为老生的主张难以畅行。"夫子说，"故而来卫试试。"

卫侯说："先生来卫也有些日子了，能不能说说你的看法？"

夫子在卫都帝丘这么多时日，没听到雅乐，城民说话高声大气，粗鲁，自己满腹治国韬略，却无处建言，说："圣人之道，荒废已久，卫国也不例外。"

姬元忽然大笑，笑得夫子莫名其妙，笑过，说："先生，你知道眼前各国都在干什么吗？"

夫子说："请赐教。"

姬元说："眼下哪个国家不是磨刀霍霍，准备攻城略地，谁还有心思讲那些没用的事？"

夫子想，我这几十年耳闻目睹的都是这些事，才竭尽全力找一种解决的办法，才要提倡修身，去掉种种罪恶的私欲，提倡以德治天下，行止要按规矩，不能乱来，如果再提倡杀伐、攻城略土，不是倒回去了？但夫子觉得要让姬元这样的君主听进去几乎不可能，他让自己心绪平静一下，说："卫算是大国吗？"

姬元想想，说："不能算。"

夫子又问："卫算强国吗？"

"也不能算。"姬元说，"但是，我们可成为大国、强国。"

夫子笑了，笑得意味深长，说："东有强齐，北有霸晋，南有雄楚，西有狼秦，卫能等到富国强兵之日吗？"

姬元说："若按夫子主张去做，修身、复礼、制定规矩，别人的刀架在脖颈上了，还要说温良恭俭让，不是灭亡得更快？"

"老生不能说君侯所言不当，但老生要说，杀伐、攻城略地，不是老百姓所愿意的。再者，胜者为王败者寇，自古而然，一旦互相攻伐，君侯、大夫性命难保，谁又愿意死于掠夺者刀下？"夫子停一停，继续说，"不愿意死，愿意生；不愿意狼烟滚滚，而要平安日子；不要胡作非为，而要按规矩办事；要文明，不要野蛮，是人心所向，众望所归。即便暂时不能达到，总有一天会到来。"

卫侯激动起来，说："先生就如此自信吗？"

夫子很平静地说："如果没有自信，老生会耗去大半生做这件事吗？"

两人说话艰难起来，一阵，姬元问："先生精通六艺，和鲁将一起领兵抗齐，大获全胜，能不能赐教一二？"

夫子当然不愿意说这方面的事，一句话堵死，说："说去说来还是杀伐，还是在罪恶的旋涡里，君侯何时才能走出来呢？"

话不投机，姬元和夫子都不想再说下去。夫子礼貌地起身，告别姬元，走出深宫。冉求在门外迎住夫子，见夫子神色不快，说："夫子，身体可安好？"

夫子笑笑，说："没事。"

"那一定是遇上不愉快的事了。"冉求说。

夫子说："求，你怎么能断定为师不快？"

"夫子不会巧言令色。"冉求说。

过一段日子，夫子把弟子们叫到一起，说："离开这里吧。"

什么也不用问，就知道夫子在卫国无机遇可说。卫本来领土不少，两百多年前，在姬完的手里，兴盛一时，可一代不如一代，疆域逐渐缩小。至姬元，娶了南子，沉于酒色，不思进取。加上暴虐，臣民怨尤。在卫都城住这么长时间，耳闻目睹，再和姬元见面叙谈，夫子甚感失望。

离卫去哪里呢？哪里是他实现抱负的地方，夫子完全没有把握。一次，门徒们在一起闲谈，夫子说："原以为卫比鲁国平安，君侯可以顾及治国，教化百姓，或者用得着为师的主张，没想到事实并非如此……世界上只有重色的人，少有重德的人了……"

门徒们面面相觑，不知道说什么好。沉默好一阵，仲由说："依弟子想，夫子即便回鲁，也难有大用，不如到别的国家走走，有机缘也难说。"

有门徒问："去哪里呢？"

有人替仲由回答说："附近有曹、宋、陈、蔡、郑，远些有晋、楚，老百姓说，东方不亮西方亮，黑了南方有北方，夫子相国之才，不愁找不到去处。"

夫子想想说："那么就由近及远地走走吧。"

路上烧水、做饭歇息，全仗曾点、颜无繇操持。离开帝丘都城住地这天，曾点、颜无繇挑简单的锅瓢碗盏和被褥在前，其余同窗各带各的行李在后，夫子居中，由仲由、冉求陪伴、照料。夫子步子沉重而迟缓，冉求知道夫子心里不快，便寻思话题，问夫子说："夫子，你肯定知道鲁一位了不起的琴手，特别有本事。"

"说来听听。"夫子饶有兴趣地问。

冉求说："牛能听懂他弹琴。"

夫子说："对牛弹琴，听者蠢，弹者未必高明。"

冉求安慰说："弟子听夫子弹琴，如听仙乐，一定会有知音的。"

夫子说："但愿如此。"

夫子嘴上这么说，心里却没想得这么顺利。在鲁国多年，知道他的人不算少了，眼看堕三都即将完成，却中途生变。在卫，南子不过仰慕他盛名，召见他罢了，姬元沉湎于女色，根本无心于政，宋君子头曼粗暴，不会看中他这些推进文明的主张；陈、蔡这样的小国，即便愿意推行他的主张，也没多大意思。但路总得一步步走，如果止步不前，就更什么希望也没有了。他感激门人理解他，给他宽慰。世界上还有什么比人与人之间互相理解互相安慰更珍贵呢？

一路上行走，比离开曲阜的时候沉闷得多。夫子在卫国际遇不佳，弟子们也跟着打不起精神。夫子勉强撑着，却也瞒不过弟子们的眼睛，轮番来陪伴夫子，为夫子解闷。弟子们的苦心当然也瞒不过夫子，待漆雕开来到他身边的时候，夫子说："你学问长进不少，身体老这样孱弱，怎么回事？"

漆雕开说："体子是差点，还是比颜回壮实不是？"

夫子很欣赏漆雕开能严格修身，但是他说："子开（漆雕开字）呀，你要知道，身体差了，就算有通天本事，也没使用的机会啊。"

漆雕开说："是没有使用的地方啊，夫子不也感叹道不行吗？可见当紧的还不是身体，而是人心。"

夫子说："那是另一回事，难怪人说子开善辩。"

漆雕开很真诚地说："弟子不是善辩，弟子是说啊，到别的地方，也未必有行道的希望。"

夫子说："为师想到了。"

夫子说罢，立刻沉默下来。仲由在一旁埋怨漆雕开说："就你一张乌鸦嘴！"

漆雕开悄悄跟仲由说："我怕又失败，夫子受不了。"

仲由笑了，说："夫子会这么脆弱吗？"

"但愿如你所说。"

"说明你对夫子并不了解。"

夫子知道他俩在说自己，却不想插嘴。在荒无人烟的山道上走了三天，都是在宽些敞亮些的地方停下来造饭、歇宿，整夜都有弟子轮流烧大火，野物不敢近前。再说，大家又累又饿，吃过饭，将被褥往地上一铺，躺下就睡着，日子不算难挨。一行九人，又走了两天，到一岔路口，走在前面的曾点、颜无繇停住步子，传过话来问夫子，有两条路，差不多大小，该走哪一条呢？

夫子赶忙吩咐仲由说："你去打探打探，看该走哪一条路。"

56

仲由离开大些的石头泥土路，沿着一条被草遮掩的小道，下到地里。地里一农夫弯腰锄苗，仲由、冉求走近，仲由长揖说："老丈，请问哪条路通陈国宛丘？"

老丈抬起头来，斗笠下银须白发，长眉毛下面一双眯成一条缝的眼睛，不知道老丈是不是在看这两个陌生人，只说："人走大道，兽走小径，何必问？"

冉求说："老丈，两条路好像差不多。"

老丈说："路大小自是不同，一看便知。只不过你俩不肯多走几步、多花力气罢了。记住，不花力气得来的东西是靠不住的。"

仲由、冉求没有再问，走上斜坡，见夫子和弟子们散在道旁歇息，仲由告诉夫子说："碰见一老丈，说得玄乎乎的，却不告诉我们走哪一条路。"

夫子感叹说："这老丈是隐者无疑。隐者如此之多，可见世事艰难。归隐山野，眼不见心不烦，可惜为师做不到。人间艰难如此，为师怎能坐视？"

太阳已经下山，仲由、冉求急着找路，仲由说："夫子看看是先找路还是找地方住下来再说？"

夫子想一想，说："还是先找路吧，找到路，心里才踏实。"

一片高高矮矮的房屋出现在眼前，有几个市民模样的人走在前面，仲由赶前几十步，朝一位老丈长揖，问："请问老丈，前面是何去处？"

老丈扫这十多人的队伍一眼，摇摇头，不回答。冉求说："老丈，我们远道而来，请问这里是什么地方，以便投宿。"

跟老丈在一起的人也都回头张望，一阵，忽然有人大叫一声"不好"，跟着，叽叽咕咕地说了几句什么，几个人就不要命地奔跑起来。快到小城旁边，岔路多了起来，几个人在不同的岔路上奔跑。像是跑回家，也像是跑到什么地方躲避。仲由、冉求莫名其妙地望着他们，队伍里有人在说："怎么回事？"

仲由说："谁知道是怎么回事，不理他。"

这座小城的围墙出现在眼前。土墙不高，上面盖着瓦，灰扑扑的。转过小弯，大门在眼前。大门很厚，粗糙而结实。门紧闭，夫子让仲由前去敲门。仲由使劲敲一阵，大声叫喊："有人吗？"

没人答应，却见城楼上有十几个拉弓搭箭的射手，箭头正对着夫子他们。仲由这一惊不小，朝夫子大声叫喊："快闪开！"

冉求眼尖，看见城楼上有弓箭手，说："有人要朝我们射箭。"

夫子也看见了，命令弟子们："散开！"

弟子之中，除了仲由、漆雕开、冉求，其余没上过战场，但夫子要教兵法，还要练刀枪剑戟、驾车、骑马、射箭。连年近半百的曾点、颜无繇动作也不慢，很快闪到箭射不到的地方。可就在这时，举刀、舞棍、抡枪的壮汉从四面八方朝他们围拢来。逼得很近了，有人指着夫子大声叫喊："抓住，就是他！"

紧随这喊声，有几个汉子朝夫子逼来。弟子们见情况不妙，一齐围过来，护住夫子，仲由大声说："他是我们先生，你们要干什么？"

"什么屁先生，恶人！"一个满脸胡子的汉子冲到夫子跟前，恶狠狠地说，"带人来打我们的就是他！"

仲由说："你胡说，先生一直跟我们在一起，何时带人打过你们？"

愤怒的汉子们不听解释，这个说："就是他！"那个说："带走，问清楚再说！"

仲由挺直身子，护住夫子，怒目而视，说："有话可以问，假如要胡来，别怪我们不客气。我们是来拜望贵国君侯的，你们这样无理，就不怕犯死罪？"

仲由的几句话，把朝夫子步步紧逼的汉子们镇住了，却不肯放过，说："那也要跟我们走一趟，讲清楚才能放人！"

夫子心地坦荡，说："好，你们说要去哪里？"

胡子说："跟我们走就是。"

弟子们怕夫子吃亏，一路上护住夫子。

57

有探马进宫禀报说，夫子和弟子们被困在匡，夫子有生命之忧。姬元问：

“怎么回事?”

探马说不清楚，姬元让大夫戏阳带几个精壮到匡地，打听到夫子被拘禁在小城郊外一座破木屋里。戏阳和精壮们到木屋外被挡住，挡住去路的人是大胡子。木屋四周还有些拿兵器的汉子来回走动。戏阳说：“听说孔丘被你们囚禁在这里，有这事吗?”

大胡子不认识这位卫大夫戏阳，愣着眼睛问：“谁是孔丘？没听说过。”

戏阳说：“鲁国的孔丘，收了很多门徒的孔丘，领兵大败齐军的孔丘。”

大胡子说：“我们抓的是阳虎，阳虎杀了我们好多人，君侯是知道的。”

戏阳说：“孔丘离开帝丘没几天，就听说你们把他们抓起来了，不是他是谁?本官奉命前来详查，敢胡说宰了你!”

大胡子不敢抗命，让开一条道。戏阳走近破木屋，被守在门口的仲由挡住，问：“你是谁?”

戏阳通报姓名，说明来意，仲由说：“小生是夫子弟子仲由。”

戏阳肃然起敬，说：“你就是领兵大败齐军的孔夫子大弟子仲由?”

“正是在下。”仲由说。

戏阳长揖说：“久闻大名。”

仲由说：“恩师出行，传修身之道，治国之道，何罪之有？被你们的人囚禁在这里。”

这时，有断断续续的琴声从木屋里飘出来，丝丝缕缕，平静得像一泓秋水，没有丝毫怨尤，没有伤感和消沉，更没有恐惧。戏阳懂琴，禁不住说：“只有贤者才能弹出这样的清音，不是孔夫子是谁?”说着，就要进木屋求见。

仲由拦住说：“夫子弹琴的时候，一律不得搅扰，请大人稍候。”

不曾想这样大名鼎鼎的孔夫子，居然在这里受屈，戏阳又愧又恼，直朝大胡子吼叫：“还不赶快向孔夫子道歉，放行!”

大胡子斜乜着眼，说：“我们弄清楚之前，谁说了也不算数。”

戏阳怒目而视，说：“你敢!”

大胡子说：“这匡地是你们卫国的吗？你们敢强占别人的土地，我们就不能问问清楚再放人?”

听到吵闹，操家伙的匡人来了不少。看那架势，只要戏阳敢下令动手，势必将他们几个人砸成肉酱，戏阳只好说：“你们要多久才能弄清楚?”

大胡子也怕得罪新主子，和缓下来，说：“我们也不愿意这样，放心吧，弄清楚了就放人。”

仲由不想把事情闹大，说：“多谢君侯关照，想来不会囚禁太久的，有弟子们在，不必担心。”

临行，戏阳警告大胡子说：“十天之内不放人，你该知道是何后果!”

夫子一行人离开学馆以后的第二天，颜于进颜回房间，见弟弟在攻读书简，说：“哥跟娘说了，你还是找夫子去吧。趁他们走得不算太远，容易找一些。”

颜回惊诧地看定兄长，说：“回走了，就剩你和娘了。”

颜于说：“趁娘身子骨还硬朗，你就寻夫子去吧，你有志向当圣贤，哥没理由不让你去。”

颜回倒地便拜，说：“兄长放心，弟弟会处处小心的。”

颜于扶弟弟起身，说：“你我是亲兄弟，不可以这样。”

颜回当即见过母亲，做些出行准备，第二天一早出发。颜于不放心弟弟远行，替他背上简单行李，一同走了两天才返回。

颜回一个人一路上行走，遇上马车，招呼一声，给些钱物，搭一段。人多了，赶车人不是怕劫道，就是怕搭车的人多了马吃不消。一般都摆摆手，赶过去。颜回算走了好运，只在庄稼地棚子里蜷过一夜，先后碰上两部顺道马车，拉到了卫国都城帝丘，在帝丘住了两晚，吃饱喝足，带上干粮，买了双新鞋，再登上途程。颜回走得筋疲力尽，只好放慢步子，边走边问路，不管早晚，只要见到村寨就投宿，第二天再走。尽管这样，找到匡地的时候，鞋破了，脚趾头露在外面；头发乱了，衣衫又破又脏，夫子见到颜回，着实吃了一惊，丢下琴，抓住颜回胳膊，说：“回呀，你怎么来啦?”

颜回眼圈发红，说：“颜回要跟着夫子。”

夫子捏捏颜回胳膊，看看他瘦削的脸，说：“回呀，为师真担心你。看来，而今身体已大愈。”

颜回很动情，说：“夫子在，颜回不敢死……”

夫子说：“大家都很想念你。”

颜回说：“颜回也想念大家。在学馆的时候，天天在一起，很平淡，还会拌拌嘴，离开了，才知道同窗友谊珍贵。”

听说颜回来了，门徒们一齐涌到夫子这里来，问长问短，公冶长说：“颜回，什么时候你胆量练这么大了，一个人敢走这么远的路?”

颜回说："不怕同窗们笑话，颜回不明白之处实在太多，只有在夫子身边，可以随时请教，心里才踏实。一心想见到夫子，也就什么都不怕了。"

仲由说："我们都替你着急。"

颜回说："不用担心，颜回命大着哪。"

颜回嘴上这么说，不担心自己会垮是假的。颜回平日只把功夫用在读书、思索夫子的话上面，家务活有母亲做，吃穿用有父亲、兄长操心，除了上学馆，就在房间里研习。这一次他一个人追赶夫子一行，连他自己都不知道哪来这么大勇气。走了两天，便上气不接下气，坐下去便不想起来。到第四天，直觉出气困难，真担心自己曝尸荒野。幸而有马车捎了他两段不短的路程，才又提起了勇气。

这天晚上，高柴等其他人都离开夫子的房间，才试探着问："夫子说的，弟子多数想得明白，唯有一件事还得请教。"

夫子笑笑，说："子羔（高柴字）也有想不通之处，还愿意问为师，为师真高兴。"

高柴想："夫子也会挖苦人。"但他倒觉得这是夫子说话的妙处，他说，"夫子，而今东有齐，南有楚，西有秦、晋，还有郑、宋、卫、鲁、陈、蔡、吴、越等，大国都不甘居人下，哪一天不在谋划攻城掠土，哪一天不在流血，这种不义的争夺、杀伐，短时间能停止下来吗？"

夫子断然说："当然不可能。"

"夫子是否认为修身、克己复礼就能大治天下？"

"为师很愿意听听子羔的高见。"

面对这样的乱世，要是什么事都不想，就不到夫子这里来了。高柴跟随夫子几年，随夫子说的路子想下去，似乎一通百通，前景一片光明，心里亮堂。可是，看看眼前，又糊涂了。不但糊涂，还像一个人在漫漫长夜里挣扎，没有出路，没有希望，郁闷重重地压迫着他，像要窒息……

戏阳回到帝丘，姬元传见。

后花园亭榭前有一荷花池，沿池一圈杨柳，依依垂絮；池里荷叶碧绿的、苍黄的掺杂。花茎高高矮矮，花儿各种各样，绽放的，打蔫的，打着朵儿的，映在水里，微风吹过，花在水里摇曳，生出许多趣味来。姬元看水里的南子，分不清是花还是南子，加上带着清香的微风轻轻拂面，姬元便觉得什么都可以不要了。

他说："夫人，你猜猜寡人在想什么。"

南子是宋侯子头曼的女儿，大大小小国家的情况知道不少，往往在姬元踌躇难决的时候，说出他做梦也想不到的主意来。匡地在卫国西南边境，一片沃野，姬元和南子每次狩猎到这里，都要望着绿油油的山野和田园感叹一番。但匡属于郑国领土，不能无缘无故占领，否则，必然引起两国争端。机会终于来了，晋、楚联合攻郑。郑一面仗多次为周朝出力有功，请求周派兵救援，一面派人来卫求助。姬元拿不定主意，问南子，南子说："救！"

卫出兵，进入匡地，又南行几十里，快马报楚兵已退。卫兵回到匡，飞报姬元，姬元问南子是不是继续后退？南子说："赶快派人告诉郑君，就说匡离楚很近，我们暂时替他守着。"

这时，姬元才忽然颖悟南子的用心。

男人的心思在南子手里攥着哩，能不知道他在想什么？正因为南子太了解姬元，才怨他太迷恋女色，全不像有雄心壮志的君侯。

这时听见男人问，她说："你还能想什么？你能不能多想想国家大事，少迷恋女色？"

姬元说："寡人都这把年纪了，又能做什么呢？"

南子反驳说："孔夫子年纪比你小吗，他一生都在领悟治国方略。"

南子说着，转身要离开，却见戏阳远远地站着。见到戏阳，南子停住步子，说："有事吗？"

戏阳说："夫人，下官去过匡地了。"

姬元已经回过身来，看见了戏阳，南子没有再问。姬元问戏阳说："你是来禀报夫子被困的事吧？"

戏阳长揖，说："是，君侯。"

姬元向南子招手，说："你也听听。"

南子回过身，站在一旁听戏阳说话。戏阳仔细禀报在匡地见到的情形，姬元问："你懂琴吗？"

戏阳说："君侯，你是听过微臣弹琴的。"

姬元想起来了，戏阳不但会弹，水平还很高，他问："你亲眼见过夫子吗？"

"夫子在弹琴，不便打扰，微臣见到了他弟子仲由。"戏阳说，"那是天籁之音，只合天上有，人间无处寻。"

姬元长长地"啊"一声，说："你赶快去请夫子回来，寡人有国事相问。"

南子说："妾以为先送些粮食、礼物去。匡人知道君侯器重夫子，不必再下令也会放行。用不了多久，夫子自己会回来。"

姬元觉得南子说的有道理，吩咐戏阳说："就按夫人说的办吧。"

58

戏阳离开不久，折身回来，见姬元和南子还在荷花池旁，说："君侯，送这样的礼没有定制……"

夫子是大名人，却不是官，送什么、送多少合适，姬元没把握。不过他说："稷黍、鹿皮、熟豕、钱币……多送一点吧。"

姬元没问南子，南子却说："君侯是想早点见到夫子，还是早晚都可以？"

"当然是越早越好。"姬元说。

"那就少送些吧。"南子说。

"简慢了，夫子还会来吗？"

"夫子这样的人，是不会为物所动的。"南子说，"夫子要来，什么不送也会来；不来，送他一城池也不会来，最要紧的是看君侯有无诚意。"

姬元听听有理，说："就按夫人说的办吧。"

戏阳答应着离开，姬元看着南子，半天没回过神来，南子说："君侯这么看小妾，是妾说错了吗？"

姬元自愧心智不如南子，说："不是夫人说错了，是寡人没能弄明白夫人话的深意。"

南子说："夫子会在陈、蔡久留吗？"

"陈、蔡小国，就算留下夫子，也难有作为，当然不会久留。"

"但是，晋正内乱，夫子不能去那里。"

"夫子可以去楚。"

"陈、蔡不会让他去楚。"

"为何？"

"楚时时威胁陈、蔡，陈、蔡愿意让孔丘和弟子们去帮对手吗？"

姬元说："这么说，夫子只能回卫。"

南子说："这样做，不是有意为难夫子，是要让他自愿回卫。礼品多了，夫子会以为君侯在收买他。对夫子这样的大能人，不能有一点勉强。"

姬元说："夫人不说，寡人还真没想得这么周全。"

南子又说了气话："罢啦，以后还是少说为妙，否则，干预朝政这罪名小妾可是担当不起。"

姬元笑得有些尴尬，说："人说女人是小肚鸡肠，一点没错。"

南子说："妾想见见孔老夫子，你还吃醋哩，谁是小肚鸡肠？"

"寡人还不是怕你被人夺了去？"

"如果妾真要去，你怕也不行。"

三天过去，大胡子让看守小木屋的人都撤了，才来找仲由说："对不起，是我们认错人了，你们走吧。"

仲由心里憋气，说："把我们关在这里十天，说句对不起就完了吗？"

夫子在里间发话说："都是阳虎作的孽，不说啦。"

大胡子没再说话，离开了。弟子们莫名其妙地被关在小木屋里十天，不能外出，连打水煮饭也要受监视，听说是阳虎带兵到这里来糟蹋过老百姓，老百姓恨得要扒他的皮。见夫子长得像阳虎，不容分说，将夫子和门人一起关了起来。仲由劝大家说："这是人家的地盘，别惹出更大麻烦来，赶快走吧。"

冉求说："仲由你只说赶快走，往哪里走呀？"

仲由说："是呀，往哪里走呢？总不能老在山里转吧。"

冉求说："陈、蔡那地方太小，夫子去那里难有作为。"

仲由说："看来，要么去晋国，要么去楚国了。"

冉求说："这事还要问夫子，夫子说了才能算。"

高柴在一旁嘴撅得老高，说："有宝贝还得到处找人送，真是的。"

曾点在一旁一边收拾一边说："年轻人，你才来几天，就发牢骚了？"

曾点、颜无繇、仲由在弟子之中是老资格了。颜无繇不大说话，棘手的事仲由出头，要评个是非，看不过了要训谁几句，以及处理七七八八的琐事，全由曾点操持。曾点公正、勤快，大家都服他。挨曾点训斥，高柴不说话，夫子出来，说："为师想去晋看看，不知大家意下如何？"

夫子称赞实行王道，不喜欢霸业，极少谈到姬重耳。但姬重耳好学，广交贤能。成为晋君以后，大力选拔将才，手下郤縠（hú）、先轸、狐偃、郤溱、赵衰等一大批贤臣、名将，晋从此兴盛。就这一点说，夫子很佩服姬重耳能礼贤下士，大胆提拔重用。只有遇上这样的君侯，士子才有施展才华的机会。这当然已是百多年前的事，而今在姬午手里，国家依然强大。如果起贤用能遗风尚存，不会拒他与弟子于千里之外。

夫子的心思，大家已经摸透。夫子想去晋，自然有去的道理。但是，晋都城都绛，离匡地可是不近，还有一条大河相隔，还不知何处可渡哩。

曾点、颜无繇打点行李，费了些工夫；弟子们行李不多，打点起来方便。打点过，夫子却在弹琴。冉求来问仲由："怎么又不走了？"

仲由一肚子不高兴，说："你问我，我问谁？"

冉求说："你问夫子呀！"

"你没听见夫子在弹琴？"

"夫子弹琴和走不走有什么关系？"

"笨虫，你没听出琴声里踌躇难决的味道？"

很自负的冉求又挨仲由敲打一回。门徒之间的幽默、讽刺、敲打，甚至争得面红耳赤，都直接、爽快，不像在夫子跟前，听说话不但得认真，还得多想想，要不，常常领会偏了，抓不住要领，甚至牛头不对马嘴。

本来，弟子们跟夫子一起出来，一是聆听夫子教诲，二是长见识，三是照顾夫子。当然得完全听夫子的。

夫子没说，当然只好等。第二天，夫子还没发话，却见他抱一捆竹简出来，在木屋前树荫下坐下，打开竹简，细细读起来。这时，冉求忽然来到夫子跟前，说："卫国派人来了，要见夫子。"

"在哪里？"夫子问。

冉求说："没得到夫子的话，在外面等着呢。"

夫子没法掩饰喜色，一手提起长袍，跟冉求往外走。这时，木屋不远处停了五辆车，十几个执兵器军士。戏阳站在前头，见到夫子，赶前几步，长揖说："小人是卫大夫戏阳，几天前奉君侯之命来匡，夫子正在弹琴，不便打搅。今奉卫侯之命，特送来微薄礼物，万望笑纳。"

夫子还礼说："无功受禄，丘惭愧啊。"

"夫子是国家栋梁之材，君侯说了，往后要求教夫子的地方还多，夫子不要见外。"戏阳说，"只不知夫子离开匡地，打算去哪里？"

夫子说："打算去晋国，敢问如何走顺当一些？"

戏阳说："晋国断断去不得！"

夫子有些吃惊，说："大人这话如何说？"

戏阳说："正乱呢。"

夫子长长地"啊"一声，叫曾点找人卸下礼物，戏阳说："君侯还有令，如果用得着，就用这五辆车送夫子一程。"

夫子看看弟子们也累够了，特别是曾点、颜无繇，一人一挑家什，比别的弟子累得多了。有五辆车拉家什，求之不得，连声说："多谢卫侯厚爱。"

59

晋国不像齐、楚、郑、宋、卫等国，大权握在君侯一人手里，没有君侯的命令，别想有什么大动静；也不像鲁国那样，由几家大贵族掌握大权，君侯只不过是摆设。晋国经历几番内乱，公族都被赶到国外。国内由赵、范、中行、韩、知、魏六家执掌大权。他们都是异姓，各发展各的势力，都在拉拢一些家族，打击另一些家族，最后吃掉对手。

晋国地处西北游牧区，地广人稀。先前，卫国想跟晋国搞好关系，将本国五百户农奴作为礼物，进贡给晋国，晋国邯郸邑宰赵午跟卫国君侯姬元说了许多把五百农奴留在邯郸的好处，姬元想想只要晋国认这账就行，没再过问这五百农奴留在哪里。

这天，赵午还在离邯郸不算远的这块地上瞭望。这块地很肥沃，很宽，住户虽然稀疏，却也能看到炊烟袅袅，不像晋地，到处是荒野，难得见到人烟。赵午不可能占一片土地，却可以把农奴迁到邯郸附近，成为他这邑宰的臣民，添上一笔不小本钱。如果弄得好，再招些兵马，他的主子赵鞅对他也不能不另眼相看。正得意哩，有快马来，慌慌张张地禀报说："大人，快回去吧，赵大人在府邸等着呢。"

赵午问："何事？"

快马说："没说，样子很不高兴。"

赵鞅在六卿之中，是个厉害人物，又管着邯郸邑，弄得好，傍着大树好升官；弄不好，掉了脑袋还不知道。赵午和快马急匆匆赶回邯郸，赵鞅已经在府邸客厅里等他。见到赵午，赵鞅冷冷地问：“听说卫国送给晋国一笔贵重礼物是吗？”

不出赵午所料，果然是这件事。赵午本来不想向上禀报，看来不实说不行了。他说：“有这回事。我想，待我亲自去看看，入了户册，再向大人禀报。”

“不用了，我会派人去办的。”赵鞅说，“我准备把他们迁到晋阳去。”

晋阳是赵鞅的领地，送到那里，这五百户农奴就轻而易举地成了赵鞅的本钱了，赵午只觉胸口闷得慌，却不敢说“不”，索性爽快地说：“好。”

这件事发生在夫子离开鲁国，到卫国来的那一年秋天。

这天，赵午设宴招待晋大夫赵鞅。赵鞅酒醉饭饱，离开邯郸，赵午召集大小臣僚说了这事，请大家拿主意。大家一听说是这么回事，议论纷纷，年长家臣涉宾说：“不给赵鞅，没法对付过去；这五百户人家是卫国给我们的，再给赵鞅，得罪了卫国，事情就不好办了，得想个万全之策。”

赵午问有什么好办法，涉宾想了一阵，说：“计策是有的，但要是知道的人多了，就做不成了。”

赵午向涉宾招手说：“好，你来一下。”

涉宾跟赵午到外面僻静处，把想法仔仔细细地告诉赵午，赵午说：“这样一来，齐、晋两国打起来怎么办？”

“反正姬午说话没人听，调不动兵马。那五家更不愿意出头打仗，事情办完了，也就不了了之。”涉宾说，“而今这世道，你打我我打你的多了去，不是实在咽不下那口气，没人会愿意打大仗。”

赵午想想最要紧的是不能开罪于卫，也就同意了。几天以后，赵午去属于邯郸邑的那片地，催促那五百户农奴赶快离开邯郸，迁往晋阳。过了五天，一队打着齐军旗号的兵马、车辆呐喊着掩杀过来，赵午连忙让守城军士紧闭城门不战，齐军在城外驻扎一晚离开。

齐军攻打邯郸的消息很快传到赵鞅耳朵里，赵鞅有些发蒙。他想，卫国把五百户农奴进贡给晋国的时候，你赵午要留在邯郸；我要你送到晋阳，你拖三阻四，这下送来了，又听说是逃齐军，究竟是怎么回事？赵鞅怕消息有误，特别派暗探到邯郸查访，证实消息没错。暗探回去向他禀报，赵鞅阴阴地笑了。

很快，赵午被请到晋阳，赵鞅设宴招待，酒醉饭饱，赵鞅问：“卫国那五百户农奴是送给你的还是送给晋君的？”

赵午当然不敢说是送给他的，说："当然是送给晋君的。"

"你为什么把他们留在邯郸？"赵鞅问，说话依然很平静。

赵午分辩说："请恕罪，送迟了。"

赵午嘴上这么说，心里却骂道："送给你，你还不是私自吞了？"

赵鞅忽然变脸，说："赵午，你这样做，国法难容。来啊！"

随着应声，几个甲士上来，架了赵午。赵午和赵鞅同族，同在晋为官，只不过赵午没赵鞅官运佳，怎么奔也在赵鞅之下。赵午破口大骂："赵鞅，想想你手上沾了多少鲜血，才爬到这个位置上来，总有一天你会碎尸万段。我今天被你害了，会在阴曹地府里等你的……"

赵鞅直朝甲士挥手，赵午被架了出去，到大门外，推上囚车里，一直朝西驶去。离晋阳不远的郊外，那里有一片草坪，便是行刑的场所。斩罢赵午，赵鞅立即派家臣去邯郸传话说，处死赵午是家族内的事，不必大惊小怪，邯郸邑可以自立新主。赵午私自扣留卫国进贡的五百户农奴，直到赵鞅处死赵午，还传话让邯郸邑自己找人当邑宰，全都无法度可依。家臣涉宾一知道这一情况，立即来找赵午的儿子赵稷，赵稷昏死过去，醒过来的时候，扑通一声跪在涉宾面前，说："叔叔，你要替父亲报仇啊！"

60

涉宾虽说是家臣，却比赵午老到。只要重要一点的事，赵午必得问涉宾才敢行事。截留五百户农奴在邯郸，涉宾曾劝过赵午别惹祸上身，赵午不听。赵午被杀，涉宾断定邯郸必然易主，必然祸及赵稷和自身。摆在他和赵稷面前的只有两条路，一是出走他国，一是豁出去了：反！

涉宾反复衡量利弊，认定与其窝窝囊囊地活一辈子，不如铤而走险。涉宾将邯郸邑大小臣僚一一想了一遍，断定愿意死心塌地跟赵鞅的没有几人。涉宾想到这里，不再犹豫。涉宾把想法说了一遍，赵稷说："打到晋阳去，杀了那贼，解我心头之恨！"

涉宾说："这事不能急，先要把赵鞅的恶行遍告邯郸大小臣僚、将士，同心协力诛恶，抗击来犯者，先稳住阵脚，才能走下一步。"

赵稷佩服涉宾到底比自己想得周到，倒身下拜，说："家父九泉有知，可以瞑目了。"

赵稷得了主意，立即一面加派军士守卫城池，一面四处派暗探打听消息，只要有丝毫不利于邯郸的风声，马上入报。当晚，赵稷把全邯郸邑大小臣僚、将士集中在大厅里，由涉宾说罢，赵稷愤愤地说："赵鞅是贼，家父被害，下一个当然是我和涉宾，再下一个……跟过家父的，怕是难逃厄运。除了反，没别的活路了。"

赵午平时对大家不错，大家又不满意赵鞅倨傲、任意胡为，于是，全都倒向赵稷、涉宾一边。涉宾又向赵稷进言说："邯郸城墙年久失修，城门陈腐，需修整；还需多备弓箭、木石，以防万一。"

赵稷说："有了动静，消息会马上传出去，麻烦马上临头，不如下了手再筑城。"

涉宾说："那就得快，万一泄露消息，让赵鞅知道就坏了。"

当即选了两百精壮，连夜分几条道悄悄靠近赵鞅宅邸，搭人梯翻过高墙，直奔大厅、卧室、后花园。可是，搜遍每个角落，不说没有赵鞅人影，连妻室儿女的影儿也没了，只有几个吓坏了的下人躲在墙角里，涉宾厉声问："赵鞅哪里去了？"

下人直摇头，说不知道。赵稷握柄长剑在后花园撞上赵鞅家臣卜婼，挺剑问卜婼说："赵鞅在哪里？"

卜婼面无惧色，说："不知道！"

赵稷说："赵鞅的事，你没有不知道的。"

卜婼讽刺地一笑，说："就算我知道，也不会告诉你。"

赵稷气坏了，说："说不说，不说杀了你！"

卜婼以鄙薄的目光看定赵稷，冷笑说："你在邯郸邑这么多年，想来应该知道晋国的大法：反叛者，处斩，决不姑息！"

赵稷说："你和赵鞅一起谋杀了邯郸邑宰，先将你正法！"

赵稷使尽全力，一剑插进卜婼胸脯，顿时鲜血喷涌，卜婼指着骂道："逆贼！"

赵鞅是晋国正卿，执掌国政。除了邯郸有宅邸，晋阳也有。赵稷在邯郸没抓到赵鞅，连忙和涉宾商量，涉宾说："事情已经闹大了，还不赶快去晋阳抓捕？"

涉宾在邯郸安排加固城池，赵稷带领两百精壮日夜兼程，赶往晋阳，一面派人堵住赵鞅私宅出入路口，一面在晋阳城传播赵鞅反叛晋国，谋杀赵午的消息。晋阳有不少赵午的亲戚朋友，听说赵午被赵鞅杀害，和赵稷带领的精壮一起，包围了赵鞅宅邸。

赵午被杀、赵稷反叛追杀赵鞅的消息报进宫里，姬午立即召大臣们商议。赵午是荀寅的外甥，荀寅与范吉射（中行氏）是亲家，关系密切。但荀寅、范吉射、荀跞、韩简子、魏襄子都是上卿大夫，都得让他们知道。姬午心想："如果他俩不执行寡人决定，即以抗命论处；如果通风报信，有意泄露军机，也难逃死罪，总不能顾忌他们不一条心就叛乱也不平吧。"姬午想定，从卫国进贡晋国五百户农奴被赵午截留的事说起，一直说到赵稷、涉宾叛乱，他说："晋有定制，无论职位高低，谁叛乱，诛杀谁，决不姑息。赵稷叛乱，如不立即平乱，将祸及晋国基业，我等成万世罪人。寡人命大司马籍秦亲自领兵剿除乱贼，众位爱卿如有异议，但说无妨。"

赵午被杀，荀寅立即意识到祸乱临头。赵稷领兵追杀赵鞅的同时，派心腹把这事告诉舅舅，荀寅即来到范吉射家说知此事，范吉射说："这是把我俩逼到绝路上去了。"

荀寅说："是呀，我外甥截留五百户农奴不对，就这么一件事，顶死也就是个削职为民，赵鞅凭什么把赵午杀了？而今又来逼我俩参加平叛。参加，怨恨难平；不参加，死路一条……"

范吉射想一想，说："晋不治已久，任姬午胡搞下去，亡国无疑，倒不如反了，兴许还能救晋于危难。"

荀寅说："晋有大法，谁反叛必死无疑，不能不特别慎重。"

荀寅、范吉射都没想到，这么快就把他俩逼向绝境。当下荀寅听完姬午说话，缓缓地站起来，说："晋有大法，叛乱必诛。赵稷叛乱，国法不容。但微臣参与平叛，的确不便。平叛顺利便好，不顺利，微臣即有通风报信嫌疑。到那时，有口难辩。"

范吉射跟着说："微臣和荀大人是亲家，还是避避嫌为好，微臣也不参与了。"

姬午脸色陡然变黑，只是不好发作。停一停，大声命令："大司马籍秦，你即刻点兵，务必活捉赵稷、涉宾来见寡人！"

籍秦答应着出去，荀寅、范吉射退出。两人走出宫廷大门，进荀寅的宅邸，商量对策。

籍秦身为大司马，能够直接指挥的兵马却不多，荀跞、韩简子、魏襄子怕人马都调走了，有了事没法应对，只出部分兵力。籍秦率领三百辆战车，从都城绛日夜兼程地奔向邯郸，疲惫不堪。赵稷领兵奔晋阳攻打赵鞅的时候，涉宾在邯郸昼夜不停地筑城，城墙加厚。多处用木头临时搭起高台，每个高台上有数十弓箭手。还堆了石头，以备急用。大门前挖了堑壕，不放下吊桥，战车无法通过。

这些，籍秦都没有料到，匆忙上阵。才攻到城边，即有数十军士中箭，三辆战车跌下伪装起来的壕堑。砸断腰、腿，砸破头，中箭、挨石头砸的，喊爹叫娘，惨不忍闻。籍秦不甘心，命令撤退，在附近野地里扎营，天明再点兵攻城。不料刚架锅造饭，赵稷、涉宾领兵从城门里杀出，分两路进攻营寨。籍秦只好命令将士且战且退，直退到二十里外，赵稷、涉宾不再追击，才缓下逃跑步子。

61

姬午从近侍口里知道籍秦平乱失败的消息，正窝火哩，近侍又入报说荀跞求见。姬午说："请他进来。"

荀跞见了姬午，说："君侯，谁叛乱都不能姑息，赵稷是荀寅的外甥，范吉射和荀寅要好，就借口不参加平乱，君侯也允许了，臣以为执法不严，以后事情就难办了。"

在六卿之中，魏襄子和范吉射互相挤对，韩简子和荀寅关系不好，姬午很头疼，出面说合多次，四人当面都满口应承，背地里却愈演愈烈。姬午问："爱卿以为该如何处置？"

荀跞还来不及回答，近侍急急慌慌地入报，说："君侯，又反啦！"

姬午瞪大眼睛问："是荀寅和范吉射吗？"

近侍结结巴巴地说："不是……是范皋夷和……梁婴父……"

范皋夷是范吉射族人，有能耐却倨傲。范吉射认为这样的人不宜提拔，一直没有一官半职。梁婴父是荀寅手下，也很有才干，但荀寅健在，又没出大错，下不了。荀寅自己不举荐，提拔谁都会引起风波，只好将梁婴父晾着。六卿中关系复杂，族内矛盾重重，让姬午很头疼。

近侍报进来的消息不清不楚，姬午告诉荀跞说："爱卿暂且退下，先处置急事再说。”

韩简子秉性温和，为政廉洁，深得姬午赏识。姬午即召见韩简子，让他立即派人去查清楚究竟是怎么回事。这毕竟是大事，韩简子怕下人办事不牢，不放心，亲自带两个护卫前往。韩简子先到范吉射宅邸，宅邸四面站着拿兵器的甲士。见到韩简子，甲士拦住他，问：“你是谁？”

韩简子说：“我是谁你不认识？我是韩简子。”

甲士不认识韩简子，问：“干什么？”

“干什么难道要跟你说吗？闪开！”韩简子发火了。

甲士不让，说：“上头说了，谁也不放进。”

“我找你们范大人！”

“那就更不能进了。”

旁边一个甲士说：“现在不是范吉射的天下了，别找不痛快，快走吧。”

韩简子追问说：“不是范大人的天下是谁的天下？”

“是我们大人的天下。”

“你们大人是谁？”

“范皋夷。”

韩简子为要进一步证实，说：“我要见你们大人。”

甲士不耐烦，抹下脸，说：“我们大人是你要见就能见的吗？走走走！”

韩简子带领几个精壮来到荀府。这里没甲士看守，门大开，冷冷清清。韩简子带领精壮进入前厅，荀夫人和儿女们哭成一团。见到韩简子，荀夫人直朝他磕头，说：“韩大人，救救我丈夫和范大人吧。”

韩简子问：“他俩怎么啦？”

荀夫人抹一把眼泪，说：“他俩都被关在范府，晚去一步就没命啦，救救他俩吧……”

韩简子心里有数了，没必要再问。韩简子回到宫中，近侍又报上急情，说荀寅、范吉射反了。韩简子赶忙纠正说：“不是他俩反了，是他俩手下的范皋夷、梁婴父反他俩了。”

姬午呼地站起来，说：“岂有此理！传荀寅、范吉射！”

韩简子说：“他俩被囚禁在范府。”

姬午很快醒悟过来，命令左右：“传范皋夷、梁婴父！”

传令官当然没法传来范皋夷、梁婴父，姬午坐下又站起来，脸色很难看，说："召魏襄子、荀跞！"

韩简子意识到晋国已经出了大事。

在范吉射宅邸大厅里，站满了甲士，被囚禁的荀寅愤怒中夹杂掩饰不住的沮丧；范吉射气得眼里喷火，一直在骂："贼，落在老子手里，活剐了你！"

稍稍平静下来，荀寅悄悄说："亲家，得想办法逃出去，否则，必死无疑。"

范吉射何尝不这样想，但他说："你身上有货吗？"

荀寅摸一阵，只有随身带的一块玉佩，在范吉射眼前悄悄一亮，说："只有它。"

范吉射说："就它。"

一块玉佩，价值连城，这一点，连甲士也知道。范吉射回了个眼神，荀寅跟身边一个甲士悄悄说："你放我们俩出去，我把这块玉佩给你，你拿去变卖，够吃几辈子。"

甲士用嘴指指身边几个甲士，荀寅明白甲士的意思，说："你告诉他们，跟我去家里，不要说一块，几块也有。"

甲士在宅邸里当差，除了混张嘴，俸禄实在少得可怜。干这种冒险的事，要不是范皋夷、梁婴父给了很多好处，没人肯干。眼下，虽说放人要冒更大风险，但好处太让他们垂涎。荀寅身边的甲士把话一说开，几个甲士交换一下眼神，身边的甲士便动手来解荀寅和范吉射身上的绳子。就这时，外面人喊马嘶，和兵器碰响的声音混杂在一起。大厅里的甲士认定是平叛大军到来，顾不得荀寅和范吉射，弃兵器夺路而逃。荀寅、范吉射趁乱溜出后门逃跑。

中牟邑属范吉射封地，在晋卫边境，离都城绛最远。两人最先想到的避难处所就是中牟邑。即使姬午知道他俩躲在中牟邑，也要好几天才能率军到达。那时，他俩早已溜到别国。

"亲家，我们只有暂时去中牟邑。"范吉射说。

"当然，只有那里最合适。"荀寅赞同。

荀寅、范吉射脱下官服，打扮成商人模样，雇了辆马车，朝西南方向进发。他俩生怕后有追兵，多给车夫些钱物，日夜兼程地奔驰。马实在跑不动了，赶忙换车马。折腾几天，终于到达中牟。荀寅、范吉射星夜敲开晋国大夫、中牟邑宰佛肸（xī）宅邸大门，护卫报知佛肸，佛肸预感朝廷发生了变故，命开门迎进内室，施礼毕，说："二位大人星夜至此，必有缘故。"

荀寅、范吉射二人尽自己所知说了，荀寅说："想不到晋国会乱成这样。"

佛肸说："晋国历来就捏不到一块去，说不定将来还会有大乱。"

荀寅说："我和亲家都没有反对平乱，不便出兵也是有原因的；族里人叛乱，我和亲家是受害者，为何要加罪于我二人，不明明是要除掉我二人吗？"

"要除掉我俩的是赵、魏、韩三家。"范吉射说，"而今赵出了大娄子，要爬起来很难。把我俩除掉，晋君无能，魏、韩就大权在握了。"

佛肸只留心听，不插嘴。一路上，二人想到要借助齐、鲁力量打击魏、韩。但二人匆忙逃逸，别说送礼，就是走到临淄或曲阜也难。再说，杵臼、姬宋不一定愿意出兵。实在没把握，才定下心来先到中牟再说。

荀寅一夜没睡好，清早起来，到隔壁房间来找范吉射，说："如果不是姬午是非黑白不分，怎么会听信魏、韩怂恿？这样下去，晋国必亡，还不如把他赶下台，另立新君。"

范吉射皱着眉头想半天，说："佛肸想事周到，和他商量商量吧。"

荀寅、范吉射来找佛肸的时候，有人和佛肸一起，在内室里坐地。荀寅见有生人在不便说这样的事，要缩回去。佛肸说："无妨，进来吧。"

荀寅说了想法，范吉射说："没有退路了，死活在此一举。"

佛肸拿不定主意，陌生客人却说："做不得。"

客人说："你们现在内部分离，即便是打魏、韩两家，也未必能胜。如果攻君主，那么，不仅魏、韩要和你们打，老百姓也要和你们打，败无疑。"

荀寅说："这是为何？"

客人起身，说："我是过来人了，谁喜欢国家大乱呢？大乱了，老百姓妻离子散，生活无着，如何不操家伙打捣乱的人？"

客人甩下这么几句话，出门。佛肸说："他叫高强，齐国大夫，曾经反过杵臼，很快被打垮。老百姓见到他就打，不允许他住在齐国，他不得不流亡到这里。这件事非同小可，我劝二位大人多想想，不要冒昧行事。"

62

一长列战车奔突而来，仲由、冉求赶忙把夫子拽开，弟子们也都散在路旁，免得被无辜伤害。到最后一辆战车到达，却在夫子跟前停住，一位身着战袍的将军跳下车，在夫子跟前长揖说："夫子。"

夫子一眼就认出这位将军，高兴万分，说："是泄声子将军哪，久违久违！"

泄声子说："末将知道夫子和十几位弟子离开曲阜了，不想在这里见到，夫子打算去哪里呢？"

夫子说："打算去晋国。"

"晋国内乱，去不得。"泄声子说，"魏襄子、韩简子奉晋君命令，正在追杀荀寅和范吉射，末将是奉命去救这二人的。"

夫子知道荀寅、范吉射、赵鞅、魏襄子、荀跞、韩简子都是晋国上卿，掌握大权，问："为何要命魏、韩追杀他们？"

泄声子说："一言难尽。齐兵也是去救他俩的，在后面呢，末将得赶路，后会有期。"

泄声子的话，犹如晴天霹雳，炸得夫子昏天黑地，没了主意。看来，晋国是没法去了。去不了晋国，去哪里呢？仲由见夫子神色犹豫，难以决断，说："不如就近歇歇再说吧。"

曾点也说："是啊，夫子，歇一歇，想清楚该去哪里再说吧。"

夫子正不知道如何办好，一长列战车又"咣当咣当"地驶来，为首一位将军，高大剽悍，夫子一眼认出是在夹谷盟会时见到的犁弥。犁弥没留心是夫子一行，催马快速驶了过去。是去晋国还是不去，夫子刚才还有些犹豫，这下算完全断了去的念头。眼下，唯一值得去的地方便是楚国。不管怎么说，那是个大国，国大，才有用武之地。但是，楚国路途遥远，关山阻隔，且多瘴疠、毒蛇猛兽，弄不好曝尸山野。虽说端木赐任楚信阳邑宰，却无法联系。和弟子们千辛万苦到了楚国，如果被拒之门外，该如何办？到底去哪里，夫子无法决断，跟仲由说："仲由，你看看附近有没有可以住宿之处，如果有，住下来歇歇再说吧。"

仲由喜欢跟冉求一起办事，看他一眼，说："夫子，好，就让冉求和徒儿一块去吧。大家都很累了，歇几天，打听清楚怎么走再启程最好。"

冉求也说："是啊，夫子，不打没准备的仗，缓几天再说吧。"

这地方到处是密密的丛林，最大的路，也只能勉强通过一辆车。夫子不好意思让戏阳带领的五辆车再往前走，再三辞谢之后，戏阳率车辆和军士回去了。而今只能靠自己的两条腿在山里探路，看看哪儿有可歇脚的村子。别指望村子会有多大，只要有几户人家，容得下十号人就够了。

可哪里有村寨呢？仲由和冉求在丛林里转了老半天，好不容易走出密林，到宽些的地方，谢天谢地，零零星星有几幢草房和石块盖顶、石头墙房子出现在眼前。仲由大声叫喊：“冉求，你看看，看到人家户了！”

冉求不大习惯钻林子，落在后面。看见不远处有房子，也兴奋得“啊呀啊呀”地叫喊。

仲由和冉求顺着一条巴掌宽的石头小路，走进村子。近处一家是石头房子，上盖茅草，草帘门。仲由、冉求近前时，茅草屋顶冒出缕缕青烟，证明有人居住。

仲由见这屋子寒碜，别说十个人，就一个人怕也容不下。看看别的屋子，大小差不到哪去。冉求说：“反正一两家没法住下，多问几家吧，这一家也不要放过。”

仲由说：“肯定要问，出门在外，顾不了那么多。只是得找好一些的去处，太差了让夫子怎么住？”

“还是先问这一家吧。”冉求说着，朝门里大声喊叫，“请问，有人吗？”

没人答应，冉求又喊一声：“请问，有人吗？”

一阵，草帘掀去半边，一张黑脸出现在门口，两眼在黑脸上显得特别亮。这是张老女人的脸，说话也含糊，她说：“经……文是谁……没这个人……”

仲由、冉求都哭笑不得，仲由说：“老大娘，我们几个外地人，经过你们这里，天快黑了，能借住一晚吗？”

老女人张大没牙的嘴，木讷地看定仲由，仲由连说带比画，重复了一遍。老女人似乎听懂了，草帘子掀得更大一些。仲由朝屋里扫一眼，一股屎臭和尿骚味混合的恶臭直朝仲由的鼻子里灌，让他出气不畅。更要命的是只有一间，火在中间，宽些的一边有黑乎乎的一摊，也许那就是被褥了。老头坐在上面，一动不动，像一段木头……

仲由慢慢地退缩，向站在一旁的冉求招手，说：“走吧。”

不远处有两栋草棚，仲由走近，才看明白草棚用胳膊粗的木头棒横七竖八地扎起来做四壁，顶上盖茅草，比石头房子稍大。一衣衫褴褛的男子扛把锄头回来，见有生人，不怀好意地看仲由和冉求一眼，走进家，打开也是用木棒扎起来的门，说：“看吧看吧，啥值钱拿啥！”

这男子把仲由、冉求当贼了，冉求说：“大哥，我们不是贼，是过路客人，想借你们家过一夜，明天一早就走。”

男子看他俩一阵，大约看他俩的确不像贼，不再敌视，说："啊……看看吧，能住就住吧。"

屋里太暗，仲由这时才看清楚火旁有两个赤裸身子的孩子。这时，年轻些的女人从外面回来，衣衫一样破旧，衣襟敞开，奶子裸露。见到生人，连忙拉衣服来遮掩。仲由说："走吧，这样子怎么住，还不如在外面过一夜。"

"看来只能这样了。"

仲由脸色阴沉，说："这地方老百姓，比我家乡的老百姓还要穷，惨不忍睹。唉！"

冉求看着也很难受，说："仲由兄，要是有人请你出仕，你去吗？"

"去。"

"你有把握做好吗？"

"没有把握做好，但我一定尽力。"

"好，如果有机会，你先走一步，小弟随后。"

"一言为定？"

"一言为定。"

仲由、冉求回到夫子和门徒们歇息的地方，仲由说了他和冉求找住处见到的惨象，夫子面有戚色，说："唉，即便满肚子治国方略，又有何用……"

冉求说："夫子，还去不去那里借宿呢？"

夫子反问说："你说呢？"

曾点看颜无繇一眼，说："找块宽些的地方架锅做饭吧。"

63

一下又派出去五位同窗探路，留下的心里不安。一天过去，仲由开始埋怨夫子，说："他们都没有离开过学馆，让他们到荒山野外去问路，能行吗？"

夫子没理他，拿过琴，弹了调子轻快的一曲，算是回答。

当晚没见这四个人回来，曾点也急了，问夫子说："这种地方，人生地不熟，不会出事吧？"

夫子说："子皙你外出闯荡过吗？"

曾点说："没有。"

夫子说："如果大家都关在学馆里专心攻读，那么，无论学识有多高，也只得到人生本事的一半。"

曾点不明白，愣愣的，夫子说："等大家回来，你亲口问问他们就知道了。"

第二天，夫子问曾点说："还有下锅的粮吗？"

曾点说："还有，不过，不多了。"

夫子告诉仲由说："山里哪些东西能吃，你不是很在行吗，你和冉求去采些来掺着。快一些，探路的人快要回来了。"

时候已经是深秋，山野枯萎一片。仲由虽然熟悉可吃的野菜，已不易找到。野果不少，却怕吃了坏事，不敢乱采。仲由和冉有一起，找了一片山野，摘几把还算嫩的野菜，但是太少。仲由远远地看见一棵挂满刺球的树，高兴得大呼大叫："有办法啦，有办法啦！"

冉求没有在山野里寻食的经验，说："你说的是那刺球？"

仲由说："是啊。"

"那能吃吗？"

仲由说："好吃得很。"

这种浑身长刺的球，到秋天成熟的时候，整个儿变成橙色，对半处张开缝儿，露出红里带黑的果实，仲由家乡人叫板栗。再把果实皮撬开，里面便是白里带黄的肉，生吃、煮吃、炒了吃，味儿都不错。一到秋天，仲由家乡人便上山采摘这种叫板栗的东西回家，去壳，储存起来，在青黄不接的时候救急。

仲由寻到一截树枝，去掉细丫，打下不少刺球。仲由叫冉求回去拿竹筐，抬了一竹筐回来。大家一起，去刺球，咬开硬壳，连软皮一起丢进大锅里。

天快黑的时候，公冶长、漆雕开两人先回到住地，备说一路上的艰难。如果天气晴朗，他们完全可以根据日头起落的方向，认定哪一面是南方，朝那一方走，可以问到通往楚都城郢（今湖北江陵县）的路。可是连日阴雨，脚下湿滑不说，还分不清东南西北。只好根据树木的长势来判断方向。更要命的是他俩都没有在无人烟的地方问路的经历，生怕找不到往回走的路，不得不走一截就停下来，用木棍、石头或草做记号，才没有迷路在深山里。

还算好，他俩找到了个大些的村寨，有几家人还愿意让他们借宿。

夫子听他俩说罢，有些动情，胡子也颤动起来，说："问路是小事还是大事？"

漆雕开说："路子不对，走得越远，错得越厉害，最后难以回头。说大，的确是大事。问问路，只要是知道的都会说，腿勤嘴勤一点就是了，的确又是小事。"

公冶长仔细想想漆雕开话的深意，不住地点头称是。

夫子说："你俩得到了好东西。"

"探路经验。"漆雕开说。

"练了胆。"公冶长年轻，很看重练胆。

颜无繇老练，上坡下坎走得很稳，高柴和颜回摔了好几跤，颜回衣服挂破了。走一段，下身凉悠悠的，才发现长衫拉破了洞。三人摘了些野果充饥，在庄稼地废弃的棚子里蜷了一夜。第二天幸而碰上个路人，才知道走错了方向，赶忙沿原路返回。

五位探路的弟子又累又饿又冷，夫子亲自盛了四碗热腾腾的小米板栗饭送到手里，问高柴说："你和他们出去探路，得到什么好东西？"

高柴老老实实地回答说："没得到什么好东西呀……"

夫子话一开头，没出去探路的弟子都有了疑问，颜无繇年纪大，老实，他也禁不住问："是啊，夫子，你说出去就有好东西，是什么好东西，能不能让弟子们开开眼界？"

夫子说："你问问公冶长，看他得到了什么宝贝？"

公冶长说："还得宝贝哩，都难死啦。"

夫子问："以前你知道探路有多难吗？"

公冶长摇摇头，说："不知道。"

"现在知道了，长了本事，难道不是得了宝贝？"夫子说。

公冶长这才恍然大悟，说："跟夫子出来这么久，老练得多了，是长了不少本事，可惜机会少了。"

夫子拉长声调说："不着急，只要肯要，宝贝多的是。"

公冶长禁不住伸伸舌头。

64

有人探过路，出行到底方便得多。这样，用不着边走边问，很多时候一直在荒野里行走，既没行人，也没村落，找不到人问，难免慌张。有时问明白了该往哪儿走，走一段，遇上岔路，又没主意了。有了公冶长等五个弟子探路，大家跟着他们走就是了。轻松下来，才有心思说笑。

这天，天还没擦黑，就到了公冶长、漆雕开找到的那个村寨。这村寨靠山临水，房屋散落在蓊郁的参天古树之间，树皮盖顶和瓦顶相间，错错落落。一条小河寨前蜿蜒而过，有三两位女子在水边洗菜，隐约有笑声传来，夫子蓦然想起“关关雎鸠，在河之洲。窈窕淑女，君子好逑。参差荇菜，左右流之……”这些句子来，很有感慨，想：“幸而还有这样一些可眼的风光，要不然，尽是金戈铁马，血雨腥风，生活有什么意思？”

走进村寨，仲由替夫子找宽敞、干净些的人家住宿，夫子说：“子路，你就是安排为师住王宫，为师也能住下来。而今大家都过得苦一些，为师跟大家在一起。”

“也好。”仲由说，“徒儿们有疑问方便请教。”

仲由找了一家瓦顶木屋，不算宽大，干净，连夫子一起十人，够住了。男主人模样和善，听仲由介绍过夫子，笑得胡须也抖动起来，连说几个“好”，忙把家人叫到夫子跟前，说：“这一位就是我常跟你们讲的大神人孔夫子，是老天爷送到我们家里来了，快些跪拜！”

男主人说罢，自己先跪，跟着，大大小小男男女女七八个跪了一片，夫子很不安，忙扶起男主人，说：“不敢当不敢当，请起请起！”

男主人吩咐家人说：“备酒备菜，好好请夫子一酌。”

夫子辞谢说：“主人盛情，丘和弟子们心领了，但不要格外招待，做劳民伤财的事，丘和弟子们会一辈子难安。”

主人没有勉强，吩咐家人说：“那就多做些饭菜吧。”

曾点说：“我们的人多，还是找个地方另外烧火、架锅吧。”

主人想想家人有七口，还要做十个人的饭菜，地方的确窄了。木屋外有块空地，弟子们搬石头、去附近捡柴火，忙乱一阵，架锅了。曾点悄悄问夫子说：“小米不够煮一餐了，怎么办？”

夫子没有犹豫，解下腰间玉佩，交给曾点，说：“拿去跟主人换些粮食吧，记住，不能接受馈赠，更不能借。我们没有机会偿还，不能做言而无信的事。”

曾点不接，说：“夫子，这可是你唯一值钱的东西了。”

夫子笑得很自信，说：“为师值钱的东西可多了。你说说看，有一个人投到为师门下，接受为师之道，值多少钱？他把为师之道传播给他的家人、朋友、弟子，值多少钱？弟子传给弟子，弟子们都按为师的道办事，天下大治，值多少钱？为师很富有啊……”

曾点想：“随时都能得到夫子指点，一指点就在当紧处，这世上能有几人？”

吃过晚饭，仲由问男主人这是什么地方，男主人说：“我们村就在卫国边上，再往南走一天就是宋国地盘了。”

仲由问：“去楚国怎么走呢？”

男主人说：“小人只知道楚国在南边，远得很，怎么走，你们得边走边打听了。”

仲由谢过男主人，告诉夫子说：“走这么多天了，才到卫国边境。”

夫子犹豫起来，说：“再往南走是哪里呢？”

“宋国。”

宋国政权传到子头曼（宋景公）手里，渐渐强盛起来。子头曼为人贤良，勤政爱民，养军强军，颇得民心。民间流传这样一则爱臣、爱民的故事。看星象，断吉凶，古来盛行，子头曼也深信不疑。一天，专管观看星象的官员子韦忧心忡忡地禀报说：“臣夜观星象，紫薇星东南角辅星灰暗，这可不是个好星兆。”

子头曼听了，脸罩上了阴影，司星官看在眼里，说：“这种星象，主君侯凶，禳灾难以消除，非得有人替代不可。”

子头曼不说话。子韦狠狠心，说：“这事非同小可，只有委屈相爷了。”

所谓委屈，就是用活人来禳灾。

子头曼听了连连摇头，说：“相爷是寡人左膀右臂，宋国功臣，反倒嫁祸于他，是何道理？”

“那么，那就只有委屈百姓了。”

子头曼火了，说：“没有了民，还有国吗？没了国，要君侯何用？”

子韦见君侯冒火，吓着了，不再说这件事。

夫子想，有像子头曼这样的君主治国，还愁国家不强盛，百姓不安居乐业，世道不太平吗？如果去楚国不顺利，去宋国也未尝不可。但这想法他藏得很深，连在仲由跟前也没透露。夫子为道不行离开鲁国，却没想到一路上并不顺利。要紧的不是吃食粗粝、住宿太差，而是对他修身、治国之道的冷漠。夫子不明白为什么那么多君侯热衷于攻城略地，而不愿意修身、正己。己不正，何以正人！但要扭转这些当权者的态度，又太难太难。夫子不愿意说自己的想法，原因正在于此。

仲由见夫子闷着不说，问："是不是弟子说错话了？"

夫子说："没有。"

"夫子为何不高兴？"

"没有理由。"

夫子不说，仲由便不再问。这时，冉求匆匆忙忙地来告诉夫子说："夫子，有人找你。"

夫子说："请。"

冉求带来两位官人，夫子一眼认出走在前面的一位，趋前几步，说："啊，是戏阳大人！"

戏阳上前施礼，说："君侯急着想见夫子，命小人寻夫子。找了好几天没有夫子踪迹，心灰意懒，都想回去了，不想在这里碰上，真是天意。"

夫子问："君侯有什么事要下问？"

戏阳说："有两件事，其一，君侯听说仲由贤能过人，想聘用，不知可否？"

夫子说："子路是丘爱徒，跟丘几十年，自是舍他不下。如君侯有聘，正是传丘某治国之道的好机会，不当阻拦。不过，须子路自己应允。"

戏阳说："那是自然的。"

夫子绝不在人后议论别人，谈论门徒，也不回避他们的不足。仲由在夫子身旁听到谈论自己，说："终身事夫子，学夫子，是仲由的志向。仲由还是不仕为好，谢君侯高看仲由了。"

戏阳说："君侯有话，急不在一时，子路完全可以三思而后行；如果觉得不当，不必勉强。"

卫君如此尊重贤能，夫子、仲由颇感意外，夫子说："子路有胆识，有才华，长于政事，去吧，不必担心为师。"

"其二，我君侯有事求教，万望夫子不要推辞。"戏阳说，"只要夫子应承，我二人立即回帝丘禀报，派车迎接，和众弟子一同前往。"

夫子说："丘何德何能，劳烦君侯这般高看？只是事情来得太匆忙，可否延缓数日再回话？"

戏阳说："君侯景仰夫子，当然是速速定夺为好。"

夫子施礼说："多谢君侯如此礼遇。"

第二天，夫子给戏阳回话说："丘既然到了宋边境，还是想见见宋君。日子长着呢，不会没机会拜见卫侯。”

戏阳想：“都传夫子心地宽广，不会是因为在帝丘受冷遇，婉言谢绝吧？”想归想，既然夫子这么说了，只好暂且回帝丘。

65

夫子一行好不容易来到宋国边境，至一边关，仲由上前向守卫施礼说：“敢问军爷，这是哪里？”

仲由身后，是夫子和同窗，老老少少，衣着不整。挑担、提篮、背被褥，全都疲惫不堪的样子。一老头胡子散乱，宝贝似的把琴抱在怀里，十几个人散在道旁歇息。守卫看了半天，猜不出他们究竟是商人还是难民，说话也不好听了：“你们是干什么的？”

仲由没法用简短的话跟守卫说清楚来历，只好转个弯，说：“我们的先生要到各国走动走动，见见各国君侯，说说治理国家的办法。听说宋君圣明，礼遇贤能，是特来求见的，烦劳允许我先生和门徒过关吧。”

守卫看看抱琴的老人，问：“你说的先生是他？”

仲由说：“他就是我们的先生孔丘。”

守卫眨眨眼皮，说：“我凭什么相信你说的话？”

仲由说：“读书人从来不打诳语。”

这十个人，守卫怎么看也不像是坏人，朝仲由打个手势，说：“进吧。告诉你们，以后光凭嘴说是不能过关的，得有你们国家通关文牒，知道吗？”

仲由连声说“是”，招呼夫子和门徒们进关。

走进关，仲由回头问：“敢问军爷，这里离商丘还有多远？”

“往南走，还有两天路程。”守卫说，“你们先生叫什么名，等上面问下来，我也好有话说。”

仲由很谦谨地回答说，“孔丘，我们都称他作夫子。”

守卫有些吃惊，说：“就是领军打败齐兵的那位吗？”

“是。”

“了不起。”守卫说，“听说还有两位了不起的将军。”

“谁?”

“仲由和漆雕开。”

仲由暗暗高兴，想不到抗齐这一仗，打出了这么大威风，说：“我是仲由，先生后面那一位是漆雕开。”

守卫肃然起敬，说：“你怎么不早说?”

仲由淡淡一笑，说：“这样说说，你放我们过关了，不是很好吗?”

夫子一行在人烟稀少的旷野又跋涉了两天，才远远地望见个不小的城池。城池灰墙蜿蜒曲折，围了一大片。墙里房屋高高矮矮，街道宽宽窄窄，粗糙而凌乱。夫子和徒弟们又累又饿，看见房屋、街道、炊烟，巴不得马上走进酒肆，好好吃一餐，睡个好觉再说。

夫子让大家在一块稍稍背风的空地上歇息，还是派仲由前去打探进城的门。仲由没费多少力气，就打听到这里就是宋国都城商丘。仲由想得很好，进城，进酒肆，住客栈，跟着是宋君召见……却万万没有想到，偌大个商丘，只有四个城门，两个紧闭，两个开着。仲由刚朝守卫走近，即被另一个凶神恶煞的守卫喝住：“干什么的!”

仲由没有再搬出夫子来通关，说：“我们是外地人，路过这里，借宿一夜。”

“哪里人?”

“鲁国人。”

“干什么来?”

仲由没法说明白事由，只好说：“路过这里。”

“多少人?”

“十个。”

“谁知道你们是好人是坏人，不能进!”

“我们的先生也来了。”

“你先生是谁?”

“孔丘。”

守卫摆摆手，说：“不知道什么孔‘秋’孔‘夏’的，赶快走，别叫我把你们抓起来。”

仲由忍住气，说：“军爷，我们先生可是了不起的大贤人、大能人，若能用先生的主张治国，国富民强无疑……”

守卫扁扁嘴，说：“谁相信你胡说八道!”

仲由耐心地解释："带领鲁兵抗齐兵，大获全胜，我们先生当过鲁国中都邑宰，政绩卓著……"

一个官样的人出现在门里，守卫跟他说了几句话，官样的人发话说："叫他走，不走就抓起来！"

仲由憋一肚子气，回到夫子和弟子们歇息的地方，门徒们听说这地方的人这般无礼，气不打一处来，冉求年轻气盛，跳起来说："无礼，野蛮，落在老子手里，叫他好看！"

漆雕开也坐不住了，说："我倒要看看，是何人长了三头六臂！"说着，站起来。

仲由把他摁住，说："这是在别人的地盘上，你好歹就忍着些吧。"

多数人都不出声，他们知道这是在求人。再说，怨气大了，夫子心里不好受。夫子为张扬道、践行道，几年来都坎坎坷坷，磕磕碰碰，不能让他看到门人的不快。颜回年纪小，却想得周全，说："没事，不进城，到老百姓家歇几天总行吧，夫子说是不是这样？"

居然如此不顺，是夫子没想到的。这种时候，他总能方方面面都想想，替自己想，也替别人想，能很快平静下来，想办法走过这道坎。仲由问夫子怎么办，夫子很平静地说："就按子皙说的办吧，天下这么大，不信没一条路可走？"

跟夫子出来，到底去哪里，没有一定；啥时候回家，三年五年，也不一定。曾点说要跟夫子一起出游，妻子梅氏不赞成，说你都这一把年纪了，你跟着去还不是累赘？曾点伸伸胳膊伸伸腿，说："这是跟夫子学本事的大好机会，不能错过。"

梅氏说："是身体当紧，还是本事当紧？"

"要是什么本事也没有，要身体有什么用！"曾点耐心地说服妻子，"再说，你这怕那怕，老困我在家，身子再强也会垮。"

在外奔波，别说生火做饭，寻找住处问路，特别繁杂，单是走路，就够艰难了。人烟稀少，很少有机会搭搭马车。师徒十人，除了仲由，都缺乏在野外跋涉的经验和能耐。离开鲁才走两天，夫子脚底起了水疱，辣乎乎的难受。幸而仲由识些草药，采来嚼细、敷上，水疱渐渐收水。同窗们脚板起疱，也都照此办理，才坚持了下来。

仲由带着一行人离开，望着城外不远处的村庄走。这是散落在城郊的村庄，多少有些城池气息。大家看见一条能并排过两辆马车的大路弯弯曲曲地和村里相连，见到高高矮矮、大大小小的木房、砖房，青瓦屋顶和树皮屋顶相间，见到袅袅炊烟，还有断断续续丝丝缕缕的香味飘来，犹如到了天堂，大家一下轻松下来，颜回居然哼起夫子常常弹唱的韶乐曲调。

66

夫子问仲由说："我们离开鲁多少日子啦？"

仲由想一想，说："两年多了吧？"

夫子想起来了，已经过了两个冬天，眼下又是春暖花开的时候。离开曲阜，离开家确实有两年多了。什么也没有做成，日子白白地过去了。以后怎么样，实在不敢说。两年，日子不算短啊，鲁国怎么样，学馆怎么样，家怎么样？为了他和两个孩子，妻子由年轻、漂亮变老了，身子越来越单瘦。手脸变粗糙，头发稀疏而且花白。到该卸下担子，安度晚年的时候，他却把她撇在家里，离开家四处漂流。这时候，妻子在家干什么呢？是逗孙儿玩，还是在灯前没完没了地缝补？抑或坐在门口，望自己归去？老了，夫子才明白，只有夫妻，才那么贴心贴肺，彼此才会没完没了地牵挂，谁有了不适，会像割肉抽筋那么疼痛。

姬宋怎么样，还像他兄长那样被架空？如果不是侯犯、公山不狃叛乱，那么，别说堕三邑，一邑也堕不了。鲁开国三百多年，动乱从未停止，而且全是为了争权夺利。长此以往，不仅鲁国只有被并吞一条路，任何一个国家走向衰败都将无法避免。然而，就在生他养他的土地上，无法推行他的主张；卫君沉湎女色，根本没有认真想想治国之道，想想国家的前途；至宋，连都城也不让进。这样的尴尬境况，门徒们能不看在眼里？只是不说而已。门徒们越是体谅他，夫子越觉钻心地疼痛。平日，朋友恭维，门人唯言是听，把他看得无比崇高，其实他也是凡人，心里苦着哪……

修身和治国之道等重要话题，夫子在门人之中不知说过多少次。漆雕开也不是第一次听到，而且有争执，印象才这么深刻。他对夫子的说法深信不疑，但别人为什么这样难以接受，甚至连城也不让进，他不解而且气愤。漆雕开从后面窜到夫子跟前，闷气一下冲了出来："夫子，是不是因为你的道至大至高，高到无法企及，才到处碰壁？"

夫子正色回答说："少想别人对自己怎么样，多想想如何磨砺自己吧。"

仲由听不得漆雕开这样的话，说："这世界上啊，最不了解的人就是自己。"

漆雕开喜欢和仲由抬杠，说："自己不了解自己，天下奇谈。"

"知道你自己有多能耐吗？"

漆雕开不能说自己很能耐，也不愿意说没能耐，只好摇摇头，说："不知道。"想想觉得仲由怎么就偏要问别人的短处，说："子路，你肯定知道自己有多能耐。"

仲由说："没能耐。"

"为什么这么说？"

"许多道理还没想明白，所以没能耐，更不想离开夫子。"

漆雕开和仲由争执，夫子听得清清楚楚，他觉得这样争论非常有益，没有插嘴。

夫子走近村寨，见路边一家没有冒烟，跟仲由说："去看看，要是没人住，大家就在这里歇息，免得搅扰百姓。"

这一幢木屋三面有墙，正面是木门、木柱，青瓦盖顶，虽然风雨剥蚀，很旧了，却依然牢固。仲由叩叩门，问："有人吗？"

没人答应，仲由跟夫子说："没人答应，不知道有人没人？"

夫子说："进去看看。"

仲由、冉求推开门，走进屋里。冉求"呀"的一声惊叫，退了出来。昏暗中，见一个人吊在房间里。仲由虽然比冉求胆大，还是吃了一惊，告诉夫子说："有人吊死在家里。"

夫子提起长衫下摆往前跨步，说："快些把人放下来呀，还愣着干什么？"

年轻些的门人犹犹豫豫，曾点、颜无繇经的事多，听说有人吊死在家里，放下担子，跨步进门。曾点看时，吊死的是老大娘，跟颜无繇说："来，我抱人，你解绳子。"

曾点、颜无繇是门徒们的老大哥，有他俩走在前面，门徒们胆壮了，跟了进来。大家七手八脚地放下老太太。老太太没气了，舌头拖了出来，乌黑乌黑的，很瘆人。不多一会儿，一老丈趺趺撞撞地回来。老丈见这么多陌生人在自己家里，人中间躺的是老伴。老伴脸白得像麻布，舌伸在外面……

老丈扑在尸体上，呼天抢地，痛哭不已。门徒们怕老丈想不开，连劝带拽，把老丈摁在矮凳上坐下。老丈泪流满面，断断续续地说："我……才出去这么一阵，你……怎么就这么想不开啊……"

夫子跟身旁的公冶长说："你去劝慰劝慰老人吧。"

公冶长想："好歹是夫子女婿，遇事不能缩在后面。"他没有犹豫，在老丈身边坐下，说："老人家，你不要怕，我们是鲁国人，路过这里，想在你家借宿……没想到大娘想不开……"

老丈忽然暴怒，大骂"畜生"，公冶长吓了一跳，老丈自顾自地数落："三个孩子，三个畜生……畜生……爹娘老了，就一脚踢开了，畜生！"

老丈说着，拿过门角落里的锄头往外冲。就这时，一个五大三粗的汉子气呼呼朝老丈走来。老丈见到壮汉，气红了眼，举起锄头就砸，壮汉一闪躲过，老汉没砸着，举锄头的手被钳住了，疼得"哎哟"一声叫起来。壮汉骂一声"老不死的，你今天死定了"，夺过锄头要砸老丈。门徒之中，算仲由武艺高强，待壮汉看清楚时，一双愤怒的眼睛正对着他。眨眼间，锄头被仲由夺过来。壮汉瞪圆了眼，恶声说："老子揍这老不死的，干你屁事！"

仲由说："你欺负老人，我管定了。"

壮汉说："你管得着老子的家事？"

仲由问："老人是你家什么人，是农奴，还是你爹？"

壮汉耍横说："是爹，怎么啦？"

门徒们听说老丈是壮汉的爹，七嘴八舌地训斥，仲由命令壮汉："跪下，跟你爹认错！"

壮汉还要犟，仲由钳住他胳膊往下摁。壮汉疼痛难忍，只得跪下。壮汉翻翻白眼，嘟囔说："老不死的，你找这么多人来老子就怕？老子不怕！"

仲由厉声问："你说什么，大声点！"

几个门徒齐声吼叫："说！"

壮汉怕挨揍，不敢犟嘴，却也梗着脖子不肯认错。夫子告诉仲由说："让他起来吧。"

仲由告诉壮汉说："起来吧。"

夫子告诉仲由、公冶长说："为师和你俩留在这里。"又对曾点说，"子舆，你们去找住处吧，不用管我们。"

门徒们离开，仲由问壮汉说："怎么回事？"

壮汉歪歪脖子，说："你问他。"

公冶长忍不住，说："他是谁，是你爹！"

老丈说："我们还没死，这三个畜生就要我这栋房子，逼我和老伴去住马圈。老伴去问他，他把老伴赶了出来。我气不过，去问他，他要打我。天哪，辛辛苦苦生养三个孩子，哪承想落得这样的下场……"

壮汉分辩说："老二老三都要这房子才肯养，我为什么不要？"

公冶长问："你们三弟兄现在住哪儿？"

壮汉翻翻白眼，说："自己家，那是我们辛辛苦苦挣来的……"

公冶长不解，说："既然你们自己有房子，为什么还要老人的住房呢？"

"我们不能白养。"

"混账，爹妈就该白养你们？"

仲由说："你逼死母亲，国法难容。赶快把你两个兄弟叫来，好好把母亲安葬了，接你爹去家里赡养没事，否则，送你进大牢！我们就在你这里住，不走啦！"

67

壮汉怕官，怕兵，更怕什么名分也没有，进村寨就抢的家伙们。不知仲由这帮人的来路，吓着了，老老实实地把他两个弟弟叫来。壮汉不敢再耍横，在仲由跟前站住，等待训斥。仲由说："你们逼死娘，知不知罪！"

壮汉替他两个弟弟回答说："知罪知罪……"

仲由说："没问你！"

壮汉直朝两个弟弟瞪眼，说："快说，不说老子揍死你们！"

壮汉胖些的弟弟说："错了……老爷……"

瘦些的汉子梗着脖子不说，仲由问："你没罪是吧？"

瘦些的汉子怕仲由不饶他，歪歪脖子，说："改了还不行吗？"

"连错都不肯认，会改吗？"

瘦汉子不敢违拗，说："会的。"

仲由厉声问："怎么改？"

三兄弟结结巴巴说不出个道道，仲由说："先跪下，给娘赔罪！"

三兄弟不敢不从，一起跪下，壮汉先说："娘，儿子错了，儿子有罪。"

老二老三跟着说："娘，我们错了，儿子……"

仲由问："你们这地方的人都这样对待亲爹亲娘吗？"

这时，曾点进来，问夫子说："饭做熟了，先吃饭吧。"

"好。"夫子回答说，"你先回，我们随后就到。"

曾点离开，夫子告诉仲由说："让他们自己处理，明天我们再过来。"

第二天早上，仲由、公冶长来到路边这户人家门前。门虚掩着，仲由叫了几声，有声音从里屋传来："谁呀？"声音悠悠的，很微弱。

仲由、公冶长交换一下眼色，走进去。屋里已经没了老大娘尸体，老丈睡在草窝里，面色蜡黄，见仲由、公冶长，说："你们真的不是来抢人的吗？"

公冶长忍不住扑哧一声笑出来，说："你看我们像抢人的吗？告诉你，昨天跟我们一起来的那位老人是我们的先生，学问大得很，懂的道理多得很，门人上千，我们俩是他老人家的门徒。"

老丈眼里闪过一丝亮光，说："是不是传得很广的孔老夫子？"

仲由在一旁插嘴说："正是。"

老丈半坐起来，直朝天作揖，说："老天哪，要是有孔老夫子教一教，也不会走到这一步呀……"

公冶长说："老人家，我俩来，是要找你的三个孩子说说，只要他们懂道理了，就会孝敬你老人家，不会再犯错。"

老丈又朝天作揖，说："老天爷保佑，真是碰上救命神人了。"

老丈说罢，撑着起身，说："昨天，我老婆去找老大讲理，被老大打出来，我气不过，要去打老大……没想到出去没多大工夫……她就去了……我带你俩去，老大老二老三家离这里都不远。"

老丈边说边抹泪，仲由、公冶长心里很不是滋味。日子把老丈磨得背驼了，脸上皱纹深得像刀刻。北方春三月，依然寒风料峭，可老丈衣裳单薄，走在风里，瑟瑟发抖。仲由知道门徒们全都贫寒，想接济也心有余而力不足。

老丈把仲由带到一家砖房前面，站住说："老大住这里。孩子还是比他爹能干，这栋房子，在村子里算不错的了。有两个孙子，一男一女。"

老丈说这话的时候，露出几分自豪来，公冶长接了一句："有能耐是好事，但必须孝敬父母。"

老丈忽然冒了一句："他们还是孝敬的，是好孩子。"

公冶长不明白都到这地步了，怎么还这么维护他的恶孩子，回头朝仲由撇了撇嘴。

仲由说："待你有了孩子，你就懂了。"

"小弟决不会像他这样。"

老丈完全忘了儿子给他造成的不幸，兴冲冲地举手敲门，敲一阵，没人答应。再一看，门上挂了锁。

老丈像很久没见着儿子似的，在门前土坪上转着圈子喊。喊什么，仲由、公冶长都没听明白，仲由猜想可能是那壮汉的小名吧，不想问。老丈转一阵，在仲由、公冶长跟前停住，抱歉地说："真不巧，没在家……往日家总是有人的，怎么就一个人也没有？"

一阵，又说："要不就不找了吧，孩子到底是孩子，不懂事。"

昨天下午的那一幕，仲由、公冶长都没法忘记，公冶长说："老人家爱孩子，这没错，但不能溺爱，不跟孩子讲清楚孝敬父母的道理，以后还会出事的。"

仲由说："是啊，老人家，出了这么大的事，不好好教育教育不行了。"

老丈并没多大领情，站一阵，说："好吧。"

老丈说着，带仲由、公冶长去了老二、老三家，两家的门上都挂了锁，冷冷地对着老丈和仲由、公冶长。

老丈的神色有些庆幸，有些失落，还有些抱歉，让仲由莫名其妙，公冶长说："我们也够犯贱的！"

仲由、公冶长离开老丈家去找夫子，夫子正和门徒们在一起说笑，见仲由、公冶长到，夫子说："怎么样？"

公冶长说："这老丈够贱的。"

夫子问："这话从哪儿说起？"

公冶长说："儿子这样不孝，他还说儿子的好话。"

仲由说："老丈带我们去他三个儿子家，三家门上全上了锁。"

颜回问："那位吊死的老大娘呢？"

仲由说："不见了，多半是埋了。"

夫子听了门徒们的对话，眉头拧成个疙瘩，好一阵才说："子路，你俩就有始有终地管这件事吧。"

公冶长越想心里越不快，说："夫子，我们是不是也有点犯贱？"

夫子笑笑，说："不犯贱，又怎么知道要做成一件事有多难？"

仲由说：“夫子，我们会有始有终的，放心吧。”

仲由和公冶长一连去了三次，老丈都说三个儿子都没有回来。第一次，公冶长问：“三个儿子都没有回来？”

“都没回来。”老丈说。

第二次去，公冶长又问：“都没回来？”

老丈吞吞吐吐，说：“都……没回来。”

第三次，老丈把门抗死了，任仲由、公冶长怎么喊也不开。几天过去，夫子住家主人告诉夫子说：“别管他们啦，他们把你们当作坏人，三个儿子带着全家跑了，老丈病死在家里……”

夫子听罢，真想大声呼喊：“愚蠢哪！”

68

夫子和弟子们在村寨附近田野里边走边谈论几天来的所见所闻，见几个农奴在田里劳作，来了兴趣。夫子不懂稼穑，不知道黍、稷是怎么弄出来的。夫子站在土坎上望一阵。几个光着身子的人，在拉着什么艰难地爬行。夫子特别叫上颜回，和仲由、冉求一起走近在地里劳作的人。

劳作的人光着身子，只在腰间系了块破布，遮住羞处。原来他们在犁地。前面三人各套一根粗绳，一头套住肩膀，一头拴住犁头，一人扶犁。拉犁人一齐弯下腰，使劲往前挪一步，犁头才跟着前进一步。两人的肩头都肿了，红得发紫；一个的肩头破了皮，血肉模糊。扶犁和拉犁的四个男人全都瘦得皮包骨头，又黑又脏。他们都是有土地人家的农奴，可以被农奴主任意买卖、作礼物进贡官府或为农奴主陪葬，甚至处死，和牲口没有两样。夫子和弟子们出游两年有余，这样的情形见得多了。见到一次，会难受好几天，一个难解的问题把夫子缠绕得更紧：人为何不能仁爱一些？是谁给了这些人生杀予夺的大权？夫子虽然常常很痛苦，却怎么也想不明白究竟是为什么。想不明白，当然没法跟门徒们说。门徒们经常见到这样的事，没法不问。颜回喜欢思考，喜欢打破砂锅问到底。这会儿他站在夫子身旁，问：“夫子，徒儿又有问题了。”

夫子知道颜回的德行，他提出的问题如果没得到明白的答案，他会没完没了地纠缠下去，只好说："说吧。"

"夫子，人和人是不是一样的呢?"颜回说。这是他想了很久的问题，实在憋不下去了。

夫子不能说人和人不一样，他不能瞎说；但一些人做牛做马，另一些人高官厚禄，可以任意屠戮另一些人，人与人又分明是不一样的。夫子反问说："回，你说呢?"

颜回不隐晦自己的看法，说："有一样的地方，也有不同之处。"

夫子说："你说详细一点。"

颜回说："第一，模样都差不多。第二，吃喝拉撒，生儿育女，人人都如此，没什么不同。"

夫子点头赞成。

颜回说："一些人富贵，一些人贫贱，一些可以人糟蹋另一些人，这就有很大不同了。"

夫子又点点头，他赞赏颜回勤于思考。

"还有，有人很聪明，有人很笨。"颜回说，"弟子就不聪明，只能靠苦学。夫子，为何人有这样大的不同呢?"

颜回说的这些疑难，在夫子心里转了千百遍，答案也有过不少，但都经不起推敲。一个答案出来，顶多能解释几种情形，多了就说不通了。于是只好放弃，回到原来的地方，再想。夫子想得最多的是为什么会有富贵与贫贱之别这个问题。贵就有职、有权，有职有权就富，这道理太浅显。但是，是天生就贵吗？就他自己的能耐而言，比谁差了？他的弟子们各有各的才干，不少人还特别突出。仲由、冉求的才干超群，知道的人不少，可是无职无权，就既不贵，也不富。那么，谁给这职这权呢？唯一的办法是造反、夺权，即如而今不少国家的内乱那样。而内乱，又是夫子深恶痛绝的事！

那么，是不是有些人天生聪明，比一般人会想，会办事，容易获得成功，他们就成了高人一等的人，就该管着别人，压着别人；另一些人天生愚蠢，不会想，也不会办事，费了很大劲办不成一件事，他们就该被人管，就该穷？这样想似乎有道理。但一想，疑问又来了：天生聪明，天生愚蠢，这天生又是怎么回事呢？还是想不明白。

颜回有问，夫子不得不把想了很多遍的事再翻出来想，结果还是没想明白，告诉颜回说："这世界太复杂，不要指望一辈人能弄明白所有的难题，得几代人，甚至若干代。”

颜回想想也是这道理，没有再问。

这时，犁土的汉子停下活，连忙到土埂上去穿衣裳。衣裳破烂不堪。吃的是黑乎乎的团子。看了看，认不出是什么食物。夫子心里十分酸楚。正是有钱人家的孩子无忧无虑的时候，少年孔丘却要孤身一人，背负行囊，离乡背井，到陌生的都城曲阜去闯世界。不要穷困，不要看人白眼，要过另一种人的生活，就像行走在茫茫黑夜里，远处有一团火光那样吸引他。孔丘拼命寻找书简，拼命攻读，拼命投师学艺，夫子自认为只要肯下苦功，没有做不了的事。他的一套看法和主张，除了从先王和周公那里学来，还浸透了他的种种切身感受，但凡能切切实实地照办，天下将不会是这模样。治理中都邑一年，已经看到效果。对这一点，夫子特别自信。可为什么竟然到无法在自己国家实施下去，不得不周游列国，买卖人似的兜售宝货？经过匡，走过卫，到宋边境，竟然连都城也进不了，夫子真不敢想是否还有峰回路转的时候。是天老爷的安排，还是人人都要受一种看不见摸不着的东西左右？他还是不明白。

夫子历来讨厌不懂装懂，他告诫过仲由：“人不可能什么都知道，懂就是懂，不懂就是不懂，不要装懂，不要自欺，更不要欺人。”

颜回说：“这么说，夫子也有不少疑难未解。”

“是这样。”夫子说，“回，刚才讲的那些，你也想想，你比为师先弄明白也不一定。”

颜回想：“原来夫子不懂的东西也很多。”这倒让颜回和夫子亲近得多了，又问：“夫子，是不是有些人天生就该过好日子，就该管别人，就该拿别人做牛做马；有些人就该给别人做牛做马？”

夫子摇摇头，说：“真不知道。”

颜回还是露出真诚的微笑，说：“弟子又从你这里学到了一宗宝贝。”

夫子说：“我这里没什么宝贝。”

颜回说：“夫子，而今弟子才知道，夫子是高山，弟子不过是小山丘；夫子是大海，弟子不过是大海中一粟。”

夫子说：“回，为师可不喜欢听人胡捧乱吹。”

颜回分辩说：“弟子没有胡捧乱吹。”

“你问的事，为师真的不知道。”

“不懂就是不懂，没有装懂，夫子这做人之道，够弟子学一辈子了。”颜回说。

一个小小山村，尽管吃住不愁，还不断有村民求教，解决纠纷，也有以为他们是劫道的，跑得远远的躲起来，像壮汉三兄弟那样。但这样的小山村，毕竟不是夫子一行久留之地，仲由向夫子建议说："夫子，看来是没法见到宋君了，离开宋国吧。"

仲由跟随夫子时间最长，虽然是师徒，对对方的了解，超过至爱亲朋。有了什么事，一举手一投足，一个眼神，都能知道对方在想什么，准备做什么。许多时候，两人同时想一件事，或者对某件事的处理，常常不谋而合。尽管此种情形很多，此时，仲由提出来离开，夫子还是很惊奇师徒两人的想法竟如此一致，说："走吧，此地不留人，自有留人处。"

夫子让冉求传话给众门徒，要求离开之前，用了主人的粮食要算清账，要跟主人告别。让夫子想不到的是，离开的这天早上，主人在弟子们的行囊里塞小米高粱团子、布鞋，送出家门，叨叨絮絮，有说不完的话。弟子们走出村寨一段路，村人还舍不得回去。村旁有一株不落叶大树，树下围了一圈光滑的石头，是村人歇脚和闲坐的地方，夫子一行在这里停了下来，再和村民们叙别。

弟子们再三劝村人回去，村里人才陆续离开。弟子们在石头上随便坐下，说起在村子里住几天的见闻。冉求说："我和子长（公冶长字）住的这一家挺富裕，有一百个农奴，有三男两女，五个孩子，最小的十五岁，大的是男孩子，四十岁，男主人老了，四个老婆，最小老婆比大孩子小五岁。大孩子老骂老爹老不死，老爹骂大儿子是畜生。昨天夜里，老头在床上抓住大儿子和小老婆，大儿子把老爹打趴在地上……"

曾点讲他亲眼看见农奴被吊打的惨象，仲由发现一个私设的牢狱……这些，门人都告诉夫子。夫子没有长吁短叹，没有捶胸顿足，也没有大发宏论，他神色冷峻，犀利的目光死死地盯住什么地方，然后慢慢恢复平静。这阵，夫子站在门徒中间，说："为师平日讲得很多了，但还从来没有像现在这样沉重，是心里沉重，也是肩上担子沉重，为师对你们每一个人都寄予厚望，不管你们将来是当官还是当老百姓，都不要忘记肩上的担子。"

夫子很激动，眼圈发红，胡子也颤抖起来。

弟子们完全领会夫子的意思，都知道要按夫子的主张做下去有多难，但不能退缩。在村寨里的所见所闻，更使他们明白无论难处有多大，都要坚持下去。

气氛太沉重，有门徒问："夫子，忤逆父母，凌辱农奴，和庶母通奸，处罚是否有定制？"

夫子说："不但有定制，而且规定得很细，有案可查，待稍微空闲一些，为师逐一说说。"

颜回问："夫子，有定制就按定制处置就是了。日常起居的礼节，没有定制，又当如何？"

有门徒接着问："是呀，见着父母，是不是也要像臣子见君王那样跪拜？"

夫子说："讲究礼节，说到底，是对对方的尊重。尊重也要恰如其分，否则会闹笑话。同在一个屋檐下，父母和子女一天要见多少次？每次都要跪拜，问安，还过不过日子了？"

夫子的话，引起门徒一阵笑声。

正说话，冉求悄悄告诉夫子说："有官府的人来了。"

夫子也看见了，说："来就来呗，没见过官府里的人？"

冉求说："看模样来者不善。"

夫子说："师徒在这里讲礼，惹着谁了？"

仲由还是提醒说："夫子，不可不防啊。"

话刚落音，两个骑马的官吏来到跟前，满脸横肉的人气势汹汹地说："走走走，不要在这里胡说八道，蛊惑人心。"

另一个说："快点离开没事！"

两个官吏的话门徒们都听得很清楚，觉得好笑，冉求问官吏说："我们都说什么啦？"

满脸横肉眼睛瞪得溜圆，话也很难听："谁知道你们叨咕什么？"

冉求说话不急不慢，说： "你刚才不是说我们在这里胡说八道，蛊惑人心吗？"

满脸横肉耍横说："你们这些人还能说什么正理？"

冉求问："连别人说什么也不知道就说是胡说八道，蛊惑人心，这样的人说的是正理还是歪理？"

门徒们哄然大笑，哄笑里有人大声问："是正理还是歪理？"

"说呀，是正理还是歪理？"

满脸横肉说："懂事的，赶快离开，免得我们大人看见你们生气。"

门徒中除了颜回、卜商，全都见过世面。两个官吏气得脸青面黑，大家却嘻哈打笑。冉求还想刺激两个官吏一下，夫子告诉说仲由说："走吧，跟这些人没什么好说的。"

仲由不想让夫子生气，招呼大家说："走吧，别耽误正事了。"

不用问，是夫子的主意。大家不再搭理这两个官吏，拿起行李启程。夫子一行离开大树三百来步，又有十几个人骑马赶来。他们拿的不是兵器，而是锄头和绳子。仲由和漆雕开都打过仗，知道怎么对付这些人。仲由把漆雕开留在身边，告诉公冶长说："你们保护夫子先走，我和漆雕开来对付他们。"

公冶长担心地问："就你们俩行吗？"

仲由说："没事，赶快走吧。"

仲由看清楚走在前面的是个不小的官，悄悄告诉漆雕开说："如果他们要动手，我们俩就把那大家伙抓在手里。"

漆雕开一眼认了出来，说："是司马牛的亲哥哥司马桓魋。"

"你怎么知道？"

"他来过学馆。"

"可能我没在。"

"听说夫子和司马桓魋有过过节。"漆雕开说。

"什么过节？"

"宋有人来学馆，闲谈中说起司马桓魋为自己修石椁，三年不成，夫子听了好笑，说：'修得这么慢，要是死了，早就腐烂了。'很可能是来人把这话传到司马桓魋耳朵里，才起这样的恶意。"漆雕开说。

仲由和漆雕开慢走慢说，这桓魋却没命人来追赶。只是朝渐行渐远的夫子一行破口大骂一通，让人去挖那株大树。仿佛大树就是孔丘，挖了大树就根除了孔丘似的。

6 9

要说没有收获，夫子可不这么认为；要说有收获，离他的预想却是十万八千里。虽然在村寨里见闻不少，感受不少，但和外面比起来，不过是巴掌大一块地盘。尽管听到不少赞扬的话，但那毕竟出自老百姓之口。不要说高高在上的官老爷们，就说他自己，老百姓的话又听进去多少——老百姓的话不管用。

要见宋国君侯子头曼，虽然没能事先派人来联络，没有子头曼的亲口应允，凭夫子对子头曼的了解，却还是满怀希望的。并没有希望在宋国居要职，只要夫子说话有人听，辛苦大半辈子才悟出来的修身、治国之道能够推行，惠及国家，惠及黎民百姓，他死也瞑目了。没想到辛辛苦苦来到宋境，不说连城也没能进，还遭司马桓魋的羞辱。手里无权，什么事也别想做！

夫子一行在商丘郊外路旁宽些的地方停下来，夫子问仲由说："由啊，我们是不是回卫国呢？"

仲由心领神会，说："卫国不是派戏阳来请过夫子吗？"

夫子说："卫国还有意让你出仕。"

这么一说，夫子和仲由都觉得回卫国理由十分充足，并非无路可走。两人说定，由仲由把夫子的话传达给大家，多数门徒说这样最好。漆雕开却有感叹："夫子这么好的修身、治国之道，怎么就没人识货啊？"

仲由说："雕开你不看看夫子有多难受，少说几句没人把你当哑巴卖了。"

漆雕开说："雕开是替夫子不平哪。"

"你白跟夫子这么长时间了。"

"为何这么说？"

仲由说："说话还得看看听话的人不是？鲁是自己的国家，还没法推行呢。一路上看到乱七八糟的事还少啦，在这样的情形之下传夫子之道，还不等于连走路还不稳就想跑？"

漆雕开说："照你这么说，就没法施行了，还不如算了呢。"

"谁知道以后会怎么样呢？"仲由说，"更当紧的是夫子已年过半百，身体大不如从前。"

漆雕开叹口气，说："别说了，说起来让人难受。"

夫子一行按原路回卫国，虽然少了许多周折，还是异常辛苦。入夏以后，雨水多了。道路泥泞难行，弄不好鞋子陷进泥里，拔出来没法穿了，只好赤脚，等到有人家的地方停下来再想办法。最不能忍受的是走着走着忽然倾盆大雨兜头浇下，全身湿透，难受不说，头痛的是生病。快到卫国都城帝丘的时候，遭这么一场大雨之后，夫子病了。头痛、发烧，幸而离都城不远，住进人家户，倖得主人用药，才缓过来。夫子歇过一晚，让仲由传话进宫，求见姬元。

姬元让戏阳来帝丘客栈见夫子，传话说："君侯还有些事要处理，过几天一定请夫子进宫。”

夫子知道这种事没法着急，从容地回答说：“多谢君侯了，孔丘既然回来了，专候君侯召见。”

仲由看夫子一眼，那眼神传出这样的意思来：“特意派戏阳来找我们的是你，来了不召见的也是你，什么意思？”

夫子给他回了眼色，意思是：“别着急。急没用。”

戏阳是老实人，没注意仲由和夫子交换眼色，只牢牢记住姬元交代的话，说：“君侯特别惦记请仲由出仕一事，如果有了主意，不妨告知，下官也好回话。”

仲由没有犹豫，回答说：“夫子年过半百，虽说有众弟子随从，仲由跟夫子的日子到底长些，方便照料。待夫子事情有了眉目，一定来请见君侯。”

戏阳说：“还望仲由早些定夺，以释君怀。”

仲由说：“君子一言，驷马难追，请君侯放心。”

戏阳离开，仲由请房主人再给夫子服一次药，房主人说：“是药三分毒，感风寒一次药即可，多服无益。”

两天过去，夫子果然大好。宫里没有传来姬元召见夫子的消息，更没有戏阳的影子，只好无限期地等候。好在夫子和门徒们不是切磋学问，就是习琴，说说新听来的民歌，再不，请夫子讲新的心得。高柴、冉求、漆雕开心里郁闷，漆雕开在仲由跟前骂姬元“拿腔捏调”，仲由劝阻说：“夫子心里比我们更难受，别说啦。”

漆雕开再说的时候，仲由火了。不过，话还是说得很和缓：“子若（漆雕开字），如果你实在熬不下去，跟夫子别过就走吧。”

漆雕开分辩说：“子路你别误会，雕开对夫子绝无二心，姬元太不把夫子放在眼里了，实在气愤不过。”

“这一点，难道别的门徒不知道，难道夫子不知道？知道却要忍受，究竟为何？”仲由说，口气依然和缓。

漆雕开到底没有仲由老练，不知道要做成一件事太难太难。仲由虽然忍住不发火，话已经够重了，不再说话。高柴、冉求在一旁想发泄一下不满，也闭了嘴。又过一天，戏阳来小客栈问仲由说：“夫子和众门徒在这里还住得习惯吗？如不习惯，在宫里另找地方安顿。”

仲由说：“可否待小可问过夫子，再回答大人？”

戏阳说："当然可以。"

仲由说："请大人稍候片刻。"

仲由到夫子房间，备说戏阳的意思，夫子想想说："无功不受禄，就住这里吧。"

仲由也想过，就住在客栈，可进可退，自由得多。但他不便做主。仲由得了夫子的话，回过戏阳，戏阳说："既如此，夫子和门徒就放心住吧，下官自会派人和店家打交道的。"

仲由说："多谢君侯厚爱。"

戏阳离开，仲由还是把戏阳的话告诉夫子，夫子说："还有没有可换食物的金银珠宝？"

仲由说："随夫子来的门徒家境贫寒，少有那些东西。仅有两件，也拿来换粮食了。"

夫子说："那就暂时按戏阳说的办吧。"

又过好几个难熬的日子，戏阳终于来到小客栈，告诉仲由说："君侯派下官来请夫子。"

夫子告诉仲由说："为师去去就回。"

仲由和夫子交换一下眼神，说："夫子放心，去吧。"

夫子随戏阳入宫，即传来隐隐古琴声，幽怨、哀婉，声声缭绕，不肯散去，勾起夫子多少思绪，竟一时不能专心想想和姬元见面的事。不过，夫子久经沧桑，不愁应对不了。至后花园，离琴声近了，反觉远了，须处心静听。至荷花池亭榭旁，戏阳止步，说："君侯，夫子来了。"

姬元起身，走出亭迎接，夫子随后缓步走进亭里，一着素服丽人抱琴欠身施礼。夫子以为丽人是随嫁的媵妾，原来是曾经见过的绝代佳人南后。南后不想让人说长道短，抱琴离开，姬元说："不是外人，不必回避。稍后还可为寡人和夫子弹一曲，助助兴。"

南后复就座。夫子老觉得有一道光在眼前掠来晃去，不自在，巴不得接见早些结束。却也不想什么结果也没有就匆忙离开。对南后的心情也颇复杂，一方面怕和南后搭讪，被人背后嚼舌，惹出是非来。另一方面，希望给南后留下好感，在姬元那里吹吹枕边风，说不定于事有益。也是拯救苍生雄心未泯，才这般煞费心思。否则，何不待在家里，儿孙绕膝，享受天伦之乐？

姬元命近侍："备酒！"

吩咐过，姬元便没了下文。冷一阵，南后说："君侯，不如请夫子弹一曲，让小女子也见识见识。"

姬元说："寡人正想听听夫子天籁之音。"

夫子连忙辞让，说："孔丘手拙，不敢冒昧。"

姬元说："南子主意甚好，夫子不必谦让。"

南后看夫子一眼，得到应允，吩咐左右："抱琴伺候！"

不多一会，一位窈窕佳丽抱琴来到南后跟前，施礼，呈上琴。南后接过，放在几上，请夫子说："夫子，请吧。"

夫子说："孔丘从命，献丑了。"

夫子拿起镶金嵌玉的古琴，轻拨慢捻，柔音入情入神，比他自己所钟爱之物有过之无不及。夫子忘情地弹了一首，姬元听得不知自己身在何处，缥缥缈缈；琴声已停，南后还觉有声音从夫子指间流出，恍若幽谷听泉，等南后回味过来，她说："能否请夫子再弹一曲？"

姬元笑了，说："留着吧，夫子会长留帝丘，还怕听不到夫子弹琴不成？"

夫子想："我可不是来当门客的，若没什么意思，丘不会老待在这里。"夫子当然有足够的耐心，不会贸然离开。夫子等待姬元说话——直到这时，姬元还没说为何要见他。姬元却没有要说正事的意思，吩咐左右说："备酒，寡人和夫人要与夫子小酌。"

端上席的自然是御厨的拿手好菜精烹鹿肉之类，酒可是"三重醇酒"。这种酒，做法复杂。第一次酿成，取出酒水，放入再次酿制的醪糟里，再取出酒水，再次放入酿制的醪糟里，凡三次，再取出酒。这种酒，味浓而不烈，厚、淳，芳香扑鼻，即便喝多了，也只晕晕乎乎，恍如梦境，不会酩酊大醉。不是王公、贵胄，很难喝到这样的佳酿，夫子一看酒色，嗅到酒香即知它的名贵。不过，夫子很能克制自己，只恍眼看看，说："多谢君侯，多谢夫人盛情招待。"

这种宴请，都不过是做做样子，并不真的能果腹，讲究的是礼遇。对夫子来说，礼遇很重要，连礼遇都没有，别的就别指望了。夫子抿半口酒，捡一块鹿肉，不再举杯、动筷。姬元小夫子十来岁，却只尝尝酒肉，感到精力不济，起身说："夫子，你带众弟子四处奔波，车马劳顿，还精神矍铄，令寡人佩服。寡人年未五旬，已觉精力不济，惭愧惭愧……"

姬元没有要说正事的意思，夫子只好起身。不过他说："君侯如有垂询之时，说一声便是。”

姬元让左右扶着，摇摇晃晃地离开。南后后走一步，轻声跟夫子说：“老东西没用……”

70

姬元叔父文子是卫国大富，姬元家产远不如文子。文子不骄横，同僚、属下对他印象不错，姬元虽然暗地不服，却也不好说什么。一日，文子设宴请姬元，姬元和南后同往，二人享尽珍馐玉馔，摇摇晃晃地回宫。文子送姬元夫妇出来，回府邸时碰上公族中威望很高的史鱼，站住问：“子鱼（史鱼字），你怎么在这里？”

史鱼说：“你今天宴请君侯是不是？”

文子说：“是。”

史鱼说：“你这事做得欠妥。”

文子听史鱼这么说，立即不安起来。宴请君侯，本来是好意。但若寒碜了，简慢君侯，君侯必然不快；若做得像模像样，难说不被误会为傲视君侯。为了这次宴请，他和家臣、厨子费尽心思，做得中等偏上，怎么又有什么不妥？

史鱼说：“老兄，子鱼有话直说。你太富有，君侯贪婪，难说不祸患临头啊。”

文子说：“我也想到这一点了，只是我一说到我家坐坐，姬元就答应了，不办不行。”

史鱼说：“富贵之人，千万不能骄横，骄横必遭祸患。”

文子焦急起来，问：“那我该怎么办呢？”

史鱼忠告说：“你还像以前那样谨言慎行，或许平安无事。不过，你儿子戌十分骄横，就不好说了。”

文子儿子戌仗自己出身贵胄，目中无人，文子训斥过几次，毫无效果。文子临终，把戌叫到跟前，很平静地说：“爹一生谨言慎行，尚且攻讦不断，你若依旧仗势骄横不改，离祸患不远了。”

戌说：“爹，你老在我跟前唠叨，我活了这几十年，也不见招来什么祸乱，别再说了。”

“那是有爹在。”

“爹，你一生谦虚谨慎，还不是满身诟病？爹，人是贱的，越是善良越被人欺负，孩儿可不能像你这样。”戌说，“放心吧，没事。”

文子长叹一声，说：“孺子不可教。”

文子说罢，两眼翻白，两手在空中乱抓一气，喉咙“咕隆”一声响，两手摊了下去，跟着，身下湿了一片……文子死了，姬元没有了任何顾忌，打算借口把戌除了。戌虽然不听文子的训导，不走谨守臣子本分的路，也并不是傻乎乎地等待刀子架到脖子上来。戌知道如果姬元没有大错，莽莽撞撞地下手，打得赢便罢，打不赢以叛乱治罪，要么逃匿，要么处死。倘若从姬元的心腹下手，架空姬元，他最后只能当逃亡君侯。

姬元两次见孔丘，有意聘用仲由，戌即意识到姬元在增强实力，下手晚了，难以成功。就在姬元第二次宴请夫子的时候，一个极其秘密的计划正在实施。

夫子第二次进入卫国都城帝丘那天晚上，戌来到戏阳府邸。戏阳做过文子家臣，由于戏阳忠诚、能干，被文子举荐给姬元，成为卫国专管外务的大夫。戌只看到曾经是他父亲家臣这一层，并不十分了解戏阳。同时，他相信只要肯花钱，没有办不通的事。

当下，戌把想法告诉戏阳，说：“只要把那女人杀了，姬元根基就垮了，卫国江山你我平半分。”

戏阳想想事情并不像戌想得那么简单，谁也没法预料卫国将来是什么样子。戏阳没有当即拒绝，把自己推上危险境地。当然，他也不会别人怎么指使就怎么做，他要自己做主，见机行事。

其间，还发生了一件事。夫子一行陷在宋国商丘城郊的一天下午，卫国太子蒯聩奉父亲命令，把卫国一小邑盂奉送给齐，让齐做卫的靠山。南后是宋国女子，蒯聩一行过宋国境内的时候，听到有人放声而歌，歌只两句话：

发情的母猪已得到满足，
为啥不归还雄壮的公猪？

蒯聩听得清清楚楚，又羞又恼。赶到临淄，办完交割盂邑手续，即赶回帝丘。蒯聩到戌府邸来，蒯聩说完，戌就蹦起来，说：“既然这样，宜早不宜迟，下手吧。”

商量定，由戌来找戏阳，让他在宴请夫子结束以后相机下手。

南后走在夫子身边，说："老东西没用。"

夫子不知道南后这话何意，没有回答。南后也不经意，继续往前，见太子蒯聩站在离她几十步远的地方，稍后是戏阳。蒯聩向前走几步，回头看看戏阳，边走边看，如此三次。南后见这情形，起初不在意，一连三次，又见蒯聩神色异常，意识到危险来临，大叫"太子要杀我"，转身直奔寝宫。姬元刚回到寝宫门外，见南后朝他奔来，急忙迎住，说："怎么回事？"

南后脸色都变了，气喘吁吁，说："太子要杀我！"

姬元急忙护住南后，说："他敢！"随即大叫："来人！"

进来的是贴身护卫，姬元怒不可遏，说："抓住太子！"

护卫四处搜查，已不见太子身影，戏阳来到南后寝宫门外，跪在姬元和南后跟前，说："太子确实叫臣谋害南后，臣以为这是叛逆，没听他的；却也怕太子加害，没事先禀报君侯和南后，请求治臣之罪。"

姬元扶起，说："戏阳何罪之有？"

南后滴下眼泪，说："要是没有戏阳，小妾没命了。"

南后惊吓得不轻，姬元在她寝宫里陪伴三天三夜，情绪才安定下来，南后问姬元说："都是你身边没有像晏婴这样的强臣，要不，太子敢这样？"

姬元不是不想起用夫子，只是像夫子这样名声很大的人，他不能不格外小心谨慎。夫人提起晏婴，姬元立即想起晏婴一生赫赫战功和治理国家伟绩，想起雄霸东方的齐国。同时想起沉湎于声色犬马的齐君杵臼，心动了，说："夫人，寡人已经有思谋了，可还想再看看。"

南后说："像夫子这样的大才，任用迟了，就成别国的臣子了。"

姬元说："能不能委以重任，还要看孔丘合不合寡人心思。如君侯与重臣想法不一样，势必出现内乱。这种事，屡见不鲜。"

南后说："你想要什么样的人呢？"

"眼前的世界，如果国不强，势必被别人灭了。东有齐，北有晋，南有楚，西有秦，都心如虎狼。这一点，夫人比寡人清楚，没有像宴相这样的人行吗？"姬元说了自己的想法。

南后见过夫子两次，加上零零星星的传闻，断定夫子和晏婴是两路人，他不会替卫率领人马东征西讨，开疆拓土，但他会另择一条强国之路。至于是一条什么样的路，南后并不清楚。但她知道姬元决定的事是不会轻易改变的，说也徒劳，没有说话。

姬元身子一天不如一天，和南后同寝之后，往往大汗淋漓，软得不想动弹，自觉又虚脱了几分。他想选个吉日，让蒯聩登基，留些日子享享清福。却没料到祸患早已埋下，而且爆发得这么迅速。开始时，姬元有些发懵，后来想想也就释然："既然敢杀母后，同样敢杀爹，这样的孽障早除早好。"

姬元召戏阳和一干重臣进宫，命大司马向宇率甲士搜捕蒯聩和公叔戌。大司马向宇立即调集数百甲士，由戏阳和他分头缉拿。向宇率甲士直奔太子府邸，所有可能藏人的地方全搜遍，没有蒯聩影子。向宇赶去向姬元禀报，姬元说："等等戏阳大人。"

不多工夫，戏阳带领甲士回来，进宫禀报了姬元，姬元说："想来他俩已逃离帝丘，不必搜了。"

姬元一直心神不宁，茶饭不思。南后看他发黄的脸，心里焦急，劝慰说："太子心不正，若藏而不露，必酿成大祸，暴露了是好事。"

姬元仰天长叹，说："难道上苍有意灭我姬元吗?"

南后心里难受，说："都是南子无用，没能给君侯续上血脉，请君侯惩治罪妾吧。"南后说罢，滴下眼泪。

姬元拥南后在怀里，说："是姬元辜负了南后，姬元无用。"

南后推开姬元，说："依妾之见，不如立子南为太子。"

子南是姬元二弟的儿子，为人忠厚，有见地，比蒯聩更胜一筹。子南不是嫡传，姬元不会让他继位。不想眼下出这样的事，又有夫人举荐，姬元想一想，说："夫人说得有理，待寡人与众臣议议再定。"

姬元和南后默默地待一阵，姬元忽然说："寡人打算明天召见夫子，夫人以为如何?"

南后想出了这样的大事，丈夫身子更加不济，不如缓缓再说。她说："先用仲由，料想夫子不会急于离开，想周到些再召见，也要从容不少。"

姬元很庆幸有这样一位忠诚而又干练的夫人，又一次搂住南后，说："有夫人，才是寡人的福分。"

南后说："吉人自有天佑，一切都会过去的，好日子在后头，不必忧虑。"

71

夫子问仲由说："由啊，我们到卫也这么长日子了，什么结果也没有，为师打算回家看看，你以为如何?"

算起来，随夫子外出已四年有余，除了三次见过卫君姬元，没见到第二位别国的君主。即使见到卫侯，说话也不痛不痒，对夫子之道没有兴趣，仲由感到失望。但他没有怀疑夫子悟出来的大道，只是眼下不是施行时机。

难道这世界要一直乱下去，永远没法达到如夫子所说的大治？仲由问过夫子，夫子只回答说："一定会有那一天。"

那一天何时到来，谁知道!

太遥远的事想不清楚，眼前的事呢？还留在帝丘有意思吗？他说："夫子想家了吧?"

"想家好啊，连家都不想，还会爱人吗?"夫子说，盯住仲由的眼睛，"说老实话，你想不想家?"

仲由目光立即黯淡下来，说："想，弟子两个男孩子都成亲了，该有小孙子了。"

夫子说："陪伴你日子最长的是谁?"

仲由说："第一是夫子，第二是我夫人。"

"为什么不想她?"

仲由呆呆地看夫子一阵，老老实实地说："想，怎么不想？要不是跟夫子，弟子绝不会离开家这么久的。"

"还算老实。"夫子笑了。想一想，说，"想家的人一定不少。"

"夫子不知道?"

"你都没告诉为师，别人会说吗?"

仲由说："想，颜回想他娘都想哭了。"

夫子说："颜回离开家的时候，他娘正病着哪。无繇和回都来了，家里只剩大孩子。"

为了传播道，那么多弟子无法和家人团聚，夫子心里不是滋味，说："回曲阜吧，以后的事，以后再说。”

这时，颜回进来，说：“夫子，宫里来人了，求见夫子。”

夫子迎了出来，原来是宫里的有司。夫子施礼说：“请进。”

年长些的有司说：“奉君侯之命，请夫子进宫一叙。”

夫子说：“好。”说着，回头对仲由说，“不知君侯召见为师有何事，你们就暂且不动吧。”

三个仆人牵三匹马等在离宫廷不远的草坪上，姬元、戏阳、向宇和十几名狩猎能手，都着深色铠甲，姬元见夫子到，迎前几步，说：“寡人多时没有外出狩猎了，可否请夫子一同前往？”

夫子虽然精于骑射驾车，使用多种兵器，却极少外出狩猎。不是不喜欢放纵山野，不喜欢猎获野味，而是没有空闲，没有这样的闲情逸致。见姬元如此兴致勃勃，不便拂了他的美意，只好说：“丘从命。”

姬元年轻时候喜欢和随从一起，骑马在旷野里奔驰，有无猎获全不在意，只求撒一次野，再回到宫里老老实实处理政务。可眼下年纪大了，再也没本钱享受那样的快乐，只能和夫子一起，在草坪上边溜达边说话。夫子虽然年长姬元十一岁，但他一直四处奔波，身子还经得起摔打。姬元见夫子脸不红气不喘，说：“敢问夫子贵庚？”

夫子勒住马，说：“五十有六。”

姬元幽幽地说：“寡人少夫子十一岁，身子却不如夫子……”

夫子不便实说，却也不想说违心的话，笑而不答。一阵，姬元觉得无味，命左右说：“放兔！”

骑在马上射野物，是君侯狩猎的一种玩法。郊外狍、麂、麇、兔、鸡常出没，但得眼疾手快，一出现，即弯弓搭箭。箭法好的，一箭毙命；即使几箭不中，看野物慌乱逃窜，也颇有乐趣。但那要在少有人去的旷野里才有野物出没，姬元没有到荒野去的雄心，只好让左右带兔子进熟悉的山野。

左右第一次放出一白一黑两只兔子。兔子出笼，东张西望，不知道怎么办。等放兔人离开，这两只畜生大约意识到有危险，才没命地朝草丛深处逃跑。姬元飕飕连射两箭，都放了空。夫子只射了一箭，却命中跑得最快的黑毛兔子。

姬元称赞说：“好箭法！”

夫子笑笑，说：“年轻时候争强好胜，着实认真练过好些年……”

姬元收住弓，说："难怪夫子弟子人人能文能武，个个栋梁之材，卫要是能多有几个将相良才，不愁霸业不成。"

夫子心里"咯噔"一下。陡地起了疙瘩：原来卫君也在想称雄于世！夫子知道这样的想法各国君侯都根深蒂固，鲁如此，齐如此，卫如此，宋、晋、楚、秦未必不如此，但夫子相信自己和弟子们只要有恒心有毅力，哪怕是铁桶，也要撕开一个口子，他说："一个国家要强盛，难道只有霸业这一条道可走吗？"

姬元拨过马头，和夫子靠近一些，说："依夫子之见，还有什么更好的办法呢？"

夫子说："如果人人都想称霸，势必攻伐不断，国家不安，生灵涂炭。"

姬元说："夫子说得不错。"

夫子说："如果人人都克制私欲，都按古制办事，就会平息战事，家庭和睦，国家昌盛，天下太平。天下那么大，在自己国土上耕织就行了，为什么一定要攻城掠土呢？"

姬元有些激动，说："夫子，你也亲眼看见了，眼前这世道是强者为王，没什么道理可说。我不打人家，人家就要打我；我不消灭人家，人家就要消灭我。如果我一个国家推行王道，则如管仲所说'坐以待毙'。不瞒夫子说，别说国与国，连家庭也是这样，子杀父，兄弟相残的事还少吗？夫子，你的主张很好，但那是若干年以后的事喽……"

这和姬宋的说法不是一样吗？正是因姬宋拒绝执行他的主张，夫子才毅然离开家园，另寻出路的呀。至此，夫子对姬元不再存有希望。

姬元没有说话。马进入丛林。树木不高，间或可见一块块空地，像癞头一般。夫子见姬元不说话，知道话不投机，没有再说。

林间小道狭窄，只能单马前行。姬元在最前面，夫子跟随，再后是随从、甲士。不算浩浩荡荡，也够威风了。夫子怕暴露姬元的身份有危险，说："先生，你还是到中间来吧，别出点什么事吓着你。"

姬元说："不怕，眼下还没人敢朝本人下手。"

夫子说："小心为上。"

姬元说："好吧。"

前行没几步，夫子只见姬元的手指着前面不远处，"呀"的一声惊叫，跌下马来。夫子闪眼看时，一只大虎大摇大摆地朝他们走来，在离姬元数十步的地方站住。这时，夫子、随从和甲士全都张弓搭箭，大约这畜生见势头不对，一纵身，离开小路，消失在丛林深处。随即乱箭齐发，“嗖嗖嗖”声在耳际回响……

随从、甲士一齐上前，扶起姬元，又扶上马。还好，姬元还能勉强骑在马背上，缓缓地由原路返回。

72

冉耕在学馆外碰上颜无繇父子，滴下泪来，告诉颜无繇说：“你夫人西归了。”

当头一棒，把颜无繇打晕了。精神恍惚，走路摇摇晃晃。颜无繇跟随夫子离家的时候，妻子身子骨不算太差，怎么说没就没了？颜回跟夫子一行外出四年有余，不但六艺又有长进，身子骨也好了不少。他怕爹扛不住，接下担子，劝慰说：“人不就这样吗？太爷爷传给爷爷，爷爷传给你，你传给哥哥、我，我和哥哥再传下去，一代一代地传下去，一个人哪能不老，不离开亲人……”颜回自己哽咽起来，没法说下去。

听说爹和弟弟回来了，颜于站在家门口等候。见到颜无繇，放声痛哭，说：“爹，娘没了。”

颜于说，自从爹和弟弟离开家，娘就吃不香睡不好，一天天瘦下去，颜于怎么劝慰也不行，到颜无繇、颜回回到曲阜的前四天，没吃晚饭，睡下去没有再醒过来。冉耕说，学馆的事也很多，他也只去看过颜回娘两次，想不到就永远离开他们了。

颜无繇走进夫妻俩睡的房间，恍惚间好像妻子笑着向他走来，待他定睛看时，又空落落的只有一间矮床和床上补了疤的褥子，颜无繇禁不住放声哭喊：“他娘，你怎么就走了呀……”

男人的痛楚是深入骨髓的，哭喊声特别让人撕心裂肺。颜无繇问埋在哪里，颜于说：“在后山。”

听说颜无繇妻子离世，夫子来了，他抓住无繇胳膊说：“路（无繇字）啊，你为了为师传道，连见妻子最后一面的机会都没有啊。为师之过，为师之过。”

无繇说：“不是为了夫子，是为了这世界不再有战事，为了百姓免于劫难，也是为了颜回和弟子。”

夫子很感动，说："路啊，你能这样想，为师知足了。"

曲阜都城不算大，离都城不远便是郊野。野外到处是树木、草莽，蓊郁得让人害怕。偶尔有低矮的木房，也像天空寥落的星星。林间小道隐隐约约，不知通向何方。颜于走在前面，绕去绕来，到两株大树前停住。无繇、颜回这才见面前有一堆稍稍高出地面的新土——是无繇妻子咸儿长眠之处。颜回跪下，说："娘，儿辜负了先生的教导，大不孝啊！"

夫子对着新土长揖，说："丘和路虽以师徒相称，实则亲如兄弟，咸儿你是为为兄的事放走了丈夫，放走了儿子，是愁死累死的呀，为兄在这里谢你了。"

夫子还要下跪，被无繇父子劝住。离开咸儿长眠的那片林子，到宽阔些的地方，夫子回望那片林子，心里涌起无穷的辛酸。在陬邑的郊外，也是这么一片林子，是他母亲长眠的地方，但是，满眼是树、草、荆棘，没能找到属于他母亲的那抔土。他是出来谋出路的，有碗饭吃了，有了家室，再回去，还是无从找到……原来人生是这样的短暂，人死如灯灭，连影子也不会留下……而抱负的实现又是那样渺茫……

亓官暹老了，又瘦又黑，背也驼了，见夫子回来，不停地抹泪，夫子说："我不在家这么长日子，你好吗？"

亓官暹绽开笑容，说："好，好，很好的。"

鲤和媳妇杏儿听见是夫子的声音，一起出来，把夫子迎进家里。夫子一身都脏了，亓官暹赶忙去找换洗衣服。鲤悄悄问夫子说："爹，你还出去吗？"

夫子不好回答，说："爹不得已才离开曲阜，如果爹回来能做点什么，也可能不走了。"

"爹一去四年多，娘想你都想病了，老叫胸口疼。"鲤说，"爹你自己也老多了……"

说话间，一个小把戏在夫子跟前晃了一下，而后在杏儿身后躲得紧紧的，杏儿抓住小把戏胳膊说："快来见爷爷，你还没见过爷爷呢。"

小把戏被拽出来，夫子连忙伸出胳膊来迎接没有见过面的孙儿，问杏儿："几岁啦？"

杏儿说："两岁。"

夫子问："起名了吗？"

鲤说："请爹给起个名。"

夫子说："等爹有了些空闲，起一个。"

鲤犹豫一阵，说："爹，你也老了，经不起颠簸了……"

夫子说："这世道不太平，一个人要是怕经风雨，要过一辈子就难了。"

鲤说："爹，少出门，反倒难了，孩儿有些不明白。"

夫子说："经过风雨的树木，是不轻易被摧折的，人也一样啊。"

鲤说："爹在外四年，还顺利吗？"

夫子说："很不顺利，但受益不浅。"

鲤不解地看着夫子，夫子说："爹骨头更硬朗了。"

鲤担心夫子在外面受苦，担心爹辛辛苦苦，到头来空手而归，担心娘牵挂爹会弄出大病来，但是，他没法劝阻，便不再言语。亓官暹进来，说："备了热汤，洗一洗，把衣服换了。"

夫子离开，杏儿说："爹的脾气你知道，不会半道回头的，别劝啦。说多了，爹会不高兴。"

晚上，女儿伊芊、公冶长带孩子回来，带来些干肉、黍稷、野菜、酿酒，和杏儿一起，帮助母亲备了一桌丰盛晚餐。家酿甜中微苦，不但解渴，还过酒瘾。夫子喝了不少，躺下，浑身松爽，眼睛发热，很快进入梦中……

73

弟子们几年没见到夫子，十分想念，有不少疑难需要请教，夫子一来就被围住，问个不停。这天，夫子正在学馆里和弟子们叙谈，季府来人，见了夫子，施礼毕，呈上书简。夫子看罢，想："当时丘摄相事的时候，堕了郈邑、费邑，权归公室，独剩成邑，还不是孟孙何忌从中作梗才没堕成？大权而不能归君主，还成个国家吗？更不要说推行他的主张，治理鲁国了。正是由于道不行才离开鲁。季意如虽然早亡，儿子季斯继位。季斯远没有他父亲那样厉害，君侯姬宋比以前有实权了，他能放弃大权，用自己来挽救鲁国？"

夫子当然不会把人看死，却也不愿意轻易应承，转过弯，说："望二位给季大人回话，眼下丘杂事缠身，还是过些日子再说吧。"

来人得了夫子的话，离开了。

旁边的冉求看在眼里，说："想让夫子去季府当家臣？可笑之至。"

夫子白冉求一眼，说："就你冉求聪明。"

冉求伸伸舌头，不说话。一个月过去，学馆的事少了，家事不用操心，夫子一时清闲下来，倒难受了，想该见见姬宋了。离开四年多，鲁国情况知之甚少，难免牵挂。居鲁，巴不得尽快离开；离开日子长了，又十分想念。姬宋听不进他建言的时候，眼看他的希望就要化为泡影，他怨恨姬宋，但求永远不再见面；几年不见，却又牵挂起来。他想得最多的是这样一件事：姬宋还是他那老主张吗？人总是要变的呀。如果姬宋采纳自己的主张治国，又何必四处奔波？再说，如果有哪一国君侯采纳他的主张，国富民强，说不定灭亡鲁国的正是它。到那时，自己是功臣，还是罪人？

夫子还没拿定主意，宫里派人来了，见了夫子，长揖说："夫子，君侯有请。"

夫子还礼说："谢君侯！"

来人问："夫子是随小人一起进见，还是另行？"

夫子转念一想，君侯召见，还是不俄延为好，说："请二位先回，丘随后到。"

冉求说："祝夫子成功。"

夫子说："为师不敢奢望。"

冉求说："不敢有望，那就一定有望。"

漆雕开像从地里钻出来似的站在夫子面前，说："是啊，夫子，君侯以前没想通，现在想通了也不一定。"

夫子说："就你俩会说。"

话是这么说，有冉求、漆雕开这么几句话，夫子心里还是好受得多了。回家更衣，朝通往王宫的路上走去，步子还算轻快。姬宋还是在老地方接见夫子。夫子见姬宋面黄肌瘦，疲惫不堪的样子，心里升起一片阴霾，跪拜过，说："小民向君侯请安！"

姬宋用手示意，让夫子坐在他身旁。夫子坐下，说："不知君侯有何垂询？"

姬宋叹口气，说："日子过得真快，眨眼工夫，夫子离开寡人有四年多了吧？"

夫子想想这四年过得真不容易，说："是啊……"

姬宋慢慢睁开眼睛，问："还出去吗？"

夫子不知道该怎么回答，倒是姬宋把话接了下去，说：“寡人何尝不知，如果所有国家都能按夫子说的去做，自然天下太平。可是，别人并不这样想啊……”

夫子想：“还是老腔调。”

姬宋没等夫子回答，说：“前些时候，晋内乱，姬午还派人来求助。晋国帮过鲁国，姬午有难处，寡人当然不能在一边看热闹。”

话没说穿，夫子什么话也不好说。姬宋停一停，问：“季斯禀报过寡人，想请夫子出仕。”

夫子说：“当家臣是吗？”

姬宋说：“不一定当家臣。如果夫子愿意，去当成邑宰也可。”

夫子不能不说了，说：“四年以前丘摄相事，就因为成邑顶住，堕三邑、权归公室才归于失败。让丘去当那里邑宰，怎么说也不合适。”

姬宋有一丝兴奋神色掠过消瘦的脸，说：“寡人也想过，去季氏那里是不太合适，那就到寡人身边来吧。”

夫子问：“君侯，丘能做什么呢？”

姬宋说：“还像以前那样做大司寇，摄相事，如何？”

夫子立即问：“君侯，能按丘的主张治国吗？”

这一回轮到姬宋沉默了，停好一阵才说：“夫子，你的主张不错，寡人赞成，能不能不用它来治国呢？”

夫子退一步问：“既不能用来治国，还有何用呢？”

“就让它流传下去，寡人想，总有一天会用上吧。”姬宋说，露出苦笑。

夫子不过是一介草民，没有官帽，就没有顾忌；再说，不同政见，怎么说也不可能犯死罪。他拿定主意，说：“外面从来没停止过攻伐、杀戮啊君侯，丘在外四年，所到之处，白骨累累。请君侯恕罪，丘实在不能从命。”

姬宋想：“那样的主张，走遍天下也不会有人接受。”但是，他不想话说得很难听，得罪这位叫他喜欢不是恨也不是的怪老头。姬宋不想再继续这样不愉快的谈话，换了话题：“姬宋要是没记错的话，夫子该五十有六了吧？”

夫子不能拒绝回答这样的家常话，说：“是的，君侯。”

姬宋说：“寡人比夫子小十多岁，身板却大不如夫子。说起来，鲁国少良将贤相，寡人是愁出来的……真怕寡人一旦撒手，鲁国大乱……”

姬宋说着，眼圈红了，夫子第一次看见姬宋不能自持，劝慰说：“如真的有大事，丘即便一布衣，也绝不会坐视。何况，君侯没有大病，以后的日子长着呢，不必忧虑。”

姬宋分明知道这不过是安慰的话，还是露出难得的笑容。夫子告辞出宫，步子却是格外沉重。

74

夫子猜测，一定是季斯没得到他的回话，才请求姬宋说服自己。如果自己不愿意做季氏家臣，说不定姬宋希望自己做朝臣，才有这样一次召见。但是，这一次召见，夫子对姬宋彻底失望了，痛苦莫过于眼见人们为了私利而举起屠刀互相杀戮而不能制止，国家陷入泥潭而不能拯救，自己满腔热血无处报效。

夫子昏昏沉沉地告辞姬宋，摇摇晃晃地出宫。刚出大门，仲由、冉求迎住。冉求见夫子脸色灰暗，知道事情不顺，和仲由交换一下眼色，说：“夫子，我和仲由送你回家吧。”

夫子没说可，也没说不可。冉求搀住夫子，和仲由一起，走过大街，绕过学馆，朝着小山丘上那栋小木屋慢慢走去。到家门口，夫子才说：“为师要歇歇，你们回去吧。”

仲由说：“夫子，你脸色不好，弟子送你进家吧。”

夫子感激仲由和冉求，却不能在弟子跟前垂头丧气，说：“回去吧，为师好好的，不用担心。”

夫子朝他俩笑笑，挥挥手。冉求见夫子走上石坎，步履沉重。才走两坎，便用右手撑了右膝，左腿才提上去。这一细小动作，仲由也看见了，说：“夫子今天进见君侯，肯定很不如意。”

冉求说：“这是意料中的事。”

“夫子老了。”仲由叹口气说。

冉求说：“道不行，把夫子折磨得太苦。”

仲由说：“夫子的道没说的，可惜啊，就是离眼前世界这状况太远了。”

冉求问：“假若你是国君，你愿意按夫子的主张办吗?”

仲由对夫子的追随没有动摇过，更不怀疑夫子的主张。但是，他还真没想过如果自己是当权者，会不会放心大胆地让夫子施行自己的主张这个问题。冉求问得太戳人心了。他说："你明明知道仲由是平头百姓，怎么会有这样的可能？有你这么问的吗？"

冉求自言自语地说："要推行夫子的治国主张，就要从修身开始。修身就是修心，就是要去私欲，要复礼。想想看，要君王不要为自己想，不要为自己谋利；不但君主这样，臣民也要这样，有多难。但我相信，这一天总会到来。"

仲由也来了兴趣，问："这一天什么时候到来呢？"

冉求快嘴快舌，说："冉求不是神仙，怎么知道这一天什么时候到来，有你这么问的吗？"

仲由说："报复得真快。"

冉求没有出声。

仲由说："君侯召见夫子，门徒们知道的不少，怎么跟他们说呢？说实话，怕坏了大家情绪；说假话，要是让夫子知道了，少不了一顿责备。"

还是冉求有主意，说："最好什么都别说。"

仲由说："是冉耕让我们俩去宫门外等候夫子，又亲眼看见夫子蔫蔫的，能什么都不说？"

冉求说："夫子不也什么都没说吗？"

仲由想想也对，没再说话。

妻子亓官暹对着家门，坐在矮凳上缝补。亓官暹眼花得很厉害，穿针引线得离眼睛很远。耳朵倒特别灵，夫子上石坎的时候，她就听见迟缓的脚步声，断定是老头子回来了。夫子迈步进门，亓官暹一抬眼，见夫子神色不好，起身接夫子。她什么也不问，默默地跟在夫子身后。夫子走进卧室，亓官暹替他脱去外衣，说："歇歇吧，歇歇再吃晚饭。"

夫子感觉格外疲惫，在床沿坐下，说："你和孩子们先吃吧，我想歇歇。"

亓官暹替夫子脱去靴，让他躺下，盖好被子，轻轻关上门，下楼。

听见爹回来，鲤、杏儿、伊芊、公冶长都在小客厅等待。夫子在家里从不训人，即便孩子很不听话，也是耐心说道理。对妻子更是体贴，别说吵嘴，脸也没红过。越是这样，家人越尊重夫子，爱夫子。见娘进来，大家一齐朝她看，想从娘的脸上看看爹高兴不高兴。但娘很平静，什么也没看出来。亓官暹说："你们爹说了，他有点累，先歇着；你们要是饿了就先吃，不要等他。"

娘老了，但她和年轻时候一样坚强，一样让孩子们感觉到她是一棵大树，尽可以为他们挡风遮雨。既然娘这么说，爹肯定没什么大事。不过大家还是牵念着爹，不肯先吃。只有两个小把戏不谙大人的事，各盛一碗饭，捡些菜，到外面吃去了。

夫子天还没黑进家，天黑很久还没下楼。伊芊说："娘，爹睡这么半天了，还不起来，我去看看吧。"

亓官暹说："你爹醒了，自己会下楼来，不要去打搅他。"

伊芊说："爹老了，我就怕……"

鲤也说："是啊，娘。爹在外面奔波四年多，体子大不如前了。"

亓官暹还是不点头，说："再等一阵，爹再不下来，娘会去看的。"

既然娘有话，孩子们便不好说什么。先先后后地吃过晚饭，各自回房了。亓官暹拿起破旧衣裳，补了半个洞，实在静不下心，轻手蹑脚上楼，打开房门。房间里放了张矮桌，桌上搁一盏油灯，这是夫子看书简、写竹简的地方。房间狭窄，壁头除了一把琴，别无他物。房间的一个角落里，整齐地堆了一堆竹简。即便夫子有天大不快，一进入这片天地，就恍若进入另一个世界。这么多年积累的书简，堆得小山一般。这里有零星史料的整理，它们记录了多个国家几百年的风风雨雨，特别是鲁国，他记得更为详尽。有外出这四年收集来的民歌。有一部分民歌非常朴实，没有一点雕琢，像山间铮铮淙淙的山泉。雅乐少了些活力，文字功夫到家，夫子也很喜欢。

这是夫子独有的天地，哪怕是亓官暹，也不会动他的竹简和笔墨。

夫子给门人讲了许许多多自己的学习心得，人生体验，门人们记得清清楚楚，有的已经刻在竹简上。夫子自己的事却一句也没有写下。颜回特别问过，夫子说："如果大家按为师说的去做了，不比刻在竹简上更好？如果说了没人去做，不管刻在竹简上还是石头上，都没一点用处。"

不写自己说过的话，这一点，亓官暹也很清楚。

眼下，夫子坐在昏暗的灯前，弓着背在看竹简。看过一片，放在一边，再看第二片。忽然，夫子的目光停止在一片上面。亓官暹弯腰站在背后，生怕搅扰夫子，大气不敢出。看了好一阵，她想说："饿啦，吃了晚饭再说吧。"但话到嘴边，又咽了回去。夫子好不容易才把手里的竹简放下，伸伸腰，他这才发现身后有人——不用看，一定是妻子亓官暹，他说："我忽然想到几件事，得赶快记下来，否则又忘了。"

亓官�怕她说话打搅夫子，没有吭声。夫子继续着自己的思路，说：“我要让后人看看，各个国家都在干什么，百姓过的是什么日子，该不该有另外的生活。”

亓官遅是有文墨的女子，她不是没有想法，但远没有夫子想得那么深邃，那么遥远，那么实在，那么有条不紊，那么始终如一地坚持自己的主张。因而，亓官遅常常放弃自己的看法，服从夫子。几十年的夫妻相伴，亓官遅早已习惯。如果不是服从，不是跟随，反倒觉得不是她自己了。

“你们先吃，不要等我。”夫子说，他想的还是几个时辰前的事。

亓官遅说：“他们早就吃过，都睡了，鸡快叫头遍了……”

夫子说：“那你怎么还在这里？”

“我等你一起吃呀。”亓官遅说。

夫子回过头来看妻子，无限怜爱地说：“傻夫人，你怎么能这样？为夫让你受苦了……”

亓官遅眼圈红了，说：“要是没了你，我就真的苦了……”

夫子知道，这样的日子早等着他们了，只不知什么时候到来。他相信真的到来的那一刻，他也会很坦然地迎接。

亓官遅见夫子仍痴痴的，说：“你这么做，妾真担心你搞坏身子。”

夫子苦笑，说：“人说酒可以解忧，为夫不能。”

“夫君何以解忧？”她问。

“发愤忘食，乐以忘忧，不知老之将至。”夫子说，深情地看着妻子，“我有你，有孩子，有这一堆竹简，不管遇到多大坎坷，都不会垮……”

亓官遅忽然说：“夫君，你能不能不再出去，不再奔波，不再看人家脸色？你不知道，你外出这几年，妾差不多晚晚做噩梦，大冷天，醒来也是一身汗……你就在学馆里授徒，或者什么都不做，在家里，让我和孩子们能天天看见你。”

夫子沉默好一阵，说：“为夫不敢想那样的日子怎么过。”

亓官遅知道，夫子要做的事，她没法劝阻。刚才说的那些话，她不知想过多少次。每次都是下狠心一定要劝，想想又打消，打消了又冒出来。如此反复多次，才鼓起勇气说出来……一切都是命中注定，不来的不会来，要临头的没法逃避，她不会再劝夫子了。

75

鲁君姬宋亡故的消息传到齐君杵臼耳朵里，杵臼既兴奋又无奈。不管姬宋怎样无能，总还是依靠一帮老臣将局面维持下来，很难轻取鲁国。姬宋初丧，新君姬将立足未稳，一旦有战事，必然手忙脚乱。再则孔丘和弟子都没有仕鲁，只有申句须、乐欣等老臣在管事。武将泄声子也老了。年轻的倒有几个，都不是将帅之才。这是个灭鲁的好机会。可惜晏婴先他而去，失掉了他依赖的相国，如同断了股肱一般。到急用的时候，才倍加体味人才的可贵。

子兖是个能干女子，虽说老了，人却很清醒。见杵臼愁眉苦脸，说："小妾知道君侯的苦处。"

子兖年轻时候不但貌美，让杵臼依恋，同时聪明，有主意，是杵臼的好帮手。杵臼听她这么说，问："说说看，寡人有何烦恼？"

子兖说："要是小妾说对了，君侯要开心大笑一回，老这么丧气，小妾也会愁死。"

杵臼笑了，说："这也太容易了。说得不对也笑，总行了吧？"

子兖说："姬宋死了，姬将立足未稳，正是一举攻下鲁国的好时机，对吧？"

杵臼说："这还要问吗？"

"晏相没了，想灭鲁，苦于没人帮衬，对吧？"

"明知还问？"

子兖很自信地笑了，说："小妾能解君侯之忧。"

杵臼说："自吹自擂可不行。"

子兖说："打仗不过是两国实力的较量，君侯魄力的较量，是将帅和兵的较量。子兖不过问君侯的政事，却也不是什么都不知道。"

"你知道什么？"

"小妾知道大夫犁弥文武双全，君侯才让他摄相事。既摄相事，则既管政，也可管兵。"子兖说，"子渊捷能征善战，可让他做大司马，统领军马。君侯新起用几位年轻将军，虽说不及子渊捷，却是好苗子。鲁国没有能人摄相事，纵有上大夫申句须、乐欣，武将泄声子，却没有年轻将军。要紧的是齐比鲁强大得多，兵比他们多得多，不趁这时候灭掉鲁国，只有眼睁睁地看楚国灭掉他们了。”

杵臼沉吟不语，他不能不承认子兖说得有理。但还有一事让他拿不定主意，说：“上一仗齐国被打败了……”

杵臼眼下说起来，心头还隐隐作痛。

“孔丘和姬宋想法不同，没法推行他那一套，才离开鲁国。”子兖说，“别说姬将不用孔丘，就算聘用，孔丘也不会出仕了。”

“孔丘自己不出仕，他的弟子会不会出仕？”杵臼说，“上一仗齐兵失利，就是仲由和漆雕开这两个贼闹的……”

子兖说：“如果迅速出手，就算孔丘有弟子仕鲁，也来不及筹措。有准备的兵马打没准备的，岂有不胜之理？”

杵臼不再迟疑，召见犁弥、子渊捷等重臣商议攻打鲁国之事。重臣们刚离开，子兖来见杵臼，说：“君侯，还是不要匆忙出兵吧。”

鼓励他快些攻鲁的是子兖，说不要匆忙出兵的也是子兖，杵臼不解了，说：“为何？”

子兖说：“还是速派暗探打听有没有孔丘弟子仕鲁吧，要是没有，即可出兵；如果有，弄清楚是谁，心中有数就好办了。”

杵臼想想，说：“也好，这样做稳妥一些。”

一日，家臣公华匆匆忙忙来见季孙肥（季斯之子，季斯死后季肥继承），说：“有人求见。”

季孙肥年轻，却老练沉稳，问：“谁？”

公华说：“不认识，自己说是齐国人，姓高名强，因参与反叛，被齐驱逐出境，往返卫、晋、郑、宋、陈、蔡等国，他有要事禀报，见不见？”

季孙肥说：“见。但世道不宁，真假难辨，不可不防。”

公华说：“主公放心，小可自有安排。”

公华领自称是“高强”的人进见。高强说：“小人本该求见夫子，但小人知道夫子是为道不行才离开鲁的，不会再仕鲁；姬将稚气未脱，见他没用，所以才到府上来。”

听高强言谈，季孙肥知道这高强不但了解夫子，也了解姬将，又四处奔走，说不定真有紧急情况要说。季孙肥请高强就座，高强没坐，说：“快做准备吧，齐要攻鲁了。”

季孙肥将信将疑，问：“你是怎么知道的？”

“是太夫人姜宛娘家人透给我的，他们不愿意看到外孙辈遭殃，才托小人走这一趟。”高强不卑不亢，说，“齐灭鲁之心不死，姬宋过世，新君立足未稳，正是齐出兵攻鲁的好时机。”

高强说罢，起身告辞，笑着对季孙肥说，“你们鲁国人也太不地道了，奔波若干天，赶来给你们报信，却以刀斧手迎接。”

季孙肥惭愧，呵斥说：“还不赶快离开！”又向高强道歉，“世道不好，季肥不得不多加防范，得罪了义士。”

高强淡然一笑，说：“对小人来说，荣辱得失都无所谓了，少一次战事，少死一些人才是当紧的事。”

恰好成邑宰公孙朝在都城，季孙肥即请他入府商议。公孙朝说：“高强原来是齐大夫，因不满杵臼、晏婴发兵四处攻打别国，上书力阻，被作反叛论处，驱逐出国。他来过成邑，老臣和他有过交往。此人是义士，不会打诳语。”

季孙肥问公孙朝说：“这可怎么办？”

公孙朝说：“鲁内乱不止，元气大伤，光景已大不如从前。兵马车辆远不如齐众多，如果再缺良将筹措、统领，前景堪忧。”

季孙肥急了，说：“你讲的情况季肥都知道，要是不值得忧虑，还急着找你吗？”

公孙朝眉头皱了一阵，说：“要是夫子肯助一臂之力，事情就好办得多了。”

季孙肥摇摇头，叹一口气，说：“本来晏婴、孔丘二人，得一者得天下。偏偏孔丘的主张和别人不一样，出一次山，再也不肯出了。最近季肥请过孔丘一次，话都没回。无奈，请求君侯说服，也没结果，难哪。”

“如果齐兵真的打进来，孔丘和他的弟子们都不会坐视。”公孙朝说，“上一次齐人入侵，孔丘不是坐镇指挥，仲由和漆雕开亲自领兵打仗？要不是孔丘和两个弟子出马，要取胜怕是很难。”

季孙肥说：“实在不得已，季肥亲自登门去请。”

公孙朝说：“看来这一回齐人是要大举入侵了。孔丘讲仁义，国家危急，他不能不顾。”

季孙肥说：“好，我亲自去。”

季孙肥怕夫子不肯见他，先到学馆来找漆雕开和仲由。季孙肥不认识漆雕开，漆雕开却认识他。季孙肥说：“请问夫子大弟子漆雕开在学馆吗？”

漆雕开笑得颇诡谲，说："漆雕开是小弟子，请问大人找他有何事？"

季孙肥说："上一次抗齐，那一仗打得太漂亮啦，漆雕开建了头功，小可一直景仰……"

漆雕开头歪到一边，说："漆雕开没建什么功，而且早就忘了……"

季孙肥听出话的味来了，长揖说："季肥有眼不识英雄，惭愧！"

"漆雕开更不是英雄。"漆雕开说，"大人找漆雕开何事？"

季孙肥说："借个僻静处好说话。"

漆雕开说："学馆里没外人，何事，说吧。"

季孙肥把高强传来的紧急军情说了一遍，说："齐人大举进攻，是想一口吞掉鲁国。夫子和大弟子都是天下义士……"

漆雕开打断他的话，说："别的话都不说了，我带你去见夫子。"

漆雕开和季孙肥走出学馆，见仲由拿卷竹简在看，说："有事情，走！"

"去哪？"

"见夫子。"

"何事？"

"重大事情。"

一路上，漆雕开把季孙肥的话告诉仲由，仲由只当没听见，不说话。漆雕开急了，说："人家跟你说是要请你拿主意，怎么不说话？"

仲由说："叫仲由说什么呀？"

漆雕开不高兴了，说："你资格老，要文有文，要武有武，鲁是我们自己的国家，你希望它灭亡吗？"

仲由说："季大人找的是你。"

"小气鬼。"漆雕开狠狠地骂一句。

仲由说："再说，夫子会不会答应，还不知道呢。"

"所以，要你和我一起去说。"漆雕开说。

夫子在房间里看书简入了迷，听见有上楼的脚步声，以为是家孙和外孙，说："一边玩去，别来搅扰我！"

漆雕开吓了一跳，他走在最前面，却不敢跨步进门；季孙肥、仲由定在楼梯上，上不得也下不得。漆雕开不得不壮壮胆子，说："夫子，是弟子！"

不知道夫子是不是听见，既没答应，也没回头。漆雕开回头看季孙肥和仲由一眼，眼神里传出这样的意思："只好等一等了。"

漆雕开站在楼梯口等了好一阵，夫子才放下书简，伸伸腰，站起来，见是漆雕开，说："何时来的？"

漆雕开说："等好一阵了，您在忙。"

夫子说："进来进来，在那里站着干什么？"

漆雕开说："还有两位呢。"

夫子问："在哪？"

夫子起身。这时，漆雕开进房间，季孙肥、仲由跟着上来。季孙肥见到夫子，施礼说："夫子，季肥求救来了。"

夫子平静地说："什么事？坐下慢慢说。"

季孙肥在夫子对面坐下，把事情说了一遍，说："夫子若不率弟子出山，鲁危急了。"

漆雕开在一旁帮季孙肥说话："是啊，夫子，齐灭鲁之心不死，上一次攻鲁，吃了大亏，这一次是一定要报一箭之仇啦。"

夫子说："君侯才召见丘，并没说这样的事。"

季孙肥说："夫子，季肥才得到这消息。"

夫子问："可靠吗？"

季孙肥说："是原来齐国大夫高强赶来告诉季肥的。"

夫子知道高强为人耿介，看不惯杵臼、晏婴四下攻伐，聚集几个老臣进谏，被定叛逆罪，诛灭全家，他连夜逃出，幸免于难。但这事来得太突然，他得好好想想，说："丘三思而后相告，可否？"

季孙肥拜谢，说："季肥立即禀报君侯，望夫子尽快定夺。"

夫子留下仲由、漆雕开，亲自送季孙肥至木屋大门外才停步。季孙肥没有得到夫子肯定的答复，忧心忡忡地想："夫子不会拒绝吧？"

76

夫子问仲由、漆雕开说："子路、子开，你二人看看，此事如何办好？"

漆雕开说："经过几番折腾，鲁国的确弱了。"

仲由说："申句须、乐欣、公孙朝几位管政务还行，都不能领兵打仗，泄声子年纪也不小啦……”

漆雕开想：“鲁有难，夫子绝不会坐视。夫子一定会像当年那样让弟子率兵上阵，自己坐镇指挥。”他等待夫子发话。

夫子不急，好一阵才说：“齐兵来势汹汹，看来非灭鲁不可，不可硬拼。”

漆雕开、仲由二人齐声说：“当然不能硬拼。”

夫子说：“为师为之发奋一生的大事，还未见端倪，已经老了，不要指望和你们一起上阵，你们跟为师这么多年，该是一展才干的时候了。”

仲由、漆雕开想不到夫子会这样说，两人相视，都很沮丧。夫子说：“你们完全可以领兵打败齐兵，千万不要小看自己。冉求年轻些，可是个人才，千万别忘了他。”

仲由、漆雕开齐声说：“夫子……”

夫子说：“为师送你们一个字，即可打败齐兵。”

仲由急了，问：“夫子，什么字？”

夫子慢悠悠地说：“拖。”

仲由虽说聪明，却也不甚理解夫子这“拖”的深意，想问，夫子说：“齐劳军远征，必然想一举攻下，否则，兵马疲惫，加上粮草不济，将士就会厌战。如果在半道和他们纠缠，使齐进不得退不得，没有不乱之理。”

仲由经夫子点拨，心里通亮了，没有再问。夫子说：“子开可以给季孙肥回话了。”

夫子告诉仲由说：“齐一定以为我等不在曲阜，才这样放心大胆地大举进攻，不如将计就计，让他再放心大胆一些。打就要把他们打趴下，免得贼心不改，动辄攻城略地，涂炭生灵。”

仲由说：“最近还有临淄弟子投夫子门下呢。”

夫子一拍脑门，说：“这些天忙于看搜来的民歌，忘了这件事。”

仲由想想，说：“就算他们知道夫子在曲阜，也不一定知道夫子会让弟子们出征。”

夫子说：“不如索性假装要离开曲阜远游，待齐兵入鲁，断其后路，再出奇兵拖死他们。”

仲由问：“是不是关上学馆？”

夫子说：“不必，仍旧像我们出游那几年一样。齐人不笨，做过头，会怀疑有诈。”

仲由问："这些就不必告知季孙肥了吧？"

夫子说："有子开回话就够了。只要子开回了季孙肥的话，季孙肥一定会禀报君侯的。"

几天以后，公冶长、颜回、公伯寮、宓不齐、高柴、南宫适、樊迟、颜无繇八人，离开学馆，向西北方向进发。

曾点自己年纪不小，妻有病，一路上操心吃操心住，太辛苦，夫子不让他随同出游。夫子不让曾点同去，颜无繇则缠住夫子，非去不可。他说，他知道怎么找宿地，怎么弄饭菜，怎么照顾夫子，没他断断不可，夫子怎么也说不通，只好应允。颜回是铁了心要跟夫子的，自是没法劝阻。南宫适是夫子侄女婿，更不肯放过这机会。公冶长、樊迟、高柴都说有一大堆疑难，非得随夫子出游，随时请教不可。公伯寮、宓不齐是第一次捞到这样的机会，自然不会声张——夫子已这么大年纪，很难说还有这样的机会。

公冶长寻去寻来，不见和夫子形影不离的仲由，也不见冉求、漆雕开，问夫子，夫子说："总不能老留他们在为师身边吧，翅膀硬了就得飞，不飞，就没用了。你们也得离开，有机会一定要走。学馆是培养人才的地方，不是养老之处。"

公伯寮说："弟子就跟夫子一辈子。"

夫子说："到时候，为师会把你们一个个赶出学馆，不出这学馆，你们学的本事不会有用处，为师白教你们了。"

樊迟插进来说："弟子们崇尚的是夫子的大道，君侯们绝大多数醉心于杀伐，弟子们如果出仕，如何施展才华？"

夫子叹口气，说："如果大家都死守学馆，大道就只能嘴上说说了。"

公伯寮、公冶长、高柴、颜回都驻足谛听。本来，凡涉及夫子的主张，夫子是寸步不让的，而今转了一个大弯，都有些不解。夫子见大家神色惶惑，说："你们会明白的。这世界上的事情就是这样，得有进有退。智者要知进知退，有时候，退是为了进……"

夫子见大家还愣愣的，又说："为师出游几年，才明白这一道理。不急，以后你们会明白的。"

夫子一行依然由颜无繇管食宿，不同的是公冶长、樊迟见颜无繇老了，不让他再跳锅瓢碗盏，由他俩轮着挑。找柴火、煮饭也不让他多干，无繇说："这样一来，我倒成太爷了，你们俩还是多照顾夫子为好，他毕竟比无繇长好几岁呢。"

公冶长说：“这个你不必担心，我们自有安排。”

一连在山野里住了三晚，弟子们被蚊虫叮得鼓起一身小红包，唯独夫子好好儿的，公冶长问：“夫子，你怎么没挨叮咬呢？”

夫子说：“蚊虫不喜欢夫子，当然就不叮咬呗，这有什么奇怪的？”

第四天，终于见到了村寨，见到低矮的屋顶上袅袅的炊烟，公冶长高兴得蹦起来，说：“今天可以好好睡一觉了。”

夫子说：“别急，你去问问这是哪。”

公冶长和樊迟就近问了在地劳作的农奴，农奴回答说：“孙村。”

公冶长和樊迟回来告诉夫子说：“这儿叫孙村。”

夫子说：“好，再往前走，快到了。”

公冶长说：“夫子，快到哪里啦？”

夫子说：“快到成邑了。”

公冶长有些发懵，说：“你不是说去楚国吗？”

夫子说：“改主意了，先在成邑停停再说。”

见到村寨，巴不得进去弄些吃的，睡个好觉。这下倒好，不进村寨了，要往前走。待大家知道要在成邑停下来，各种猜测都出来了。公冶长平时留心外面的事，说：“这一回有仗打啦！”

南宫适说：“别耍小聪明了，夫子明明带我们出游，传播治国良方，怎么说是有仗打呢？”

公冶长说：“你知道齐人在干什么吗？”

南宫适摇摇头，说：“不知道。”

“齐已经发兵攻鲁啦。”

“啊？”南宫适惊讶地张大嘴说，“那我们不去打齐贼，跑这里来干啥？”

这回轮到公冶长发愣了，说：“我也不知道。”

南宫适急得满脸通红，急匆匆地来问夫子：“夫子，齐贼打上门了，我们怎么不上阵呀？”

夫子说：“急什么？”

公冶长、南宫适都想试试身手，齐声问：“是不是真的有仗打？”

夫子说：“不知道，为师只想尽快进成邑，饱饱地吃一餐，美美地睡一觉。”

公冶长、南宫适对视一眼，伸伸舌头，不再吭气。

到城门旁边，夫子见这又高又厚的城墙，想起那一次堕成邑久攻不下，后来，以孟孙何忌为首的一干人反对，堕三邑中途告终这件事。想起它，夫子心里麻麻辣辣的难受。而今鲁国危急，不能不再次亲临前线。不过，这一次他要开始放手了，他只准备替门人出出主意，至于怎么打，由他们自己做主。看来，他的主张极难推行，攻伐不知何日能了，门徒们不能没有领兵打仗的本事。

夫子让公冶长向守卫通报姓名，不多工夫，一位穿官服的老年人迎了出来，见到夫子，眼睛、鼻子笑成一堆，长揖说："夫子辛苦了。"

夫子还礼，"嘿嘿"一笑，说："老来无聊，东游西逛，何谈辛苦？"

公冶长和南宫适交换一下眼色，同时表达这样的意思："夫子也会糊弄人哩。"

公孙朝带夫子和门徒们进府邸前堂，吩咐左右给门徒们安排住宿，夫子另住，夫子赶忙说："公孙大人，你不用给丘另外安排了，丘喜欢和徒儿们在一起。"

公孙朝说："朝知道夫子爱徒如子，在一起，怕的是不便。"

夫子说："分开才是不便。"

公孙朝不勉强，让夫子和弟子住在一起，不过，分别住在四个房间里。公孙朝让左右将门徒带开，轻声说："夫子，你们来了好，这些天，朝都快急死了。"

夫子只当不知，说："大人，你急什么呢？"

公孙朝急得站起来，说："杵臼亲领大军往南而来，一心要灭鲁，难道夫子一点也不知道？"

夫子说："杵臼率大军南征，能不知道吗？"

"至今君侯毫无抵御良策。"

"鲁国安危系一人之身，君侯能无良策？"夫子还是慢吞吞地回答，"再说，成邑墙高且厚，君侯和丘坐镇指挥，三个月也没能攻下来，难道而今没有当年坚固了？"

提起当年堕三邑，公孙朝也很惶惑，不知道究竟是对还是错。但是，那是鲁国内部的事，而今可是和齐贼打仗，不能搅和在一起。这一点，公孙朝没有糊涂，他横横心，说："如果夫子不以鲁安危为念，公孙朝明日祭拜天地，祭拜祖宗，誓死与成邑同归于尽！"

夫子并不为公孙朝的慷慨激昂所动，只安详地听着，不说话。

77

子渊捷领左军，五千人马，三百辆战车；犁弥领右军，也是五千人马，二百辆战车；杵臼新提子充侄子景州为大司马，领中军，也是五千人马，三百辆战车，杵臼亲临中军督战。晏婴活着的时候，一切由他操持，杵臼乐得轻松。眼下，他不能不利用这一绝好机会，在他有生之年灭了鲁国。鲁灭了，卫、宋、陈、蔡便不在话下。郑强一些，多费些事就是。到那时，齐要对付的就只有秦、晋、楚，离一统江山将不会太远。

上一次攻鲁吃了大亏，这一次不得不小心在意。杵臼命中军大将景州一路上不停地派暗探，查访夫子和弟子们的行踪。暗探一批批出去，一批批回来，都说孔丘带弟子出游了。杵臼开始不信，告诉景州说："一定要查清楚孔夫子和弟子们究竟在哪里。"

景州按君侯的旨意办了，连续派了几拨人外出暗访，都毫无结果。杵臼很诧异，说："难道孔丘和他的徒弟插翅膀飞了不成!"

景州见杵臼须眉皆白，还这么劳神，劝慰说："君侯身体要紧，不必这么劳神。"

杵臼说："管仲说得好啊，前事不忘，后事之师。对付孔丘和他的弟子，不可不格外小心。"

景州说："孔丘已经年迈体衰，即便他亲自督战，也未必可怕。"

杵臼说："弟子们深得孔丘真传，个个文武双全，上一次就是吃了叫仲由、漆雕开的弟子亏的。"

景州说："仲由、漆雕开寸步不离孔丘，多半跟随出游了。"

杵臼疑心未释，说："寡人深知孔丘为人，国难当头，不会不顾。"

景州说："微臣听说，上一次他堕成邑不成，无法实行他的主张，才离开鲁国的；微臣还听说，这一次姬将、季斯都召见过孔丘，很可能什么也没谈成，才带弟子第二次离开曲阜。"

话说到这里，杵臼有些放心了，命人打听左右两军究竟到了何处。又一天过去，暗探先后回报说，左军到上次被火烧的地方，右军到上次和泄声子对峙的河边。

这两处，杵臼留下的伤痛，刻骨铭心，立刻命人马车辆后退五里停下，打探清楚，确保无虞，再生火造饭，歇宿。

虽说暗探四面打探，什么也没探出来，中军军士还是惊惊慌慌，生怕一不留神即有鲁军从林间杀出来，呼呼燃烧的火把雨点似的砸来，利箭蝗虫般飞来；或者突然掉进深不可测的陷阱……夜里，尽管景州再三说“没事，好好睡一觉”，军士们还是不敢闭眼睛，稍稍松懈片刻。

第二天，军士们全都黑着眼圈，晕晕乎乎地等待命令。景州为军士壮胆，自己却是第一次率人马战车征战，毫无把握，心下也在打鼓，问杵臼说：“离鲁国成邑只有两天路程了，是往前走，还是扎下营寨，命暗探打听清楚再说？”

杵臼到底老了，精神不济，犹豫一阵，说：“先打听清楚再说吧。”

这一天，早早地造饭，想早些吃，早些睡。眼下是初秋，暑气未退。晚上，蚊虫特别凶恶，隔一层衣裳，也浑身被咬得奇痒，不得不折把树枝不停拍打。马被叮得烦躁，踩脚、喷鼻、嘶鸣。景州怕杵臼受不了，让他睡在马车厢里，用毡子捂住头。杵臼骂起来，说：“景州你要闷死寡人呐！”

景州吓坏了，说：“君侯，小人有罪，小人有罪。”

杵臼怒气未消，说：“扶寡人起来！”

这一夜比上一夜更糟。第二天天刚亮，先是一暗探禀报，说左军被射死好几十个军士，杵臼问：“是鲁国兵马吗？”

暗探说：“回君侯，连兵马的影子也没见着。”

杵臼发火，问：“为何不追？”

暗探说：“追啦，连往哪逃也不知道，追不着。”

跟着，右军快马来报：“君侯，右军昨晚被烧……烧……”

杵臼问：“在哪儿被烧的？”

“林、林、林子里……”

“寡人告诫过你们犁弥将军，不要住林子里，为何不听？”杵臼恨不得立即把犁弥叫到跟前来狠狠训一顿。

暗探说：“犁将军更不敢住在村子里。”

“为何？”杵臼声音轻了些，却透着凉气。

“越石父将军就是在村子里被活捉的。”暗探说。

杵臼说：“要是损兵折将，寡人饶不了他！”

暗探连声说“是是是”，离开了。

一连两骑快马向公孙朝禀报，说齐左军被射杀几十个军士，右军被烧死军士数十人，五匹马，却没有退兵的意思。

公孙朝从季孙肥那里回到成邑，接到禀报。他一面训练军士，一面派快马驰往曲阜，报进宫里，请求火速派兵增援，同时一面派暗探打探齐兵动静。夫子到达的头一天，公孙朝命人抬一副棺材放在城中间，对军士们大声说：“齐贼要么破城，杀了公孙朝，要么滚回临淄，没第三条路可走！”

见邑宰大人如此气概，将士们无不慷慨激昂，准备决一死战。夫子到来的第二天，公孙朝让夫子看他训练军士，问夫子有什么御敌良策，夫子把公冶长、颜回、公伯寮、宓不齐、颜无繇、南宫适、樊迟叫到身边，说：“你们七人听公孙大人调遣，颜回跟我，处理杂事。”

公孙朝既不熟悉夫子这些弟子，也不知道夫子是怎么想的，问：“公孙朝听说夫子善于因材施教，可否告知弟子们的长处？”

夫子说：“大人怎么用都可以。”

公孙朝从很笼统的这句话里听出味来了，马上召集夫子弟子们商议，很快把人马分成几部分。一部分在成邑与曲阜之间挖堑壕，盖上土，伪装起来。在离堑壕远些的地方设哨兵，防止过往客商掉进堑壕里。另一部分军士准备弓箭、蘸了油的火把。十几人在一起，得手后赶快逃离。待把齐兵搅得疲惫不堪时，再出奇兵袭击。还有一部分军士守城，在城楼上设檑木炮石，埋伏弓箭手，一部分军士佯装抵抗。待齐贼攻进城，再射箭，打开檑木炮石机关。商量定，公孙朝有许多不解，来问夫子说：“这样打法，公孙朝没听说过呢……我想夫子弟子必然高人一筹，公孙朝没有异议，可是，没闹明白……”

夫子笑得很诡谲，说：“齐兵分三路向南奔来，一万五千人马，九百辆战车，全是精兵强将，鲁军能与之硬抗吗？”

公孙朝问：“这消息靠得住吗？”

“是高强送来的消息，不会有大错。”夫子说。

公孙朝见过高强，知道他不会胡说，点点头，说：“是不能硬抗啊。”

夫子说：“最好的办法就是拖，把齐兵拖垮，拖死。”

公孙朝恍然大悟，想想又有不明之处，说：“为何把堑壕挖在鲁国境内呢？”

夫子说：“这是我想的第二步。齐兵万一破了成邑，势必什么都忘了，直往前冲，巴不得马上攻下曲阜，哪还顾有没有凶险？”

话说这里，两人抚掌大笑。

有快马报，巡查军士抓了个暗探，公孙朝命带进大厅，夫子说：“认识孔丘的人不少，得避避。”

公孙朝不解，问：“为何？”

夫子说：“上一次齐攻鲁，破齐兵中军的是小徒漆雕开，仲由带一支人马堵住左军，泄声子在河边堵住右军，如果不是齐兵逃得快一些，伤亡还要多，齐人知道是丘出的主意……”

公孙朝是聪明人，夫子话说到这里打住，离开了。齐兵暗探被绳子拴住颈脖，牵到大厅里，公孙朝端坐正中，厉声问：“何人？”

暗探用手指指自己脖子。公孙朝命左右替暗探松松绳子，公孙朝又问：“干什么的？”

暗探翻翻白眼，回答说：“生意人。”

军士丢个包袱在暗探跟前，说：“你自己打开！”

暗探梗着脖子不动，公孙朝向军士示意说：“你替他打开。”

军士打开包袱抖开一件深衣，露出一把暗器，公孙朝说：“说，这是干什么的？”

“道上不安宁，防身的。”

“你打听孔丘干什么？”

“想投到他门下。”

公孙朝笑了，说：“滴水不漏，你干这一行多少年啦？”

“小人一直做买卖。”

“本官问你做多少年暗探了？”

暗探头歪向一边，不愿回答，公孙朝火了，说：“你不说实话，让你活不成，也死不了，不信试试！”

暗探忽然昂起头，说：“落在你们手里，本来就不打算活！”

提绳子军士气坏了，使劲拉住绳子，让暗探在大厅里转一圈。开始，暗探还用手抓住绳子，不久松了手，脸色渐渐变紫，死了。

78

率领右军齐将犁弥不敢进村寨，人马、车辆停在林间一片空地上。四周密林里离空地百十步，犁弥不相信住这样的地方会有什么不测。不信会有事偏生有事。大队人马、车辆赶路，疲惫不堪，一听说歇宿，火头军不想造饭，军士们只想睡，不想吃。先是火头军士挨犁弥训斥，勉强造出饭来，躺在地上的军士却没人愿意起身，犁弥用马鞭连连抽打几个军士，也无济于事，不久，犁弥顾不得蚊虫叮咬，自己也呼呼大睡。就这时，无数火把飞来，人堆里，战车上，全是火。马吓坏了，挣断缰绳狂奔，军士被火烧死、被马踩死的无数。

犁弥赶快派快马禀报杵臼，杵臼拿出块竹简，写了几个字，交给快马。快马奔回，犁弥见竹简上写的是这样几个字：

不计小过，先到曲阜者为相。

犁弥被袭击这一下吓破了胆，不敢再走大道。但小道战车很难行驶，难死了犁弥，只好还是按原来那样，战车在前、骑马和步行军士在后，浩浩荡荡地前进。怕被突然袭击，犁弥使将校前后关照，不许落下。生了病走不动的留在人家户将养；实在找不到人户住下的，不是被野兽吃了，就是被蚊虫叮死。

遭到一次袭击，闹得大小将士心惊肉跳。走在道上，生怕哪里飞来暗箭或者呼呼燃烧的火把。只要听到一声惊叫，就会四处张望，看准该往哪里逃。就这么惊惊慌慌地走了一天，远远地望见前面有一片村寨，犁弥命几个军士进去看看。几个军士疑神疑鬼，进村寨走了一圈，见到的都是老年男女和小孩，不见青壮年男人，回报犁弥，犁弥好生疑虑。但是，如果不在村寨歇宿，说不定更糟，只好命左右："传话，进村寨歇宿！"

五千人马进村寨，村寨里到处是人马、战车。连年战事，连健壮一些的老翁也被征去打仗，更不用说青壮年男子。战死的已经长眠地下，活着的还在军队里受折磨。村子里人不多，犁弥命军士把村里农奴全赶到两栋屋里，让将士们住进腾空了的人家里。

犁弥不停地传令，每栋木屋都要派军士轮番值守，不许懈怠。犁弥生怕再出岔子，亲自佩剑巡查至深夜。这天夜里，月亮圆了，可它并不朗照，而在云里穿行，村寨笼罩在忽明忽暗之中。犁弥回住地，刚到矮屋前，“嗖”的一声，头盔狠狠地震一下。犁弥摸摸，摸到一支箭，失魂落魄地叫一声“呀”！

不知道是他犁弥这一声惊叫闹的，还是真有情况，跟着有人大叫：“有埋伏！”

“有埋伏！”

“有埋伏！”

跟着有人喊“快跑”，大小将校从这里那里的木屋跑出来，黑灯瞎火，不知道往哪里逃命好。犁弥回过神，拔出剑来，大声叫喊：“不许动！”

尽管命左右和他一道制止，还是乱到天亮才渐渐停下来。假若真的中了鲁军的埋伏，绝不可能这么轻松了事。但确实到处有人大声喊“有埋伏”，还大声喊“快跑”，绝不是假传。天亮以后，犁弥仔细看那支箭，箭镞上的确刻有鲁国的字样。不知这位神箭手是要他的命，还是只吓吓他，无论属于哪种情形，都让他浑身发冷。犁弥想：“夫子指挥兵马堕三邑，久攻不下，公孙朝肯定不是好啃的骨头，我攻得下成邑吗？”

将士们在惊恐中过了一夜，疲惫已极；马也饱一顿饥一顿，拖车有气无力。犁弥不能退却，只好命左右传话：“很快就到鲁国成邑，攻下成邑，就离曲阜不远了，谁有意拖沓，绝不轻饶！”

犁弥说了，还打趴几个走不动的军士。将士们怕挨皮鞭，勉强拖着两条沉重的腿，缓慢地前进……

人马、战车拖到一片密林前，犁弥下令停住，命左右：“看看有没有别的路可走。”

一个随从带几个军士进入密林打探，左等右等，只不见回来。犁弥疑虑，吩咐一小军校多带几个军士再去打探，结果，还是一去不回。犁弥不得不命令人马、战车掉头往回走了一长段，停下。这时有探马报，子渊捷率领右军在一条河边被鲁军冲开，被赶下河的人马、战车无数。犁弥背脊立即暴起密密的鸡皮疙瘩。

探路的回来，禀报说：“沿河边有一条路，但是窄。”

犁弥命令：“窄也得走，车过不了就抬。”

有左右劝犁弥说：“两回派人去打探都没回来，怕是人少，被大花虫拖了去。大队人马、车辆进密林不必怕。”

犁弥吓怕了，说："过密林，你想送死！"

左右不敢再说。这一来可就苦了，沿河这条路，宽处勉强能过战车，窄的地方偏偏险，弄不好就掉进河里，车毁、马死、人亡。还好，艰难地走了一长段，密林绕过了，没什么事，犁弥朝天跪拜，说："愿天爷爷护佑，犁弥从此顺利！"

仲由、冉求、漆雕开在成邑前厅和夫子、公孙朝闲谈。冉求好像装了一肚子笑料，他看夫子一眼，说："夫子没想到吧，你传授给弟子的射箭术真管用。"

夫子说："说来听听。"

冉求把月夜里射中犁弥头盔的事说了说："跟着，弟子大喊一声'有埋伏'！人马马上乱了，到处有人喊'有埋伏'，我和两个军士，把大队人马闹翻了天，一夜不曾得睡……"

漆雕开等不及了，抢先说："我们十来个人埋伏在密林里也挺有意思。我们算定犁弥不敢贸然进林子，必定有探路的。我们猜得不错，一连进来两批人，全被我们捆在树上喂蚊虫，大队人马、战车不得不回头走河边小路。河边路窄，要走马过车，拖死他们……"

冉求说："没想到夫子有这样的妙法对付齐贼，仗还没打就让他们吓得尿裤子。"

夫子看看仲由，说："听说你把齐兵一半人马都赶下河了？"

仲由说："齐兵以为没人敢和他们较量，一路上耀武扬威，没想到仲由领精兵五百，突然一冲，就冲成两半，冲下河的不知其数，喂了鱼。"

冉求问："不是还有人马吗？"

仲由说："仗还没打够，他们转身就跑，比兔子还快。"

夫子说："有中军的消息吗？"

冉求说："夫子，你不是欺负中军老的老小的小，没用，叫我不管？我们就全力对付犁弥和子渊捷去了。"

公孙朝看一眼夫子，说："中军是不是留给夫子和下官来收拾？"

夫子说："送上门来的客，就由公孙大人招待吧，丘不管啦。"

听了夫子的话，公孙朝颇感突然，说："这一次齐贼来犯，全仗夫子和弟子们救鲁国于危难，功不可没。待最后打败齐贼，公孙一定奏请君侯重重赏赐。"

夫子很平静地说："丘只求将一生所悟用之于民，用之于国，更无他念。在鲁国既无法行道，丘还要远走他乡，寻求知音。待战事一过，丘当离去，大人不必相留。”

公孙朝面有愁容，说：“能否留下爱徒？几位都可。”

夫子说：“愿不愿意留下，全由他们自己，丘早就劝门徒们出仕。”

夫子松口，公孙朝苍白的脸泛过一丝笑意，说：“公孙也老了，君侯哪一天说，公孙朝可以离开了，公孙卸任归里，与妻儿团聚……”

一旦离开权位，夫子知道那是什么滋味，他不会再有这样的处境，便觉洒脱得多。夫子当然明白公孙朝这话是说给他听的，即使这样，也难为所动。正说话呢，有快马报，齐兵大队人马车辆已经冲开成邑边卡大门，正向南开来。公孙朝没领兵打过这样的大仗，问夫子说：“夫子，你还有什么要安排的？”

夫子说：“丘该说的话都说了，问问徒儿们吧。”

冉求问：“夫子，是不是全放进城？”

夫子看定公孙朝，不说话，公孙朝说：“先放一部分进城试试再说。”

冉求听出这是夫子用兵的习惯：灵活。

仲由说：“你们还是不要把齐贼灭在城里，要不守堑壕有何用？”

冉求说：“不是还有一路军吗，他们还得过你那里。”

仲由说：“好吧，仲由等他们。”

79

齐兵攻破成邑边卡的消息，由快马日夜兼程，报进宫里，姬将吃了一惊，呼地站起来，说：“怎么办呢？”说罢，立即命左右召见孟孙何忌、叔孙州仇、季孙肥。三人入见，季孙肥回禀说：“申句须、乐欣、泄声子不是都到成邑去了吗？仲由、冉求都是了不起的将才，漆雕开也很不错，想来不会出差错。”

姬将不放心，说：“齐贼灭鲁之心不死，这一次三路大军犯鲁，鲁很危急。夫子善于用兵，却已远游，让寡人如何放心得下？”

孟孙何忌已老迈，季孙肥说：“既如此，季肥陪同君侯赶往成邑吧。”

季孙肥挑选百名精壮作姬将和自己护卫，全生意人打扮，分坐十辆车，将姬将夹在中间，季孙肥前后照应。姬将生得单薄、白脸，打扮成老板模样。早赶晚赶，赶了几天，到一地，忽然从路两侧跳出十几个人来拦住去路，一个军官模样的人厉声问："干啥的？"

季孙肥说："生意人。"

"前面在打仗，不能走！"

"谁打谁？"

"这有你问的吗？"军官模样的人瞪圆眼睛，说话很不客气，"再唠叨把你们都抓起来！"

季孙肥火了，说："不晓事的东西，给我打！"

精壮们掀开货物，抽出家伙。这时，有人大叫："住手！"

听见喊叫，没人动手。季孙肥看时，大声喊叫的是仲由。仲由向拦车军士挥挥手，让他们离开，告诉季孙肥说："齐贼在攻城。"

季孙肥领仲由见过鲁侯，季孙肥禀报说："齐贼在攻城，我们算赶上啦！"

姬将急问："多少人马，多少战车？"

齐兵攻鲁，姬将只知道来势汹汹，并不十分了解实情。

仲由说："大约五千人，三百辆车，一个须眉都白的老头在军中。"

姬将有些兴奋，说："论起来，那还是寡人伯母的堂兄呢。他怎么就忍心要灭鲁？我倒要问问他，看他怎么说。"

仲由说："现在没工夫谈亲论友，赶快命令随从跟仲由一起离开这里。"

仲由领着鲁侯一行，绕了一个大弯，进个不小的村寨，告诉季孙肥说："请季大人安顿好君侯，城里城外战事紧急，千万不要出来，以防不测。战事一过，仲由自会来禀报。"

景州仗他年轻，又一心想建功，站在成邑城墙外的战车上对着城门楼叫喊："齐大军到来，投降饶你们不死！"

连喊两声，没人理睬，景州有些上火，说："小小成邑，阻挡得了齐大军吗？不投降，城破人亡！"

"嗖"的一箭飞来，幸而护卫眼疾手快，用盾牌挡住，才没命中景州。景州不敢再喊，命令攻城。城墙高而厚，休想攀爬上去。即使上去了，城楼上弓箭手随时瞄准。这样，只能硬攻大门。大门也很牢固，景州命将士搬大石头砸门，连砸数十次，终于砸开。齐将士蜂拥而入。城里空空，景州在门外见此情形，大喊"不好"，急命退出，可是，大门已经紧闭。大门是被砸开的，不知道怎么回事，要退出却怎么也砸不开了。景州见势头不好，忙命左右护住杵臼离开。等城楼上有人大声喊“捉住那白胡子老贼”，再也寻不见他的影子。城里，城楼上箭飞蝗一般射来，石头、大木头砸下，离大门不远一大块空地和街道到处是倒下的齐将士，被砸破头，脑浆流了一地；砸断腿，射穿胸膛，喊爹叫娘，惨不忍睹。景州被射中右肩，跌下战车，被人救走。

这时，城门大开。随后赶到的人马、战车不知道这里出了大事，还以为城门已破，拥进去一拨，又被射死砸死无数。后面想抢头功的将士看见不妙，急忙转身往回撤。人挤人，人撞人，人踩人，马踩人，战车从倒下的人身上轧过去。没打过仗的新兵，当场吓死……

右军没有经过成邑，走了另一条路，在离成邑数十里的地方与通成邑的路相通。仲由领两百精壮，挖了十个晚上，一条一里长的堑壕挖成。上面密密地铺了木板、木条，盖上土、草皮、矮树、荆棘。不要说黑夜，就是白天，如果不细看，也看不出是伪装。犁弥大队人马一路上没遇到大麻烦，虽然疲惫不堪，但一心抢头功，行进要快得多了，中军在成邑惨败的那天，犁弥率领人马车辆赶到离堑壕数百步的地方，望见前面炊烟袅袅，扬鞭大声喊叫：“快，前面有村寨！”

走在前面的人马掉进堑壕里，挣扎，喊叫。犁弥没想到还是遇到了麻烦，急忙喊：“绕过去！”

听见喊声，人马向两边散开，但是，掉进堑壕里的人马、战车更多。后面骑马的，套战车的马止不住步，掉进去，狠狠地砸在活人活马的身上，当即死在堑壕里……犁弥知道上了大当，指挥掉头撤退。这时，一阵利箭飞来，中箭的将士跌下马，甩出战车。犁弥怒不可遏，大叫：“放暗箭的不是好汉，有种站出来！”

犁弥听见有人放声大笑，却寻不见踪影。

犁弥气炸了肺，又大叫一声：“有种的出来！”

喊声刚落地，又爆发了狂笑。不是一处，而是多处：“哈哈哈！”

“哈哈哈！”

“哈哈哈……”

犁弥气得全身发抖，命令将士：“给我搜！”

这种地方，满眼是林子；即使敞亮之处，也是一片片矮树，别说藏几个人，就是几十人也是随随便便的事。犁弥自己也明白，在这种地方找人，岂是容易的事，弄不好还要挨冷箭。这时，一箭飞来，插在犁弥战车箱板上。犁弥吓得惊叫一声“呀”，看看箭上系了块帛，帛上有字：

犁弥，快滚回老家去，否则要你的命！

仲由

犁弥看罢，“哇”的一声，喷了一口鲜血，昏死过去，被左右救起……

80

快马向姬将、季孙肥禀报鲁军大捷的消息，姬将长长地松口气，说：“寡人没有忧虑了。”

季孙肥说：“要不是夫子和他的几位爱徒，鲁军绝无胜的希望。”

姬将想想也是，齐国要钱有钱要人有人，一万五千人马全是精兵强将，九百辆坚固的战车，多大的来头。鲁国拼拼凑凑，也才凑到八千人马，一半年老体衰，已不适宜征战；五百辆战车，破损的占了大半。幸而马不算瘦，要不，看着让人心酸。这样的人马、战车，如何能与齐兵抗衡？姬将自己请过夫子，夫子不肯出山，他愁得吃不下，睡不着，到成邑郊外，更提心吊胆。姬将不怕死，怕的是祖先创下的基业，亡在他的手里，落下千古骂名！

季孙肥见姬将愣住了神，提醒说：“君侯，得重谢夫子和弟子们。”

姬将很激动，说：“只要夫子愿意，仍然做鲁国大司寇，摄相事，寡人尽快召见他，还要重赏公孙朝。”

季孙肥说：“夫子就在成邑。”

姬将按老规矩办事惯了，不知道如何召见这位名声显赫，却无职无位的孔老夫子，说：“这，这该如何办呢？”

季孙肥说：“对待孔老夫子，不能按老规矩办事，君侯，你得委身去一下成邑才是。”

姬将说：“好。”

季孙肥吩咐左右，立即让姬将上车。季孙肥和姬将到大门前，守卫认识季孙肥，立即入报公孙朝。公孙朝来不及穿朝服，出来迎接。公孙朝见是君侯，慌忙下拜，姬将扶起，说：“免礼！”

姬将随公孙朝进城，见到处都有军士、百姓在清理死人死马，街道上空成群乌鸦盘旋，“哇哇”的叫声格外瘆人。姬将没见过这样惨景，一阵晕眩袭来，身子支撑不住。季孙肥见姬将脸色煞白，急忙扶住，才没跌倒。

公孙朝把姬将、季孙肥领进大厅，坐下，季孙肥说："君侯要召见夫子，请公孙大人传话。"

姬将说："这一次要是没有孔老夫子和他弟子，鲁国亡啦，寡人当重赏夫子、夫子弟子、公孙大人和众将士。"

公孙朝很为难，说："臣有罪，臣没能留住孔老夫子……"

姬将不仅惊讶而且失望，问："他去哪里了？"

"走了。"

"何时走的？"

"昨天早上。"

"老夫子的弟子呢？"

"只剩下仲由、冉求和漆雕开。"

"老夫子说去哪里没有？"

"他只说，去找能行道的地方。"公孙朝说，"微臣有罪，微臣没能留住这位天下奇才。"

姬将想想夫子说的话，想想他和夫子之间想法有那么大不同，能在一起治国吗？没人能改变夫子，自然也没人能改变自己、能改变眼前这世道。这些，老天爷早已安排，谁也无可奈何。姬将想定，心下轻松一些了，说："算啦，各有各的志向，没法强求。"

姬将说："无论如何也要留下仲由和冉求。"

公孙朝说："如果臣尽了力，仲由和冉求也不肯留下，请君侯恕罪。"

夫子把公孙朝馈赠的金银财宝全部留下，只带了粮食、肉干。这些天，仲由、冉求、漆雕开和公孙朝派出的将士和齐兵周旋，夫子相信这三位弟子，相信公孙朝派出的将士一定能按自己的计策破敌，只听听禀报，不再劳神，对离开成邑之后到底去哪里，倒费了精神。夫子当然不会去齐国，也不会去陈、蔡两国。陈、蔡都太小，没多大出路；宋倒是比较大，可桓魋如此无理，即便宋君子头曼愿意接待，也难以推行大道；去楚国太远，一时下不了狠心。近日，还听说韩简子、魏襄子起兵至中牟捉拿荀寅、范吉射，荀寅、范吉射已逃往朝歌。赵鞅、韩简子、魏襄子以佛肸窝藏叛逆罪被革职，等等，乱得理不出头绪，不宜去晋。

夫子思前想后，想不出该去哪里，倒是想起在外这么多年，走那么多地方，尽管无处落脚，卫还是有情有义，不如再去帝丘待些日子再说。夫子把弟子召在一起，说了自己的想法。弟子们七嘴八舌，可意思大抵一样：一个多月来和齐兵打交道，太累，暂到那里歇歇也不错。

南宫适接嘴说："夫子为鲁国出谋献策，打得齐兵丢盔弃甲，鲁国以弱胜强，名扬天下，想必卫侯也知道了，能不迎为上宾？"

侄女婿把个人荣誉看得太重，夫子不喜欢。再说，那荣誉背后，究竟有多少人丧命，多少家庭破碎？夫子正是因为不愿意亲眼看到自己一手安排的一场大杀戮，才趁大杀戮到来之前离开，他摇摇头，说："不要再说那件事……为师已无颜立于天地间……"

夫子说罢，脸色阴沉下来，弟子们才明白战事未了，夫子急着要离开成邑的缘故。南宫适想："一个人最为难的莫过于干自己不愿干的事了。自己不但没有多替夫子想想，反倒说出那样的话，太不应该了。"但他知道，夫子不愉快的时候，最好什么也不说。

好一阵，夫子才说："还是去卫国吧，谁先去报个信？"

南宫适说："弟子去吧。"

夫子说："去两人吧，有个照应。一个人多有不便。"

樊迟说："小徒见世面太少，夫子，让樊迟一同去吧。"

夫子和颜无繇父子、公冶长、公伯寮、宓不齐、高柴在一个偏远小村寨住了三天，南宫适、樊迟回来，夫子见到他俩，高兴地问："这么快就回来啦？"

樊迟说："我们在附近村子里租了两匹马。"

夫子问："如何？"

南宫适说："见到卫侯了，卫侯已经知道鲁国打败齐兵的事，认定如果不是夫子亲自出马，不可能以弱胜强，取得这么大胜利，正想见夫子呢！"

夫子悬着的心落了下去，南宫适在一旁挤眉弄眼，一副得意的样子，夫子只当没看见。夫子相信他这个侄女婿总有一天会明白君子和小人为什么会有这么大不同。这一次大胜齐军，一定对夫子出游诸国、传大道有好处。虽然说不出究竟有什么好处，但好处总会显现出来。包括颜无繇父子在内，脸上欣喜的神色都没法掩饰。

夫子不支持这种情绪，却也不想泼冷水。

夫子一行进入帝丘的第二天，夫子命南宫适、樊迟把求见卫君的意思报进宫里，第二天上午，姬元传见。姬元依旧和南子一起，在后花园等候夫子。不过，姬元没有坐在亭榭里，而是和南子并排站在甬道上向入园大门处张望。见到夫子，往前迈了几步，说："有失远迎，恕罪。"

夫子忙施礼，姬元扶起，说："夫子，不必多礼，你才是真正值得敬重的大能人。"

夫子预感到姬元的谈话可能会涉及此次大胜齐军的事，说："惭愧，老都老了，还作这样的孽……"

姬元说："夫子亲临指挥，大败齐兵，救了鲁国，乃万世不朽功业，如何说作了孽？"

夫子说："不知多少齐兵死于孔丘出的谋略。"

南子插进来说："夫子宽仁厚德，无可非议。可是，如果鲁亡国，齐兵会一个不杀吗？千错万错，错在杵臼贪心不足，才有此下场。"

姬元这么急于召见夫子，完全是为求强国强兵良策，没想到夫子还是老样子。南子见话不投机，忙说："夫子累了，不说国事，说说闲话吧。"南子说罢，命左右备酒。

夫子也不想再说不愉快的事，坐在姬元对面，说："看看又是深秋，一年又将过去……"

姬元脸上的一层灰色更浓了，说："寡人身子更不济了。"

夫子说："岁月不饶人，丘已大不如前，只是雄心未泯而已。"

姬元叹口气，说："寡人不仅体衰，心也死了。"

夫子知道姬元是为了逐太子蒯聩的事伤心过度。君侯一国之主，谁不是媵妾无数？南子绝色，夫子相信谁见了也会动心。姬元能不在这上面耗去许多精神？再说，绝色并不是过，也没听说南子有何不检点之处，蒯聩如何能起杀庶母的恶念！夫子认为这是大逆不道的。话又说回来，蒯聩毕竟是他的血脉，亲手册封的太子。宫里出这样的丑事，即便文武臣僚什么话也不说，在人前也直不起腰啊，能不一夜白头？

夫子宽慰姬元说："人犹如风中一片树叶，树叶太小、太轻，自己难以做主。好在天地无垠，总有它藏身之处，不必忧虑。"

姬元说："寡人这片叶子，难说不掉进火坑里。"

夫子笑了，说："除非到处是火坑，否则，哪会这么巧？"

姬元想想有理，也轻松地笑了。

81

夫子从宫里出来，心里空空的难受，说不清是惆怅还是失落。徒儿们在客栈前迎夫子，见他脸色不好，颜回问："夫子你脸色不好，哪儿不舒服？"

夫子勉强笑笑，说："好的，不必担心。"

见夫子不想说，徒儿们不便再问。走进客栈大门，忽然有人朝他走来，倒身便拜，说："夫子可好，徒儿向夫子请安来了。"

夫子扶起跪拜的弟子，看时，是冉求，问："你们几个鬼鬼祟祟的，怎么回事？"

南宫适说："冉求是来向夫子辞行的。"

夫子站住问："决定出仕了是吗？"

冉求说："鲁侯、季孙肥见留不住夫子，也留不住随行同窗，苦苦挽留小徒、仲由和子开。子开不肯留下，仲由说跟夫子非跟到底不可，不肯留下。我只得说，一定要禀过夫子，才能最后定夺。所以就雇辆马车，赶来寻夫子。"

夫子瘦黄脸上浮现一丝笑容，说："好，出仕好，你们都应该出仕，老跟为师，不会有出息。"接着，指指身边的颜回、公冶长、高柴、公伯寮、宓不齐，"你，你，还有你，你们跟为师的时间都不短了，该飞出窝了！"

南宫适不服气，说："有个门徒跟你的日子最长，最该飞出去的是他。"

夫子不是不让仲由出仕，而是没法赶走他。夫子说："你们不必嫉妒仲由，为师会赶他走的。"

话刚落音，房间里又出来二人，是仲由和漆雕开。夫子不解了，说："你们这是怎么回事？"

仲由说："鲁侯、季孙肥苦苦留小徒、冉求和子开，小徒说，小徒既然跟了夫子，就一定要跟到底，不肯留。子开也说离不开夫子。小徒和子开怕节外生枝，当天离开成邑，到达帝丘，小徒、子开和冉求前后只差两个时辰，"想一想，又说，"就让小徒了这个心愿吧，跟夫子跟到底，不出仕。"

仲由性刚直，要说服不容易，只能由仲由自己慢慢想。想明白了，自然会按夫子的话去做。夫子没有说话。仲由也深知夫子德行，不说话便是默许。南宫适眨巴眨巴眼睛，说："夫子，冉求兄要出仕了，从了政身不由己，虽说在自己国家，要见面也不易，不如热闹热闹，一来庆贺，二来话别，也不枉师徒一场。"

樊迟喜欢找南宫适篓子，说："别老拿夫子说事，师兄弟一场，难道不算数？"

仲由说："你们俩别争啦，不就是在一起热闹热闹嘛，高柴、公冶长、颜回，你们三位不能老夫子似的，也学学做大家高兴的事，这事就交给你们三人去办吧。"

冉求悄悄跟仲由说："看不出你也喜欢热闹。"

"你没看出来，夫子心事很重？"仲由说。

冉求说："冉求当然知道。"

"催我们出仕，不一定是夫子内心的想法。"

"而今，到处都在杀伐，我们只要从政，无异于助纣为虐。"

"难道就不可以制止流血？"

"连夫子也没能做到，我等就别做梦了。"

"夫子是不愿意贻误弟子前程。"

"夫子，难哪……"

仲由昂首望天，祈求上苍："但愿这一次出游，能遇上识宝的明君。"

高柴、公冶长、颜回三人商量一阵，想出了个好主意，约定不说出去，到时候让夫子和仲由、冉求、漆雕开高兴高兴。半天过去，天渐渐黑下来，公冶长跑来请夫子、颜无繇、仲由、漆雕开和冉求，夫子问："你们三个，都做了什么准备？"

公冶长眨眨眼皮，说："夫子，恕弟子不能说。"

夫子笑骂说："弄什么鬼？"

颜无繇说："别看他瘦猴似的，鬼主意多着呢，不会错。"

帝丘城郊有块宽阔的草坪，草坪离村寨很近，四周敞亮，没有野物出没，是孩子们快乐的天堂。不过，天将黑了，大人是不让他们来的。夫子远远地望见烟和火光，走近，才看见一堆架成空心的柴火，柴火烧着，火光耀眼；风不大，火燃烧得从从容容。颜回、公冶长、南宫适、樊迟见夫子到来，拥上前来迎接，公冶长说："这么长日子来，大家都过得很苦，就乐一乐吧，乐中送别冉求兄。"

夫子很赞赏公冶长、颜回、高柴三人会出主意，说："热中送友，好。"

柴火堆旁边放几条矮凳，是从客栈借来的。公冶长请夫子就座，说："夫子，能否跳一回民间舞送别冉求？”

颜回说：“夫子，弟子不知跳民间舞是不是如祭祀跳舞那样有定制？”

夫子说：“民间跳舞不过是大家高兴高兴罢了，哪有什么定制？为师讲要按古制办事，目的在于不要纵欲，僭越权位，使天下乱成一团糟。”

公冶长高兴了，说：“弟子还担心夫子不乐意呢。”

“为师不迂腐，怎么会不乐意？”夫子说。

公冶长说：“还备了薄酒。”

南宫适补充说：“还有肉干。”

夫子问是从哪儿弄来的，南宫适说：“夫子放心，都是买来的。”

舞虽不属六艺，却也是文人雅士不陌生的乐事，夫子当然不例外。不过，夫子跟弟子们在一起的时候，大都谈政事、治学和修养心得，难得有余暇高兴高兴，弟子们自然不知道夫子还会跳舞。

没有什么仪式，公冶长先斟一碗酒，敬给夫子，夫子接了，公冶长说：“感谢恩师辛勤耕耘，弟子们才有今天，请饮此杯。”

夫子饮了，公冶长又斟一碗，敬与冉求，说：“冉求兄出仕，不知何日才能相见，就此一别，请饮此杯。”

冉求接了酒碗，跟夫子和同窗一一照面，说：“冉求有幸投夫子门下，才有今日。如果不是想使更多的人了解夫子大道，接受这至大至高的无价之宝，小徒便一刻也不愿离开夫子，离开亲如弟兄的同窗……冉求谢各位啦……”说罢，一饮而尽。一碗酒下肚，冉求脸颊微红，脚下有些飘浮起来，顺口歌了一曲：

林之苍苍，
有木在中央。
巍巍其身，
泽被四方。

溪流洪荒，
中有大江。
水丰且长，
润物其慷。

人海茫茫，
有手足同窗。

今我离去，
别时夜未央。

冉求碌碌，
难承厚望。
师训友嘱，
不敢怠忘。

悠悠我心，
焦灼惆怅，
今我离去，
不知明日在何方？

冉求声音抑郁，仿佛不是出仕，不是如夫子所说的那样去奔前程，而是生离死别。也难怪，而今世道不宁，祸福难测。冉求唱着唱着，声音低沉下去，像在呜咽，南宫适开始抹泪，夫子眼圈也红了，大声说："来来来，大家一起来，随意跳吧，难得这样的夜晚……"

仲由说："为兄还不知道你文采也这般出众，惭愧。"

冉求说："无论小弟怎样追赶，怕也没法赶上兄台了，兄台何必嘲笑小弟？"

颜回、南宫适同声说："不错，实在不错。"

夫子和弟子们一起跳起鲁地俗舞，火光映照夫子和弟子们的身影，摇摇曳曳，分分合合。虽是俗舞，柔美多姿，却不失雅。好一阵，抑郁气氛才渐渐消散……

82

姬元一生平平，一无建树不说，还出儿子要杀庶母这样的事，如果不是有对他很知心的戏阳，不是有胜过结发妻子的南子，他几乎没有勇气活下去。听到鲁军大败齐兵，姬元即知那是有孔夫子和弟子们在鲁的缘故。于是，他又那么急切地想见到夫子。他想不能急，急了会谈崩。见到了夫子，避而不谈最想说的那些话，又觉得过分谨慎，白白费去了许多工夫。

姬元的身子和精气神在煎熬中一点一点地耗去，仿佛那快熬尽的油灯。

见姬元一天不如一天，南子意识到再不能给夫君肉体的温慰，再消耗男人快速枯萎的身子，只能想别的办法。

这天，姬元入南子寝宫，南子为他弹了一曲，再要弹的时候，姬元说："不弹了，早点就寝吧。"

近来，男人无以解忧，要不喝酒，要不和南子同寝，南子生怕男人睡下去起不来，常常推病谢绝。这会儿南子说："夫君，小妾想，明天我们去郊外走走吧，吸吸天地之灵气，日月之精华，健康长寿。"

姬元历来佩服南子智慧高，知识广博，听她这样说，便不再说早些就寝的事，说："夫人真是聪慧。"

南子说："不是小妾聪慧，智者说，域中有四大，道大，天大，地大，人亦大，人和道、天、地一体，不能离开它们。"

姬元听得很有兴趣，问这是谁说的，南子说："李聃。"

姬元说："寡人没听说过这个人。"

南子说："还有人说，智者乐水，仁者乐山，你看，人是不能离开山水的。"

姬元问："这也是李聃说的？"

"不，是孔夫子说的。"南子说。

姬元叹一声，说："孔夫子是大智者，可惜不为寡人所用。"

南子说："夫子是性情中人，只要以礼相待，不会不动心。"

姬元说："好，寡人听夫人的，明天办两件事：一是差人给夫子和弟子们送粮食、菜蔬、肉干，勿使他们日子过得拮据。二是随夫人外出游览。夫人如此念及寡人身子，寡人还不知自爱，惭愧！"

以往姬元外出狩猎或郊游，前呼后拥，南子不喜欢排场，说："同去的人多了累赘，不如只带贴身护卫。"

"就依夫人之见。"姬元说，"不过寡人还想带个人。"

南子马上明白姬元要带的这个人是谁，说："好，带上他，当面谈谈也好。"

姬元看定南子的眼睛，说："夫人好像猜到寡人要带谁。"

"那是自然的。"南子说。

"谁？"

"侄子子南哪。"

"真聪明。"

“不聪明能嫁上你这君侯吗？”

太子蒯聩被赶出国，姬元伤透了心，从不在人前谈继位人的事。但南子还是从姬元一些细枝末节里看出来了。既然夫君不说，她自然不问，佯作不知道。上次外出姬元被花大虫吓倒，跌下马来，至今仍心有余悸，他说：“上次外出碰上花大虫，吓得寡人跌下马来，可不能再去山深林密的地方啦。”

南子说：“这是自然的。夫君放心，小妾会安排妥当的。”

姬元忽然说：“可惜夫人非我姬姓宗室，不然，寡人身后主卫政事的非南子莫属。”

南子惊得一激灵，说：“夫君不要取笑南子。”

姬元说：“寡人自恨不及夫人博学、聪颖，怎么会取笑夫人？”

南子说：“自古以来，哪个国家女人执政了？”

姬元说：“倒也是。”

南子让护卫选了宽阔的一片草地，说：“夫君，我们在草地中间坐坐吧？”

姬元说：“草地中间无遮无挡，有什么好的？”

南子说：“草地宽阔，夫君和小妾在当间，纵有暗箭，也无法伤及。”

姬元想想有道理，说：“就依夫人所说。”

南子命护卫铺毡子在草地上，和姬元一起坐下，子南不便和叔父、婶娘坐在一起，远远地站着。护卫知趣地离开十多步远，免得使人生疑他们偷听君侯和夫人说话。这样，姬元和南子都觉得自在。南子知道男人病根在于他身后乏人，说：“过几天，小妾和夫君不妨亲自去客栈拜访夫子。”

姬元说：“这一次非留下夫子不可，寡人倒想给夫子和他弟子安排宽阔些的住所，老住在客栈里，显得寡人不器重大智者。”

南子附和说：“夫君说得是。”

姬元说：“夫人既然猜着了寡人心思，寡人也就不瞒你了，夫人看子南合适吗？”

南子警觉地盯住男人的眼睛，那眼神告诉她，男人没有说假话。她说：“这是卫国大事，小妾不便多说。”

姬元说：“寡人自觉一天不如一天，哪一天真的不喘气了，又没人继位，卫国必然大乱。”

南子接过话：“子南善了一点，不一定愿意继位。”

“这可怎么办？”

“夫君不妨亲自问问。”

姬元招手，让侄儿子南到面前来，问：“寡人思谋多时，宗室中只有你有君侯之相，又能以德待人，你就接了寡人这君位吧。”

这样的话题摆在面前，子南似乎早就料到似的，平静而坚决地回答说：“侄子非嫡出，又无德无能，何人能服？必定断送姬家天下。再说，子南只求平平安安过一生，不求荣华富贵。如叔父执意要这样做，子南只好离开。”

蒯聩在晋动静频频，子南早有耳闻，只是不愿说开罢了。

话到这里，姬元不敢再往下说。这时，远处有几点飞鸟身影，姬元长叹一声，说：“身为君主，尚不如飞鸟自在……”

南子心里酸涩，想：“想不到风光一时，到头来难得终了……”

经过这一场谈话，姬元、南子心情都格外沉重，坐一阵儿，南子说：“夫君身子单薄，天渐渐凉了，回吧。”

姬元说：“回吧。”

83

夫子和弟子们都不愿意住进姬元安排的宽阔敞亮府邸，免得欠了卫国人情，话不好说，事不好做，依然住在客栈里。夫子第二次来卫，见过姬元一次，便没有再被召见，只有戏阳不时来走动，看看是不是还有粮食、肉干之类。一次，戏阳到来，特别向夫子说了姬元的意思，说：“君侯非常敬重夫子，仰慕夫子，不知夫子能否再见见面……实际上，君侯近来……反正困难不少……”

热情、果决的戏阳变得吞吞吐吐，夫子听出姬元处境艰难，爽快地应说：“好，请大人回话，待君侯方便的时候，丘即觐见。”

戏阳说：“君侯说，要是夫子实在不肯留下，是否能留下大弟子仲由……卫现在特别需要像大弟子仲由这样的人才……”

夫子立即唤仲由，仲由进，夫子说：“卫侯希望你能留下来，不知你意下如何？”

仲由说：“夫子尚无妥当去处，仲由不敢离开。”

夫子说："要弟子们出仕，是为师的意愿。"

仲由想，不尊重夫子的意愿，也不是好弟子，说："适当的时候，仲由会来见戏阳大人的。"

戏阳说："不是找下官，是君侯要见仲由。仲由文武双全，是难得的人才！"

仲由知道，这种时候，姬元要的就是夫子和他看中的同窗，说别的没用，他说："到适当的时候，仲由一定来觐见君侯，决不食言。"

戏阳说："但愿夫子能留在帝丘。"

夫子说："先见君侯再说吧。"

几天以后，夫子整装进宫，求见姬元。近侍入报，不多工夫，姬元召夫子进前厅。夫子施礼罢，姬元索性有话直说："夫子用兵，所到之处，无不克敌制胜，能否给寡人讲讲个中奥妙？"

夫子怎么也没有想到，跟姬元见面那么多次，没少跟他谈修身、治国大道，而今这样急于见自己，依然满心思的攻伐、征讨，如何能在他为君的卫国出仕？夫子说："君侯，恕丘直言，丘学过礼仪、祭祀，却没学过布阵征战，无可奉告。"

姬元很想听夫子说说这次为鲁国出谋划策，让弟子出征，以少胜多、以弱胜强的事，不料夫子一口回绝，卫国不曾亏待夫子和弟子们啊，为什么就不愿意帮帮卫国呢？但仔细想想，如果真的硬邦邦地说出来，说不定更糟。坐在对面的南子不停地给姬元使眼色，姬元笑笑，转个弯，说："当然，王道是以德服人，不是以势压人，只是……当今是霸道代替王道啊。这样，行王道的人反而无立足之地……"

话说出口，姬元才意识到这话伤了夫子，南子急忙插进来说："这种是非颠倒的事想来不会长久。"

夫子默然。

多次谈话，都没法和姬元说到一起，夫子不再对卫抱任何希望，姬元见夫子冷淡下来，说："夫子弟子能者众多，如能留下一两位，不胜感激。"

夫子说："出仕是好事，只要君侯需要，弟子愿意，此事可成。"

姬元欠身说："姬元多谢夫子啦。"

夫子说："丘和弟子们两次入卫，多承君侯礼遇，该谢的是丘。"说罢，起身，施礼作别。

姬元说："夫子不必多礼。日后有需要寡人相助之处，尽管说。"

话到这里，似乎没什么好说了，夫子告辞，说："丘繁杂事情还多，告辞了。"

姬元和南子起身，南子问："夫子将去何处？"

夫子说："还没有拿定主意。"

南子说："要是夫子和弟子们还不急于离开，小女子和夫君约见，夫子可得赏光。"

夫子说："一定不负盛情。"

虽然夫子预料在卫不会有什么作为，但真的离开，又觉心里不好受。

离开帝丘走一段路，到了岔路口，大家停下来歇息。一条路往西，通晋都城翼；另一条往东南，通宋都城商丘、陈、蔡，再往南，进入楚国。郑国比晋还远，不在考虑之列。夫子很想去楚国试试，但路途遥远，自觉心力不济，不敢贸然决断。夫子让大家歇息，问仲由说："由啊，假使是你，你准备走哪一条路呢？"

仲由知道夫子作难，说："晋国正乱，郑国太远，还是不要去那里的好。"

"为师也是这般思谋。"夫子说着，问颜无繇，"粮食还有多少？"

颜无繇看看公冶长和樊迟肩上的粮袋，说："省一点，够吃五天。"

夫子回头跟仲由说："由啊，这样看来，我们只能往南走了。"

"不要去宋国了。"仲由想起桓魋的作为，心里还在发腻。

夫子说："就直奔陈国吧，在那里再想想办法，弄些粮食，再往南，如何？"

仲由问大家："有人去过陈、蔡吗？"

仲由经常出入夫子家，和南宫适、公冶长稔熟，南宫适说："仲由在家里做生意的时候，不是去过很多地方吗？"

仲由说："恰巧没去过陈、蔡两地。"

公冶长也觉奇怪，问："为何？"

仲由做了个不屑的怪样，说："山高路陡，虎狼横行，敢去吗？"

夫子神色立即严峻起来，说："如此说，这条路太凶险。"

仲由急忙说："弟子也是听来的。"

要去楚国，陈、蔡是必经之地，虽然仲由的话在大家的心里罩上了阴影，还是得硬着头皮往南行。颜无繇最怕出意外，一路上不停地打招呼："一个接一个，不要离远了。"

“照顾好夫子!”

“有事不要惊慌!”

……

夫子说：“没这么可怕，只要不走分散就是了。”

颜无繇说：“一定不能在山里歇宿。”

仲由说：“边走边看吧，小心一点就是。”

颜无繇眼看粮食一天天减少，心里着急，但也不敢让大家上山采野果、野菜，只好少做些饭，匀着吃。到第五天中午，粮食已颗粒不剩。不过还好，远远地望见一片高高矮矮的房屋了，很像是个小城。仲由看见有个敞着上身的农妇朝他们走来，赶前十多步，问：“请问，前面是什么地方?”

农妇猛抬头，见是个男人，吓了一跳，捂住胸脯要跑，仲由大声说：“大嫂，不要怕，我只问你，前面是什么地方?”

农妇止住步，手仍捂住胸脯，说：“宛丘。”

仲由没听明白，问：“是哪啊?”

农妇声音稍大一些，说：“宛丘!”

仲由离开农妇，迭忙告诉夫子，夫子说：“不管怎么样，也得进城弄粮食。”

仲由说：“弟子去吧。”

夫子说：“到时候再说。”

这片高高矮矮的房屋越来越近，看不见头的高墙出现在眼前，夫子一行人在城门前放下行李歇息，仲由说：“夫子，你累了，歇歇吧，弟子去去就回。”

夫子说：“我和你一起去。为师年纪比你大，模样比你老，不会引起别人怀疑。”

仲由说：“也是，夫子面子大嘛。”

夫子说：“明明知道为师到处碰壁，还说风凉话。”

夫子在前，到守卫跟前，守卫问：“老头，干啥?”

仲由赶忙凑上前，说：“这位是鲁国大名鼎鼎的孔老先生孔丘，我们都是他弟子，路过宝地，请求拜望拜望国君，劳烦通报。”

守卫扫一眼风尘仆仆的一群人和眼前这位花白胡子老头，对仲由说的话将信将疑，说：“等着，等俺禀报进去再说。”

夫子和仲由在门外等了又等，不见有人出来传话。大家知道，如果就这样离开这里，不知要走多少天才能到蔡国。要命的是粮食罄尽，怕是到不了蔡都得倒下。尽管等得焦急，也不敢挂在脸上，说在嘴里。

好不容易等到入报的守卫出来，仲由问：“如何？”

守卫说：“君侯没工夫见你们，只能进城待一晚，明天一早离开，知道吗？”

仲由看夫子一眼，夫子说：“行，就住一晚也行。”

仲由很不满，嘟囔一句：“还知道天下有贤能吗？”

84

夫子和弟子们找到一家简陋客栈住下来，连忙拿出随身带的钱币交给颜无繇换粮食、肉干，弟子见夫子这样做，也都拿了出来。只是夫子和弟子都不宽裕，只好能换多少是多少。夫子和弟子们都不愿意多求人，第二天上午准备离开。想不到的是正要出客栈，有宫人出来传话，问：“请问哪一位是孔老丘子？”

仲由听了有些生气，说：“这里没有孔老丘子，只有孔老夫子。老夫子，就是大学问人的意思，知道吗？”

宫人倒不计较仲由说话不中听，说：“请吧，跟俺来！”

这城池还不小，转了好些弯，才见到座既不算大也不算高的殿宇。进了大门，转到后殿，一个着君侯服饰的人见到夫子，从座位上站起身，朝前走几步，施礼说：“久闻大名，今日幸得一见。”

从穿着、气度判断，夫子认定这就是陈国君侯妫越了。妫越先祖既不姓姬，也不姓姜，不姓芈，不是周室臣子的后裔，而是古虞国后人。有个叫虞阏（è）父的做周室陶正有功，成了周武王女婿，封于宛丘，是为陈国。夫子想他的出身还不如自己，如果自己不追求改变这个野蛮的世界，早已大权在握，哪里会东奔西跑，看人脸色？不过他不后悔，要做大事业，自来不可能一帆风顺。

夫子刹那间想了那么多，却没延误回话，说：“丘不过一书生罢了，在此叩见君侯。”

妫越问：“先生是路过陈地，还是有意久留？”

妫越给夫子的印象是生硬的，脸相生硬，话也生硬。即便延请，也很难长久共事。他很直率地回答说：“丘以为眼前这乱世非改变不可，否则，苍天不容。”

妫越神色变温和了，问：“依先生所见，该如何是好？”

夫子说："为何一定要互相攻城略地呢？是为了生计，还是贪欲所致？人最大的恶念就是贪欲，一有贪欲，什么坏事做不出来？要改变这个龌龊的世界，非得从这里下手不可！"

夫子激动得一脸通红，指着自己的心窝说。

妫越认真地等待夫子往下说。夫子说："要修心，要克制私欲，多替他人着想，还要严格地按古制办事，不要随心所欲，特别是不能僭越权位……"

妫越笑了，说："如果都能按先生的想法去做，自然是太平盛世了。"

妫越的笑让夫子不愉快，不想往下说了。过了一会儿，妫越果然说："可惜呀，眼下权势们想的不是克制私欲，而是想尽坏主意把别国吃掉，假如陈国忘了这一点，早就亡国啦。很多时候，好东西不一定是有用的东西，有用的不一定是好东西。也许若干年以后会颠倒过来，但不是眼下……"

妫越说的是实话，但这实话夫子在鲁国就已经听腻了，夫子起身，说："道不同，不相为谋，丘告辞了。"

妫越神情变得很真诚，说："道不同，也不是不可以为谋。寡人听说先生和弟子们出游之前，不是率兵击败齐兵，保鲁国无虞吗？"

当时，齐兵浩浩荡荡南下，扬言非破鲁不可。率兵还击，非夫子所愿；见死不救，更不是夫子的作为。想去想来，想出让门人出头，自己退避于后的主意。尽管这样，别人还是把功劳记在他的账上。于是，他成了说一套做一套的小人。小人，可是夫子最瞧不起的一类人哪！眼下，妫越居然提这件事，夫子感到无地自容。妫越看出夫子神色不自然，说："刚才，寡人不过是和先生随便聊聊，不必介意。"跟着，命左右："给先生和弟子们安顿食宿，可不能简慢了。"

夫子忙谢过，说："谢过君侯。不必太费事了，如果不便在贵国久留，还准备南行。"

妫越警觉起来，问："去蔡国？"

"不一定。"

"去楚国？"

"想去那里看看。"

夫子回到小客栈，两个宫人正在客栈外和仲由说话，要夫子和弟子们搬到宽些的地方去住。可是，夫子回来，没有丝毫兴奋神色，弟子们心里就有些打鼓，仲由试探着说："夫子，宫人让我们搬到宽处去住。"

夫子仍然很平淡，说："搬吧。"

除了公冶长、樊迟安排锅瓢盏、粮食，夫子和弟子们行李都很简单，一人一卷薄被子，拿了就走。所谓宽处，不过是换了个宽些的客栈。住栈钱都由宫人付了，有吃有喝，可以什么都不管。住下了，宫人离开时，告诉仲由说："缺什么只管说。"

仲由谢过，送宫人出门。这地方到底是很快离开还是久住？弟子们心里悬着呢。好一阵，夫子才说："这里不是久留之地。"

一句话，仲由全明白了。一定是陈君侯妫越并不赞同夫子的主张，只有打定主意去楚国。楚国地广人多，夫子尽可以施展才干。可是，熊壬会赞同夫子的主张吗？如果那里也不是久留之地，又该去哪里呢？仲由佩服夫子的恒心和毅力，却也深深地为先生忧虑。

夫子一行在大客栈里住了好几天，再也没人来过问。这些天，都在客栈里吃饭，无忧无虑。颜无繇和同窗们四处筹措，得到的粮食也不多。问夫子怎么办，夫子说："为师辞别过君侯就离开。"

这天早上，夫子来到宫门外求见陈君侯，守卫说："请稍候。"

守卫报进宫里，宫里回话说："君侯身体不适，谁也不见。"

夫子只好离开。过几天，夫子再次求见，答复还是那句话："君侯身体不适，谁也不见。"

夫子没想到妫越会用钝刀子割肉的办法对付他。不过，不顺是意料中的事，夫子不但不生气，心绪还能静若止水。夫子第三次去的时候，什么话也没说，递了一方写了几行字的帛，说"请呈与君侯"，离开了。时候正好是中午，夫子回到大客栈，让颜无繇和主人告辞过，一行人离开了。

虽说弟子们没能从夫子脸上看到任何不快，也深知到陈国来情况糟到何种程度。南宫适对这种事特别敏感，特别憋气，说："多大的地方，多了不起的君侯，这么不晓事！"

仲由朝他"嘘"一声，说："你就不能学学夫子，遇事淡定一些？"

南宫适声音放低了些，说："不识宝的货！"

仲由直朝他泼冷水，说："这样的事还会有。"

南宫适瞪仲由一眼，说："臭嘴！"

仲由说："如果事事都顺利，这世界就没意思了。"

这回轮到南宫适不明白了："为什么？"

仲由说："过分简单的东西，有意思吗？"

"只有你仲由喜欢折腾。"

"不是我喜欢折腾，是这世界本来就是这样。"

夫子一行一直朝南走，时令已经入冬，细雨绵绵，路狭窄，泥泞难行。走了几天，碰上砍柴人，仲由问这是哪儿，砍柴人说："上蔡。"

仲由告诉夫子，夫子说："再走两三天，兴许就到蔡国边境了。"

仲由说："到了蔡国边境，是否先找楚国边关，请守将通报楚君？"

"可以。"夫子问颜无繇，"还有多少粮食？"

颜无繇没听见，仲由大声叫喊："路，夫子叫你哪！"

颜无繇"唉"的答应一声，来到夫子跟前，夫子问："还有几天粮食？"

颜无繇脸上蒙了一层霜，说："没想到陈国会这样穷，弟子走了好些地方，没能换到多少粮食。如果能在楚国边关筹措到粮食还好办，否则……"

夫子问："能不能再维持两天？"

颜无繇说："要节省一点才行。"

又前行两天，夫子告诉仲由说："找个人和你一起前去探探路，看看楚边关在哪里。"

仲由叫上南宫适，说："你聪明伶俐，跟我走一趟吧。"

南宫适说："想派小弟差事就实说，别尽说好听的话。"

仲由说："仲由和你一起去打探打探楚边关在哪儿，找他们借借粮食。没粮食，要饿肚子啦，知道吗？"

南宫适眨眨眼皮，说："谁知道楚边关在哪？"

"知道在哪还要你我探路吗？"仲由说。

夫子弟子中，仲由资格最老，能耐大，没人敢和他较劲。仲由说了，南宫适便不再说话。

仲由和南宫适离开夫子，找了大半天，还算好，到天黑的时候，终于看见一堵望不到头的墙，沿墙寻了一段，找到了边关城楼。到大门处，仲由向守卫施礼说："我们两人是鲁国孔老夫子弟子，有要事去贵国都城，望行个方便。"

守卫说："你等一等。"说罢，叫另一守卫向里面禀报。不多工夫，一个穿官服的人出来，说："请通报姓名。"

仲由通报了姓名，穿官服的人说："啊，原来是孔老夫子大弟子仲由，久闻大名。"

仲由说："不瞒将军说，先生带弟子出游，为的是传夫子的治国主张，带不了多少粮食，而今已经接济不上，就算过了将军这里，也到不了都城郢，还望将军多多方便。"

穿官服的人说："这个好办，派两部马车送你们去就是了。"

仲由和南宫适齐向穿官服的人施礼，仲由说："多谢！"

南宫适说："不瞒大人说，夫子和弟子们马上要断炊了，还望大人接济。"

"边关粮食也不多了，可以匀一些给你们。"穿官服的人说，"我们已经派人去都城运粮了，只要运到，再接济你们。"

仲由、南宫适感激不尽，再三拜谢。

85

仲由和南宫适在楚边关住了一晚上，第二天一早，两人轮流背一袋粮食，沿原路返回。寻到一小村落，终于寻到夫子一行。仲由、南宫适带回来一袋粮食，好不让大家欢喜跳跃，夫子也面带喜色，说："看起来，楚还是礼仪之邦啊。"说罢，吩咐早些吃晚饭，早些就寝，第二天一早出发，务必赶到楚边关歇息。

有人探过路真好，夫子一行只顾跟着仲由和南宫适走就是了。心想只要到了边关，便可歇息，有热饭食，有暖和的住处，第二天还有马车相送，心里轻松，脚步也迈得轻快了。只是颜回还不会走山路，摔了两大跤，弄得半身是泥。南宫适嘲笑说："你学问那么好，腿脚那么差，顾头不顾尾啊！"

颜回回敬说："你那两条麻秆腿，比我好不了多少。"

"我腿是细，可没摔跤。"

"摔跤也不全是坏事，摔过跤有了经验……"

南宫适抢过话说："下次再摔之前，选个平坦些的地方，免得泥猪似的。"

夫子的这些同门弟子，无论先到后到，年长年少，都很和睦，哪怕是跟夫子，说笑也从不生分。说说笑，斗斗嘴，不仅增添了乐趣，更知心了。到下午，望见掩映在树荫下的边关城楼轮廓了。可就这时，忽然冒出几个军士挡住去路，说："对不起，这是边界，你们不能过，回去吧。"

仲由觉着很意外，说："我们要去楚国。"

一个长脸中年军士面目凶恶，说："那就更不行了。"

"为什么？"仲由很耐心地问。

"楚蛮子是我们死对头。"

"你们是死对头，与我们有何相干？"

"难说你们不是楚蛮子派来的暗探。"

见被无故阻拦，夫子赶到前面来，说："在下是鲁国孔丘，他们都是在下门徒……"

长脸白夫子一眼，说："谁知道你是孔丘还是土丘，不准过境就是不能过。"

仲由气坏了，恨不得几拳打趴面前这个家伙。可他知道动了手以后是什么结果，忍了。夫子怕仲由惹事，说："好，不过啦。"

夫子转过身，跟弟子们说："不能过，就回吧。"

弟子们弄不明白，心里不痛快，叽叽咕咕地埋怨。仲由已经猜透夫子的想法，说："回吧，什么都别说了。"

往回走一段，夫子问走在身旁的南宫适说："能绕过去吗？"

南宫适说："小徒和仲由去探探看。"

仲由和南宫适去了老半天才回来，南宫适跟夫子说："两边林子都很深，好像还有水流的响声，不敢走。"

夫子问仲由："怎么办？"

天渐渐黑了下来，林间小路上阴森可怖。仲由说："附近没有人家，只有找块宽些的地方歇息，生着火再说。"

野兽怕火，夫子和门徒们都有这方面经验。山野到底寒冷，有一堆熊熊大火，既安全又温暖。走了一天泥泞小路，什么也没进肚里，歇息下来，疲惫而且饥饿难忍。颜无繇和颜回、公冶长、高柴等人分头找干柴、找石头、生火架锅、放水，颜无繇把节省下来的米放进锅里，大家凑合吃了一餐。

都只吃了个半饱，只得咬牙忍受。到半夜，终于被疲惫击倒，互相靠着，闭上眼睛。不时有刺耳的野兽叫声传来，"呀……""喔……啾啾啾……"

一阵，传来"啊……啊……"争斗的吼声，声音很响，很近，太可怕，睡死的从睡梦中惊醒。夫子、颜无繇睡得很浅，开始有怪叫声的时候，已经睁大眼睛。这时，夫子看见不远处几点绿光闪烁，碰碰颜无繇胳膊肘，叫他看，颜无繇说："花大虫！"

这时，仲由也看见了，拉起一根呼呼燃烧的木头，使劲朝有绿光的地方甩过去。狂野惯了的花大虫不但没逃遁，反倒大模大样地走出林子，一只，两只……仲由大声喊叫："拿柴火舞起来！"

胆大些的门徒连忙从火堆里拉出燃烧着的柴火，学仲由的样，舞得漫天是火花。火花、浓烟过去，山野才归于平静。

第二天天亮，仲由跟夫子说："夫子，不准我们过界，一定是妫越搞的鬼。"

"何以这么说？"夫子说，想听听仲由是怎么想的。

仲由说："楚历来都想灭掉陈、蔡，陈、蔡和楚积怨太深。如夫子和弟子入了楚，楚势必更加强大，这是陈、蔡都不愿意看到的。"

"这是上蔡啊。"

"只要陈国派个人去蔡国说一说还不容易？"

夫子说："为师也是这么想，眼下，得想办法找到楚边关守将。只有找到他们，我们才有生路。"

仲由说："还是弟子和南宫适一道去吧，有事也好相帮。"

夫子说："为师上了年纪，想法多了些，由啊，你俩肩上担子重，可得小心。"

仲由说："夫子请放心，小徒会小心的。"

仲由武艺高强，有山野生活能耐，自是不怕；南宫适机灵，眼快手快，正好和仲由搭手。仲由看看天，判断一下楚边关所在方向，和南宫适进了山林。两人怕钻得太深了走不出来，只好在路两旁走一段，停一停，没见可疑的人再走。由于有林子遮掩，到了边关前也没被人看见。仲由见到边关守卫，忙说："我们俩是孔老夫子弟子……"

守卫中有人认识他俩，说："你们前天来过。你们不是说要去我们都城吗，如何迟迟不去？"

仲由把被阻拦的情形大致说了说，守卫说："待小人禀报过将军再回话。"

一会儿，还是见过的那位守将笑盈盈地出来，说："不妨事，末将马上派快马禀报君侯。耐心等几日，必定有结果。"守将看看仲由、南宫适狼狈的样子，说，"想必二位十分劳顿，歇息歇息再走吧。"

仲由很想说"歇息倒不必，要是有吃的最好"，但话到嘴边，却说："先生等待回音，不敢久留。"

离开边关，南宫适埋怨仲由，说："死要面子活受罪，都饿得走不动路了，还不好意思说。照我想，不但我们俩要填饱肚子，还要弄点吃的回去才是。年轻人倒没事，夫子这么大年纪了，经得起饿吗？”

仲由也觉得过分好面子，却也无可奈何了。仲由、南宫适走走停停，停停走走，好不容易回到夫子身边。南宫适把仲由做的笨事说给大家听，夫子说：“这不算过错。”

南宫适说：“就怕大家都饿得走不动路了，误了夫子的大事。”

夫子说：“如果天意如此，也只好认了。”

仲由说：“夫子放心，总会有办法的。”

夫子说：“照理，不可能一大片地方都没人住，还是找人打探打探去吧。”

仲由说：“还是弟子去吧。”

夫子说：“不能谁好差遣就老差遣谁，你和南宫适都太累了，另外派人吧。”

樊迟说：“夫子，弟子还没为大家做什么事，愿往。”

高柴说：“弟子也没为大家做什么，弟子愿和樊兄同去。”

公伯寮凑过来，说：“夫子，弟子也算一个。”

夫子脸上掠过欣慰神色，说：“好，早去早回，免得为师牵挂。”

还算不错，小半天工夫，樊迟、高柴、公伯寮回来，兴奋得嗓门也高了，说：“找到村寨啦！”

听说找到了村寨，大家全来了劲。其实，村寨离夫子和弟子们停了一天一夜的地方不远，几栋破烂木房散落在山脚，只有一栋房顶上有几缕青烟，寥落得和荒野差不多。但不管怎么说，有人居住，总比在荒野里强。仲由在前，夫子和弟子们在后，连走三家，都是空屋。屋前屋后长满蒿草。来到屋顶冒青烟的那一家，房间一角烧着火，老丈和老妇人衣衫褴褛，在热灰里刨弄着什么。裸着身子的小女孩见有生人，连忙拉块麻片遮住下身。

夫子摆摆手，说：“走吧。”

到第四家，坐在门前石头上的中年女人，见有生人朝她走去，慌忙转身进家，抗死了大门，仲由上火，要上前拍门，被夫子制止，说：“一定是被杀伐害苦了，不要再惊扰百姓了。”

仲由说：“那我们该如何办呢？”

夫子说：“去空屋子里过夜吧。”

还好，另一栋空屋里地上居然有生火做饭的地方。再也没有粮食了，弟子们只好烧一锅开水，解渴充饥。

86

杵臼亲自领兵攻打鲁国，想一口吞下，解屡次较量屡次失败的心头恨。他最嫉恨的是夫子，最怕的也是夫子。都说晏相了不得，怎么就斗不过孔丘？这是杵臼心里怎么也解不开的疙瘩。最近一次较量，杵臼慎之又慎，派暗探四下打听夫子下落，暗探回禀众口一声：夫子带弟子出游了。没想到夫子来个将计就计，杵臼输得更惨。

杵臼手里乏人，是他最头痛的事。围在身旁的爱妾无数，子兖老了，芮姬更让他可心。虽然时时提醒自己不可无度，但积郁难释，一和芮姬寻欢，便又什么都丢在脑后。杵臼劳心劳力，自觉一天不如一天。这天，杵臼传上卿国惠、高昭两位大臣到床前，将芮姬儿子荼托付给他俩，望他俩尽臣子之责，辅佐荼执掌齐国大权。

国惠、高昭二人是杵臼一手提拔起来的老臣，对齐忠心不二，只想杵臼多活些时日，待荼长大些再立为太子，名正言顺地继位，免生变故，没想到事情来得这么快。杵臼把公子荼托付给他俩没错，但荼毕竟还是只知道嬉戏的孩子，两位大臣看在一旁戏耍的公子荼，心里直打鼓。尽管这样，还是爽快地应承下来，两人再拜，齐声说："誓死保护幼主。"

杵臼两眼紧闭，眼角流下两滴混浊泪滴的时候，夫子一行已经离开陈、蔡，在赶往楚国的路上。

杵臼在位 58 年，虽然田氏做了不少让他不放心的事，但杵臼毕竟经营了这么长岁月，根基牢固，没能撼动。可谁也预料不到，一场取代姜姓政权的阴谋在风平浪静之中已经酝酿成熟，只等杵臼一命呜呼的那一刻到来。

国惠、高昭怕不轨者趁乱图谋，待安排妥当再举行葬礼。但还是晚了一步。杵臼死的当天，消息就传到了田乞耳里。

田乞和姬氏同属开国功臣，早已觊觎君位。田氏有足够耐心，他们像堆山那样一点一点地在臣民中挣人心，挣威望，积聚力量。在他的封地上减轻赋税、劳役，在市上卖粮大斗出，小斗进。晏婴私访民间，百姓知道田大人，却不知道齐君。晏婴提醒过杵臼，毫不避讳地说："如果不倍加小心，齐天下必为田氏所得。”

晏婴在杵臼跟前说过两次，杵臼都不置可否，晏婴离开，长叹一声，说：“齐国必亡在田氏手里。”

当下，田乞马上暗地召集家臣和大夫鲍牧到府邸商议，跟着，派心腹调动所属邑兵，星夜赶至临淄，包围王宫。上卿国惠、高昭虽然料到难免一场内乱，却没想到竟来得这么快。听说王宫告急，高昭告诉国惠说：“国大人你赶快护送幼主离开，在下来抵挡乱贼。”

国惠带领百名精壮，闯进后宫，救出幼主荼，直奔鲁国避难。高昭率领宫廷护卫奋力抵抗，终因寡不敌众，宫廷护卫被打散，高昭战死。

田乞心里明白，即使将来夺得君位，要自立为君，也驾驭不了杵臼和晏婴经营五十多年的齐国。倒不如找个听话的公子作为继承人比较稳妥。杵臼另一儿子阳生素来和田乞要好，公子荼奔鲁，田乞立即在宫廷里放话：拥立阳生为齐君。

事情到了这一步，自然不会有人站出来和田乞作对。

要说国与国之间关系复杂，莫过于鲁齐两国了。鲁齐两国毗邻，外面有事了，两国联盟，甚至拉上宋、陈、卫、郑，共同对外（主要是楚、晋）；外面没事了，齐总是忘不了灭鲁。鲁国没有齐国强大，齐人打来，不得不打；战事一过，又派使者讲和。而且奇怪的是鲁发生内乱，避难处所不是别国而是齐；齐内乱了，避难处所也是鲁，接纳都很爽快。国惠护送公子荼来，找到实际上执掌鲁国大权的季孙肥，季孙肥二话没说，接纳了，国惠自己去了莒国，老死在那里。

鲁齐几次较量，虽说鲁都胜了，到底劳民伤财，国家大伤元气，姬将怕打败，叔孙、孟孙、季孙三家也不想打仗。阳生接替公子荼执掌齐国大权，更不想打，先派使者至季孙肥处，意欲修好，季孙肥忙向姬将禀报，姬将一口答应。

没想到这样一来反倒惹下了大麻烦。

季孙肥非常器重冉求，阳生带一帮人来鲁，姬将接见过，待在季孙肥府里。季孙肥有位亲妹妹，生得十分可人，阳生见了喜欢，托人捎话给季孙肥，季孙肥问冉求，冉求说：“齐君娶了令妹，他便是妹婿了，将来鲁国遇到什么事，他能不管？和总比打好。”

如果阳生这一次就迎娶季孙肥妹妹，什么事也没有。阳生偏生要回齐国做一番迎娶的准备，过了半年才开来浩浩荡荡的迎亲队伍。季氏府邸热闹非常，季孙肥妹妹季玉跪在季孙肥跟前不肯起来，一把眼泪一把鼻涕地说：“哥，你就执行家法吧，处死妹妹，免得害了鲁国，丢了你的面子。”

季孙肥说：“你这是怎么回事？”

“别问啦，你就处死季玉，告诉阳生，就说季玉罪有应得。”季玉说，“这样，齐君不会怪罪任何人。”

季孙肥扶起季玉，说：“妹妹，就算你犯了天大的罪，要处死，也得死个明白。说吧，究竟是为什么？”

季玉头低得贴胸脯，说：“鲂叔他……季玉已经没脸活在这世上了。”说罢，一头撞在屋柱上，倒在地上。

季孙肥吓坏了，赶忙将季玉抱起，命左右送进内室，寻医救治，好生看护。一面将季鲂下狱，严禁外传消息，违者斩。季孙肥装作没事人似的，大摆酒宴款待三天。第四天，季孙肥交给迎亲头领一封帛书，说季玉忽然染疾，不能出嫁，待身体大愈，再亲自送往临淄，乞谅解，等等。

阳生看了腾腾地冒火，说：“你季孙肥敢戏弄寡人，寡人要叫你好看！”

当即召田乞、鲍牧计议攻打鲁国一事。田乞急于打田氏天下，建议阳生派鲍牧领兵前往。齐内部刚经历一场动乱，忠诚于杵臼的旧臣推三阻四，不赞成对鲁用兵；大司马景州是子兖侄子，托病不出；邑宰们不见大司马调令，拒不出兵。这样，能调动的只有田氏所属兵马、战车和鲍牧手下人马、战车。

虽然比不了上一次阳生父亲杵臼亲自领军伐鲁那样威风，但出恶气心切，还是由鲍牧挂帅，领兵往西南杀来。

87

出了这样的大事，不敢不禀报鲁君侯姬将。姬将听说是季鲂惹出来的祸，即命左右：“猪狗不如的东西，杀无赦！”

季孙肥说：“君侯，杀一个乱臣容易，怕的是齐起兵伐我。”

姬将比姬宋还无能，还怕打仗。听季孙肥这么说，脸色都变了，说：“有能耐的大夫、将军都老了，就算愿意领兵上战场，也未必胜任得了，怎么办呢？”

季孙肥说：“要是夫子在鲁就好了。”

姬将摇摇头，说：“寡人和他没法共事。”

“好在冉求在我处。”季孙肥说。

“泄声子身子还不错，让他和冉求一起领兵抗齐吧。”姬将说。

季孙肥说：“看来只有这样了。”

姬将立即传泄声子、冉孙肥进殿。泄声子虽然年近花甲，身子却还硬朗，腰杆笔直；冉求年轻，英姿勃勃，自不必说。姬将在他们面前，倒显得稚嫩。但鲁国安危，担在自己肩上，不能不挺起腰来，说：“尽管齐兵和我军交锋，屡战屡败，但亡我之心不死，为一点小事，竟又起兵伐我，天理难容。寡人命冉求为大将军，泄声子将军为副将，点五千人马、五百辆战车迎敌。”

泄声子面有不悦神色，冉求赶忙推辞说：“冉求年轻，难以服众，还是泄声子将军为大将，冉求辅佐为宜。”

季孙肥很有意思地看冉求一眼，姬将也看了看冉求，两人的眼神却很不一样。冉求没有注意到，他在推测阳生最可能派谁领兵前来，兵力有多少。有暗探飞报，说齐兵威逼边关只有两天路程，冉求说：“得赶快去成邑一趟，成邑将士随后发兵增援。”

“就怕来不及了。”泄声子说，“那一次是你用火攻拖住了齐贼，子渊捷怕孤军深入，陷入重围，行动迟缓，才被我军堵在河边……”

“如果成邑不固守，齐贼南下更快。那样，我们连准备的工夫也没有。”冉求说。

泄声子迟疑地说：“让我想想。”

冉求说：“现在是火烧眉毛了，没工夫多想。做最坏的打算吧，求想马上去察看一番，看在什么地方可以堵住齐兵。”

泄声子说：“成邑城池坚固，想来没法攻破。”

成邑邑宰公孙朝已故，尚无合适人选继承。将士老的老，死的死，没法补充，成邑已今非昔比。这一点，冉求比泄声子清楚。冉求当然不希望成邑被破，但如果没有第二手准备，万一齐兵破了成邑，都城就危险了。冉求把这想法告诉泄声子，泄声子笑了，说：“有这么危险吗？”

说归说，泄声子还是和冉求一起，骑上马，到都城郊外察看。泄声子毕竟老了，骑马到郊外一处停下，已经累得直喘气。冉求远远地望见一座山丘，说：“上去看看，如何？”

泄声子心里埋怨说：“在这里望一眼不就行了吗，何必费这神？”但他还是骑马跟在冉求身后，至山丘下，下马，一步一喘地往上走。还好，山丘不高，爬到最高处，一条曲曲弯弯通往成邑的路出现在眼前。其他地方即便有路，也隐隐约约，狭窄而高低不平，无法行车，冉求左看右看，问泄声子说：“大将军，如果成邑失守，你看齐兵会过这里而至都城吗？”

泄声子想：“齐兵根本就过不了成邑，你这是多余的焦虑。”不过，泄声子毕竟久战沙场，怕万一失误，说：“没别的路可走，必定过这里。”

冉求没有说话，下小山丘，跨上马，说：“大将军，再去都城西面看看吧。”

泄声子终于忍不住，说：“西面有汶河阻隔，难道齐兵不知道那里有河吗？”

冉求说：“河不大，如果一点防备没有，就很难说了。”

泄声子说：“那是要绕个大弯的。”

冉求说：“看看再说吧，如何？”

泄声子没说话，却憋着气。骑马绕半天到了都城西面，泄声子直觉身子散架一般，下马，坐在石头上，说：“冉将军，你看吧，我坐一会。你看怎么好就怎么做，我听从就是了。”

冉求不便勉强，说：“好，冉求看看，有了想法禀报大将军。”

泄声子没好气，嘟囔一句：“这倒不必。”

这时日已偏西，夕阳在河面上洒满金色，闪闪烁烁；几只木船在河上游弋，有的在撒网，有的在载人过河。目及之处有座桥。冉求想：“可能那里水最浅，否则是没法架桥的。”再远处有高高矮矮的一片房屋，在雾霭笼罩下隐隐约约，那是都城。冉求定睛望了好一会，心想：“这是我的家乡，绝不能落入齐人手里！”

冉求沿河走了一段，一个想法冒了出来。这个想法很完整，很周密，至少眼前他找不出漏洞。当然，如果齐将鲍牧智高一筹，根本不在他计算之内，那就是另一回事了。回到泄声子身边，冉求把想法详尽地告诉泄声子，泄声子勉强答应说：“就这样吧。”

这时，有快马寻到河边来。快马见着泄声子和冉求，急得话也说不清楚：“成邑……破破……”说完，昏倒在地。

泄声子听到这紧急情况，脸都黑了，问冉求说：“如何是好？”

冉求却不急，说：“不必担心，就在这里收拾齐军吧！”说罢，在泄声子耳畔说了自己的谋划。

“万一出差错呢？”泄声子说，变得小心翼翼了。

“唯冉求是问，与大将军无关。”冉求说，“大将军赶快调集军马要紧。”

泄声子不敢懈怠，也忘了疲惫，赶回大营。冉求把快马抱上马，送回大营，来找泄声子。

新君即位，鲍牧急于建奇功，日夜兼程，赶到成邑。鲍牧知道成邑坚固，硬攻难以奏效，备了上千蘸油火把。夜深人静的时候，潜至墙根。鲍牧命几个军士，执火把爬上高树。沿墙根潜伏的军士见到第一支火把飞入城内，呼呼燃烧的火把从四面八方一齐往城里投，城里四处着火，一片混乱。大城门被军士用大木头冲破，齐兵一拥而入。成邑守将高豪见情况危急，拿起长枪跃身上马，冲至大门前，大骂："鲍牧，你这赶走国君的叛贼，快快出来送死！"

话音刚落地，一阵乱箭射来，可怜高豪中箭无数，跌下马来。

破了成邑，鲍牧威风凛凛，直逼鲁都城。

鲍牧没有领兵和冉求交手经验，可夹谷盟会，最近大败齐兵，都与冉求直接相关，又有密探禀报说，是冉求和泄声子指挥鲁兵马，不得不谨慎起来。大队人马至鲁都城东郊，见一山丘，鲍牧带贴身护卫登上山丘张望一阵，见一条大路直往前延伸。鲍牧断定这条道通往都城无疑。四周有山林，路两旁是矮树丛和杂草。这里很平静，可清晰地听到鸟的鸣啭。鲍牧很觉奇怪，他想："大兵压境，怎么没一点动静？"再想一想，笑了，说："你小子还以为老子会钻你的圈套吗，别再耍小聪明啦。"

鲍牧想定，传令让人马撤回五十里处住下，饮马、喂草、造饭、歇息。歇过一晚，还是没有动静。鲍牧四处派暗探打听，回禀几乎一样：没有动静。鲍牧不敢贸然进攻，又原地住了一夜，依然派暗探四处打探。这一次，有暗探回来报告说，都城东面路两边的林子里有青烟冒出，鲍牧笑得很开心，说："狐狸尾巴露出来了吧？看是你小子能耐还是老子能耐？"

当即将人马分成三路，连赶两个晚上，至第三个晚上三更天，鲍牧亲自带领的这一队人马率先赶到汶河西岸。这里依然没有动静，有十几只木船在河两岸停靠。鲍牧仰天大笑，说："哈哈，冉求，你那一套没用啦！"

笑罢，一面命将士解下系船绳子，划船渡河；一面命一部分齐兵往上走，从桥上过。殊不知冉求命船家给船做了手脚，有的几个军士一上船，船底掉一块板，水涌进船，船和人一起沉下河里；有的船一踩上去，船帮散了，人掉进水里；鲍牧上的这只船，一踩进船里，即有长乎乎的东西在脚上绕来绕去。鲍牧伸手去抓，吓得大叫："蛇！"

鲍牧惊魂未定，有左右急报："上面的桥垮了！"

鲍牧这才意识到上了冉求大当，急命撤退，可是已经晚了。像地里冒出来似的，东面忽然出现一片火光，分明是鲁兵杀过来了；鲍牧急命往西撤。齐兵才转身往回撤，西面也亮起一片火光，有人大叫："活捉鲍牧！"

跟着，四处响起"活捉鲍牧"的声音。

吓破胆的鲍牧翻身上马，往西逃跑。不想才跑百十步，被一员大将挡住去路，厉声说："你个叛贼，下马投降免死！"

鲍牧不认识挡住去路的老将是谁，不敢应战。旁边一年轻将军发话了，说："鲍牧，你已被鲁军包围，走不掉了。不过，我们不杀你，要带句话给你主子：该收手啦！"

有人大喊："活捉鲍牧，为高豪将军报仇！"

泄声子气得嗷嗷叫："杀了他！"

冉求没忘记夫子的话，说："放他一条生路吧。"

泄声子虽说很不情愿，还是冲着鲍牧说："滚吧！胆敢再来，要你的命！"

冉求随即给鲁兵下令，给齐兵让出一条路，滚回老家。后到汶河边的齐兵见这情形，急忙转身，没命地从原路逃回。仗打成这样，泄声子说："冉将军，是你用计打赢了这一仗，你比泄声子高明，佩服你。可你放了鲍牧，放了那么多齐兵，如何向君侯交代？"

"此事由冉求一人承担，大将军不必操心。"冉求说，"明日冉求即求见君侯。"

泄声子直摇头，但他还是说："我泄声子也不是功归自己，过归别人的人，明天，老夫和将军同去。"

88

一个下午，夫子都感到心慌，出气不顺，跟着，烦躁不安。他总感到不吉利，担心会出什么事。到晚上，烦躁得更厉害。

天气凉了，弟子们怕夫子带的褥子薄，睡在地上受凉，白天，仲由和南宫适、公冶长、樊迟到野外去拔秸秆，垫在夫子褥子下面。边关给的粮食已罄尽，总不能老问人家要粮食吧。颜无繇、高柴、公冶长、颜回外出找干果——断粮了，却也不能眼睁睁地饿死呀——说什么也要挨到楚王派人来找他们，绝不能曝尸荒野！

弟子们全瘦得脱了人形，仲由本来强壮，经不起腹泻折磨，眼窝深了，颊骨突出。跟着是公伯寮发热，颜回咳嗽不止……

夫子不知道是因为焦虑弟子们的身子，还是自己身子出了麻烦，一闭上眼就冒冷汗，做噩梦。这天夜里，他看见妻子亓官暹被长獠牙的恶鬼掐住脖子，拼尽全力喊了一声"嗨"才惊醒过来的。

夫子对自己说："不会是亓官暹出事了吧？"但很快又想："不会，她会等我回去的。"

夫子的心事很重，但没法跟别人说。仲由试探说："夫子，想家了吧？"

夫子掩饰得像真的那样，说："没有，既然有志于国，就不会囿于小家。"

说归说，夫子还是无法排解抑郁。他只有想楚边关已经派快马向楚王禀报，楚王若要任用他和弟子们，会很快派人来的。想到这里，心里才有些许宽慰。

天色依旧阴郁，夫子想一阵心事，操起身边的琴，走出空屋，坐在木屋前长了苔的石头上，轻弹慢抚，琴声便珠子一般倾泻而出。

风兮风兮，
为何东吹？
乱了草木，
乱了心扉。

风兮风兮，
为我平息，
任尔催春，
我心弗归……

仲由出来，站在身旁，夫子全然不觉。仲由说："都困苦成这样了，夫子还有这心思……"

夫子轻抹琴弦，发出悠长的一声，说："君子固然有穷困的时候，却能守志不移；小人就不同了，穷困了就妄行。"

仲由秉性耿直，常有牢骚，夫子总没忘记点拨。每次点拨，仲由都有所受益。此时仲由说："如此始终如一，只有夫子一人。"

夫子说："由啊，这么说又错了，跟随为师的弟子，能守志的比比皆是，为师说过，颜回住陋巷，过得很苦，别人替他发愁，他依然很快乐，能说颜回不是始终如一地守志吗?"

仲由没有说话，他知道，虽然颜回没有自己跟随夫子的日子长，可是夫子的爱徒，不便多说。

一阵，颜无繇来，向仲由招手。仲由不知道这老家伙找他有什么事，说："老兄，有何好事?"

颜无繇指指仲由肚子，说："我给你弄了药，来喝吧。"

仲由跟随颜无繇走进空屋，颜无繇端起只豁了口的瓦罐，递给仲由，说："喝下去，就没事了。"

仲由说："能喝吗?"

颜无繇故意来夺瓦罐，说："不能喝。"

仲由知道颜无繇本事大，能治病也未可知，"咕咕咕"几口喝了下去，从嘴里一直苦到肚里，又由肚里冒上苦味来，仲由直喊："妈呀，你要苦死仲由啊?"

这半瓦罐苦水真了得，仲由感觉肚里渐渐平和下来，不疼了，也不拉了，问颜无繇说："你那苦汤汤是什么家伙，还真管用。"

颜无繇说："只要治好病就行，管它是什么家伙?"

就这一天，一个穿官服的人带领几十个手执兵器的军士找进村寨，直奔空屋子。穿官服的人认识仲由，告诉军士说："就是他。"

喜从天降，仲由连忙把穿官服的人领到夫子跟前，说："这是我们的先生，孔老夫子。"

夫子施礼说："丘见过将军!"

一年长军士说："楚王命我等来迎接孔老夫子。"

夫子连忙把仲由叫到身边，说："为师这一去不知何时能回，由啊，你不要辜负了卫君的盛情，去卫国出仕吧。"

仲由想想同窗们对夫子都一心一意，再执拗下去于师不敬，也不是信任同窗的作为，他爽快地说："好，小徒和夫子就此一别。"

仲由说罢，倒头下拜。穿官服的人说："从这里去卫都帝丘很远，还是在下派车送一程吧。"

仲由施礼说："不必送了，仲由自会想办法到达帝丘的。此次困顿此地，多承大人关照，日后仲由但有出头之日，定当厚报。"

入了楚地，越往南行，越难看到宽阔的平地，夫子越觉得不停地爬山，不停地过河。乘马车走了两天，过了四座小木桥。小木桥摇摇晃晃，颜无繇生怕连车带人掉下河里，不停地叫喊“慢些慢些”。赶车军士像没听见，照样赶得飞快。把夫子门徒们吓得直冒冷汗。夫子相信要是赶车军士没有这样棒的技术，绝对不敢胡来，他倒像没事人一样。

第六天中午，夫子一行乘马车到河边，望一眼宽宽的河和架在河上的木桥，赶车军士吆住马，让夫子和门徒们下车，说：“那桥太险，马车不敢过，找地方住下再说。”

河旁边不远处有小村寨，年长军士把夫子和门徒安排在宽些的两户人家，告诉夫子说：“老先生，小人得派快马回都城禀报，请求君侯派车来接，人只能空手过去，到了对面再乘车，要不，没办法到达都城。”

夫子说：“将军请自便，丘和弟子们在这里等候就是了。”

年长军士派了两人骑马过桥去了，夫子的希望也就跟着快马到遥远的郢都。希望究竟有多大？是不是从此一步步走向坦途，按他的想法一步步去做，而且门徒们也能出仕，一起实施修身、治国主张？又觉得还是很悬。不过，夫子好像也习惯不顺了。他像一棵老树，任风吹，任雨打，风雨一过，还是那巍然矗立的样子。南宫适来到夫子身边，说：“这下总不会再有事了吧？”

夫子说：“但愿如此。”

夫子和弟子们在河边人家户住了六天，按年长军士估计，该来车接夫子一行了。夫子也沉不住气了，从住在村寨的第四天起，每天总要走出村寨，朝那座长长的木桥张望两三次，可每次都乘兴而出，败兴而归。第七天早上，夫子又走出村寨，一位蓬头散发的老丈朝他走来，边走边唱：

凤兮，凤兮；
何德之衰？
往者不可谏，
来者犹可追。
已而，已而，
今之从政者殆而。

夫子知道，世道不好，隐者甚众，长沮、桀溺、荷蓧丈人……他们各怀奇志，知识技能超群，却不愿意事权贵。夫子见这长者神态和听他吟唱，断定是隐者。夫子越咀嚼长者的吟唱，越觉得有些来历，或者与他和弟子有些干碍，也很难说。但夫子要问时，老丈已经过去数十步。夫子放大声音说："老丈，请停停，刚才听老丈吟唱，必定有些来历。孔丘驽钝，还请老丈点拨。"

老丈放慢步子，却没有停下，夫子看到的是飘飘的白发和散乱的衣衫……

这天，夫子眼前一直晃动这位不拘形迹的老丈，影子似的不肯离去。晚上，夫子告诉南宫适说："如果不是有变故，楚王派来接我们的人早该到了，明天已是第八天，还是回鲁吧。"

弟子们等得焦急，也议论纷纷，只是怕夫子难受，不在他面前说罢了。听夫子这么说，连忙去找那位年长军士。老不见都城派人来接，老军士也不痛快，说："是什么事也该派人来说一声吧，就这么有头无尾，怎么回事！好吧，我们几个人送你们回边关，到了那里，会想办法送你们回曲阜的。"

89

夫子拖着疲惫不堪的身子，由公冶长和南宫适送回家。木屋又旧了许多，年深日久，风霜雨雪，倾斜了，柱子、板壁，现出死灰色和深深的木纹，像风雨飘摇的老人。见这模样，夫子心往下沉，酸酸辣辣的不好受。

到家门前，夫子告诉公冶长、南宫适说："你们快些回家吧，免得家人牵挂。"

公冶长说："爹，事情做不完的，好好歇歇再说，别太累了。"

夫子说："知道，你们回去吧。"

夫子的木屋大门虚掩着，屋里却没人。夫子很习惯地望一楼房间的角落——阳光照到的那一片地方，比别的地方亮得多。那儿有一张矮凳，妻子老坐在那里做手工活：搓麻线、纳鞋底，或者缝补，眼前的角落里没有妻子的影子。

夫子以为妻子在楼上，上楼寻找，楼上没人。有孩子稚嫩的笑声传来，很熟悉，四处寻找，却不见人影。夫子以为妻子和孙儿们回来了，下楼看，还是没有人——分明是他听恍惚了。夫子越来越感觉不好，心又一次下沉下沉。夫子知道妻子经常从地里采些生的吃食回来，可是，夫子不知道地在哪儿，没法找，只好坐在家里傻等。

等了个把时辰，冉雍来。冉耕去世，冉雍接替他管学馆、兼顾夫子家事。夫子见冉雍神色不安，知道事情有些不好。问：“伯牛呢？”

冉雍说：“伯牛过世了，由小徒接替他的事务。”

果不出所料，冉雍近前，站住，说：“夫子，弟子派人去找你，找着了吗？”

夫子摇摇头，忽然问：“派谁？”

冉雍说：“冉季和司马耕。”

夫子一下紧张起来，问：“他俩离开多久啦？”

“整整一个月。”

“仲弓（冉雍字）啊，为师和弟子们行无定踪，怎么找啊？”

冉雍声音低沉，说：“师娘病危……”

夫子长长地“啊”了一声。

“夫子你离开以后，师娘饭食很少，人一天天瘦下去。”冉雍说，“老看见她坐在屋前面树下。头几次还见她缝缝补补；后来，就只看见她坐着，朝路上张望；再后来，再也没能起来……”冉雍说着，眼泪不断地流下来。

冉雍为孔老夫子始终如一地守志动心，为夫子长期离别家人心酸，为师娘苦苦思念、最终未能相见叹惋。夫子眼圈红了，眼泪不停地滚下，说：“尧舜故去，周公故去……人不就是这样吗，都得故去……要是冉季、司马耕回来了，一定要告诉我……”

冉雍说：“听说夫子回来了，不少弟子都要来看你，是弟子怕人多了搅扰夫子，叫他们不要来。”

夫子说：“谢谢，请你转告他们，不要担心为师。”

冉雍犹豫一阵，说：“夫子保重，弟子回去了。”

夫子沉重地点点头。冉雍离开，夫子头一阵晕眩，连忙靠住墙壁，站了好一阵，才稍稍安定下来。可是腿软塌塌地拖不动，费了好大力气才沿着狭窄楼梯一步步走到楼上。一进门，夫子第一眼看到的是堆满竹简的那个角落。他慢慢移步到那儿，拂去张在头顶的蜘蛛网，坐下，拿过一卷竹简——夫子想起来了，这是他这次离开前看的一份史料。打开，想用看书、整理史料让自己平静下来。是啊，离开的永远地离开了，活着的人还得活下去，总得想办法让自己活得不那么痛苦才好啊。但是，夫子没能做到。他几乎认不得竹简上的字了，不但认不得，那些横七竖八的笔画还渐渐地蠕动起来，变成了满地爬的弯弯曲曲的虫……

孔鲤、杏儿带着儿子伋回来，在楼下没见到夫子，找上楼来，见夫子倒在楼板上，头发蓬乱，面色死灰，额头糊着殷红的血，孔鲤吓坏了，忙叫妻子来帮忙，把夫子扶到床上睡下。夫子醒来的时候，女儿伊芊、女婿公冶长也来了。伊芊扑到夫子身上，大声喊叫："爹呀爹呀，你怎么啦？啊？你可别吓女儿呀……"

孔鲤也呼唤："爹，爹！"

孔伋长成大人了，站在一旁不知所措。好一阵，夫子脸渐渐有血色，眼睛慢慢睁开，孔鲤长长地喘口气，伊芊说："爹呀，你吓死女儿啦……"

夫子看看站在面前的儿子、儿媳、女儿、女婿和孙儿，好像有一线阳光照进心里，说："我不是好好的吗，没事。"

楼下，屋外的小坝，大树下，全是亓官逞留下的印迹，夫子不愿意下楼，也怕出门，怕伤心事一旦勾起就没完没了，像绵绵无尽的蚕丝。他整天坐在那角落里翻阅，修改。这些书简分两部分，一部分是这些年收集来的民歌，一部分是史料。这些民歌很有味道，让夫子知道不少从来不知道的事，知道这些衣衫褴褛的男男女女，老老少少也有自己的日子，有自己的喜怒哀乐。很多时候，他们比自己快活。

氓之蚩蚩，
抱布贸丝。
匪来贸丝，
来即我谋。
……

夫子不大赞成这样做。如果大家都男男女女混在一起，乱还不由此而起？不过，夫子细细读了又读，没品出低下淫乱味道，还跟弟子说过这样的话："诗三百首，用一句话归纳起来，都是劝善惩恶。"

弟子们搜来的诗实在不少，俗雅同在，精粗并存，得花工夫细细推敲，将精雅部分保存下来。史料的整理要困难得多。各国是否都有史官，不得而知。即便有史官，本国的大事是否有记载，更无法知道。特别是宫廷里权力之争，秘之又秘，本国史官难以得知，更不要说夫子了，而那些才是最为重要的部分。夫子思索再三，也只能在现有基础上增删、校正。他要告诉后人，前事不忘，后事之师，不可重蹈前人覆辙。这才是编史的目的，更是他此生的愿望。

沉湎于这些事，虽然能减去许多失去妻子的痛苦，但常常废寝忘食，自觉身子一天不如一天，是否能做完这些事，也是让夫子焦虑的一件事。但这是上苍的旨意，他只能顺从，无法抗拒。

孔鲤承接家传，不仕。担心父亲身体，只悉心照顾夫子，很少外出。事情多数由妻子杏儿操持。孙儿孔伋长大，才渐渐交与孔伋。这些变化，是从每天上楼来送吃食和劝他歇息之中感受到的。有一天，早上，孙儿送粥上来，站在夫子身边迟迟不走，夫子转过身来，见孙儿脸上愁云密布，问：“孙儿，何事让你不快?”

孔伋哽咽地说：“爹快不行了……”

夫子听了这话，冒了一身冷汗，颤颤巍巍地起身。孙儿生怕爷爷摔跤，侧身搀夫子下楼，进孔鲤夫妇卧室。伊芊、公冶长都在房间里，杏儿死死地看着孔鲤的眼睛，见夫子进来，生怕吓着男人似的说：“爹来啦。”

杏儿让夫子靠近床，夫子说：“儿啊，你怎么啦?”

孔鲤见到爹，激动地伸出手，像要抓住什么，夫子说：“鲤儿，你要什么?”

孔鲤摇摇手，抓抓胸口，夫子猜不出他想说什么，说：“爹只管自己，对不起鲤儿……”

孔鲤嘴唇动了动，嘴巴张开，冒了轻微的一声：“爹……”

这一声“爹”，气若游丝，越飘越远……孔鲤的瘦脸渐渐地变得苍白，又渐渐成灰黄……

杏儿、伊芊怕夫子经受不住，忍住悲伤。夫子呆呆地看着儿子，重复着一句话：“爹只管自己，对不起鲤儿……”

90

夫子感觉身子又轻了许多，脚也飘了许多。一步踩下去，好像老着不了地。着不了地也罢了，还往往踩不着要踩的地方。于是，身子一晃，须稳住神，才能站住。夫子知道，这是他一生不得志，老来丧偶、丧子，不幸接踵而来，将他打垮了。人其实是很脆弱的。他离开家的时候，妻子不是好好的吗？一年多工夫离开了人世；第一次回到家，儿子不也是好好的？怎么说去就去了？幸而外出寻找自己，报告妻子病危的司马耕、冉季平安地回来，也没有仲由不好的消息。

后来，夫子渐渐地醒悟：他躲在那个角落里的日子太久了，久到不但淡忘了痛苦，也淡忘了家人。

知道夫子回鲁，冉求来见。冉求做梦也没想到夫子会接连失去两位亲人，那么快就进入风雨飘摇的晚年。冉求没有忘记夫子的教诲，但要在鲁国推行夫子的主张，无异于白日做梦。但他不能说。他从同窗那里知道夫子此次出游不顺，见夫子衰老若此，一向机灵的冉求也说话困难。师徒两人围坐火炉旁，沉默好一会儿，倒是夫子先开口说："年轻好啊，年轻，以后的日子就长，日子长才有希望……"

夫子的声音幽幽的，不知其中包含了多少辛酸。冉求说："夫子精通六艺，胸怀治国方略。夹谷之会，败了杵臼；两次指挥抗齐，大获全胜。可知道外人是怎么盛赞夫子的吗？"

夫子抬抬眉毛，等待下文。冉求说："人说，齐有晏婴，鲁有孔老夫子，两人得一，可霸一方；两人皆得，可得天下。"

"这是谁说的？"夫子冷峻地看着冉求。

"杵臼。"

"你是怎么知道的？"

"有人从临淄来，告诉我的。"冉求说，"这话在临淄广为流传，不是秘密。"

夫子说："如果为师为富贵而生，为爵位而活，早已不是眼前这景况……为师实在没有料到，要拯救生灵于水火如此之难……"

"他们总有一天会醒悟。"冉求安慰说，"弟子每次见到季孙肥，都没忘记说夫子的主张，季孙肥也再三表示，他要找机会说服姬将……弟子想，夫子还会有机会。"

不知是火热的缘故，还是夫子的心泛起涟漪，苍老的脸出现一抹红晕。可是，仅存片刻，即消失殆尽，叹口气说："为师衰得很厉害，留给为师的日子不会太长了。年轻的时候雄心勃勃，以周公自喻，以拯救天下为己任，已经很久没想这件事了。"

师娘生病卧床的时候，冉求来看过；也知道孔鲤常常说他胸口痛，冉求还托人替他找药服用。知道夫子多年没有薪俸，弟子送来的束脩很微薄，家里境况不好，冉求接济过多次，但这些都不宜在夫子跟前说，也不便说他在季孙肥手下做事并不如意，免得夫子牵挂。冉求想想自己实在无能。夫子过得这么艰难，自己却无能为力。

季孙肥没有忘记齐国两次大举入侵，两次都是夫子亲自指挥弟子，用妙计大败齐兵这样的大功劳，很希望夫子能出仕鲁国。他甚至认为不妨按夫子的主张实施一段时间，或许真能如夫子所说的那样“齐家治国”，有何不好？到那时，就算有人贼心不死，要灭鲁，也会因为百姓受益，人心向鲁，共同抗敌，没什么好怕的。

夫子离开曲阜的第三天，季孙肥来找孟孙何忌。孟孙何忌虽说早已将政务交给儿子孟孙彘，可大事还得由他拿主意。堕三邑的时候，也是孟孙何忌不点头，才不得不停下来，以致造成夫子对鲁国失望，出游列国，寻找出路。如果能说服孟孙何忌，事情也就成了一半。

季孙肥进出孟孙何忌府邸很随意，说话也不绕弯子。季孙肥在后花园见到何忌，说：“季肥想去想来，以为孔老夫子说的话还是很有道理的。如果真能按他说的去做，百姓实实在在得益，不说别的，打起仗来有百姓拥护，为君侯卖力，总比百姓不拥护的国家要好吧？”

季孙肥这番话果然生了效，何忌苍老的脸上泛起红晕。想想自从先祖将权分给三家，就一直争斗不断，以至国家不振，外强欺侮，百姓遭殃，若孔老夫子的主张真能富国强兵，当然求之不得。可是，这是涉及从君侯到一般臣子切身利益的事，到手的权又失去，做得到吗？当年，他最终不赞成孔丘做下去，还不就是为了权和利？

过了这么多年，何忌意识到找不到一条好路走，鲁国要强盛起来，不过是妄想。但这件事太大了，他何忌什么话都不好说。沉默了半天，才说：“我找君侯说说，你也找他说，看君侯是怎么想的。到底能不能用孔老夫子，最后拿主意的还是他。”

季孙肥离开，孟孙何忌进宫来找姬将。姬将听完何忌的话，半天才说：“寡人没有这样的雄才大略，担不起这样的担子……夫子说的国策，好是好，做起来就难了。如果不是上下一心，持之以恒，断难成功。如果做了一半不得不撂下，还不如不做。”

“过去是微臣反对，成邑才没堕成……”何忌说，“微臣是想，长此以往，鲁国也没有出路。”

“用了孔老夫子，鲁国就一定有出路？”

“至少多了一条路。”何忌说，“当年孔老夫子做中都宰，推行他的主张，不是很有起色吗？”

姬将很想说：“反对孔老夫子堕成邑的是你，现在要求用他的也是你，你以为这是儿戏？”姬将当然不会直说，只说：“事关重大，寡人需召集众臣商议才成。”想想又补了一句，“孔老夫子都多大年纪了，就算将国事交给他，也是心有余而力不足……大臣们议国事的时候，不妨议议这件事。”

话说到这一步，何忌起身告辞。姬将礼貌地起身，往外送了几步。

91

姬元去世那天晚上，南子把料理后事委托给戏阳全权处理，伏在姬元身上抹了一阵眼泪，悄悄出后门，坐上早已等候的马车，离开帝丘，往宋都城商丘进发。

卫与齐曾经为敌，后来，两国虽然分分合合，合合分分，可旧怨还在。蒯聩投奔齐国，是希望有朝一日借助齐国力量，回卫登基。

姬元侄子子南拒绝继君位，姬元不得已，将君位传给嫡孙姬辄。姬辄是蒯聩亲生儿子，儿子继位，本应高兴才是，蒯聩却认为是夺了他的君位，赌咒发誓，一定要夺回来。蒯聩为达到这一目的，从帝丘至临淄，都安插了他的耳目；重金收买卫宫近侍，随时将机密传给耳目，耳目再一段一站地往下传。姬元病危的消息，只几天工夫就传到蒯聩耳朵里。蒯聩得知，一面求见齐君吕阳生，请求发兵攻卫；一面立即带几个心腹和从吕阳生那里借来的一百军士骑上快马，日夜兼程，命一部分人赶赴卫戚邑，要求孔悝立即起兵，开赴帝丘；自己带领两个心腹和五十名军士直接赶往帝丘捉拿南子。

蒯聩出逃之前，戚邑邑宰孔悝是他的忠实支持者。蒯聩认定找孔悝做内应，万无一失。自己一心一意赶往帝丘。

蒯聩赶到宫殿大门前，不问青红皂白，捅死几个守卫，闯入宫中，正要闯进大厅，被手持兵器的军士挡住。蒯聩看时，到处是宫中甲士，戏阳走出大厅，说：“太子，如果你是来奔丧，请进；如果是来夺君位的，趁早请回！”

蒯聩说：“要蒯聩离开也可以，第一，交出南子；第二，交出孽种辄，听凭我太子处置便罢，否则，大军到来，定叫你们城毁人亡!”

戏阳质问说：“你卖了卫国多少土地给齐贼，快说!”

蒯聩说：“齐兵是仁义之师，是来帮助合法太子继位的。”命军士说，“上，杀了这条看家狗!”

蒯聩军士挥舞兵器要杀戏阳，戏阳还没抽出宝剑，身旁的卫士已经替他出手。众军士见卫君还没入土，被赶出境的儿子就赶来抢君位了，成什么体统？挥舞兵器，杀出大门，砍翻蒯聩几个军士，戏阳大喊“抓住叛逆蒯聩!”

蒯聩见势不妙，由几个军士紧紧护卫着，边战边跑，出了宫门，还跑了一段路才停下来。一看，身边军士还不到十人。事情到了这步田地，唯一的出路是尽快赶到戚邑，逼孔悝马上出兵。

姬元去世，南子和辄出逃，很快就有暗探报知孔悝，孔悝算定蒯聩一定会赶回夺君位。孔悝是位忠诚于卫君的邑大夫，蒯聩被立为太子的时候，他坚决支持蒯聩继位；蒯聩要杀南子，他认为这是大逆不道。谁不知道姬元是个无能的君主？没有南子背后替他出主意、想办法，卫国早亡于他人之手。不要说没听到南子有任何劣迹，就算有劣迹，也轮不到太子动手。想到这几层，孔悝心定了：不但不支持蒯聩回来夺位，还要尽力制止。

仲由来到戚邑，立刻成为孔悝的股肱。孔悝马上找仲由商议，仲由听了孔悝的话，毫不犹豫地说：“彼一时，此一时，国家有国家法度，谁都可以为所欲为怎么行?”

孔悝说：“仲由的想法正合我意，只是蒯聩那贼去搬了齐兵，卫国力量单薄，怕难以抵挡。”

仲由说：“夫子和我们出来之前，不是和齐兵打了一仗?”

孔悝说：“我知道，那是以少胜多、以弱胜强的一仗，是夫子和高徒们的妙计吧?”

仲由说：“是夫子的神妙用兵，我们不过是按他的话去做罢了。只要宫中和我们同心协力，又有坚固的城池，尽管蒯聩来势汹汹，也不必怕他。”

商议已定，孔悝派快马星夜赶往帝丘，将商定意见告知戏阳，戏阳立即去做准备。

蒯聩的心腹和五十名军士紧赶慢赶，赶到戚邑，还满以为孔悝会盛情款待，酒足饭饱之后，派出全邑将士，浩浩荡荡地杀向帝丘。却没想到大门紧闭，城楼上有人朝他们喊话说："蒯聩犯下杀庶母死罪，太子早废了，现在来夺位，算什么事？晓事的，别替蒯聩做傻事了，回去吧，否则，叛逆可是死罪，决不饶恕！"

有蒯聩心腹叫喊说："请你们邑大夫出来说话！"

城楼上的人回答说："孔大人不会见你们这些乱臣贼子的，回去吧！再不离开，放箭啦！"

"嗖嗖"两声，两支箭飞过蒯聩心腹头顶，把他们吓得不轻，不得不骂骂咧咧地离开。在戚邑不远处碰上蒯聩带领十几个军士，全部加在一起，力量还太单薄。蒯聩想想就这十几个人，不可能攻下戚邑，找个地方住下，等待齐兵到来。

蒯聩和心腹、军士等了五天，齐兵才到。

齐兵助蒯聩，是希望蒯聩登基以后，听从齐指挥，一起对付鲁国。上次犁弥带领左路军攻鲁，大败而归，十分不服，向杵臼请缨助蒯聩回卫登基。杵臼准了他的请求，但提醒说："听说孔丘弟子仲由仕卫，得小心此人。"

犁弥拍拍胸脯，说："君侯放心，这一次非得亲自抓住仲由不可，雪我齐兵耻辱！"

蒯聩带领齐兵，浩浩荡荡地杀向戚邑。本来，蒯聩要孔悝做内应夺取君位，没想到孔悝不但不买他的账，反倒骂他是贼，蒯聩恨不得扒了孔悝的皮。蒯聩决心要先灭了孔悝，再打帝丘。

仲由在成邑大胜齐兵，用的是"关门打狗"的办法，放一部分进城，打掉一部分，打得大街小巷到处是齐兵尸首。这一回仍然用这办法和齐兵周旋。如果不是犁弥上次吃了大亏，得了教训，肯定还要惨败。这一回犁弥白天不攻城，只埋伏在城外歇息。至下夜，才悄悄地朝戚邑城墙靠拢。

以前，蒯聩去戚邑的时候不少，哪儿墙好翻，哪儿有侧门，清清楚楚。虽然孔悝、仲由做了安排，不时上城楼查看，但几天过去，还是逐渐松懈下来。这天下半夜，孔悝、仲由分别查看正大门和东侧门城楼上的弓箭手和檑木炮石手。有个檑木炮石手握住粗绳睡着了，孔悝在他屁股轻轻踢了一脚，这军士吓了一跳，孔悝生气地责骂："不想活啦！"

"都这么多天了，还没好好合眼哩……"军士嘟囔着。

孔悝不客气地吼叫："谁合眼了？挺着！"

这时，有火把划了条弧线，从墙外扔上城楼，不偏不倚，砸在这位栽瞌睡炮手的身上。跟着，墙外不断地有呼呼燃烧的火把丢进城里，城楼、大街小巷到处有燃烧的火把。有些军士不听招呼，悄悄抱稻草上城楼，垫着过夜。不料这一来惹了大祸，不多工夫，稻草着了火。守城军士要扑火，齐兵乘机搭人梯攻城，火光、齐兵喊杀声，城里一片混乱。齐兵趁乱砸开大门、东西侧门，一拥而入。

蒯聩带领几个军士，专寻孔悝。事情变得这样糟，是孔悝没有料到的。他趁乱将妻子儿女护送出门，连夜出逃，自己紧握宝剑，回到大厅。孔悝不奢望蒯聩回心转意，放弃争夺君位，但他要好好教训这逆贼，让他知道天下事有可为，有不可为。至于自己安危，已经顾不上了。

孔悝站在大厅中央，满脸怒意，一动不动，像一尊石塑。只片刻过去，蒯聩果然带领几十个军士冲进大厅，孔悝岿然不动，说："孔悝在这里等你，我知道你会来。"

蒯聩往前逼一步，说："知道我会来，就这样迎接君主吗？"

孔悝毫不畏惧，厉声说："你妄图刺杀庶母那天起，就是大逆不道的乱臣贼子，万民共讨之才是！"

"我要诛杀的是祸国殃民的淫妇，你若懂得法度，快快交出淫妇没事，要不，谁也保不了你全家性命！"蒯聩说，俨然已是卫国君主口气。

孔悝冷笑一声，说："孔悝知道你这叛徒把自己的家园送给了齐贼，搬来了大队人马，也别想让我孔悝屈服！"

说罢，抽出利剑，直奔蒯聩。这时，仲由领数十明精壮冲进来救孔悝，大叫一声："孔大人，我来啦！"

仲由胆大，武艺高强，几家伙打退围住孔悝的军士，直取蒯聩。蒯聩吓坏了，由军士护着，且战且走。至大门外，犁弥领兵杀过来，大声喊叫："仲由小儿在哪，快快投降，饶你不死！"

仲由闪眼看是犁弥，冷笑道："手下败将，还有脸和仲由较量吗？这里是卫国，快快滚回齐国没事，要不，定叫你有来无回！"

孔悝冲到犁弥面前，质问说："齐贼，你们欺负卫国还嫌不够？看剑！"

孔悝说罢，舞剑直刺犁弥，犁弥到底是行伍出身，武艺不错，一闪身，抢前一步，打掉孔悝手里宝剑，一剑刺穿孔悝肚腹，孔悝倒在血泊里。仲由和数十军士奋战半个时辰，终因寡不敌众，中数剑，倒下。孔悝府邸一片狼藉，血流满地……

92

最先知道颜回卧病在床的是公冶长。以前，颜回三天两头到夫子家里来，不是探视，嘘寒问暖，便是请教，再不是和夫子一起琢磨疑难。有时争得很起劲，互不相让。夫子不喜欢弟子们对他怎么说就怎么听，喜欢肯思考、有想法的弟子。有时候匆忙说出一种看法，有弟子提出异议，甚至弄得很尴尬，夫子也不生气。倒喜欢过这样的日子。

和夫子在一起最频繁的弟子除了仲由便是颜回。忽然几天不见，大家的心就悬起来。最容易让大家牵挂还有一层原因：颜回做学问太刻苦，人都瘦成枯藤似的了，还那么不要命。公冶长扳指头一数，足有五天没见颜回的影子了，告诉伊芊说："颜回肯定是病了，要不，不会这么久不露面。"

"也是，这么苦还这么拼命做学问，难说不是病了。"伊芊说，"家里还有些粮食、肉干，带些给他吧。"

公冶长说："肉干不是打算送给爹的吗？"

伊芊说："要是爹知道颜回病了，他也会送去的。"

公冶长家里不富，颜回却比他更穷。公冶长佩服颜回穷而能持操守，穷而能如此奋发，却又为他惋惜。他走进颜回居住的破旧的小巷，走进比小巷还要简陋的木屋，心下更是沉沉的难受。时候已是盛夏，颜回的房间里倒还凉爽。公冶长走进房间，颜回光着上身，躺在木板床上，胸脯骨架突起，眼窝深深陷下去。但还认得公冶长，说话声音轻得几乎听不见。公冶长凑近颜回嘴边，才听见他说："不行啦，愚兄要先走一步啦……"

公冶长想不到才几天工夫，颜回就成这模样，说："不怕，会好起来的。"

公冶长连自己都不相信，人到了这一步还有什么望头，但他还是说了。颜回父亲颜无繇进来。这位很能吃苦的老同窗胡须花白，背也驼了，一下子老得这么厉害。公冶长交肉干和一袋粮食给颜无繇，颜无繇没推辞，把公冶长叫到房间外面，悄悄说："看来回儿是不行了，我想……"

话说了一半，把后半截吞了回去，公冶长说："有什么事就说。"

"回儿终身不仕，苦了一辈子，也勤奋治学一辈子，能否让他身后风光一回？”

“你打算怎么做？”

“在棺之外加一副椁。”

夫子讲过多次，不同身份的人身后待遇不同，同样不能僭越。用棺椁掩埋，竖碑，甚至建亭阁，封围墙，这身后的荣耀，只有天子、公卿大夫才可以享受，平头百姓不说不应内用棺，棺外加椁，埋了也不应垒坟。这件事，夫子多次讲过，这位只比夫子小几岁的同窗不可能不知道。公冶长不知道该怎么说。颜无繇见公冶长面有难色，说：“回儿是夫子得意弟子，请你问问夫子，看是不是能……”

颜无繇老泪纵横，说不下去，公冶长只好说：“好，小弟问问夫子。”

夫子对自己人只有更严一些，分明知道违反古制的事，不但不替夫子说服，反而替颜无繇出头说话，很难说不挨夫子的训斥。待要不问，又如何给颜无繇回话？公冶长左右为难。

仅仅过了两天，颜无繇边抹眼泪边往学馆急急忙忙地走来，冉雍迎住，说：“你慌里慌张的，什么事？”

无繇哽咽得厉害，话不成句：“回……儿……他没……啦……”话没说完，眼前一黑，倒在地上。冉雍大声喊：“快些来帮忙！”

在学馆的同窗闻讯跑出来好几个，司马牛、漆雕开、卜商、樊迟、冉季几个人七手八脚，把颜无繇扶起。见颜无繇面无人色，吓坏了，一面赶去他家里找大儿子颜于，一面把他送到学馆里躺下，倒热水给他喝。好一阵，颜无繇脸上总算有了血色，手也暖些了。这时候，大家才知道那位视师如父、呕心沥血治学的人永远离开他们了。颜回生活这么艰难，治学这么拼命，没人不担心他的身子，想不到这一天这么快就到来。

无繇稍稍好一些，同窗们要送他回家，他摆摆手，说：“回儿是夫子爱徒，要告诉他老人家。”

大家知道，在这种情况下，无繇要做什么，没人阻止得了，只好由公冶长陪去。夫子家里没人，公冶长猜想夫子很可能已经知道颜回逝世噩耗，赶去看望了。绕了一圈，再赶到颜回住处的时候，狭窄的木屋，里里外外都站满了人。邻里们听说这么好的读书人竟然这么早就离开人世，哭得个个眼睛红红的，只是见夫子颤巍巍地走来，才不敢大声号啕。夫子没把握住自己，他走到床前，见颜回眼睛紧闭，脸已蜡黄，大放悲声：“回啊，你怎么啦……”

无繇再也把持不住，大叫一声“儿啊”，朝颜回身上扑过去……这一来，哭声像奔涌的大潮，让人喘不过气来。

夫子平静一会，昂首望天，说：“是老天不让我活下去，才夺走颜回的呀……”

听见夫子在说话，大家噤了声。夫子茫然地看看围着颜回的弟子，说：“从今以后，还会有人像颜回那样好学吗，啊？”

没有回答，夫子甚至没有见到想回答的眼神。邻里们自然不明白夫子为什么这么伤心，为什么要问这样的话，不知道该怎么说。于是，挤满人的狭窄的屋子又归于寂静。

邻里们和同窗都把颜回的后事当作自己的事。大家都不宽裕，却都很慷慨。这家拿粮食，那家拿肉干，还有送新做衣服、新鞋的，到下午天黑的时候，一副棺木停在木屋大门外，颜回入殓了。这副做工粗糙的棺木是给颜无繇准备的，却不料白发人送黑发人，给了颜回。

夫子伤心过度，当天回家，浑身乏力；第二天，竟然茶饭不思；杏儿、孔伋娘儿俩急得团团转，来找公冶长，公冶长生怕夫子撑不住，回家把伊芊叫来，和杏儿娘俩日夜轮流陪伴。听说夫子身子欠佳，第三天，先是曾点父子来看望。曾点父子俩来到家门外，被公冶长挡住，抱歉地说：“夫子刚刚醒来，是不是过一会儿再来？”

曾点父子牵挂夫子，不肯走，说：“我们在外面等一会儿。”

孔伋忙进家搬来几张矮凳，放在大树下面。漆雕开、公西赤、卜商、冉雍、南宫适、司马牛、冉季……来看夫子的门人越来越多，没地方坐，站着，邻里也来了好几人。公冶长没想到夫子身体有恙会牵动这么多人，跟南宫适说：“我和你去看看夫子，好给大家一个交代吧。”

“好。”回头跟漆雕开等同窗说，“小弟和南宫去看看夫子，回头告诉你们情况。”

在夫子家里，弟子们尚来不高声大气地说话；听说夫子身体不适，说话声音更轻。夫子在楼上歇息，不知道来了那么多探视的人在外面等候。公冶长、南宫适蹑手蹑脚地上楼，来到夫子床边，公冶长轻轻低叫一声“爹”，夫子才睁开眼睛，硬撑着坐起来，说：“你们来啦？”

南宫适问：“夫子，轻松些了吗？”

夫子没觉得哪里特别不好，只感觉从未有过的乏力，走在地上，直觉左右摇晃。他有一种不祥的预感。他已经没有更多的想法——就算胸怀大志，现在已命在旦夕，还能做什么？唯一遗憾的是花去毕生精力悟得的大道，竟无施展之地！

夫子并不是不能兼听的人，被楚拒绝入境，不得不返回曲阜以来，他就不断地躬身自问："难道丘的大道有疏漏、偏颇之处，才被人拒之门外？如果真有疏漏、偏颇之处，为何会有那么多弟子投到门下，有那么多王公贵族向自己求教？"

每自问一次，他就要从头至尾地琢磨一次。琢磨去琢磨来，每次都在"修身"二字上停顿下来。修身，最重要的是克己；克己，最重要的是克制私欲。要是私欲很重，尧舜能禅让天下？要是私欲很重，周公礼制能推行三百多年？而今礼坏乐崩，根源就在于私欲太甚。私欲太甚，会把人拉向倒退，退到蒙昧时期，退到野蛮的社会，私欲过重，乃万恶之源！

被毒害之前，不知道毒药的厉害；待中了毒，又太晚了。人啊，为什么要那样迷恋官位利禄？为权为利，杀父弑君，同室操戈，国与国之间不是互相支持，而是耍阴谋，使诡计，巴不得一口把别人吃掉。但是，私欲已然泛滥成灾，绝非一人或少数人能有所作为。"七十而从心所欲，不逾矩"，只能要求自己，那些拥有大权的人，却不在此之列。

想到这里，好像有一张无边的，看不见、摸不着的网将他牢牢罩住，动弹不得；想到这里，夫子胸膛闷得透不过气来。在公冶长、南宫适到来之前，夫子内心刚经历这一番别人难以理解的痛苦。夫子瘦了许多，眼睛凹了下去，脸颊骨突出，公冶长心里不好受，轻声说："听说夫子欠安，来了好多人……"

"在哪？"夫子问。

"不敢打搅夫子，在外面等候。"南宫适说，"夫子身子不适，弟子还是让他们回去吧。"

夫子摆摆手，说："不可不可。"

公冶长、南宫适不敢违拗，搀扶夫子下楼，出门，见屋前平地上站满了邻里和弟子们，感慨有加，夫子抱拳施礼，说："丘何德何能，劳众邻里如此厚爱，谢了！"

一位白胡子邻里说："夫子为大家培植那么多能人，功德无量。夫子健在，才是大家的福分。"

夫子说："过奖……丘已经很衰老啦，以前还经常梦见周公，现在，已经很久没梦见他老人家了……"夫子声音幽幽的，只有弟子们才知道刚才这话包含了多少辛酸。

白胡子邻里想不明白老了和梦见谁不梦见谁有何关系，劝解说："老了，瞌睡少了，梦也少了。以前，瞌睡多，梦也多……"说罢，问身旁的公伯寮，"你是读书人，懂的道理多，是不是这样？"

公伯寮不知道该怎么说，只好"嗯嗯"地敷衍。

这时，樊迟带进来一个人，公冶长迎住，见来人脸色难看，惊问："你怎么来啦？"

来人说："一言难尽。"

公冶长怕惊扰夫子，将来人拉到一旁，来人说："出大事啦……仲由他……在下是连夜逃出来的……"

93

来人是卫国大夫戏阳。

蒯聩领齐兵杀死孔悝、仲由，攻下戚邑，再赶往帝丘。齐兵仗人多势众，四面攻城，戏阳守军伤亡惨重，不得不弃城逃离。几天前，南后已经带领小君主辄离卫奔宋，戏阳一时无处可去，又惦念把仲由为卫国战死的噩耗告诉夫子和仲由家人，一路寻到这里。樊迟、公冶长都知道仲由跟夫子日子最长，最知心，加上夫子眼下身子很差，一旦知道这噩耗，受得了吗？公冶长把戏阳一直带到学馆里，告诉他说："谢谢你，大人。这一次出游十分不顺，困在陈蔡之间七天，粮食无着，病了好几个同窗。好不容易进入楚地，却不料楚君改了主意，不愿意见夫子，只得回来。回到家，师娘已经过世，不久孔鲤过世。今年，颜回过世……年近七十的老人，如何经得起这样的波折？你也看见了，夫子已经十分不济……"

戏阳听了，不知道怎么说才好，只有叹息的份。公冶长说："大人千辛万苦，寻到曲阜，是无论如何要把这噩耗告诉夫子的，只是眼下还不行。大人不必担心，小可们一定把大人安顿妥当。"

戏阳说："仲由文武双全，令戏阳敬佩，戏阳还要寻仲由家人去。"

樊迟说："仲由出身贫苦，父母早已去世，是否有兄弟姐妹，旁系族人，同窗们不得而知。他跟夫子日子最长，只有夫子清楚。"

大家都担心夫子受不了，这些事又不能不问夫子。想一想，戏阳想出了个变通主意，说："既然如此，不如戏阳先去寻访仲由家人，待有个结果，再告诉夫子。"

戏阳要亲自去找仲由家人，公冶长很佩服戏阳对夫子、对仲由的深情厚谊，但是他说："戏阳大人，要找到仲由家人，可不是一件容易的事。"

戏阳说："仲由可是难得的人才，又是为卫国而死，如何能不告知他的家人？不管有多难找，都一定要找到。"

樊迟说："那么，让樊迟陪大人去吧。"

"何时能找到仲由家人，戏阳也不知道。"戏阳说，"你们各自家里有事，夫子需要照料，就不要管戏阳了，戏阳还会回来的，谢谢！"戏阳说罢，深深鞠一躬，转身离开。戏阳知道仲由家在之下，离曲阜不算太远。离开学馆，问几个路人，朝曲阜东南面进发。

戏阳出身在卫国帝丘郊外一户殷实家庭，本为贵胄，家道中衰，沦入最底层。戏阳好学，精通六艺，被选入行伍，后成文官，至上大夫。他为人诚恳，从不谋私利，想不到年过半百，朝廷变故，不得不举家离乡，逃至宋国避难。戏阳在商丘无亲无故，全得南后替他安排，一家老小才有栖身之地。

由帝丘至商丘，又由商丘至曲阜，戏阳已经累得拖不动腿。他担心夫子时日不长了，一定在夫子健在的时候，把仲由的事做圆满。他不敢滞留，跟着得迈上寻找仲由家人的陌生路……他已经没有未来可说，只是要在不多的岁月里做完他该做的事。

戏阳像游魂，拖着疲惫不堪的躯体在高低不平的路上行走。一会，有人在叫"戏阳大人"，回头看时，惊喜地停住步，施礼说："是冉大人吗？"

站在戏阳面前的是他熟悉的冉求，冉求说："戏阳大人怎么在这里？"

戏阳说："一言难尽。"

冉有说："贵国发生大变故，冉求也听说了。"

戏阳把姬元去世，蒯聩搬齐兵攻打戚邑、邑大夫孔悝被杀，仲由战死，南后和幼主逃至宋国商丘，自己一家也不得不出走，全得南后帮忙，才在商丘得以安身的经过简要地说了说。卫国又经历一次内乱，不知有多少人在宫廷权位的争夺中死于非命，冉求忍住悲戚，说："贵国的事，冉求知道一些，只是没想到竟到这样的地步。"冉求愣一阵，才想起应该要客人进家歇息，说，"冉求家就在附近，戏阳大人一路辛苦，不如进寒舍歇几晚再去不迟。"

戏阳说：“多谢盛情，只是戏阳还要赶去寻找仲由家人，说知此事……再说，连仲由遗体都还没找着哩。”

冉求说：“这么说，事情倒是挺急的，耽误不得。只是仲由离家太久，是否还有家人，能否找到，实在难说。”

戏阳说：“仲由为卫国捐躯，无论能否找到他的家人，戏阳都要尽力而为，否则，无颜立于天地间。”

冉求作别戏阳，急匆匆直往夫子家赶。季孙肥不同于他祖辈，也不同于父辈，要比他们看得宽，看得远，淡泊权位得多。冉求入府作家臣，提了不少益国益民看法，季孙肥分轻重缓急，让冉求带领一帮人去办。第一步，季孙肥让他们先去民间转转再说。这一转，许多时日过去了，颜回去世，夫子身子不适等全然不知。听戏阳说仲由罹难，想到的第一件事是赶快把这件大事告诉夫子。

家里没有夫子的影子，孙儿孔伋说：“有爷爷门人来，匆匆说了几句就走了。”

“去了哪儿?”冉求问。

孔伋摇摇头，说：“不知道。”

冉求料想夫子不会走得太远，先寻到学馆来。夫子没在学馆，冉雍说：“季大人来找，夫子跟季大人去了。”

冉求没有停步，立即赶往季府。

季孙肥虽然没有像他祖父那样大权在握，连君主姬裯也成了傀儡，更不用说孟孙何忌和叔孙婼了。但过去了那么多年月，不要说三桓中的另两家管不了事，连姬宋、姬将也都没成气候，如今名义上姬将是君主，实际上拿主意的还是季孙肥。

但也有例外。比如这一次季孙肥从暗探那里知道仲由不幸罹难的消息，赶来告诉姬将，要求以鲁国臣子的名义设祭，说：“仲由为鲁国立过大功，而今罹难，臣请以鲁大夫名义一祭，恳请君侯应允。”

姬将闷头想了半天，说：“仲由并非鲁国臣子，以大夫名义设祭，不可。”

季孙肥说：“不是仲由不才，也不是有才不仕，而是不用仲由。”

姬将不愿意重复过去的争论，说：“这事不必多说了。”

季孙肥不想再说，告辞出来，心里窝火，快到府邸，才渐渐平静下来。季孙肥命左右寻找冉求，想跟冉求商议设祭仲由的事。没找到，只好直接安排左右设祭。既然不在朝廷，即可免去许多规矩。刚刚在季孙肥府邸宽大的中庭设祭坛，夫子出现在大门前，冉求紧随身后，再是十几位门人。夫子听说仲由为救卫邑宰不幸遇难，双手捧了一长幅帛，由冉求、公冶长搀扶，缓缓走近仲由灵位。夫子喊了一声“由啊，你怎么就先我而去呢，世道不公啊”，声音暗哑、凄惶，忍不住大恸，放声悲号……

见夫子如此，门人们大放悲声。冉求、公冶长怕夫子悲哀太甚，伤了身子，劝他离开。季孙肥命左右给夫子安排歇息，夫子不肯离开。这时，门人们把带来的祭品逐一献上。季府大小臣僚，一来尊敬夫子，二来佩服仲由，纷纷参与祭奠。长长的祭桌上，摆满了熟食、帛和玉器。

夫子回鲁后，在短短几年时间里，先后失去儿子、颜回、仲由，不幸将他推到崩溃的边缘。他常常神思恍惚，不知自己身在何处，不知在想何事。这种时候，夫子不得不排开种种忧虑，让自己尽快平静下来。

眼下，夫子愣愣地看着祭坛和祭坛正中仲由的灵位，活鲜鲜的仲由正朝他走来……

一辆马车一直朝西行，目的是要找一位没影的怪老头。

……

夫子耳边响起他自己说的话：“他对当今世道的看法很不好，按他的说法，完全烂了。”

“先生，你以为今天世道好吗？”仲由说话直来直去。

“为师也认为不好，但我没有失望。”

“他不是也说没有悲观、绝望吗？”

……

夫子不喜欢阳虎，阳虎偏要拉拢他，送给夫子一只猪腿。夫子不愿意白受人馈赠，却又不愿意上门当面致谢，只好打听阳虎不在家的时候去，却不料偏偏在路上遇上了阳虎。夫子离开阳虎，仲由等着他了，于是，师徒又发生了争执。

“揪住门人差错不放，也不是先生所为。”是仲由的声音。

“不是揪住差错不放，是要你记住凡事都要多看看，多想想，不要随意说话。”

“这样一来，不是把门人教得前怕狼后怕虎啦？”

他笑了，指着仲由鼻子说：“你呀你呀，你什么都好，就是喜欢搞过头，不明白怎样才是稳妥的，恰当的。比如吃饭，吃过饱了，难受；差得很多，也很难受，要中和，或者叫中庸，意思是一样的。”

……

夫子连忙把仲由叫到身边，说：“为师这一去不知何时能回，由啊，你不要辜负了卫君的盛情，去卫国出仕吧。”

仲由这一回没有执拗，爽快地说：“好，小徒和夫子就此一别。”

仲由说罢，就地下拜。穿官服的人说：“从这里去卫都帝丘很远，还是在下派车送一程吧。”

仲由施礼说：“此次困顿此地，多承大人关照，日后仲由但有出头之日，定当厚报。”

……

不想这竟是和仲由最后一别。仲由影像渐渐远去，越来越模糊，最后什么也看不见了，只剩下眼前雾蒙蒙一片和轻轻的抽泣。

94

颜回已经下葬，他为人忠诚、淡薄、始终如一持守情操；博学多才，但终身不仕。没有官位，只能按照一般庶民的规矩，用棺木盛殓，无椁，埋在曲阜东防山前树林里，坟茔只略高于地面，为的是若干年以后，不至于湮没荒野。

夫子和曾参、冉季、樊迟、司马牛、高柴、公伯寮、宓不齐等到达颜回墓地的时候，颜无繇、颜于已经先到。颜无繇父子正用弯刀砍去坟周围杂树、杂草，坟茔于是敞亮得多了。颜于在一旁另外清理出一块平地，平地上放了好些大腿粗的长木头。不用说，颜于要在这里建小木棚，为弟弟守墓。守墓本来是小辈的事，颜回未婚，只有兄长代劳。无繇父子俩见到夫子和同窗们到来，停下手里活计，一齐就地向夫子下拜，感谢先生对弟子的厚爱；跟着，向同窗们施礼，感谢大家对颜回的深情。

夫子心里说不出的难受，但他不得不稳住自己——他不能因为不能自持，引起无繇父子更大悲伤。颜无繇也不敢在夫子跟前掉眼泪，跟夫子说：“夫子对我儿的教导、培养，无繇终生难忘。可惜一生不仕，没机会施行夫子教他的本事……”

夫子说："回学而不厌，老认为自己有很多不足。越觉得自己不足越不肯离开为师，其实，为师并非什么都懂、什么都能。"

无繇说："在弟子和回儿心里，夫子就是当今圣人。"

夫子像被蜇了一下，连连摇手，说："当今乱世，不要说为师不是圣人，连见到圣人都不可能了，能见到德高而有学问的君子就不错了。"

无繇叹口气，说："夫子都这样说，难怪回儿越学越说他知道的东西太少了。"

夫子说："学，然后知不足。"

无繇有了新的体会，说："回儿没了，弟子本想厚葬，用棺加椁，想请求夫子应允，问公冶，公冶说，夫子说过，凡事都得有规矩，丧葬也一样。天子有天子的规矩，公卿大夫有公卿大夫的规矩，士族百姓有士族百姓的规矩，颜回终身不仕，加椁就乱了规矩。说实话，刚才听夫子这样说，弟子才明白过来。"

夫子瘦削的脸漾过一丝欣慰，说："人不是生而知之，是学而知之。无繇你老来还有长进，比为师强。"

夫子的弟子们也不闲着，夫子和无繇说话的时候，大家把守墓的棚架支了起来。天不作美，林子里忽然黑下来，风刮过树梢，"哗哗"的响，忽然一道耀眼白光在夫子和弟子们头顶上晃了一圈，刺耳的一声"啪"之后，飘飘洒洒的雨点打在树叶上、地上、人身上，像悲泣逝者的眼泪。颜无繇父子急急忙忙收拾家什，和同窗一起，搀扶夫子出山。回到离夫子家不远处，司马牛惊叫起来："哎哟，是怎么回事！"

颜于怕是夫子家出了事，问："何事？"

司马牛的手指着夫子屋前那棵树，结结巴巴地说："看……看……"

这时，众人一起抬头往司马牛指的方向看，发现夫子木屋前那棵大树拦腰折断，折断处黄白木头龇牙咧嘴，没有全折断的顽强地拽住折断的半截，摇摇欲坠。眼前这一幕，夫子也看见了。他平静得近乎木讷。司马牛大声问夫子："夫子，这到底是怎么回事呀？"

夫子没有回答。

樊迟知道夫子不会回答这类离开大道的问题，迭忙拉拉司马牛衣服，叫他不要问。司马牛没听到回答，问樊迟说："为什么不叫小弟问？"

樊迟说："夫子不说离开大道的事。"

司马牛"啊"了一声。

樊迟说："这些属于怪力乱神，夫子不愿意说。"

司马牛又"啊"了一声，这一声"啊"，比第一声更长，多少意思都包含在"啊"里了。

冉求在夫子家里，见夫子和几个同窗被猝不及防的阵雨淋湿，和孔伋一起，赶忙烧大火让他们烘烤衣服。冉求怕夫子感风寒，倒了一碗热水递过去，说："季孙肥跟徒儿说了几次，很希望樊迟能出仕。"

"是好事呀。"夫子回头对樊迟说，"你听见没有啊？"

樊迟很爽快，说："看来，推行夫子大道，人少了不行，弟子是要践行一番了。"

弟子们不再像以前那样坚持要跟夫子一辈子，而是答应去践行夫子主张，夫子不由得怦然心动，说："为师有你们，放心了。"

樊迟说："夫子，弟子一去，您身边可又少一个人了。"

"去吧，为师不能这么自私，不能老留你们在身边，你们得走出去，去做你们该做的事。"夫子说着，转身上楼。

冉求和樊迟对视一眼。樊迟问冉求说："走之前，是不是再跟夫子告辞一下？"

冉求说："夫子喜欢办事简洁，讨厌走过场，不用去了。"

樊迟说："至少得跟同窗们说说。以前，以为离出仕远得很，没怎么想；而今一下摆在面前，真还舍不得离开大家。"

樊迟离开夫子，到学馆里来坐了很久，把陈芝麻烂谷子都翻出来说了，实在找不到新话题才离开。

95

之下地方有多大，戏阳不知道。走了五六天，见到的人都问了，没人知道这位叫仲由的人。一个义士，为了别的国家战死，不说尸首没找到，连家人也没法告知。人就像一阵风，一缕烟，瞬间就没了踪影。

远远地，一片屋顶隐约在淡蓝色的雾里，缕缕炊烟，让人想起家的温暖、生的乐趣。戏阳顺着一条高低不平的泥石路，摇摇晃晃地走近这片有活力的地方。

这座小城围墙很矮，房屋高高矮矮，好好差差，有大门而无守卫，看来并不是重要的地方。

戏阳累得不想再动弹，只想找个小酒肆，吃饱喝足，好好睡一觉，结束这一次寻找，回家。店老板是个诚实女人，见是个单身客人朝酒肆走，小跑出来，把戏阳拉到背处，说："有几个官府里的人在店里，你要不忌讳就去。"

戏阳看看店老板，说："哪里的口音?"

"是临淄的口音。"

"无妨。"戏阳说。

大堂里果然有几个人在喝酒。他们都穿布衣，却一眼能认出这些都是有来历的人——戏阳真佩服女店主的眼力和细心。戏阳武艺不错，对付这么几个人不在话下。但愿相安无事。戏阳走进大堂，在这几个人对面一张桌前坐下，吩咐女老板说："有好酒好菜只管上来。"

女老板说："今天没好酒好菜了，只有差些的。"

一个中年人"咯"的一声放下酒碗，说："你这老板才怪呢，刚才我们来，你也说没好酒好菜，我们说，我们是官府的人，你又有了。"

女老板哭丧着脸，说："官府的人来了，没好酒好菜不依，叫我怎么办?"

中年人看戏阳一眼，说："他不光是官府里的人，还是大官。"

戏阳听中年人这么说，吃惊不小。他怀疑是蒯聩派来追杀他的人，如果真的是这样，可就有一场恶战了。他看见门角落里有一根顶门杠，只要有动静，顶门杠就会成为他手里的兵器。

女老板换了副笑脸，连连向戏阳道歉，说："客人，对不起，对不起，怪我瞎了眼。"

女老板说罢，忙不迭叫人上好酒好菜，中年人却不领情，说："算啦算啦，就请这位大人和我们一起喝几碗吧。"

中年人说罢，起身来请。见中年人这样，坐着喝酒的人全都站起身。戏阳没动，说："你我素不相识，不敢领受。"

中年人说："我认识你，戏阳大人。"

戏阳扫一眼门角落那根粗大的顶门杠，问："我不知道你说什么。"

中年人笑了，说："我还知道大人是来找仲由家人的。"

戏阳仔细辨认面前这位中年人，中年人说："这里说话不方便，借个地方说说吧。"

戏阳和中年人走出店门，至一静处，中年人说："我是犁弥。"

犁弥是领兵攻打戚邑、帝丘的齐将，他怎么会在这里？犁弥说："仲由是我很敬重的人，不想死得这么惨……"

戏阳满心狐疑，没说话。

犁弥说："虽然犁弥的手没有染仲由的血，但兵马是我带去的，是我的人杀了仲由。我后悔来不及，我怕仲由尸首受辱，是我命人埋葬了。"

"埋在哪？"

"帝丘郊外。"

"你怎么在这里？"

"几句话说不清楚。"犁弥说，"齐国不再是姜姓天下，改成田姓了……这世道，不宜在朝廷里做官。"

戏阳没有吭声，犁弥接着说："齐国内乱刚刚开始，好戏还在后头……没想到我犁弥当了一回帮凶……以后，在这些是是非非的场合里，再也看不到我犁弥了。"

戏阳看定犁弥的眼睛，问："退隐？"

"是。"犁弥说，"找个僻静去处，了此一生。孔老夫子说得对，私欲万恶啊！可惜他的话没人真正听进去。"

"夫子到卫国，卫君也没有接受他的主张。"

"我听说了。"

"他们呢？"

"你是说一起喝酒的那几位？"

"是。"

"他们是我朋友，都是有官位的人。"犁弥说，"他们不想再蹚这污泥浊水，就此一别，即各奔东西，不想在这里遇上你，也是缘分，不知戏阳大人要往何处？"

戏阳也说了实话："戏阳和家小都已经逃离帝丘，有家不能回。不能回无所谓，哪里的黄土不埋人哪？"

两位战场上的敌手，在这里却一见如故。待他俩回到酒肆大堂，和犁弥一起喝酒的几位已经没了踪影，女老板说："老等你们不回来，走啦。"

犁弥问："他们说去哪了吗？"

女老板摇摇头，说："没说。"

96

戏阳没有再回帝丘那块伤心地，也不愿老待在家里守着妻子儿女。他只知道自己少年时候不愁吃不愁穿，成年了和有头有脸的人打交道，指挥下属做这做那。不知道这以外还有什么。要找仲由家人，顺便看看外面的天地，成了他此生的愿望。

戏阳在商丘乡下走了几天，到处都是荒芜的田地，废弃的房屋，路旁不时出现白骨，阴森森没一点活气。他不知道这些地方曾经发生过什么，也不知道会发生什么，总之，他感到胸闷，出气不顺，想找个地方坐坐，歇歇气，或者碰上个人，说几句话，吐吐心里的积郁。

戏阳沿一条不算太窄的土石路往东北方向走——他忽然那么想念夫子、仲由，想念他见过面的那些孔门弟子。他现在才算看清楚夫子和他的弟子们是别样的一群人，他们心胸宽广，有爱心，有能耐，嗅不到当今世界的恶臭味。可惜这样的人太少太少，而站在他们对面的人太多，太强大。

也许有一天，天下人都会像他们那样洁净、高尚吧？但那是何时呢？不知道，戏阳相信不仅他不知道，也不会有人知道。

眼前这条路曲曲弯弯，高高低低，不知通向何方，不知潜伏了多少危险，不知演绎过多少悲怆故事，有多少生命在这条路上消失。他快迈不动腿了，见道旁有块大灰石，停住步子。大灰石宽而平，一个人躺在石头上，用斗笠盖住脸。这人大约也和自己一样，经历长途跋涉，累坏了，在这里歇一歇，睡着了。戏阳在离这人不远的地方坐下，说："唉，你要去哪啊？"

没有动静，戏阳说："唉，你是哪里人哪？"

还是没有动静，戏阳自言自语："这人睡死啦。"

有几只小飞物从陌生人斗笠旁边掠过，又有几只……戏阳这才留意破斗笠底下有小东西飞来飞去，同时，一股恶臭味钻进他的鼻孔。戏阳不知见过多少死人了，拦腰斩断的，没了头的，流出乌黑肠子，人还在血泊中挣扎的……但都不是他一个人，眼前他是孤身一人在荒山野地里，就是另一回事了。戏阳背脊暴起一层鸡皮疙瘩，慌忙起身离开。

有人被吓坏了走不动路，有人的力气是从惊吓中骤长的，戏阳属于后一种。他迈开长腿，径直往北疾走。走得越急，越觉得背后有人在追赶，越觉有人追越走得急。不知道走了多远，至一山坳，听见后面有脚步声，吓了一跳，回头看时，是两个路人。两个路人离戏阳很近，一个问："上哪啊？"

戏阳定睛看一阵，没错，是活人，才定下神来，敷衍说："前面。"

另一个人说："前面要过林子，那里经常有大花兽出没。天快黑了，结个伴吧。"

走上坳，戏阳实在走不动了，给后面两位让道。这两位也怪，走过身，又回过头来，一个说："戏阳大人，是你吗？"

戏阳一时没认出跟他说话的人是谁，愣住了。

"戏阳大人，我是冉求啊，你忘了吗？"冉求说。

戏阳认真看时，站在他面前的中年人十分英俊，眼里锐气逼人。不错，就是夫子的弟子冉求。

见到冉求，戏阳大呼："哎呀，你怎么在这里？"

"下乡看看。"冉求说，指着身旁年纪长些的人说，"这是高强，齐国人，大义士。"

高强说："别胡说。"

"不是吗？上次齐国人要偷袭我们，就是你给我们报的信。"冉求说。

戏阳说："这事啊，就看怎么说喽。"

"是齐国对不起他，他才离开的。"冉求说。

高强说："我见不惯乌烟瘴气的事，我想过了，准备像李聃那样隐逸山野。"

有冉求在，方便得多了。他虽然只是季氏家臣，可是他对下人和百姓宽厚，认得他的人多，有难处不愁没人帮忙。这天天黑下来的时候，他们走进一家酒肆。尽管很疲惫，还是边吃边谈，至下夜才罢。戏阳从高强口里知道，齐国又经历了一次大动荡。

鲍牧帮助田氏驱赶公子荼，立阳生作傀儡，田氏夺得大权。可是，阳生并不信任鲍牧，只信任田乞。趁吴、鲁联手攻打齐南部时，阳生和鲍牧领兵迎战，鲍穆在乱军中将阳生杀了。

"田氏的傀儡没了，立鲍牧的傀儡，想想看，这事完得了吗？齐乱不知何日终了！"高强说，"辞别过夫子，告知夫子这些事再离开，也就没任何遗憾了。"

又一个人决意隐姓埋名，离开这污浊世界，戏阳又一次感到无穷的失落。见了夫子，自己会不会回宋和妻子儿女告别，一走了之？不知道。

夫子楼上的一角，比以前还是有条理得多了。从乡间、宫廷收集来的民歌歌词、雅乐乐词，已经整理就绪，束紧绳子，有序地堆放在一起。夫子要整理的一部大书是这几百年来的历史。这几百年是怎样过来的，是怎样由天下大治到乐崩礼坏；不管是哪一国，不管是君臣庶民，做了的事，又是他知道或者是收集得到，就得实实在在地记下，让后人记住历史。不了解历史的人，很难弄明白自己该走什么路，做什么样的人。

他现在能做的，除了和弟子们谈话，切磋学问，就是这件事了。最好能做完再离开这个世界，免得后人无法衔接，继续未了之事。

孙儿孔伋上楼来，告诉夫子说："爷爷，有客人找你。"

"谁？"夫子回过头来问。

"冉求叔叔。"

"请他进来。"夫子说。他用手撑住膝头，使一阵劲，没能站起来。孔伋赶忙来扶的时候，冉求已经出现在楼梯口。冉求见夫子很衰弱，拿不定主意该不该来打搅他，犹豫一阵，夫子说："进来吧。"

"后面还有两位。"冉求说。

冉求话音还没落地，戏阳出现在楼梯口，向夫子长揖，说："久违，夫子可好？"

夫子没有听到直接来自卫国的音讯，见到戏阳，很高兴，说："戏阳大人，是什么风把你吹到我这破房子里来了？"

"是想念夫子之风啊。"戏阳说。

"卫国大变故，真怕你们有意外……"

"仲由没了……"

夫子摇摇手，说："不说了。"

"在下没找到他家人，可是知道有人在战乱中收殓了仲由遗体。"

"谁？"

"可能夫子也想不到会是他。"

"谁？"

"犁弥。"

"他不是领兵打卫国的齐将吗？"

“他敬仰仲由。”戏阳说，“在下在路上碰到他，他告诉在下这件事。他说他不再与污泥浊水为伍，决计隐逸山野。”

这时，高强出现在夫子跟前，冉求说：“这是义士高强。”

高强向夫子施礼，说：“高强久仰夫子，恨不能相见。今日一见，了平生所愿，也要和犁弥将军一样，去做山野村夫。”跟着，把近来齐国内乱大致说了说。

夫子听得很揪心。为什么这世道越来越不成体统？夫子脸色忽然变得难看起来，声音也大了，说：“归隐归隐，你们都归隐了，这世道就变好了吗？”

冉求插嘴说：“夫子的大道好，就是推行起来走一步都难。”

夫子瘦脸潮红，说：“不难，还要为师、要你们这些弟子、要天底下守志的人干什么？”

高强暗暗吃惊，想：“夫子脾气还不小。”

夫子吩咐孔伋说：“好好照拂客人，爷爷有事要出去。”

冉求急了，说：“夫子……”

夫子回头对戏阳、高强说：“孔丘要见见君侯，像田乞这样的乱臣贼子，不讨伐，天底下还有公道吗？”

冉求生怕夫子跌跤，跟下楼。戏阳跟孔伋告别说：“好好照顾爷爷，我们走了。”说罢，和高强一起离开。

97

夫子摇摇晃晃，到宫门前，被守卫挡住了。守卫年轻，不认识夫子，说：“老人家，这里不能随便进，回吧。”

老些的宫门守卫，都认识夫子。夫子进出宫门，从来不被盘查。也难怪，夫子很久没到这地方来了。他对姬将不再抱什么希望。他的希望已不在当前，而在以后。但有话不说，憋得难受。

夫子有些难堪，说：“我是孔丘，有要事求见君侯。”

年轻守卫没见过孔老夫子，却还知道鲁国有位大名鼎鼎的先生，就叫孔丘。年轻守卫不相信眼前这位穿士服的人会是他，看了好一阵，才说：“老人家，你冒充孔老夫子，可是要杀头的。”

夫子笑了，说："我这模样不像孔老夫子是吗？你不认得我，请你传话进去，宫里人是认得我的。"

说到这一步，年轻守卫不再犹豫，说："好，等着。"

年轻守卫要另一位守卫传话进去。守卫传话给近侍，近侍进宫，禀报姬将，说："君侯，孔丘求见。"

姬将倒是很久没见到夫子了。每次见到夫子，话题总离不开他的大道，离不开贬斥暴虐、污秽和践踏规矩，姬将头疼，不知道怎么办才好。忽然求见，能有什么好事？姬将说："告诉他，寡人身体不适，要不是紧要事，改天见吧。"

近侍把话如实传给守卫。守卫传给夫子，说："对不起，老人家，君侯身体不适，改天来吧。"

"身体不适"，这是最好的托词，夫子能说什么呢？过了几天，夫子老觉得有东西梗在喉里，想了半天，才知道还是为田乞篡权，求见姬将，要求发兵讨伐的事。夫子不是不知道，为别国臣弑君，起兵讨伐，算什么正当理由？但这样的事夫子见得太多了，没一个乱臣贼子受惩罚，实在没法让他平静。

夫子又一次来到宫廷大门前，守卫没多问，只说："夫子是要求见君侯吧？"

夫子说："正是，来了几次，都没见着，万望方便一二。"

守卫往里面传话，半个时辰过去，里面传出话来，请夫子进见。说姬将托病不见夫子，也不全对。他实在不明白，一天竟有那么多事要向他禀报，要过目，要处理；宫里的事也很多，鸡毛蒜皮的事，也往往扯到姬将这里来，烦透了。一烦就吃不下饭，睡不好觉，整天昏昏沉沉。一件事没想清楚，另一件事又挤了进来。甚至挤进来的不是一件事，而是几件事。这样，心里就乱成一团麻了。

夫子进来，跪拜毕，说："孔丘拜见君侯。"

姬将起身，扶起夫子，请在身旁就座，说："老夫子可好？"

夫子想："我可不是来和你闲聊的。"却也不能不应付，说："托君侯洪福，还能对付。"

姬将说："寡人活不到夫子这样高寿。"

"一代会比一代强。"

"现在看来是一代不如一代啊。"

"要胜过前人，否则就没希望了。"夫子说，"齐国发生了大事，君侯可知道？"

姬将说："听说了。田氏早已经营，篡权是早晚的事。晏相提醒过齐君，齐君不听，才有今日。”

夫子抓住话锋，说：“而今这世界上子杀父，臣弑君之事累累发生，无一受到应有惩罚。君侯若起义师讨伐田贼，孔丘愿带弟子随君侯征战。”

太意外了，姬将完全没料到夫子会说这样一件事。夫子要求惩罚乱臣贼子，他没有理由说不行。若鲁国不是像现在这样缺乏精兵强将，他完全可以四处派出使节，只要联盟上几个国家，即可狠狠地教训田氏，杀一儆百，使往后不敢有人效尤。可是，鲁国有这样的能耐吗？就算上下齐心，有夫子领弟子们亲自出征，打赢了这一仗，往后齐国三天两头找碴儿，又该怎么办呢？

姬将不敢往下想。他一动不动地坐一阵，说：“夫子，这种国家大事，得慎而又慎。就算寡人赞成，也得全国上下一心……这样吧，待寡人和重臣认真商议商议再说吧。”

公子荼被逐出国，阳生被鲍牧所杀的时候，夫子愤愤不已，几次去找姬将，要求兴义师讨伐。日子一天天过去，音讯杳无。夫子知道，像姬将这样的君主，不要说开创大业，就是使国家中兴的想法也不可能有。夫子彻底失望了。他除了每天坐在楼上的角落里，看和抄一些必要的文字而外，没有别的事可做。

事不顺，体子越来越差。夫子不再上楼，而在一楼亓官暹卧室里。妻子故去五年有余。鲤在的时候，怕夫子看到这些遗物难受，准备收拾，被夫子制止。而今孔伋老听见房间里有人说话，声音忽高忽低，还夹杂爽朗的笑声，走进房间看时，又只有夫子一人。孔伋觉着有些不好，告诉母亲，母亲说：“顺应天意吧。”

果然有一天，夫子起来一阵，觉得天旋地转，在凳上坐了好一阵，不晕眩了，出气却艰难起来。开始，觉得气接不上，好像体内空了，要等待气聚集起来，才能喘上第二口。接着，干脆张大口，吸一口，才觉得内里充实一些，喘上一口。夫子从来没有这么难受过。即使在陈、蔡之间，几天没有进食，身体虚弱极了，也没有这么难熬。就这么吸一口喘一回地折腾半天，才稍稍平静下来。杏儿做熟了午餐，让孙儿来请，夫子摆摆手，说：“你们先吃。”

孔伋见爷爷脸色不好，问：“爷爷哪儿不舒服？”

夫子说：“没哪儿不舒服……你们先吃，不用等爷爷，啊。”

夫子没有用午餐，睡了一觉，感觉好些，想吃点什么。但是，看看留在陶钵里的饭菜，不说没一点胃口，还恶心，想呕吐，只好离开。进房间，在桌前坐下，解开放在面前的竹简绳子，却无法看上面的字——好像从来不认识那些字——甚至于不是字，而是别的怪物。夫子意识到这可不是好兆头，心里一阵阵发紧。又过好一阵，才稍稍轻松下来。杏儿和孔伋卧室离夫子卧室不远，听见夫子起来、睡下，睡下、起来地折腾，第二天一早，杏儿让孔伋去告诉伊芊和公冶长。

伊芊夫妇住处离夫子家不远，闻讯赶来，生怕晚了，说不上话。可是，到被劈断的屋前大树下，两人的脚都像定住了似的，迈不动了。夫子拄着拐杖，站在门口大声地吟唱：

泰山其颓乎！

梁木其坏乎！

哲人其萎乎！

歌罢，摇晃几下，在门槛上坐下。伊芊轻轻地喊一声："爹。"

伊芊见夫子眼睛无神，回头看一眼丈夫，那眼神在说："爹怎么就病成这样啦？"

伊芊朝前赶几步，搀住夫子，说："爹，你怎么啦？"

夫子摇摇头，说："没怎么。"

夫子头摇得很缓慢，很沉重，好像随时都可能趴下，再也站不起来。伊芊感觉夫子身子格外沉重，公冶长见夫子行走困难，忙赶上来和妻子一起搀扶，直到夫子费力地躺在床上。

夫子卧床不起的消息，很快在门人中间传开，每天天还没亮就有人来，三三两两，直到天黑尽。第一天，夫子见到很久没见面的门徒，见了面，还能说。到第二第三天，只能摇摇手……伊芊不能不跟孔伋、杏儿、公冶长商量，把来探视夫子的故旧、门徒、官府里的人通通挡在外面，隔一段工夫，由公冶长向客人报告夫子身体状况。

这样过了七个日日夜夜，木屋里还是传出痛彻肺腑的悲声，夫子告别了这个让他又爱又恨说不清道不明的世界……

悲声本身告诉守候在外面的敬仰者和视师如父的门人，夫子已经离开他们了，挤在门前土坪上的、连接土坪的路上的人们，唏嘘声由轻而重，而后连成一片。伊芊、公冶长、杏儿、孔伋出现在门前，他们全穿黄白色麻衣，包了麻帕，套上麻鞋，跪谢宾客对夫子的深情厚谊，伊芊说："我父亲走了，他一生就做一件事，不要杀伐，不要妻离子散，人人都能多想别人，少想自己。可他没能看到这一天。如果各位能时时记住这件大事，我父亲一定会含笑九泉……”

伊芊痛哭失声，说不下去；下面越发把不住自己，抽泣、号啕声混成一片，像浪一样扩散开来……

这时，一个中年人冲开人群，不顾一切地冲进木屋，直奔夫子卧室，扑在夫子还有余温的身上，放声大哭：“夫子啊……夫子啊……弟子还是来晚啦……”

公冶长、冉求同时闯进夫子房间，见是端木赐，冉求说：“夫子西归啦……”

公冶长把端木赐拉到一旁，说：“子贡，你不是做楚国信阳邑宰吗？由信阳到这里可是不近啊。”

“是不近，一心要回来就不怕远了。”

端木赐说，“楚君是决定请夫子和同行的同窗出仕的，这事是公开的。”

公冶长问：“后来怎么变了卦？”

“我也听说了。”端木赐说，“有大臣进谏说，鲁国是孔丘自己的国家，不用他，其中必有缘故。几次见卫侯，卫侯不用；陈、蔡也不接纳，难道这些君侯眼力都这么差？一定是夫子本人不好。”

冉求听了直上火，说：“为何不问问个中缘由？”

端木赐说：“还有一种说法，是楚君怕夫子领要职以后，按周制治理国家，退还掠夺来的地盘。”

“听到这些说法，端木赐也不想再干了，辞去职务来寻夫子，结果还是晚了一步。”

公冶长说：“可能两种原因都有。”

冉求说：“要做成一件事，太难。”

98

夫子下葬在鲁都城北面泗水旁，依山临水。山不高，入秋不久，山野苍翠中处处透出秋的遒劲，仿佛是逝者的英灵。夫子曾任鲁国大司寇，摄相事，季孙肥和弟子们将坟垒出地面一人有余，四面用青石封就，旁边建起一小木屋。一个月过去，小木屋白天热热闹闹，晚间也有四五个人守护，他们是夫子家人和门人，还有夫子的仰慕者。

学馆里，每天都有不少人。在曾参的记忆里，比夫子健在的时候还要多。但是，总有空落的感觉。这种感觉像一张网，柔韧异常，黏黏糊糊，冲不破，甩不掉。这种感觉，让端木赐变得坐不是，站不是；想做点什么，却又不知道做什么好，心神不定。有好几次，端木赐都是第一个来到学馆，准备做一点事。同窗们陆续地来了，学馆里的人多了，又不知道该做什么了。好像在等待，却又不知道在等待什么。

曾参心里也七上八下，不过没怎么挂在脸上，更不像端木赐那样焦躁不安。这天，端木赐走过他身边，曾参叫住他，说："老这么坐立不安，怎么回事？"

端木赐站住，说："你就这么心安吗？"

"我没像你这样。"

"你不觉得我们成了没娘的孩子？"

"我心里不比你好受。"

曾参好学，仅次于颜回，往往有独到见解。有一次，他和冉求谈起夫子的学问，冉求觉得太渊博了，曾参说："要是有人说，拣最重要的说说夫子的学问吧，你怎么说？"

冉求想半天，真不知道该怎么说，反问曾参说："我还真说不上来，不信你就说得上来。"

曾参不急不忙，说："曾参以为，夫子之道就是两个字。"

"哪两个字？"

"忠、恕。"

冉求连声说："妙，这两个字再恰当没有了。"

冉求和曾参的对话，在同窗中广为流传，都恭维曾参有学问。端木赐初来学馆时，自视很高，跟夫子的时间久了，才发现夫子是一座大山，自己不过是一小山丘。端木赐发现自己不足，谦谨了，锐气、灵活、办法多反倒突出了，同窗们有了难处少不了要找他。

眼下，这两人在一起，大家朦朦胧胧地生出一点愿望，希望这学馆不要人去楼空，得有人撑起来才是。希望或者就在他们两人身上。

似乎不需要说出来，就知道谁都是这样的想法，都想从他俩的谈话里得到结果。这天，来的人人越来越多，把曾参、端木赐围在中间。大家围在一起，彼此的心便有了不少温暖，不知是谁在说："学馆不能散，不如让子舆来领大家一起干。"

端木赐听见了，几天都没想明白的话一下明朗了，说："好，大点声说！"

说话的人直起身，说："这些日子以来，大家都丢了魂似的，还不就是夫子离开我们啦，我们没有家啦……我以为子舆完全可以将学馆撑起来，把夫子的事业传下去！"

"是啊，夫子的事业也就是大家的事业，不能断了！"

"是啊，不能断啊……"

"子贡不错，就他们俩吧。"

闹哄哄的，分不清是谁在说，曾参见有人提端木赐，抓住端木赐胳膊，激动地说："来吧，我和你一起做吧。你比我有能耐，没有你，这担子我挑不起来。"

端木赐爽快地应承了。有好几个是新来求学的弟子，见有了着落，欣喜万分，齐刷刷地跪在曾参和端木赐面前，说："收我们做弟子吧。"

好像是郁闷的房屋里吹进来凉风，大家脸上浮起了笑容——夫子去世以后，弟子们的脸上第一次见到的笑容。

孔夫子的故事结束了，历史仍在继续，而且和这位历史巨人息息相关。

晋国一场重大变故，执掌政权的六卿，范氏、中行氏垮台，剩下赵、魏、韩、知氏四大家族。知氏族人知伯瑶谋划多时，发动了一场灭掉赵氏家族的战争。知氏联合韩、魏对付赵，赵寡不敌众，退守晋阳，闭门不战。知伯瑶久攻不下。

一天，知伯瑶登上高处，遥望晋阳城池，黑乎乎的一片，心里也和眼前这黑雾一样，沮丧到了极点。眼看晋阳就这么个孤城，却牢固得铁桶一般。准备了攻城用的高梯，系了铁钩的绳索，可一到城下，利箭犹如飞蝗一般射来。射死的倒在城墙下，重伤的有的死在回驻地路上，有的死在驻地，知伯瑶不得不每天都拖死人去埋，或者丢下晋水喂鱼。要命的是兵马都在城郊，即便占去所有民房和小集镇房屋，也还有大半人马只能在露天下歇息。时候已经入夏，三天两头下雨。将士们衣甲干了湿，湿了干，拉肚子、热伤风很快扩散开来。

他该怎么办？退兵吧，不但让赵氏家族看笑话，以后还会遭报复，麻烦无穷；韩、魏也会离他而去。这条路断断不能走。

雨由淅淅沥沥的轻响，变成"哒哒哒"的敲击，绕城而过的晋水，在雨里渐渐变得混浊。知伯瑶忽然狂叫一声："就是它啦！"知伯瑶抹一把脸上的雨水，奔下小山丘，直奔韩、魏兵马驻地，说了他的想法。韩康子、魏桓子也希望快些结束这场战争，同意了。于是，白天只派少部分军士佯攻城池，大批人马开到晋水上游筑坝蓄水。

几天过去，堰坝水满，知伯瑶命军士开水渠，连通晋城。水渠开通，打开堤坝，水奔涌而出。地势本来低的晋城，只半天工夫就淹了半人深。知伯瑶非常得意，邀约韩康子、魏桓子登上小丘观看。

进入韩康子、魏桓子眼里的晋阳确实危急。人们上了楼顶避难，有的房屋看着看着就倒下，连人一起淹在水里。韩康子看得心惊肉跳，想的反而不是胜利马上到来，而是预感到另一种凶险正向他逼近。他悄悄跟魏桓子说："这家伙太狠。"

魏桓子也意识到了这种危险，说："我们是在帮助恶人呢。"

"赵没了，就轮到我和你啦。"韩康子说。

当天晚上，韩康子、魏桓子暗地准备就绪，两处兵马驻地同时举起火把，稀里哗啦一下子攻进知伯瑶驻地，把知伯瑶杀了。赵襄子听到这消息，大开城门，与韩、魏两军会合。韩康子、赵襄子推举魏桓子暂时领头处置知伯瑶人马。魏桓子立即传令：知氏人马愿意在哪一家麾下当差都可以，不愿意留下的，发盘缠回家。只半天工夫，知氏人马各走各的路，家族老少各自逃难。

晋国这一次内乱，发生在夫子逝世后二十多年。知氏家族大夫知伯瑶派人告诉韩、赵、魏三家说，当年晋国是中原霸主，而今被削弱了，主要是因为公室空了，希望大家都拿出百里土地和农奴贡献给公室，重振晋国威风。韩、赵、魏三家明知伯瑶别有用心，但理由堂而皇之，韩氏怕知氏，先同意；魏氏不想得罪知氏，也照数给了，只有赵氏顶住不给。知氏一心要各个击破，分别吃掉这三家，联合了韩氏、魏氏人马攻打赵氏。赵氏自知寡不敌众，退居晋阳死守，才发生这一场令人深思的战争。

几天以后的一个上午，在通往曲阜的路上，有两个身影在缓缓移动。走在前面的人是南宫适，另一个是端木赐。端木赐六十出头。夫子逝世以后，端木赐效仿夫子，出游列国，传播夫子主张。这天，从宋都城商丘出来不远，碰上南宫适。端木赐在这样的地方见到南宫适，多少有些惊讶，问："你怎么在这里？"

南宫适说："晋君一而再再而三地派人来请，夫子也说学了本领就要用，再说，我年纪不小了，再不出仕，就成了什么也不能干的废物。但是，去了那里才知道，那里争权夺利更厉害，别看这一仗是韩、赵、魏三家联合对付知家，知家没了，还不知道他们这三家怎么斗呢……要想在那里传播夫子主张，太难了……

那里不是我要待的地方。”

端木赐想想这些走过的日子，说：“我把夫子的大道讲给一百个人听，哪怕只有一个人听进去了，都比不讲好。”

南宫适叹口气，说：“是啊……我实在太累了。上上夫子的坟，看看他的家人，就回老家。”

“你老家在哪？”

“本地人。”南宫适说，“你有什么打算？”

“想去楚国走走。”端木赐说，“楚君说好了要派人来迎接夫子又变卦，夫子生前未能入楚，我要完成夫子这个遗愿。”

“学馆呢？”

“曾参撑着呢，放心，这份大事业不会中断。”

“夫子，可以放心了。”

两个身影越拉越长，太阳下山了，在他俩的前方洒下一片红霞。可是，他俩还不知道哪里可以住宿呢……

2014年12月26日22点草就于贵乌北路16号寓所

袁仁琮创作年表

1956 年

发表处女作独幕儿童话剧《小花和尚看梨》（见《贵州文艺》第 95 期）。

1958 年

发表短篇小说《吉娜》（见《山花》1958 年第 9 期），收入四川民族出版社 1979 年出版的《少数民族短篇小说选》、贵州人民出版社 1985 年出版的民中民师课外读物贵州少数民族《小说选读》。

1960 年

发表小小说《风雨里的小故事》，收入贵州人民出版社同年出版的小小说集《红旗高扬》。

1962 年

发表短篇小说《打姑爷》（见《上海文学》1962 年第 9 期），收入中国文联出版公司 1987 年出版的《中国新文艺大系》少数民族文学卷、贵州人民出版社 1997 年出版的《贵州新文学大系》短篇小说卷、云南人民出版社 1983 年出版的《当代少数民族作家作品选讲》。

发表短篇小说《午休》（见《山花》1962 年）。

1963 年

发表短篇小说《投师记》（见《上海文学》1963 年第 3 期），收入贵州民族出版社 1986 年出版的短篇小说集《山里人》。

发表短篇小说《搭车》（见《山花》1963 年第 6 期），收入贵州民族出版社 1986 年出版的短篇小说集《山里人》、内蒙古人民出版社 1981 年出版的《少数民族散文选》、贵州人民出版社 1997 年出版的《贵州文学大系》儿童文学卷。

1979 年

发表短篇小说《暑假第一天》（见《贵阳文艺》1979 年第 1 期），收入贵州民族出版社 1986 年出版的短篇小说集《山里人》、海燕出版社 1990 年出版的《中国少数民族儿童小说选》。

1980 年

发表短篇小说《山里人》（见《山花》1980 年第 7 期），收入贵州民族出版社 1986 年出版的短篇小说集《山里人》。

1981 年

发表短篇小说《铁师傅》（见《人民文学》1981 年第 9 期），获 1983 年贵州省作协、省民委颁发的贵州民族文学一等奖，收入贵州民族出版社 1986 年出版的短篇小说集《山里人》。

发表短篇小说《机线班长》（见《花溪》1982 年第 2 期），收入贵州民族出版社 1986 年出版的短篇小说集《山里人》。

发表儿童短篇小说《劳动委员》（见《幼芽》1982 年第 4 期）。

1984 年

发表报告文学《李桂莲和罗甸》（见《贵州日报》1984 年 1 月 4 日）。

发表报告文学《不灭的烛光》（见《贵州日报》1984 年 7 月 1 日）。

发表短篇小说《挫折》（见《民族文学》1984 年第 6 期），收入贵州民族出版社 1986 年出版的短篇小说集《山里人》、民族出版社（北京）1988 年出版的《当代侗族短篇小说选》、中国新闻出版社 1984 年出版的《中国小说年鉴》少数民族小说卷、台湾新地出版社 1987 年出版的当代中国大陆作家丛刊少数民族文学卷《岸上的秋天》。

1985 年

发表学术论文《谈谈散文写作的几个问题》（见《金筑学刊》1985 年第 1 期），收入汕头大学出版社 2004 年出版的《鳞爪集》。

发表短篇小说《北京来客》（见《山花》1985 年第 10 期），收入贵州民族出版社 1986 年出版的短篇小说集《山里人》、民族出版社（北京）1988 年出版的《当代侗族短篇小说选》（收入时，题目改为《今晚有北京客人来》）。

1986 年

出版短篇小说集《山里人》（贵州民族出版社出版），获首届侗族文学风雨桥奖，个人获侗族文学鼓楼奖。

1987 年

发表学术论文《关于生活·典型·环境以及典型化的再思考》（见《贵阳师专学报》1987 年第 1 期），收入汕头大学出版社 2004 年出版的《鳞爪集》。

1988 年

发表学术论文《新形象产生心理初议》（见《贵阳师专学报》1988 年第 2 期），收入汕头大学出版社 2004 年出版的《鳞爪集》。

发表短篇小说《朵约和普尼》（见《民族文学》1988 年 12 期）。

《花溪》选载长篇小说《死角里的骚动》（见《花溪》1988年第12期）。

1989年

发表学术论文《文学的情和情的文学》（见《贵阳师专学报》1989年第3期），收入汕头大学出版社2004年出版的《鳞爪集》。

发表学术论文《人类创造力和侗族文化反思》（见《贵州民族研究》1989年第7期）。

发表短篇小说《失望桥头》（见《花溪》1989年第10期），收入汕头大学出版社2004年出版的《鳞爪集》。

1990年

发表学术论文《灵感新论》（见《贵州民族学院学报》1990年第1期），收入汕头大学出版社2004年出版的《鳞爪集》。

发表学术论文《侗族意识论》（见《贵州民族研究》1990年第7期），收入汕头大学出版社2004年出版的《鳞爪集》。

1991年

发表学术论文《中学作文教学必须建构独立完整的理论体系》（见《贵阳师专学报》1991年第1期），收入汕头大学出版社2004年出版的《鳞爪集》。

发表学术论文《在作文教学中怎样培养学生积极思维能力》（见《贵阳师专学报》1991年第4期），收入汕头大学出版社2004年出版的《鳞爪集》。

1994年

发表学术论文《怎样提高小说教学效果——小说辐射教学法初探》（见《贵阳师专学报》1994年第3期），收入汕头大学出版社2004年出版的《鳞爪集》。

发表学术论文《写作教学长短谈》（见《贵阳师专学报》第4期，中国人民大学书报复印中心《中学语文教学》全文转载），收入汕头大学出版社2004年出版的《鳞爪集》。

发表学术论文《论侗族饮食文化》（见《贵州民族研究》1994年第4期），收入汕头大学出版社2004年出版的《鳞爪集》。

发表悼念蹇先艾先生文章《永恒的怀念》（见《贵州日报》1994年11月3日）。

1995年

发表散文《一片冰心在玉壶》（见《贵阳晚报》1995年2月8日）。

撰写文学理论专著《新文学理论原理》由贵州教育出版社出版，获第四届金筑文艺奖专业组二等奖（贵阳市政府奖）。

1996 年

发表散文《怀念母校》（见《贵阳晚报》1996 年 2 月 27 日）。

发表短篇小说《游医》（见《花溪》1996 年第 2 期）。

1987 年

个人获得贵阳市文联、市民委颁发的民族文学创作优秀奖（即一等奖）。

1998 年

创作长篇历史小说《王阳明》（贵州民族出版社出版），获 1999 年中国艺术研究院颁发的一等奖、第五届金筑文艺奖二等奖、20 世纪贵州优秀文学作品提名。

1999 年

创作长篇革命历史小说《血雨》（贵州民族出版社出版）。

发表学术论文《论王阳明开放型的心理建构》（见论文集《王学之思》，贵州民族出版社出版），收入汕头大学出版社 2004 年出版的《鳞爪集》。

创作长篇小说《穷乡》（北京台海出版社出版）。

2000 年

发表散文《吊蜂子》（见《散文》2000 年第 5 期）。

为贵州教育学院副教授刘启艳理论专著《语文微格教学》看稿并作《序》，该著作由贵州人民出版社出版。

2001 年

发表散文《梦里东山》（见《贵州日报》2001 年 2 月 9 日）。

发表论文《走出困境——侗族文学发展滞后原因浅析》（与夫人王敢凤合作，见 2001 年冬《今日文坛》），收入汕头大学出版社 2004 年出版的《鳞爪集》。

发表散文《生命在大山里流淌》（见山西省主办大型杂志《西部大开发》2001 年第 12 期）。

2002 年

发表评论《生命·母亲·女神——过伟先生神论巨著〈中国女神解读〉（见《贵阳师专学报》2002 年第 1 期），收入汕头大学出版社 2004 年出版的《鳞爪集》。

撰写学术论文《“心学”的本质是人学·人性学》，2002 年国际王阳明学术研讨会论文，收入民族出版社出版的《王学之魂》、汕头大学出版社 2004 年出版的《鳞爪集》。

撰写学术论文《儒家思想在商业发展中的地位与价值》，收入贵州民族出版社 2002 年出版的《传统文化与现代儒商》、汕头大学出版社 2004 年出版的《鳞爪集》。

发表散文《伤心伞》（见《贵州日报》2002 年 3 月 1 日）。

学术论文（与夫人王敢凤合作）《提高写作能力是人类社会发展的需要》在贵州省写作学会年会上宣读，收入汕头大学出版社 2004 年出版的《鳞爪集》。

发表散文《车辚辚》（见《贵州日报》2002 年 10 月 25 日）。

撰写长篇小说《难得头顶一片天》，由远方出版社出版。

撰写散文《土城古渡头》《绿海行》，收入散文集《神奇习水》，由汕头大学出版社出版。

2003 年

撰写散文《竹韵》收入散文集《名城遵义红花岗》，由汕头大学出版社出版。

撰写自己成长历程的散文《从大山里走来的脚步》收入散文集《遥远的星空》，由汕头大学出版社出版。

发表散文《阳明觅踪行》（见《贵州日报》2003 年 4 月 4 日）。

主编散文集《遥远的星空》，由汕头大学出版社出版。

发表散文《乐在山水间》（见《贵州民族报》2003 年 11 月 10 日），撰写散文《养在深闺人渐识》，收入散文集《秀水三都》，由汕头大学出版社出版。

主编散文集《秀水三都》，由汕头大学出版社出版。

2004 年

发表散文《先民的脚步声》（见《贵州民族报》2004 年 4 月 5 日），《四十年一回首》（见《贵州民族报》2004 年 4 月 26 日），收入散文集《雄奇夜郎赫章》，由汕头大学出版社出版。

发表散文《却又凭栏》（见《贵州政协报》2004 年 6 月 29 日——发表时，题改为《凭栏古桥》，收入散文集《苗疆古城镇远》时恢复原标题）、《悠长的心香》（见《贵州民族报》2004 年 6 月 10 日）、《关于人的质疑》收入散文集《苗疆古城镇远》，由汕头大学出版社出版。

由汕头大学出版社出版学术论文集《鳞爪集》。

撰写散文《生命的价值》《本源情结》，收入散文集《古城福泉》，由汕头大学出版社出版。

主编《古城福泉》，由汕头大学出版社出版。

撰写散文《走过来就有希望》，收入散文集《遥远的星空》（续集），由汕头大学出版社出版。

2005年

撰写散文《徜徉古屯堡》《马官旅游畅想》，收入散文集《穿洞人故土普定》，由汕头大学出版社出版。

主编散文集《穿洞人故土普定》，由汕头大学出版社出版。

撰写散文《定格了的那一段历史》《如归行》，收入《乌江明珠思南》，由汕头大学出版社出版。

撰写散文《心的家园》，收入散文集《金色天柱》，由汕头大学出版社出版。

主编散文集《金色天柱》。

主编《李白夜郎桐梓》，由汕头大学出版社出版。

撰写《蓬莱南湖》《绿的力度》，收入《夜郎圣地普安》，由文化艺术出版社出版。

2006年

撰写散文《便捷与生命质量》《惊回首》，收入《千里苗疆门户三穗》，由汕头大学出版社出版。

主编《千里苗疆门户三穗》，由汕头大学出版社出版。

由人民日报出版社出版长篇小说《太阳底下》，评论家黄毅发表论文《干预生活文学的新变》。作品和论文受到广泛关注。

撰写散文《行吟泗渡》《藤编一条街》，收入散文集《名城遵义新区汇川》，由光明日报出版社出版。

10月，在贵州省写作年会上宣读与袁显荣合作学术论文《旅游散文散论》。

发表散文《九个月的追溯》（见《贵州作家》第2辑）。

2007年

贵州作家第7辑发表中篇小说《留守》。

撰写散文《斯人亦已歌》《我站在旺草坝上》，收入散文集《诗画绥阳》，由汕头大学出版社出版。

撰写散文《月下浪哨》《晨曦三岔河》，收入散文集《布依金城贞丰》，由汕头大学出版社出版。

撰写《竹石天涯何处》《行行重行行》《致意隆里》。

创作长篇小说《梦城》，由作家出版社出版。已有评论《言说者 代言人 评判者》（黄毅：贵州师大学报，2008 年第 3 期）、《一幅展现城市化进程的凄美画卷》（吕金华：贵州政协报，2007 年 12 月 7 日）、《〈梦城〉：社会学的文学批判》（胡长斌：《遵义日报》2007 年 12 月 24 日）。

1 月 29 日，《贵阳日报》发表评涂万作散文集《临水听月》论文《润物细无声》，《理论与当代》《作家报》随后转载。

获贵州第二届乌江文学奖。

2008 年

3 月 4 日，赴凯里高管处、交通局、公路局采访抗凝保民生情况，撰写《一支特别能打硬仗的高管队伍》《抗凝冻进行曲》，收入人民日报出版社出版的散文集《情满冰雪路》。

7 月 14 日至 17 日，在仁怀参加写作学会年会，写散文《醉在历史的深处》。

10 月 16 日，《贵州政协报》发表评喻莉娟散文集《水灯载去我的祝福》评论《踏遍青山人未老》。

为饶宏宇散文集《采访与感悟》作序《多种收益的一种阅读》，中国广播电视出版社 2008 年出版。

撰写涂万作散文集《临水听月》评论《润物细无声》（《理论与当代》）2008 年第 2 期）。

2009 年

由四川出版集团巴蜀书社出版理论专著《解读王阳明》、长篇历史小说《王阳明》修订本，分别进入英国剑桥大学、美国普林斯顿、密歇根、康奈尔、香港大学以及中国内地北京大学等著名大学图书馆查询系统，列入中国名著图书。

撰写论文《新语境下的伪写作与真写作》（《理论与当代》2009 年第 2 期）。

撰写论文长篇历史小说《庄周》自序。

赴雷山采访，撰写散文《吟别野鹅溪峡谷》《耀眼苗姑银步摇》，收入汕头大学出版社 2010 年出版的散文集《苗都雷山》。

为老同窗谭良洲中短篇小说集《月色清明的夜晚》作序，题为《叩击心灵的文字》，该书由贵州民族出版社同年出版。

2010 年

与袁武博士合写论文《旅游消费中的文化需求》（见《贵州大学学报》2010 年第 4 期）。

赴麻江采访，撰写散文《谷硐　远去的贵州东出口》（《贵阳日报》曾发表）、《为有源头活水来》，收入汕头大学出版社 2010 出版的散文集《竞技之乡　麻江》。

赴遵义尚嵇采访，撰写散文《乌江祭》《静静的楠木渡》，收入汕头大学出版社 2010 年出版的散文集《文化古镇尚嵇》。

赴贵阳水田采访，撰写散文《何处有芳洲》，收入汕头大学出版社 2010 年出版的散文集《临海天籁　相思水田》。

赴遵义龙坑采访，撰写散文《拆墙》《午宴八合村》，收入汕头大学出版社 2010 年出版的散文集《黔北明珠　乡韵龙坑》。

赴锦屏县采访，撰写散文《致意隆里》《文斗吟》《斗牛别味》，收入汕头大学出版社 2010 出版的散文集《绿色锦屏》。

2011 年

由四川出版集团巴蜀书社出版长篇历史小说《庄周》获贵州文学专项奖乌江文学奖、第五届贵州文艺奖三等奖。

撰写散文《花醉拱拢坪》《弯腰树　让我记你一辈子》，收入汕头大学出版社 2011 年出版的散文集《磅礴乌蒙　宜居毕节》。

撰写散文《爱是永远的绿洲》，（见《贵阳日报》2011 年 7 月 21 日副刊）。

撰写评论《真诚真实还原历史》评广播电视剧《辛亥贵州风云》（见《贵州日报》2011 年 11 月 25 日）

2012 年

由全国百佳图书出版单位知识产权出版社出版理论专著《庄周今读》。

散文《穿过半个多世纪的麻山》《麻山昀石》，收入汕头大学出版社 2013 年出版的散文集《山水望谟　布衣家园》。

撰写论文《广告　策划中的大世界》（见《理论与当代》2012 年第 10 期）。

撰写评作家许雯丽散文集《贵州女人》论评《温婉如清风》（见《贵州日报》2012 年 1 月 20 日文化评论）。

长篇历史小说《庄周》获贵州文学专项奖（乌江文学奖），并获第五届贵州文艺奖文学类三等奖。

2013 年

为老同事陈时散文集《沉石的回声》作序，有知识产权出版社出版。

为青年作者刘燕成散文选《遍地草香》撰写序言《序 2》，长江出版社出版。

撰写论文《贵州小说60年掠影》（见《理论与当代》2013年。

为老同窗刘荣敏中短篇小说散文集《侗寨风雨桥》撰写序言《历史的回声》，全国百佳图书出版单位知识产权出版社出版。

为作家田尚培、书法家杨祖恒联楹书法集《联楹同韵》作序。

赴珍酒公司采访，撰写《短歌行》，收入中国文化出版社2013年出版的《传奇珍酒》。

赴都匀采访，撰写散文《小桥流水人家》《蝉鸣声声》，收入汕头大学出版社2013年出版的散文集《山水桥城　绿色都匀》。

2014年

为贵州作家陆景川散文集《向世界闯开大门》作序，中国戏剧出版社出版。

由全国百佳图书出版单位知识产权出版社出版三卷本长篇小说《破荒》，第一卷《太阳从西边出来》，第二卷《梦幻岁月》，第三卷《土匪名单》。

2015年

为青年女作家刘美散文集《荷月起舞》作序，东北师范大学出版社出版。

三卷本长篇小说《破荒》获贵州少数民族文学金贵奖。